CASA MAL-ASSOMBRADA

MISTÉRIOS DO CAMPUS BRAXTON LIVRO 5

JAMES J. CUDNEY

Tradução por
HELOISA MIRANDA SILVA

AGRADECIMENTOS

Escrever um livro não é uma conquista que um indivíduo pode realizar apenas por si próprio. Sempre tem outras pessoas que contribuem por uma variedade de maneiras, algumas vezes involuntariamente, através da jornada desde a descoberta da ideia até a confecção da última palavra. *Casa Mal-assombrada: Morte no Festival de Outono*, o quinto livro da série Mistérios do Campus Braxton, teve vários apoiadores desde sua concepção em maio de 2019, mas antes que o conceito tivesse surgido em minha mente, minha paixão pela escrita já havia sido nutrida por outros.

Primeiro eu agradeço aos meus pais, Jim e Pat, por sempre acreditarem em mim como escritor, bem como por me ensinarem a me tornar a pessoa que sou hoje. O amor incondicional e o suporte deles são a razão primária pela qual estou conquistando meus objetivos. Através da orientação da minha família e amigos, que me encorajaram consistentemente a perseguir minha paixão, eu encontrei a confiança para arriscar na vida. Com Winston e Baxter ao meu lado, eu tive garantida a oportunidade de fazer meus sonhos virarem realidade ao publicar este romance. Eu sou grato a todos que me incentivaram, a cada dia, a terminar o meu sexto livro.

Casa Mal-assombrada foi cultivado através da interação, feedback, e opiniões de vários leitores betas. Eu gostaria de fazer uma menção especial para a Shalini por me fornecer visão e perspectiva durante o desenvolvimento da história, cenário e arcos de personagem. Estou em dívida com ela pelas inúmeras conversas que me ajudaram a ajustar cada aspecto dessa história. Houve também vários incríveis membros da equipe que encontraram a maior parte dos erros de revisão ou gramaticais e frases estranhas; eu não poderia ter completado essa história maravilhosa sem a Lara, Lisa, Anne, Tyler, Nina, Valerie e a Misty. Um grande agradecimento por terem me encorajado a ser mais forte na escolha de palavras e me oferecer várias páginas com sugestões para transformar uma boa linguagem em uma linguagem fantástica. Quaisquer erros poderão ser devidos à minha própria falta de entendimento em nossas discussões.

Sou muito agradecido a todos os meus amigos e mentores da Faculdade Moravian. Apesar de nunca terem acontecido assassinatos por lá, o enredo dessa série é baseado livremente no meu antigo multi-campus onde estudei na Pensilvânia. A maior parte dos locais é completamente fictícia, mas a Alameda dos Milionários existe... eu apenas inventei o nome e o sistema de teleférico!

Muito obrigado à Next Chapter por publicar *Casa Mal-assombrada* e abrir a estrada para a vinda de novos livros. Eu estou ansioso pela nossa parceria contínua.

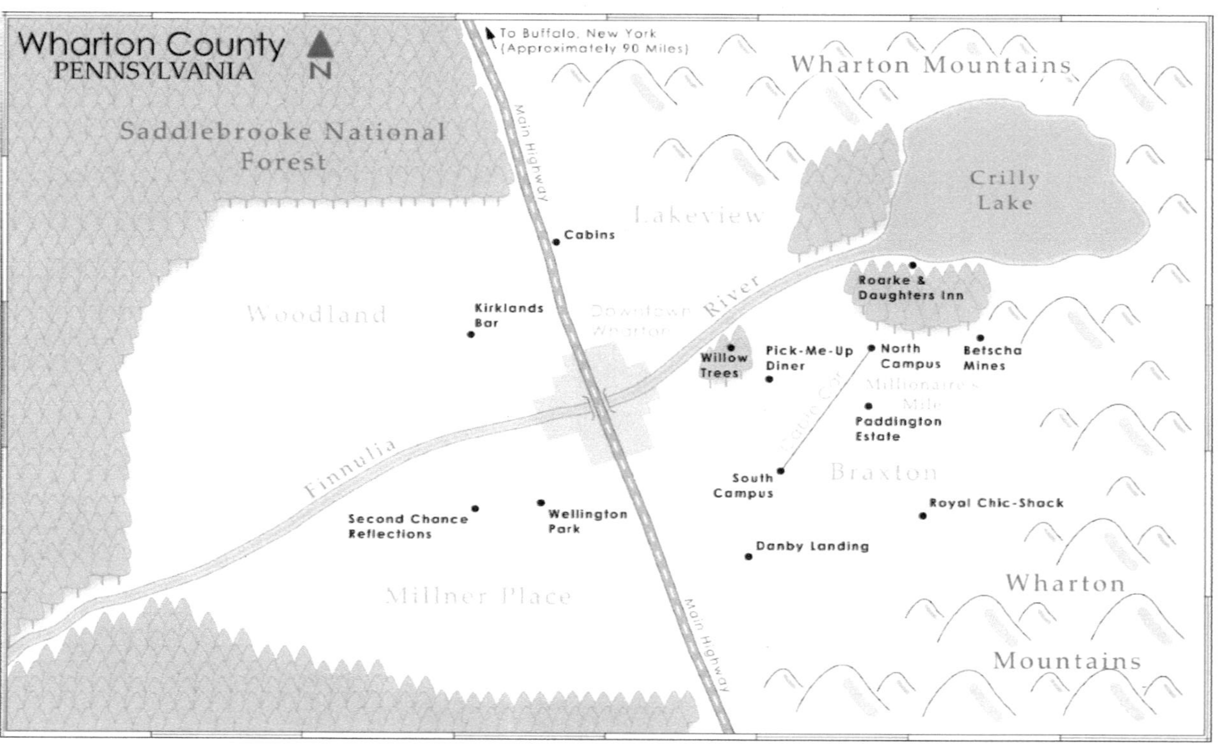

Bem-vindo a Braxton, Condado de Wharton
(Mapa desenhado por Timothy J. R. Rains, Cartógrafo)

QUEM É QUEM NOS MISTÉRIOS DO CAMPUS BRAXTON

Família Ayrwick:

- Kellan: personagem principal, professor em Braxton, investigador amador
- Wesley: pai do Kellan, Presidente aposentado de Braxton
- Violet: mãe do Kellan, Diretora de Admissões em Braxton
- Emma: filha do Kellan com a Francesca
- Hampton: irmão mais velho do Kellan, advogado
- Eleanor: irmã mais nova do Kellan, dona da Lanchonete Pick-Me-Up
- Gabriel: irmão mais novo do Kellan
- Nana D: avó do Kellan, também conhecida como Prefeita Seraphina Danby
- Ulan Danby: primo do Kellan, neto da Nana D
- Francesca Castigilano: ex-mulher do Kellan

Campus Braxton

- Ursula Power: Presidente, esposa da Myriam

- Myriam Castle: Chefe do Departamento de Comunicações, esposa da Ursula
- Maggie Roarke: Bibliotecária-chefe, namorada do Connor
- Hope Lawson: Professora em Braxton, filha da Raelynn

Moradores do Condado de Wharton

- Elijah O'Malley: padre católico, irmão do Ian
- Minnie O'Malley: cunhada do Elijah, esposa do Ian
- Ian O'Malley: irmão do Elijah, marido da Minnie
- Jane O'Malley: neta da Minnie, professora de verão da Emma
- Lloyd Nickels: irmão da Belinda, pai da Calliope
- Calliope Nickels: filha do Lloyd, garçonete na Lanchonete Pick-Me-Up
- Belinda Nickels Grey: ex-esposa do Hiram, madrasta do Damien
- Damien Grey: pai da Imogene, filho mais velho do Hiram
- Xavier Grey: pai da Carla, filho do Hiram
- Imogene Grey: neta do Hiram, filha da Lara e do Damien
- Carla Grey: neta do Hiram, filha do Xavier
- Prudence Grey: primeira esposa do Hiram, mãe biológica do Damien
- Raelynn Lawson: mãe da Hope

Administração do Condado de Wharton

- April Montague: atual xerife
- Augie Montague: irmão da April
- Connor Hawkins: detetive, melhor amigo do Kellan, namorado da Maggie

- Bartleby Grosvalet: antigo prefeito, historiador da cidade
- Hiram Grey: Juiz do Condado de Wharton
- Finnigan Masters: advogado
- Lara Bouvier: repórter, mãe da Imogene
- Brad Shope: enfermeiro na Emergência
- Policial Flatman: policial
- Manny Salvado: gerente e chef da Lanchonete Pick-Me-Up, namorado da Eleanor
- Chip: aprendiz no Passeio Assombrado de Hayride
- Madame Zenya: médium psíquica
- Nicky Endicott: construtor

CAPÍTULO UM

AGACHADO ATRÁS DE UMA LÁPIDE DESGASTADA E ILEGÍVEL NA PARTE mais antiga e assustadora do Cemitério Wellington, eu permaneci em silêncio e imóvel em meio a uma grande quantidade de corpos exumados. Embora cercado por pinheiros brancos altos e delgados, um dossel de ramos moribundos de um salgueiro nodoso roçava furtivamente no meu pescoço. Depois de um ataque violento de ventos uivantes que chicotearam furiosamente minha pele arrepiada, olhei por cima da lápide solta e fiquei boquiaberto com os montes de terra recém-revirada. *Por que um monstro impiedoso iria desenterrar tantos caixões perto do mausoléu Grey?*

Se esquivando a duas fileiras de distância, os olhos do vilão sem alma brilhavam como carvão em chamas. O tom arrepiante dos sinos sombrios da Igreja St. Mary explodiu – era a chegada fortuita da meia-noite. Seu aceno sinistro fez com que os meus pés instáveis escorregassem, amassando uma pilha de folhas secas e revelando, tolamente, a minha localização secreta. De repente, envolto em névoa e pairando perto da lápide sem nome, o manto preto e cinza esvoaçante do ladino parecia fumaça saindo de uma chaminé sobrecarregada.

– Posso ouvir você respirando, Ayrwick. Saia daí, seja lá onde você estiver. Eu não terminei com esse jogo.

– Eu não sei quem você é, mas a sua obsessão comigo está saindo de controle. – quando a lua distante jogou sua luminosidade misteriosa, eu xinguei os meus novos óculos modelo aviador, moderno e esportivo, por ficarem embaçados. Se era uma aparição ou uma criação da minha imaginação extenuada, eu não podia ter certeza; e nem me importava naquele momento. – Você não pode ser real. Minha mente está pregando peças em mim.

O bicho-papão etéreo planava a centímetros acima do chão sagrado do cemitério. As solas de seus pés vaporizavam ao pisar no solo sagrado dos caminhos tortuosos.

– Você está preparado para morrer? – a voz maldosa e arrepiante me provocou, enquanto me caçava e encurralava na escuridão do meu esconderijo, a ressonância fria e melancólica assustou todos os morcegos, corujas e outros animais noturnos para uma reclusão apressada. O fantasma mascarado estreitou seu olhar sinistro e brandia uma foice afiada do tamanho de um mamute, que cortava suavemente o ar e tinha como mira precisa o meu pescoço.

Meus braços estavam tão firmes como gelatina enquanto eu me esforçava para empurrar a pesada placa de cimento para o chão, então pulei direto para dentro de um túmulo vazio, com as minhas mãos e braços protegendo a minha cabeça, que estava prestes a ser decapitada. O atormentador furtivo gargalhou loucamente e agarrou o meu antebraço com um aperto estranhamente forte e ossudo, liberando uma corrente de gelo que correu pelas minhas veias até chegar ao meu coração acelerado. Meu corpo congelou como se uma geleira tivesse me engolido e me preservado para toda a eternidade.

Foi então que eu me ouvi berrando como um coiote raivoso, rolando descontroladamente para fora do sofá desconfortável, direto para o chão de madeira da casa que eu havia recentemente reformado. *Foi apenas um pesadelo*, eu lembrei a mim mesmo, enquanto esfregava os meus olhos cansados e me concentrava na sala estranhamente silenciosa. Desde que havia começado a massiva reforma, um sonho recorrente sobre um ceifador assustador, que tinha a intenção de me matar, mostrava sua cara feia.

A memória vaga e sombria da noite anterior havia felizmente desaparecido. Raios de sol esperançosos passavam pelas novas janelas de canto da sala de estar, parando no começo do hall de entrada. Montes brilhantes de poeira de construção e uma combinação pungente de traças e roupas velhas abruptamente se materializaram no ar parado. Quando uma brisa leve curiosamente passou pela minha pele sensível, o cabelo na minha nuca se arrepiou. Uma sombra esguia se esticava pelo corredor central, confirmando que alguém estava se escondendo na minha casa.

Eu pisquei novamente para o que era, com sorte, uma miragem, então me assustei novamente. Um rangido estranho e um baque penetrante ecoaram nas vigas do teto abobadado do hall. Será que uma das pesadas portas de madeira havia sido aberta e fechada? Eu pulei em pé e corri pelo corredor para pegar o invasor problemático, mas a passagem para o porão estava permanentemente selada como havia estado desde a minha primeira visita na antiga morada do Juiz Hiram Grey. Por uma série de motivos, nós ainda não havíamos localizado a chave para o nível inferior da minha histórica e antiquada casa recém-adquirida.

O pesadelo do qual eu havia acabado de acordar deve ter me incitado a imaginar uma série de eventos. Ninguém havia se esgueirado para dentro da casa, o que havia me deixado nervoso, muito mais do que na meia dúzia de vezes, que alguém havia me seguido sorrateiramente até a minha nova vizinhança. Era como se tivesse alguém vigiando cada movimento meu, sempre dois passos atrás de mim nas sombras, nunca ficando totalmente visível. *Eu nunca havia pedido por isso.*

Três meses atrás, meu tio impulsivo implorou para que a

Nana D cuidasse do filho de quinze anos dele, Ulan, pelo *futuro próximo*. O Tio Zach havia estendido a expedição de um ano dele para proteger as espécies de elefante africano da quase extinção, mas a minha avó estava preocupada demais em vencer a eleição para a prefeitura do Condado de Wharton para concordar com o pedido dele. Como uma solução alternativa, e sem o meu consentimento, eles me designaram como o guardião temporário do Ulan. Isso iria me forçar a sair do pequeno chalé no Rancho Danby, a fazenda e pomar orgânico da Nana D, onde eu e a minha filha morávamos.

Com a ajuda sarcástica, e ainda assim generosa, da minha avó durante o verão, eu havia comprado a Velha Casa Grey e contratado um construtor para cuidar dos reparos mais cruciais e ter algumas opções para a reforma. Residindo em um terreno de dois acres, a charmosa casa vitoriana oferecia excelente estrutura, mas havia sido deixada sem cuidados por muito tempo. Um corredor central dividia a habitação em ruínas pela metade, com uma impressionante escadaria levando ao andar superior e uma porta do porão cujo conteúdo seria, aparentemente, uma surpresa futura. Duas grandes salas ancoravam o lado esquerdo, e duas outras de tamanho igual estavam no direito. O proprietário original da casa havia espalhado todos os ambientes que exigiam encanamento na parte traseira da casa, conectando-os por meio de um hall circular que apresentava saídas para uma garagem independente para três carros e um quintal bem proporcionado, mas negligenciado.

Para a minha sorte, por causa da condição da Velha Casa Grey e da falta de qualquer outra pessoa interessada, nós havíamos feito um acordo impressivo; se não fosse por isso, não teria conseguido pagá-la. Durante o último mês, nós havíamos implementado uma grande repaginação do primeiro andar, para assegurar um lugar morável para chamar de lar: três quartos temporários, um banheiro funcional, cozinha improvisada e uma sala de estar confortável. Já que eu ainda não havia trazido os meus móveis, a grande mudança iria ocorrer no próximo final de semana. No curso dos próximos quatro meses, uma grande reforma no segundo andar iria construir quartos modernos, um escritório particular com a última tecnologia para produção de filmes, e uma biblioteca tradicional.

A Nana D havia se oferecido para deixar a Emma e o Ulan dormirem na sua casa de fazenda na noite anterior, permitindo que eu riscasse uma página inteira da minha extensa lista de coisas a fazer e que perturbava a minha sanidade. Eu havia ficado por aqui para pintar os quartos restantes, então cochilei no velho sofá da minha sala de estar temporária. Enquanto eu não era um carpinteiro experiente como meu irmão mais novo, o Gabriel, eu insisti que poderia passar o pincel nas paredes. Além da programação apertada, a minha preocupação mais aterrorizante era identificar o demônio travesso que havia entrado e saído escondido da casa quando não havia ninguém por perto, tentando nos assustar com trotes infantis. Felizmente, as travessuras não passavam de uma inconveniência inofensiva.

Sacudindo o desconforto para fora do meu corpo amortecido, procurei pelo meu celular. Eram nove da manhã, e uma reunião crítica da cidade requeria a minha humilde presença no que deveria ser um sábado de descanso. Depois de uma mensagem de texto exigindo saber do meu progresso, a Nana D me informou que o Ulan estava estudando para a sua prova de história sobre os julgamentos das bruxas de Salem, e a Emma estava ajudando a preparar o café-da-manhã.

Minha mãe me avisou que ela estava a caminho para me dar carona até a nossa reunião de planejamento para o *Festival de Outono* anual do Condado de Wharton. Eu disse nossa, porque a Nana D havia anunciado para toda a população em seu primeiro boletim informativo no, *Avisos da Prefeita*, que a minha mãe e eu iríamos coordenar o muito antecipado festival. Mais uma vez, ela havia nos dado essa tarefa sem qualquer aviso ou concordância prévia de nossa parte. Com apenas poucos dias depois da sua proclamação como nova prefeita, nós não podíamos exatamente recusar a nominação honrosa da nossa *Pequeno Napoleão*. Minha espirituosa avó de um metro e meio, conhecida por todos como Prefeita Seraphina Danby, havia energicamente conquistado esse apelido depois de procurar controlar cada item, majestoso ou infinitesimal, na jurisdição do nosso condado no centro da Pensilvânia.

Eu encontrei a mala que trouxe para a noite, e corri até o banheiro para determinar a extensão dos danos. Pontos visíveis de tinta vermelha manchavam meu cabelo loiro-escuro e minha testa estreita, que pareciam com os pingos de sangue de porco caindo no corpo desavisado da Carrie durante a formatura no infame livro do Stephen King. Havia um pedaço de fita adesiva colado estranhamente no lado do meu rosto, escondendo uma das minhas maçãs do rosto bem definidas e minhas irresistíveis covinhas. Eu guinchei quando vários pelos grudaram na fita adesiva, como formigas em um cubo de açúcar, quando a arranquei em um movimento rápido e doloroso.

– Ai! Como que infernos você foi parar ali?

Do meu corpo sonolento e perturbado, eu retirei um par de calças jeans bem usadas, uma cueca boxer listrada confortável, e a minha camiseta verde-militar favorita com a frase sarcástica que eu sempre dizia: *Eu não terminei de me recuperar da perfeição.* Apesar de penosos, os exercícios do último mês haviam generosamente esculpido a forma V que eu procurava; e se eu continuasse nisso, aquele abdômen definido iria se tornar respeitável novamente. Ficar em forma era importante para mim, e não apenas porque eu era um pouco vaidoso como minha mãe. Eu também queria viver para sempre como a Nana D.

Um banho rápido limpou as manchas e a vergonha da minha aparência tola, permitindo que eu fosse encontrar a minha mãe na entrada da garagem. Ela nos levou para tomar o que acabou sendo a mistura perfeita de três grãos de café que qualquer um de nós já havia provado. Ela também nos levou galantemente até o centro cívico para verificar se o Festival de Outono estava em forma perfeita. Várias discussões e compromissos – a respeito de várias regras ridículas para o passeio de hayride[1] assombrado e o concurso de abóboras esculpidas – nos segurou por mais tempo do que o esperado. Depois de ceder a um colega extremamente cáustico e cuidar de uma deficiência no orçamento, nós seguimos para o Rancho Danby para o café-da-manhã.

– Aposto que a Nana D está assando uma tradicional torta de maçã, completa com uma crosta crocante entrelaçada e um recheio com canela e açúcar. Fatias impecavelmente uniformes, e nenhum pedaço de fruta deformado. – eu repeti pela terceira vez, salivando como o Baxter, o filhote de seis meses, sempre faminto e que constantemente pede por comida, da minha filha. – O perdedor paga o almoço na próxima semana. Isso quer dizer, que você vai pagar para mim uma refeição enorme e cara, mãe. E nós vamos sair do campus dessa vez. – eu ri abertamente, rezando para que a Violet Ayrwick não dirigisse acidentalmente na direção de um poste no caminho para casa.

– Está apostado, Kellan. Eu conheço a sua avó melhor do que você. Quando o clima começa a esfriar, ela *sempre* inaugura o outono com uma torta de pecãs com caramelo e chocolate. – minha mãe tirou uma mecha de cabelo castanho dos olhos, para que pudesse ver a estrada. Uma tempestade torrencial havia passado por Braxton na noite anterior, cobrindo o asfalto escorregadio com perigosas folhas molhadas e galhos. Uma fina garoa ainda caía das nuvens, carregando um aroma terroso e prenunciando meu futuro.

– Eu te amo muito, mas você está errada. – eu revirei os meus olhos azuis penetrantes (pelo menos era o que os outros frequentemente falavam), sacudi minha cabeça com empatia e corri para a casa principal da fazenda da Nana D. Faltando apenas duas semanas para o meu aniversário de trinta a três anos e com o corpo de um ávido corredor, eu facilmente venci da minha mãe e entrei primeiro na cozinha para conferir o meu talento de adivinhar tortas.

– Eu lhe dei a vida. Posso pegá-la de volta, meu filho. – ela me provocou melodramaticamente e com afeição enquanto seguia pelo caminho em seus saltos altos rosa. Apesar de ter enfiado um salto em uma poça de lama cinza e ter cambaleado como um pelicano bêbado em uma perna só, ela ficou para trás apenas por alguns segundos.

Como um perfeito cavalheiro, eu esperei na varanda classicamente decorada e segurei a porta coberta por teias de aranhas falsas, para ela. Nana D tinha colocado aroma de canela e pinha. Eu posso gostar de provocar a minha mãe, mas ela era inteiramente especial demais para eu não demonstrar o respeito amoroso que ela merecia. Fardos finos de palha marrom-amarelada e abóboras verdes e laranjas, cobertas de vegetação, adornavam ambos os lados da entrada.

– Ei, olha só, é o Hampster. – eu provoquei, mostrando uma das aberrações da natureza com formas estranhas, rugosas e verrucosas para minha mãe. Ela me deu um olhar de desaprovação com a piada sem graça sobre o meu irmão mais velho, Hampton, que havia acabado de se mudar de volta para Braxton. Não pergunte como ele ganhou esse apelido. Se isso não era tão óbvio, eu tendia a ser um pouco sarcástico, mas apenas de uma maneira inteligente.

Vários barris de madeira, estrategicamente transbordando com margaridas douradas, vermelhas e laranjas, encantavam os nossos olhos enquanto entrávamos na casa. Minha filha de sete anos de idade, vestida com uma capa de seda e usando dentes de vampiro de plástico, veio voando até a sala de estar para nos receber. Seu cabelo castanho longo e cacheado emoldurava suas bochechas levemente redondas, e balançavam em seus ombros.

– Estou cozinhando um montão a manhã toda, papai. A Nana D insistiu que nós não podíamos comer o café-da-manhã até que tivéssemos terminado as tortas. – apesar de a minha altura chegar aos um metro e setenta e cinco, não sendo considerado uma pessoa alta de qualquer maneira, Emma iria me ultrapassar. A família da mãe dela, facilmente chamados de gigantes pelas pessoas normais, a haviam abençoado com uma estatura impositiva. "Monster Mash" estava tocando nos alto-falantes.

– Diz pra mim, querida. Que tipo de tortas vocês vão nos servir hoje? – depois de beijar a bochecha da Emma, me virei para minha mãe. – Você já perdeu. – eu dei risada como um adolescente imaturo e corri para a cozinha, arrastando a Emma ao meu lado, apesar do meu nariz sugerir minha perda na última aposta. Por causa do meu compromisso com a reforma, eu havia me esquecido da verdadeira boas-vindas de outono da Nana D. Pelo menos *eu* tinha uma desculpa; minha mãe sem defesa tinha acumulado muitos mais anos de experiência do que eu.

– Todo mundo sabe que a Nana D faz torta de abóboras nesse final de semana, tolinho. – Emma arrulhou, se ajoelhando em frente ao forno e sorrindo abertamente com a mistura dourada e borbulhante que exalava delícia.

Minha mãe deu um suspiro audível, então impacientemente pegou uma faca e seguiu para o balcão no lado oposto, onde dois pratos fumegantes esfriavam em descansos de metal.

– Eu acho que nós dois perdemos, hein?

– Não toque nessas tortas de abóbora, Violet. Você pode ter mais de cinquenta... – Nana D avisou-a duramente, mas foi rapidamente silenciada antes de revelar a verdadeira idade da minha mãe.

– É melhor você colocar uma tampa nisso, mãe, ou eu vou convencer o Dr. Bestcha a te sedar para o seu próprio bem. Não se atreva a dizer quantos anos eu tenho na frente desses dois. – minha mãe deu um sorriso malicioso, então apontou na minha direção e na de Emma. – Eles vão contar para o resto da família, e você vai ficar com grandes problemas.

Nana D bateu o pé no chão e estreitou o olhar.

– Se você fizer isso, eu vou pedir para o valentão, que está cuidando do labirinto do milharal do festival, para te trancar naquele caixão que ele instalou perto da horta de abóboras norte.

– Pegue pipoca, Emma. Nós estamos prestes a assistir um show hilário. – discutindo sobre qual diva ganharia a luta de hoje, eu esfreguei minhas mãos como se fosse começar uma fogueira. Uma salada intoxicante e perfeita de cranberries, maçãs e nozes, me tentava enquanto Emma girava a bandeja sobre a mesa como uma profissional. Será que o fantasma iria parar de me assombrar se nós lhe déssemos um pouco da nossa comida?

Baxter pulou pela portinha de cachorro com uma flor áster meio comida, quebrando a tensão e alterando o tom da conversa pastelão. Emma colocou o nosso shiba preto e castanho dentro da sua gaiola quando a Nana D brigou sobre ele destruir as sobremesas recém-assadas.

– Ele está arruinando meu pobre jardim de flores.

– Salva novamente pelo adorável filhote da família. – minha mãe regozijou-se, soltando a faca e passando o dedão pela torta de abóbora perfeita. – Deliciosa, mas nenhuma para você. – ela sussurrou por trás das costas da Nana D, depois de lamber o dedo.

– Eu acho que vou ter que assar uma nova fornada para o Padre Elijah. – Nana D afirmou, os olhos dela olhando diretamente para o reflexo da minha mãe na porta de vidro dos armários superiores. Frustrada novamente. – Eu planejava entregá-las depois da missa, mas você vai precisar trazer novas quando marcar as aulas para a Primeira Comunhão da Emma.

Meus pais iriam me acompanhar na próxima semana até o padre da nossa paróquia local, em preparação para a Emma começar a catequese e o rito oficial de passagem entrando na igreja. Apesar de ela ter sido batizada quando bebê, essa seria a primeira vez que ela iria receber a Eucaristia. Por mais que eu não quisesse forçar as minhas crenças na Emma, a maior parte da nossa família era católica, então eu iria criá-la da mesma maneira. Assim que ela tivesse idade suficiente para decidir por si mesma, nós poderíamos explorar opções alternativas.

– Onde está o Ulan? – eu olhei em todos os cantos e esconderijos dentro da cozinha estilo retrô da Nana D, mas ele não estava por ali. O menino tinha o hábito de se camuflar facilmente nos seus arredores.

– Eu o deixei na biblioteca, uma hora atrás, para estudar. – a Nana D disse que eu teria que ir buscá-lo às seis da tarde. – O mágico de desaparecimento está escapando de sua concha.

Ulan já estava morando comigo há dois meses, e ainda assim era extremamente tímido. Eu havia encorajado ele a se inscrever em clubes sociais da escola, mas ele preferia suas próprias ideias. O Tio Zach havia confirmado que o comportamento de casulo era normal para o Ulan, então eu contive as minhas preocupações.

– Obrigado. Ele vai ficar feliz em ter seu próprio quarto em breve.

Emma bateu palmas repetidamente.

– Eu mal posso esperar para me mudar. Ele prometeu construir uma casa da árvore comigo na primeira semana. Ele vai me mostrar como é morar na selva.

O meu pai, que havia se comprometido com um final de semana fora da cidade para pescar com os amigos, não iria se juntar a nós para o café-da-manhã. Eleanor, minha irmã mais nova, estava em parceria com o Manny, que havia sido promovido a gerente da Lanchonete Pick-Me-Up, para treinar mais o novo chef. Nosso irmão Gabriel estava visitando seu namorado em uma fuga prolongada. Depois de seis meses juntos, Sam havia se matriculado em uma faculdade em Dallas, torturando-os com as complicações de um relacionamento a distância.

Minha mãe pegou uma porção da salada de frutas aromática e colocou em um dos estimados pratos de Halloween da Nana D (porcelana laranja com fantasmas brancos) então passou a tigela para mim.

– Eu não dei uma olhada na sua nova casa nesta manhã, Kellan. Você vai deixar aquelas torres macabras no lugar? Se fosse a minha casa, eu focaria em arrumar aquele exterior, então não ia ficar parecendo aquela monstruosidade assustadora.

– Eu suponho que sim. – eu respondi irritadamente, ignorando o insulto acidental dela. Será que eu deveria mencionar os incidentes inquietantes que os construtores haviam testemunhado? Eu havia dado pouco crédito às piadas sobre as ferramentas mudando de lugar quando ninguém estava na casa, mas depois do meu último sonho perturbador e da presença sobrenatural hoje de manhã, resolvi pensar novamente na minha decisão. – O Nicky Endicott me ofereceu um bom negócio com o preço da reforma, e ele está lidando com a maior parte do trabalho. Eles até mesmo contrataram pessoas extras nesta semana para completar a fase inicial de acordo com a programação.

– Você ainda está preocupado que ela seja assombrada por fantasmas? – Nana D colocou calda sobre a grande pilha de panquecas macias e, de repente, me lembrei de que tudo tinha sabor de abóbora durante o outubro para ela, e rapidamente engoli uma garfada. Entre seu minúsculo nariz de botão e a longa trança pintada com hena na qual ela logo tropeçaria, Nana D era uma visão inegavelmente humorística. Quando ela vestia seu terno de sarja verde, eu a chamava de amuleto da sorte. Isso geralmente resultava em um beliscão na parte interna do meu braço, mas o choque e a frustração no rosto dela valia o desconforto temporário.

– Não existe isso de fantasmas. – Emma começou com uma segurança de uma menina muito inteligente. Quando a geleia de framboesa inesperadamente pingou em seu queixo, ela deu risada. – São apenas fadas mágicas.

– Seja lá o que for, eu não gosto. Nicky conversou separadamente com os novos trabalhadores nesta semana. A equipe diz que alguém com um vestido branco estava flutuando no segundo andar quando eles chegaram para começar com a construção. – eu pensei que naquela hora eles ainda deviam estar bêbados da noite anterior, mas depois da minha própria experiência assustadora e de arrepiar os cabelos, um cavernoso monte de medo agitou-se inexoravelmente.

– O que mais aconteceu? Talvez a Eleanor possa ajudar a resolver essa bobagem sobrenatural. – minha mãe, já estando cheia com uma tortinha de iogurte sem gordura e a minúscula dedada no recheio da torta que havia dado antes, brincava com as frutas em seu prato. Nada de panquecas para ela, principalmente porque a sua vaidade ecoava a da Rainha Má da *Branca de Neve.* Apesar de ser dez anos mais nova do que meu pai e ter uma aparência dez anos mais nova do que sua verdadeira idade, ela se preocupava constantemente com seu peso e sua juventude desvanecente.

– Ferramentas se moveram quando não havia ninguém por perto. Uma pequena inundação durante a noite quando o Nicky havia desligado a água. Sons de unhas arranhando por dentro das paredes. – eu engoli a comida restante do meu prato e empurrei a minha cadeira com um floreio. Queria abrir o meu cinto para ganhar um pouco de espaço, mas me recusava a admitir derrota. Eu iria aumentar a intensidade dos meus próximos exercícios para balancear o meu exagero com a comida. O estresse do atraso na obra estava me desgastando. – Eleanor já jogou raiz de angélica por toda a casa e se ofereceu para entoar um cântico idiota sobre poltergeists. Ela diz que isso vai me proteger contra espíritos maléficos.

– Eu estou confiante de que o seu fantasma é a Prudence Grey. Nós estamos nos aproximando do aniversário de cinquenta anos do desaparecimento dela. Ela morou lá com o Hiram e está provavelmente se revirando no túmulo, furiosa por ele ter vendido a casa. – a Nana D subitamente se arrepiou de animação, então falou para a Emma ir olhar o Baxter. – Pequenos ouvidos não devem ouvir o que estou prestes a te contar.

– Nem pense em embelezar a história, mãe. Nós já ouvimos você reclamar interminavelmente sobre o passado do Hiram Grey. – minha mãe era firme sobre controlar a natureza fofoqueira da Nana D. Apesar de ser geralmente cuidadosa com suas palavras, algum dia, a língua solta dela iria morder a Nana D *você-sabe-onde.*

– Shhh! Da última vez, eu apenas contei ao Kellan que a Prudence havia *desaparecido.* A verdade iria deixá-lo com medo de comprar a casa, apesar da chegada iminente do Ulan na Pensilvânia. – a Nana D sorriu hipocritamente enquanto contava a problemática história dos infames Greys.

Prudence foi a primeira esposa do Hiram. O Hiram, quatro anos mais velho, havia terminado o seu último ano na Faculdade Braxton e se inscrito na faculdade de direito, obcecado em se tornar um juiz. Apesar de a Prudence ter sido, um dia, uma ingênua deslumbrante, ela entrou num período difícil depois de dar à luz ao filho deles, Damien, e sobreviver independente, enquanto o Hiram focava em seus estudos. Os pais dela também haviam falecido em um acidente trágico, deixando-a num desastre emocional. Ninguém percebeu que ela estava sofrendo de depressão pós-parto.

– No Halloween de 1968, um gigantesco protesto organizado contra a Guerra do Vietnã estourou no campus. Todo mundo, professores e estudantes, participou. Alguns eram a favor, e outros contra. Foi uma época difícil. – a Nana D explicou, enquanto jogava as sobras dos pratos no processador de lixo. – Hiram insiste que ele havia deixado a Prudence em casa, junto com o Damien, porque ele tinha que participar de uma aula vital, mas o professor registrou que ele não estava presente naquele dia. Quando um grupo de estudantes ficou violento, o protesto escalou, e a biblioteca da faculdade pegou fogo.

A construção da nova ala do prédio estava em processo. Os trabalhadores haviam terminado cedo e já haviam saído do local. O protesto ficou mais volátil diretamente no lado de fora da parte antiga da biblioteca, mas o Chefe do Corpo de Bombeiros nunca teve certeza de como o fogo começou. Várias pessoas testemunharam terem visto a Prudence entrando na biblioteca durante a comoção, mas eles nunca a viram sair.

– O seu pai estava lá, Kellan. Ele era apenas um adolescente, mas se lembra de toda a comoção. Foi terrível, e apesar de ninguém ter *realmente* morrido... – minha mãe começou a falar, lançando um olhar de aviso para a Nana D. – Isso causou um grande dano e atrasou os planos para a renovação da biblioteca.

No momento em que tudo se resolveu, a temperatura tinha ficado muito fria para iniciar novamente.

– E o que isso tem a ver com a Prudence Grey assombrando a minha nova casa? – eu suspirei, incapaz de decifrar a conexão entre os dois eventos. É hora de enrolar ainda mais os intrometidos jovens.

– Paciência, meu neto brilhante. Estou chegando lá. – Nana D repreendeu, balançando um dedo na minha direção. – Prudence desapareceu. O Hiram não falou com ela depois que deixou a casa naquela manhã. O último lugar que ele viu a esposa foi supostamente quando ela carregava uma caixa até o porão. Ela amava tanto aquela casa... pelo menos ela não está presa assombrando outra pessoa. – Nana D olhou para baixo, cansada, abanando-se.

– É *possível* que a Prudence tenha ficado presa na biblioteca e morrido no incêndio. Os ventos estavam fortes naquele dia, o que deixou toda a tragédia difícil de ser contida. Os bombeiros conferiram o local assim que a oportunidade se apresentou, mas nunca encontraram um corpo. São tudo rumores, já que eu mal havia saído das fraldas. – minha mãe acrescentou com uma piscadela, de olho na segunda fornada de aromáticas tortas de abóbora que a Nana D havia retirado do forno.

– O Hiram *disse* que a Prudence sofria de uma severa depressão que a impediu de ser uma mãe apropriada para o Damien. – a Nana D se perdeu na história triste, os olhos cheios de remorso e arrependimento. – Eu não a conhecia bem, mas a Prudence era uma jovem inocente antes de ter se casado com aquele tolo e sofrer com a loucura dele. Os homens são um saco. Não é mesmo, Violet, querida?

– Não tenho certeza de que entendi. O que você está precisamente sugerindo que aconteceu com a Prudence? Ela está enterrada sob a biblioteca e aparecendo como um espírito vingativo na minha nova morada?

– Esse é o mistério de cinquenta anos de idade. O Hiram se mudou no dia seguinte para a Mansão Grey com sua família.

Ninguém nunca ouviu mais nada sobre a Prudence desde então, e todos que se atrevem a morar por lá fogem dentro de uma semana, reclamando sobre barulhos peculiares e aparições inexplicáveis.

– Você não pensou em me contar esta parte antes de eu comprar o lugar? – eu atirei um olhar enfático de frustração e choque para a minha avó, por sua traição. A exaustação havia me deixado mais irritado.

Assim que terminou seu café, minha mãe colocou a xícara e o pires dentro da pia.

– Eu não acredito em toda essa bobagem. O Hiram esperou o tempo necessário para declará-la legalmente morta, então se casou novamente. Para todas as intenções e propósitos, Prudence já partiu há muito tempo. Você não deveria se preocupar.

– Mas *você* acha que ela está me assombrando porque eu comprei a casa dela? – eu grunhi para a Nana D.

– Eu presumo que o Hiram se livrou da acusação de tê-la matado. O espírito da Prudence deve estar inquieto, preso dentro do último local onde morou antes de morrer de maneira tão horrível. Eu duvido que ela vá machucá-lo. – a Nana D sugeriu travessamente enquanto dava tapinhas na minha mão. – Apenas tenha consideração em compartilhar o espaço com ela, e eu tenho certeza de que tudo vai ficar bem.

Minha mãe resmungou.

– O Hiram pode ser cruel, mas ninguém suspeita que o juiz seja um assassino.

Elas estavam falando sério? No mínimo, eu merecia saber desse pedaço de história antes da Nana D me convencer a comprar o local. Minha mente imaginou estranhos cenários sobre o que poderia ter acontecido com a Prudence Grey. Eu havia ficado conhecido por investigar mortes suspeitas desde que havia me mudado de volta para Braxton mais cedo naquele ano, mas não tinha tempo para investigar um caso de cinquenta anos atrás.

– Como foi a reunião para o Festival de Outono? – Nana D

interrompeu, sua testa enrugada e a boca ligeiramente aberta, esperando ardentemente por uma resposta.

– Belinda Grey estava obstinada e feroz. Eu acho que você subestimou com quanta raiva ela ficaria quando você nos declarou os chefes do comitê de planejamento. – minha mãe vasculhou em sua gigantesca bolsa procurando pelas chaves do carro. Será que ela escondia uma cornucópia de coisas inúteis lá dentro?

– Belinda foi derrogatória durante toda a manhã. – eu me lembrei de como a segunda esposa do Hiram Grey também havia se recusado a nos parabenizar por garantir a Madame Zenya como a médium residente do espetáculo que está por vir.

– Hiram e Belinda eram perfeitos um para o outro. Eu poderia te contar histórias sobre aquela mulher grosseira. O ruim é que aquele juiz velho e rabugento tem a necessidade de encontrar uma nova esposa de anos em anos. Cinco filhos com seis esposas fazem dele uma ameaça para a sociedade. – a Nana D nos relembrou de que o nosso magistrado local era um Henrique VIII moderno, só que ao invés de decapitar suas esposas, ele as fazia *desaparecer*. – Algumas foram provavelmente assassinadas como a Prudence. Ele torturou as outras até que elas cederam à pressão, para escapar da sua tirania. – ela riu em voz alta, então tirou o seu telefone retrô amarelo do gancho.

– Ele se divorciou há pouco tempo da número seis, certo? – minha mãe perguntou indiferentemente.

Nana D contou as esposas do juiz usando os dedos de uma mão, ficando sem dedos depois da quinta.

– Sim. Elas parecem ser mais novas a cada vez. Agora, deem o fora. Tenho algumas ligações para fazer.

Assim que minha mãe foi embora, Emma, Baxter e eu visitamos a nossa nova casa. Apesar de ser final de semana, Nicky havia pagado hora extra para sua equipe colocar o revestimento no banheiro e fazer o encanamento da cozinha. Eu estacionei o carro e sugeri que a Emma levasse o Baxter até o jardim cercado para brincar. Uma grande aranha peluda havia tecido uma nova teia cruzando a varanda frontal, balançando na leve brisa da minha aproximação apressada. Ela estava parada cuidadosamente no centro, e enrolava sua mais nova recente presa em uma mistura grudenta de fios brancos, me encarando e me instigando a jogá-la longe, se eu me atrevesse. Assim que eu me abaixei, passando por ela e entrando pela porta, Nicky se aproximou ansiosamente de mim com sua mão manchada de graxa colocada em sua testa.

– Kellan, estou te ligando há horas. Você não recebeu minhas mensagens? – havia exasperação nas palavras do jovem construtor. Sua linguagem corporal estranha denotava que algo desastroso havia acontecido.

Pegando o celular do meu bolso, eu percebi que havia desligado ele acidentalmente.

– Não, me desculpe. O que houve? Tem algum problema com a reforma?

Nicky sacudiu repetidamente a cabeça e franziu seus lábios finos e tensos.

– Não, é melhor que você veja por si mesmo. Siga-me. – enquanto me puxava pelo corredor principal em direção à entrada do porão, meu construtor abalado, agitadamente me explicou como ele e sua equipe haviam chegado às dez da manhã. – Nós entramos usando a única chave para a porta da frente. Olhe o que nos esperava.

Meu coração imediatamente disparou como um trem bala enquanto eu absorvia o aroma pungente de choque que havia no ambiente. Com a mesma tinta vermelha que eu havia passado no quarto do Ulan, alguém havia escrito uma mensagem desgrenhada na porta trancada do porão.

Fiquem longe ou sofram uma morte terrível!

CAPÍTULO DOIS

– Obviamente, isso é uma retribuição por alguma coisa terrível que você fez. – Eleanor me provocou, passando as duas mãos por seu cabelo loiro escuro e encaracolado. Um perfume forte de sálvia e alecrim soprava da cozinha da Lanchonete Pick-Me-Up até o pequeno escritório nos fundos, aumentando o meu desejo pelos banquetes futuros com peru assado e molho caseiro. – O fantasma da Prudence Grey retornou do Grande Além para te ensinar uma lição valiosa.

– Eu sempre fui um anjo. – eu relembrei à minha irmã, confiante de que não havia nada em meu passado que justificasse a mensagem de aviso alarmante na porta do meu porão. – Eu não te protegia na escola? Eu nunca te torturei como o Hampton e a Penelope. – como os mais velhos dos irmãos Ayrwick, eles nos bombardeavam a todo o momento. Eu era o filho do meio, em seguida vinha a Eleanor e por último o Gabriel, o bebê da família. Nós todos tínhamos dois anos de diferença, apesar de isso ter parecido muito mais quando éramos crianças. – Pare de tentar me fazer acreditar nas suas superstições malucas sobre reencarnação.

– Não em uma vida *anterior*. Você irritou alguém *nesta* vida. Se a Prudence morreu sob circunstâncias misteriosas, ela pode estar presa entre os mundos e descontando isso em você. – usando ambas as palmas, Eleanor alisou os bolsos das calças, para que eles não acentuassem seus quadris. Por mais que ela tivesse ficado mais confortável com seu corpo nos últimos tempos, o instinto muitas vezes falava mais alto e a fazia ficar muito focada em certos traços. Desde que ela havia começado a namorar novamente, eu percebi pequenas mudanças ou reversões de seus comportamentos passados: maquiagem adicional, visitas frequentes ao salão de beleza, e uma disposição obviamente mais animada.

– Então você acha que ela está entediada e se entretendo comigo? Como eu faço para a mulher voar para longe? – eu havia temporariamente entendido as noções tolas da minha irmã. Uma parte curiosa de mim reconhecia que coisas estranhas e inexplicáveis aconteciam periodicamente. Se elas vinham de uma visita alienígenas, de obscuridades paranormais ou uma severa paranoia da humanidade, eu não tinha certeza. Apesar de ter uma mente aberta e experimental, eu acreditava mais fortemente que alguém de carne e osso havia feito a ameaça de morte. Eu só não sabia o motivo e nem a identidade do patife.

Quando Eleanor ajustou a manga de sua blusa, a cicatriz que ela havia sofrido em um incêndio na cozinha apareceu, apesar de estar bem menos visível.

– Sou uma novata nesse reino. A Madame Zenya tem conhecimento suficiente pra negociar um acordo com o espírito da mulher. Talvez, se você arrumar um quarto privativo para ela, Prudence não vai mais te incomodar. Afinal de contas, essa é a casa dela. – Eleanor era uma seguidora da médium biruta durante anos e foi ela quem sugeriu que nós a convidássemos para o nosso querido evento.

– Escute aqui! Eu estou me mudando para fora de uma casa onde uma mulher maluca de setenta e cinco anos tenta controlar a minha vida. Não vou morar com outra louca com idade e atitude semelhante. Eu comprei esse lugar legalmente. – meu punho bateu contra a mesa dela para provar o meu ponto e esconder o meu estômago revirado.

– Eu certamente vou contar para a Nana D que você a chamou de louca. – Eleanor se atreveu, acenando para o Manny entrar quando o gerente esguio de olhos castanhos parou na porta. – A venda pode não ter sido correta. Se o Hiram matou a Prudence cinquenta anos atrás, então ele não poderia herdar a casa. Não é essa a regra para impedir que um assassino enriqueça por causa de suas vítimas?

Manny havia imigrado de El Salvador quinze anos atrás, e teve sorte de conseguir sua cidadania antes que nós tivéssemos fechado nossas portas. Falando um inglês melhor do que a maioria das pessoas que haviam nascido no nosso país, ele explicou:

– Isso é chamado de Lei Slayer. Se você comprou a casa de alguém que havia matado a esposa, então o que a Eleanor disse faz sentido. A não ser, é claro, que o seu visitante problemático seja um fantasma celestial, então no caso a Madame Zenya pode ser a sua melhor aposta para se livrar da Prudence.

– Você realmente está do lado da minha irmã sobre o maluco que está me ameaçando se eu não for embora? – eu revirei os meus olhos em frustração completa. – Estou completamente em desvantagem aqui. Eu nunca nem tinha ouvido o nome da Prudence antes, e agora, todos estão convencidos de que é o espírito dela que está me assombrando do Grande Além.

Emma seguiu o Manny para dentro do escritório, a cabeça inclinada para o lado pensando profundamente.

– Talvez ela não seja um fantasma. Nós pensamos que a mamãe estava morta, mas ela voltou à vida.

Meu coração afundou nas profundezas como o Titanic. Nenhuma criança deveria sofrer como da maneira que a família da Francesca havia feito com a Emma.

– As pessoas não voltam realmente à vida, querida. O desaparecimento da mamãe foi uma circunstância especial.

Lembra-se? Nós conversamos sobre isso quando a visitamos em Los Angeles.

– Eu sei, papai. Isso poderia ser possível, mas provavelmente não é. – Emma passou o dedo pela moldura da parede antes de pular animadamente no colo da minha irmã. – Posso fazer um lanche, Tia Eleanor? O almoço foi horas atrás. O papai esqueceu de me dar comida. Ele está distraído o dia inteiro.

Minha boca ficou aberta. Ulan havia preparado um café-da-manhã completo com biscoitos, ovos e salsichas, enquanto eu tinha ido correr com meu melhor amigo, Connor. Também havia esquentado duas pizzas congeladas para o almoço deles. Mas então, eu também estava faminto, assim como a minha filha. Eu só admitia um caso insignificante de preocupação, trazida quando Nicky me mostrou a mensagem na porta do porão no dia anterior. Assim que eu e o Nicky procuramos pela casa pelo autor da mensagem, ele havia confirmado que aquilo havia ocorrido apenas numa janela de dez minutos entre a minha partida junto com a minha mãe e a chegada dele naquela manhã. Ninguém mais havia entrado, mas ele me relembrou de que a porta do hall circular posterior estava praticamente caindo. Ele pretendia trocar a tranca, mas nunca encontrava tempo. Nicky sugeriu que havia sido alguém querendo fazer uma pegadinha inspirado pela essência do Halloween, ou uma pessoa sem-teto que havia dormido na casa antes de eu comprá-la. Será que um andarilho poderia estar tentando me assustar para eu ir embora? Por mais que eu não refutasse as teorias dele, eu também não estava pronto para aceitá-las.

– Que tal um bolo de carne picante de lobisomem e um purê de batatas com alho para assustar esses vampiros maldosos? – Manny sugeriu para a Emma, colocando a mão dela na dele e apontando na direção da cozinha.

Emma apertou os olhos com apreensão crescente sobre a decisão e esticou a mão para tocar no brinco de caveira da orelha esquerda dele. Normalmente, ela achava o queixo dele fascinante, mas sua barba grossa havia coberto ele para o inverno.

– Isso vai impedir um ataque de zumbis também?

Eu despenteei o cabelo dela e olhei para o Manny.

– Que tal só uma salada com algumas fatias de presunto? – depois de visitar outras fazendas locais onde Emma aprendeu sobre os galinheiros sujos e casas de abate, algo destinou a minha preciosa filha a se tornar vegetariana. Ela havia decidido ser mais gentil com seus amigos animais, mas eu a fazia comer o máximo de proteína possível enquanto ainda podia. – E obrigado por apoiar a Eleanor nessa teoria de fantasmas, cara. Minha retribuição vai chegar algum dia.

– O Manny sabe de onde vem seu pão com manteiga. – Eleanor brincou timidamente. Ela não era apenas a chefe do Manny, mas eles haviam começado a namorar naquele verão, depois que minha irmã abandonou o crush insistente dela no meu melhor amigo. Ela não teve muita escolha já que o Connor Hawkins se focou no seu relacionamento com a Maggie Roarke, a bibliotecária-chefe. – Figurativamente, é claro. Nós somos todos iguais de todas as maneiras.

– Eu não escolheria outra maneira. – Manny beliscou a bochecha da Eleanor e saiu com a Emma.

– Vocês dois estão indo meio rápido, hein? – eu me lembrei de como alguém havia enganado o Manny a entrar em um casamento falso na primavera passada. Ele estava hesitante inicialmente de entrar em alguma coisa séria com a Eleanor.

– Nós temos trabalhado juntos há três anos nesta lanchonete. Tentamos ir devagar, mas o destino tinha outros planos. – ela brilhava, seu sorriso tão grande que não cabia dentro da sala sem quebrar o forro.

– Estou animado por você, mana. Já estava na hora de um homem bom perceber o quão fantástica você é. – a Eleanor tinha ficado solteira pela maior parte da vida. Enquanto ela se agarrava ao fio de esperança de que as coisas pudessem funcionar com o Connor, eu sabia que o coração do meu melhor amigo pertencia à minha ex-namorada. Maggie e eu fomos namorados durante a faculdade, mas terminamos na época da graduação. Quando eu retornei à Braxton na primavera passada, Connor anunciou sua decisão de cortejar a Maggie. Isso quase nos impediu de reconstruirmos a nossa amizade. Felizmente, nós resolvemos durante várias sessões pesadas de exercícios na academia.

– Por falar em alguém perceber o quão fantásticos os Ayrwick são, como estão as coisas com a sua namorada xerife? – Eleanor nunca foi adepta da arte de trocar de assunto em uma conversa de maneira suave.

A Xerife April Montague e eu havíamos nos conhecido seis meses atrás, imperiosamente brigando pior do que dois candidatos políticos, jogando lama um no outro nas entranhas de uma eleição implacável. Eu pensava que ela era teimosa e narcisista. Ela me chamava de sabe-tudo intrometido que existia puramente para torturá-la. Eu não pude evitar a encontrar vários corpos e descobrir quem era o assassino deles antes que ela o fizesse; no entanto, a April sentia isso de maneira diferente e considerou me prender em várias ocasiões. Então, enquanto nós trabalhávamos juntos para enganar o sequestrador da minha ex-esposa, todas essas emoções intensas que nós dois estávamos cultivando, de alguma maneira se converteram em uma química sexual explosiva. Nós havíamos tido apenas um pseudo encontro antes das coisas seguirem para várias direções diferentes.

Eu havia passado os últimos meses voando para Los Angeles para comparecer a reuniões executivas com o produtor do meu antigo show de televisão, o *Realidade Sombria*, e para cuidar do súbito reaparecimento da minha esposa morta, Francesca. Quando os Los Vargas, a família mafiosa rival, havia ameaçado matar a minha outrora amada, três anos atrás, os pais da Francesca fingiram a morte dela para salvar sua vida. Por acaso, os meus sogros consideraram me contar isso antecipadamente? Não. Aparentemente, eu não estava em uma posição alta na família Castigliano. Ao invés disso, depois de dois anos tentando me recuperar da morte dela, eu me mudei de volta para a Pensilvânia, para criar a Emma perto da minha família. Foi então que a Francesca retornou ao mundo dos vivos e o Cristiano Vargas a sequestrou subsequentemente. Durante a guerra que se seguiu para resgatá-la durante o verão, o pai da Francesca foi morto. Agora, ela e a mãe estavam envolvidas em uma tonelada de problemas legais relacionados à falsa morte dela, sua ressureição complicada, e antigas associações com a máfia.

Quanto a April, quando a cirrose do pai dela piorou, ela coordenou os cuidados paliativos e o funeral dele em Buffalo. April não tinha mais nenhuma família além de seu irmão de dezessete anos, o Augie, de quem ela estava cuidando nos últimos cinco anos. O pai alcóolatra deles havia culpado o Augie pela morte de sua esposa, e por várias vezes descontou sua angústia na forma de abuso físico e mental. April entrou com pedido de custódia do irmão dela na primeira vez em que descobriu que ele havia apanhado e sangrado.

– A April retorna para casa hoje à noite. Ela fechou o acordo sobre a casa do pai dela na sexta-feira passada e passou o final de semana movendo tudo para um armazém. – depois de colocar a Emma para dormir na noite passada, eu havia ligado para a April para perguntar a opinião dela sobre o incidente na casa. Ela havia me contado sobre a sua viagem para casa, e planejava passar por aqui para discutir o problema com o fantasma, ou mendigo, ou alguém fazendo pegadinha, ou a minha imaginação fértil.

– Você conseguiu descobrir por que a April não queria responder a sua pergunta sobre ter sido casada anteriormente? – Eleanor sinalizou para eu segui-la enquanto ela saía do escritório. A equipe dela havia transformado a lanchonete em um Espetáculo de Halloween, com abóboras de papelão, assustadores fantasmas esvoaçantes e arranjos de flores e frutas pendendo do teto. *A Convenção das Bruxas* passava em um loop infinito nas telas de televisão.

– Não. Ela não quis me responder durante o casamento da Tia Deirdre, e nós não tivemos uma oportunidade de ter uma conversa privativa. Nas poucas ocasiões em que nós estivemos no mesmo lugar juntos, o Augie, Ulan ou a Emma também estavam presentes. Eu nunca me senti suficientemente confortável para mencionar isso. – no lado positivo, Augie e Ulan tinham se ligado instantaneamente e se tornado amigos íntimos naqueles primeiros encontros. Augie era dois anos mais velho, mas o período de um ano que Ulan passou na África deu aos garotos algo para conversarem, já que o Augie já tinha decidido se tornar um veterinário.

Quando a recepcionista acenou para a Eleanor, minha irmã parou no balcão frontal. Ela se virou e sorriu como o gato Cheshire depois da breve conversa delas.

– Siga o seu próprio conselho. Não apresse isso. Agora que vocês dois estão em Braxton por algum tempo, deixe as coisas florescerem no seu próprio ritmo.

– Isso é um conselho da mais nova especialista em relacionamentos da cidade? – eu dei de ombros quando ela me mostrou o dedo.

– Eu sei que você precisa ir embora, mas o Hampton está aqui. A Nana D contou a ele que você viria me ver. – Eleanor apontou para a cabine onde o nosso irmão mais velho estava sentado, conversando expressivamente ao telefone.

– Ohh, que diversão que isso vai ser. – de qualquer forma, eu precisava conversar com ele, e a April e eu não iríamos nos encontrar até duas horas depois. – O Augie vai buscar a Emma quando o turno do seu trabalho voluntário no abrigo de animais terminar. Ele também vai buscar o Ulan do curso preparatório SAT, e encontrar comigo e com a April na casa nova. Nós vamos todos jantar juntos e conversar sobre o que aconteceu enquanto ela esteve longe nessa semana. – parecia que eu precisava encontrar um nome para a minha morada, ou invés da nova casa. Ótimo, mais uma tarefa!

Eleanor tentou, mas falhou miseravelmente, esconder uma expressão presunçosa.

– Família instantânea?

– Não comece. Augie e Ulan são amigos. Eu e a April somos amigos. Nós podemos explorar algo, mas existem vários outros passos que precisam acontecer antes que eu e ela possamos até mesmo considerar...

– Isso não é assunto meu. Vá lá, converse com o Hampton. Eu vou pedir para a Madame Zenya entrar em contato com a sua aparição visitante. – Eleanor fugiu, evitando que eu cutucasse suas costelas ou puxasse sua orelha.

Eu respirei fundo e casualmente andei em direção à mesa do Hampton. Ele e sua esposa, Natasha, haviam chegado de Tulsa no Dia do Trabalho com seus três filhos mais velhos, que eles haviam enviado anteriormente para uma escola interna de elite em Connecticut. Eles haviam acabado de ter seu quarto filho no mês passado, e contrataram uma babá para morar na sua nova pequena mansão perto da Alameda dos Milionários, portanto eu os considerava o perfeito casal esnobe que nós todos amávamos odiar. O pai da Natasha era um magnata do petróleo internacional, que havia furado um novo poço na Pensilvânia, perto das minas Bestcha. Ele implorou ao meu irmão enigmático e zombeteiro, para supervisionar a operação, esperando que Hampton pudesse eventualmente assumir total responsabilidade pela empresa.

Hampton, uma cópia alta e esguia do nosso pai, só que com o cabelo mais escuro e menos rugas, ofereceu-me tanto um sorriso como um enrugar de testa quando eu cheguei à mesa. Ele terminou bruscamente sua ligação telefônica e me aconselhou a sentar.

– Eu perdi uma hora tentando te encontrar e esperando você passar por aqui. O tempo é precioso, meu irmão. Mas então, alguns dos nossos empregos são mais prestigiosos e árduos do que de outros. – ele inclinou a cabeça para o lado, estralou seu pescoço de maneira estranha, e olhou além de mim para a garçonete.

Imediatamente, lembranças dos meus anos de tortura como adolescente vieram à superfície. Com trinta e sete anos, ele era o meu irmão mais velho, e nunca havia me apoiado. Eu recebia notícias infrequentes pela Eleanor sobre ele e a nossa outra irmã, Penelope. Minha mãe me pressionou para eu dar a ele outra chance quando ele se mudou de volta para o Condado de Wharton. Sendo um filho leal e atencioso, eu concordei.

– Eu já tive um dia complicado. Não o faça ficar pior. Qual é a urgência? – eu entrei na cabine me sentando em frente a ele, ansioso pela discussão do século se ele começasse.

– Você implorou pela minha assistência. Eu fui suficientemente gentil de não te cobrar pelo meu trabalho, e é assim que você me paga? Nossa mãe estava errada. Ela sugeriu que você estava com a mente mais aberta e disposto a tentar melhor nesses tempos. – Hampton destrancou sua maleta e retirou uma pasta. – Eu tinha onze minutos e meio para discutir as minhas descobertas com você, mas você já desperdiçou quatro minutos deles.

Quando Hampton tentou ir embora, eu engoli meu orgulho e pedi que ele ficasse mais um pouco.

– Me desculpe. Eu não sabia que você estava esperando por mim. Foi incrivelmente generoso de sua parte lidar com todo esse trabalho. O que você descobriu sobre os direitos legais da Francesca?

Enquanto olhava seu relógio de pulso com os olhos negros, ele grunhiu e marcou um alarme.

– Vou te dar cinco minutos. Basicamente, de alguma maneira, você conseguiu fazer tudo do jeito correto. Apesar de a Francesca ter direito à metade de seus bens matrimoniais, ela assinou um contrato renunciando seus direitos para quaisquer coisas que vocês possuíssem juntos à época que emitiram a certidão de óbito dela.

– Então, eu não tenho nada com o que me preocupar. Isso

significa que eu posso iniciar os procedimentos de divórcio, seja lá como você os chama? – eu não queria fazer a situação ficar pior, mas três meses já haviam se passado sem nenhuma mudança oficial no nosso relacionamento. Eu havia voado para a Califórnia mensalmente para restabelecer uma conexão entre a Emma e a mãe dela, assim como para documentar o meu conhecimento do que havia acontecido durante a suposta morte da Francesca. Até que ela cuidasse de todas as ramificações legais, Francesca só poderia visitar a filha sob a minha supervisão. Quando essa novela dramática iria acabar?

– Não foi isso que eu disse. Pare de fingir que você tem qualquer conhecimento legal. Deixe-me cuidar dessa coisa de gente grande, okay? – Hampton estralou os dedos e inclinou a cabeça, enfatizando sua afirmação.

Eu interrompi antes que ele pudesse falar.

– Eu só estou tentando entender o que acontece em seguida.

– O advogado da Francesca está tentando rescindir a certidão de óbito dela. Assim que ela for considerada viva como eu e você, então você pode seguir com o divórcio. O resto são coisas que a Francesca tem que cuidar. Não há nada para você se preocupar com a sua linda cabecinha, Kel-baby.

Eu rangi meus dentes com o temido apelido de adolescente.

– A sua filha mais velha é um ano mais nova do que a Emma. Será que não deveríamos ser legais para o bem delas? Talvez elas pudessem ser amigas e primas.

– Eu tenho certeza de que a Emma é uma boa menina, apesar de ter uma princesa da máfia como mãe e um cara imprevisível como pai, mas... – ele começou, então pausou enquanto uma garçonete enchia seu copo de água. Ele se virou para a mulher e reclamou: – Eu pedi a conta há dez minutos. A minha irmã é a dona desse pequeno local pitoresco. Será que eu preciso chamá-la aqui? – seus olhos se voltaram para o relógio, então veio a observação impressionante. – Minha filha precisa ficar perto de amigos mais estimulantes. Você tem sessenta segundos, Kellan.

Calliope Nickels, uma mulher durona, com quase quarenta

anos, e que não aceitava abuso de ninguém, arrancou uma folha de papel em branco de seu bloco e escreveu alguma coisa antes de entregar a ele.

– Já que a sua irmã é a dona desse local, ela me disse que a sua refeição era por conta da casa, *senhor*. Eu já havia lhe dito isso quando você me pediu a conta inicialmente, mas você estava gritando com algum pobre rapaz no seu telefone caro, sobre o seu preço por hora ser mais do que ele poderia pagar. – Calliope, com metade do cabelo espetado e pintado de rosa neon e a outra metade raspada, se virou para mim com desgosto. – Você deve ter herdado todo o bom DNA. Eu não consigo acreditar que esse cara é seu irmão, Kellan. A Eleanor nunca me disse o quão arrogante ele tinha se tornado.

Eu ri para a foto do Frankenstein na parede atrás do Hampton, percebendo pela primeira vez a semelhança inegável. Por causa do tom esverdeado que a pele do meu irmão ganhava quando ele ficava com raiva, a estrutura ampla de seus ombros de jogador de futebol americano, e aquelas orelhas grandes, eles poderiam ser gêmeos.

Enquanto Calliope se afastava balançando seus quadris largos e estalando os dedos roliços, ela gritou de volta:

– Não se incomode com a gorjeta. Eu parei de recolher moedas anos atrás.

O rosto do Hampton ficou tão vermelho quanto a cor de um de seus vinhos merlot raros e importados.

– Como ela se atreve...

– Você pediu por isso. Ela é a melhor funcionária da Eleanor e a filha de um dos amigos da Nana D, Lloyd Nickels. – eu também percebi que isso a fazia ser a sobrinha da Belinda Nickels. Aparentemente, tanto eu como a Calliope tínhamos membros da família que eram egoístas a ponto de se esquecerem sobre como se comportar em público.

– Eu não tenho tempo para essa besteira. – Hampton comentou exasperadamente, e vasculhou em sua carteira. – Leia o resumo em letras vermelhas no fim do arquivo para se proteger e se preparar para uma eventual briga por custódia. Baseado em tudo o que eu deduzi, ela e o Cristiano provavelmente vão evitar a prisão, mas o julgamento não começa até o mês que vem. – Hampton se levantou, pegou sua maleta e jaqueta, e jogou uma nota nova de cinquenta dólares para mim. – Essa é a menor quantia que eu carrego. Será que você pode me dar o troco, para que eu deixe uma gorjeta para aquela pobre garçonete? Eu sempre pago as minhas contas, e o seu tempo acabou.

Eu empurrei o dinheiro para longe.

– Duvido. Eu geralmente pago com cartão, mas tenho pelo menos um dólar para gorjetas.

Hampton saiu marchando com raiva da lanchonete. Eu ri para a pequena crise dele e coloquei uma nota de dez dólares na mesa. Era mais do que o necessário, mas a Calliope havia sofrido o suficiente tendo que servi-lo.

Dei um beijo de despedida na Emma na cozinha e segui para o meu escritório. Apesar de ser tecnicamente final de semana em Braxton, eu queria usar esse tempo para avaliar as provas e arquitetar o plano de ensino do próximo semestre. A minha chefe, a indomável Dra. Castle, havia dado o prazo final para o fim da semana.

Assim que cheguei ao Hall Diamante, encontrei a nossa nova professora temporária. A Dra. Hope Lawson iria lecionar dois cursos naquele semestre: um sobre misticismo e outro sobre literatura paranormal. Eu a havia entrevistado algumas semanas atrás e pensei que ela seria uma adição perfeita para o departamento, mesmo que temporariamente. Como parte do programa de expansão de Braxton para uma universidade, Myriam havia conseguido um excesso de fundos para contratar dois novos professores em tempo integral no ano acadêmico seguinte. Ela insinuou que eu poderia ser um deles, lembrando-me que atualmente era considerado apenas um professor adjunto de meio período.

Enquanto a Dra. Lawson era supremamente qualificada

para o cargo, ela havia mencionado algo na nossa entrevista que fez soar alguns sinos de alarme. Quando eu perguntei sobre o porquê de ela querer se mudar de Nova Orleans para uma pequena cidade na Pensilvânia, a professora temporária confirmou que a mãe dela havia morado na área. Depois de uma exploração mais profunda, a Dra. Lawson rapidamente revelou que alguém havia injustiçado a família dela, e ela pretendia corrigir isso. Eu havia sentido um perigo potencial, e notifiquei a Myriam sobre essa parte da nossa conversa. A Myriam rejeitou a minha informação adicional, dizendo que tinha pouco interesse ou tempo para as vidas pessoais de sua equipe, contanto que eles fossem inteligentes para seguir as regras da faculdade e se manter longe de problemas. Eu havia cumprido a minha responsabilidade de passar a mensagem, e voltei o meu foco para os meus próprios deveres. A Dra. Lawson subsequentemente chegou ao campus no fim de agosto, se tornando uma adição exemplar para o departamento, e uma potencial amiga que insistia que eu a chamasse de Hope. Eu ainda não havia perguntado se ela havia cuidado dos seus negócios inacabados, mas entusiasticamente desejava que ela compartilhasse seu progresso comigo.

– Kellan, eu pensei que fosse a única trabalhando hoje. – Hope me cumprimentou com um sorriso cheio de dentes. Seu cabelo crespo estava preso com uma presilha prateada, e várias mechas caíam sobre sua testa. Ela tinha uma compleição morena, um pouco mais clara do que o Connor, que era caribenho e sul-africano. Suas rugas ao redor dos olhos sugeriam que a professora era cerca de uma década mais velha do que nós, mas eu não podia ter certeza.

– Eu também. O dever chama, eu suponho. Nós temos o prazo final da Myriam para aderir, ou então ela vai nos jogar longe como gatos de rua. – eu peguei um punhado de doces de uma tigela na mesa dela e dei um sorriso maroto.

Depois de rirmos sobre a preferência da nossa chefe por

citações aleatórias de Shakespeare, Hope me surpreendeu ao mencionar a entrevista original dela.

— Você conhece a família Grey? Você deve se lembrar de que eu dei uma pista sobre algo no passado da minha família que me levou a considerar essa oportunidade em Braxton.

— Sim, eu conheço. — eu afirmei indiferentemente, secretamente doido para descobrir o que ela queria dizer. — Eu já lidei com alguns membros daquele clã. O Juiz Hiram Grey tem estado naquele cargo há mais de trinta anos. Infelizmente, estou trabalhando com sua ex-esposa, Belinda Nickels Grey, para planejar o Festival de Outono, e eu lecionei para duas de suas netas, a Imogene e a Carla. — mesmo apesar do primeiro campo de estudo da Hope ser literatura paranormal, eu escolhi não mencionar a possibilidade de que o espírito hostil da Prudence Grey estivesse ameaçando me assassinar se eu me mudasse para a casa dela. Algumas pessoas pensariam que eu sou louco.

— Eu posso vir a precisar de uma introdução. Posso contar com você? – a expressão do rosto dela combinava com seu nome, mas havia também uma pista de desespero sob seu tom tímido. Ela ficou mexendo com a manga de sua jaqueta marfim até que se alinhou com uma camisa de seda laranja que tinha por baixo.

— Eu não quero ser enxerido, mas você mencionou que *queria consertar uma injustiça* do passado. Eu vou te ajudar, contanto que você tenha boas intenções, mas preferiria não me envolver em nada problemático ou confrontativo.

Hope se encostou contra a cadeira.

— Nada com o que você tenha que se preocupar. Para ser honesta, eu tenho pouquíssimo com o que seguir a não ser algumas palavras errantes de uma mulher que infelizmente está desenvolvendo Alzheimer. – Hope explicou que o médico havia diagnosticado a mãe dela com a doença depois de vários episódios de amnésia durante o ano. Enquanto isso não era sério, Hope havia convencido a mãe dela e uma tia próxima a se mudarem para sua própria casa enquanto ela estava fora da cidade. Durante o processo de mudança, elas encontraram itens pessoais que levaram a mãe dela a contar histórias sobre os anos em que ela havia morado em Braxton.

– Quanto tempo ela morou aqui? – eu me perguntei se a Nana D conhecia a mulher.

– Não tenho certeza. É possível que ela tenha crescido no Condado de Wharton, mas a minha mãe nunca fala sobre sua infância. Eu fiquei sabendo primeiro da conexão dela quando nós estávamos limpando o sótão e encontrei a foto dela em frente à biblioteca da faculdade. – Hope descansou uma palma contra o peito, revelando a dor que estava guardando por causa da doença da mãe. – Está diferente agora, mas definitivamente é o mesmo prédio.

Hope comentou que a reunião final sobre a reforma da Biblioteca Memorial estava prestes a começar, citando como a Maggie Roarke havia sugerido que ela participasse do evento para conhecer as outras pessoas do campus. Eu mesmo queria participar, mas percebi que a April chegaria em breve e a Maggie poderia me contar sobre a reunião no dia seguinte. Enquanto a Hope ia embora, um aroma cítrico veio dela e ficou pelo ar.

Apesar de eu não ter ideia de quando a mãe da Hope havia morado em Braxton, será que a mulher poderia ter alguma ligação com a esposa desaparecida do Hiram? Eu saí do prédio, pensando se havia alguma foto disponível da minha aparição não-tão-amigável. Eu dei entrada em algumas notas na minha lista de coisas a fazer no meu celular, me lembrando de conferir os arquivos da faculdade para encontrar a fotografia e perguntar para a Hope sobre o nome da mãe dela. Alguma coisa me dizia que a solução não poderia ser assim tão simples; será que era apenas uma coincidência o fato de que um fantasma potencialmente vingativo, ou um ser humano irracional, havia vandalizado a minha nova casa ao mesmo tempo em que a Dra. Hope Lawson se mudou para Braxton?

Retirando os pensamentos irracionais da minha cabeça, eu segui pelas ruas residenciais arborizadas em direção à minha quadra, na Rua Sem Saída. Enquanto a minha casa era extremamente perto da Biblioteca Memorial no Campus Norte de Braxton, as ruas tortuosas e o terreno acidentado faziam a transição entre um local e o outro ser muito mais longo. A cul-de-sac havia sido nomeada apropriadamente. Fazia fronteira com uma área arborizada cheia de tocos de árvores enegrecidos, e era inacessível exceto por uma estrada escura e sombria, residindo no pico de uma colina, onde criminosos e um trio de bruxas foram enforcados até a morte séculos atrás. As folhas giravam e dançavam no ar errante e úmido, quase correndo para a segurança de algo escondido nas sombras.

No espírito da época de Halloween, muitas casas na vizinhança penduravam espantalhos nos seus postes de luz, e colocavam teias de aranha falsas em suas varandas. Pinheiros derrubavam suas agulhas no chão rústico, fogueiras queimavam aromas inebriantes de toras de cedro em lareiras próximas, e vários transeuntes devoravam palitos de cidra de maçã com canela. A minha casa favorita havia instalado gigantescas abóboras infláveis que brilhavam durante a noite com luzes laranjas, verdes e amarelas. Meus vizinhos da porta ao lado até mesmo tinham montado uma família de esqueletos que cavavam fervorosamente túmulos no seu jardim frontal, o que explicava o motivo para o meu pesadelo pesado daquele final de semana.

April estacionou na minha entrada da garagem e saiu do carro, arrumando várias mechas de cabelo que o vento jogava descuidadamente para fora de lugar.

– Olá, estranho. – ela chamou em voz alta enquanto eu caminhava pela calçada. O jardim frontal havia sido um dia uma paisagem bem cuidada, mas a falta de cuidado ao longo dos anos o havia deixado selvagem e cheio de lama.

Apesar da exaustão que brotava da pele cheia de sardas da April e de seus olhos verdes-limão, ela me cumprimentou com um sorriso. Havia uma pista crescente de cautela misturada também, já que nós não havíamos nos visto em quase um mês por causa das nossas agendas.

– Deve ser um alívio para você não ter que viajar novamente para Buffalo.

April se inclinou para frente, então escarneceu.

– Sim, está feito. Pelo que escutei, você se manteve longe de problemas enquanto eu estava fora. O *Localizador da Morte Improvável* tem estado quieto durante os últimos três meses.

– É claro. Nós não tivemos nenhum assassinato enquanto você esteve fora. Talvez eu não seja uma praga no registro do condado, hein? – meu corpo formigava e esquentava ao ficar tão perto da April, apesar do novo apelido que ela me deu referindo-se ao meu talento para encontrar cadáveres.

– Ainda assim, um fantasma está teoricamente ameaçando você. Você não está tão limpo quanto gostaria, Kellan.

Eu destranquei a porta livre de aranhas e mostrei para a April a mensagem que o vândalo havia escrito perto do porão. Ela me fez as mesmas perguntas que eu havia feito ao Nicky e o restante dos trabalhadores.

– Não havia nenhuma pessoa por aqui, e ninguém viu alguma coisa. Ainda nenhuma chave. Eu posso ter que mandar fazer uma.

– Eu não estou inclinada a acreditar que isso foi obra de uma pessoa sem-teto, ansiosa para reivindicar seu local. – ela me aconselhou, tocando a fenda entre o batente da porta e sua moldura. – Está selada mais firmemente do que a carteira do Scrooge.

O sol estava começando a se pôr, sua luz entrando pela janela da cozinha e abraçando o corpo da April enquanto ela se inclinava para frente. Apesar de eu não cair facilmente no encantamento, a experiência parecia mágica. Dando um passo para frente, eu coloquei minhas mãos nervosas nos quadris volumosos da April. Apesar dos centímetros de distância, o perfume floral que ela havia passado generosamente em seus pulsos me enlaçou.

– Já faz muito tempo desde o casamento. – nós havíamos nos

beijado brevemente naquele dia, mas fomos interrompidos antes de chegar a algo mais íntimo.

– Você está sexy demais para seu próprio bem, Kellan. As crianças vão chegar a qualquer momento, e nós nunca terminamos de conversar sobre essa química entre...

– Você quer conversar, ou quer aproveitar o momento? – eu puxei a April para mais perto, e nós juntamos nossos lábios nervosos. As mãos dela agarraram o meu pescoço, mandando uma série de arrepios pela minha espinha, sem mencionar outros lugares que eu não podia ignorar. Você sempre se lembrava do seu primeiro beijo de verdade, mas é raro quando a intensidade prejudicava sua capacidade de pensar apropriadamente.

– Isso respondeu a sua pergunta? – ela me provocou, deixando uma mão fazer cócegas no espaço entre o meu peitoral e o abdômen antes de seguir para a minha cintura. Quando ela encontrou a fivela do meu cinto, me puxou para mais perto e cheirou o meu pescoço. – É bom estar em casa.

– Isso... valeu a espera. – eu sussurrei, então mordi gentilmente o pescoço dela. Eu estava prestes a focar nos lábios dela novamente, mas um som perturbador entrou no caminho. – Será que é possível ignorar quem estiver ligando para você?

April sacudiu a cabeça e tentou se afastar de mim. Nossos corpos ainda estavam pressionados juntos, deixando espaço apenas para ela pegar o celular do bolso.

– Não dessa vez. O Connor está me atualizando sobre os eventos inesperados na última reunião de Braxton sobre a reforma da Biblioteca Memorial. As coisas ficaram feias mais cedo, e estou preocupada que algo pior possa acontecer.

– Isso não parece bom. – eu xinguei o meu melhor amigo por interromper o meu momento com a April. Sim, o Connor era o mais novo detetive do Escritório do Xerife do Condado de Wharton, e ela era a chefe dele, mas será que ele não podia desaparecer por dez minutos? – Eu vou deixar um peso pesado cair no pé dele amanhã de manhã na academia. Eles dizem que a retribuição...

April colocou um dedo nos meus lábios e pressionou aceitar a ligação na tela.

– Hey, Connor? O que está acontecendo?

Se ela não iria me deixar falar, então eu a distrairia. Eu desabotoei dois botões da minha camisa e comecei o que esperava ser um strip-tease sedutor como os de *Magic Mike*. Infelizmente, os olhos dela pareciam assustados quando ela os desviou de mim e gritava com o Connor.

– Você não conseguiu impedir uma briga entre uma multidão de acadêmicos com o dobro da sua idade? Com que tipo de pessoas loucas nós estamos lidando agora, Connor?

CAPÍTULO TRÊS

Apesar de estar intrigado pelo choque dela, eu me afastei para lhe dar privacidade. O motor do carro do Augie rugiu enquanto ele estacionava na entrada mais distante da garagem. April havia encontrado para ele um sedan barato, mas confiável, depois que ele passou no exame de motorista, então ele o modificou com várias melhorias que o deixou super popular na escola. A interrupção do Connor foi uma coisa boa, principalmente já que as crianças não sabiam que havia algo mais forte do que amizade acontecendo entre a April e eu.

April terminou a ligação e apertou a minha mão.

– Tenho que ir. Agora houve uma agressão.

– Você está brincando. O projeto começa amanhã quando eles demolirem aquela ala decrépita que havia sido reconstruída nos anos sessenta. – exasperei-me, confuso sobre o que poderia estar causando tanta confusão em uma reunião da faculdade.

– Os vizinhos com propriedades contíguas ao canteiro de obras ainda estão tentando persuadir o Juiz Grey a emitir uma injunção que poderia impedir a demolição de amanhã.

A presidente da Faculdade Braxton já havia explicado aos donos das casas. Não fazia sentido os oponentes continuarem a discutir. Ela havia dado a eles várias concessões a respeito dos dias e horários que a equipe poderia fazer qualquer trabalho com barulho. A minha nova casa era suficientemente perto para que eu ouvisse o barulho também, mas isso era um importante investimento para o futuro da faculdade.

– A Ursula Power resolveu aquele problema. Quem começou a briga? – eu tentei roubar um beijo, mas a April respondeu rápido demais.

– Eu não tenho certeza. Belinda Grey é contra o novo prédio. Damien Grey tentou impedir a prima dele, Calliope Nickels, de confrontar a sua chefe, que é totalmente a favor da renovação. A Calliope está brigando porque ela é a sobrinha da Belinda e quer apoiar sua família. De alguma forma, as coisas escalaram, e quando o Damien soltou a Calliope, ela supostamente, acidentalmente deu um soco no olho esquerdo da Myriam Castle.

Ohh, isso causaria uma grande guerra.

– Não posso acreditar que alguém bateu na minha chefe. Eu queria ter estado lá. Acho que vou vê-la com o olho roxo no escritório amanhã. Por que a reforma não está resolvida?

– A Belinda diz que o Hiram pode ter alguma coisa favorável para a causa deles. Tem um boato de que ele está pessoalmente seguindo para o local agora mesmo.

– A maravilhosa xerife só está de volta há dez minutos e já está resgatando o condado de si mesmo. Boa sorte. – eu cedi bufando, desiludido porque nós não tivemos um momento privado mais longo.

– Te ligo mais tarde. Nós precisamos marcar um encontro. – depois do nosso abraço rápido, mas tentador, April conversou brevemente com o Augie no caminho até seu carro, então acelerou para longe, para salvar o dia.

Quando eu terminei de conferir o progresso da minha reforma, os vapores das várias tintas e vernizes haviam me deixado tonto. Enquanto eu abria a janela de canto, escutei Augie e Ulan sussurrando nos degraus da frente. Emma trabalhava fora do alcance deles, tirando ervas-daninhas no fim da calçada, a minha pequena jardineira.

– Por que você fez isso? – Augie inquiriu o Ulan, sua voz aguda com uma preocupação alarmante.

– Eu não gosto do lugar. Usar a tinta foi uma ideia idiota, mas não tinha outra maneira de impedi-lo. O que você teria feito? – Ulan grunhiu e esperou pelo Augie responder.

– Se o Kellan descobrir, ele pode te mandar de volta para a África. É isso o que você quer, cara? – Augie tentou explicar para seu amigo, mas isso não parecia estar funcionando.

Ulan arquejou.

– Não. Eu acho que ferrei com tudo, não é? Venha, vamos ver se ele já descobriu.

A porta da frente se abriu, e os meninos entraram no corredor. Eu contive o meu choque e confusão, apesar de querer ansiosamente estabelecer qual era o assunto daquela conversa. Será que o Ulan estava confessando o papel dele em ter deixado a mensagem em tinta vermelha na porta do nosso porão?

– Estou na sala de estar, caras. – eu falei alegremente, me afastando da janela, para o caso de eles perceberem que eu havia escutado. Uma frente inebriante de adolescentes suados me oprimiu.

Augie jogou sua jaqueta no corrimão da escada em espiral que levava ao segundo andar. Já sendo tão alto quanto eu, ele passou os dedos por seu cabelo loiro platinado e arrotou descaradamente. Ele tinha o cabelo raspado nas laterais, e sua pele pálida e os olhos verdes-limão, assim como os da sua irmã, deixavam o seu semblante marcante.

– A Srta. Eleanor me mandou para casa com o jantar, Dr. Ayrwick. – ele comentou, me entregando uma sacola de papel com várias caixas de comida, e brincando com o cós de sua calça de moletom com ribana. Elas tinham ficado bem populares nos últimos meses na nossa cidade, especialmente para a população com menos de trinta anos. – Ela é tão legal. Nada de sacolas plásticas na lanchonete dela. Bem consciente com o futuro da Terra. A Emma já comeu, mas nós trouxemos uma caixa extra para a minha irmã. Ela recusou por causa de alguma emergência sobre uma rixa.

– Você pode me chamar de Kellan, Augie. Eu aprecio a sua tentativa de ser respeitoso, mas nós já conversamos sobre isso anteriormente. – April sempre o havia encorajado a se referir a outras pessoas usando Sr. ou Sra., ou usando o título deles. Sabendo que ela tinha poucos conhecidos, eu tinha certeza de que as poucas pessoas para quem ela havia apresentado o Augie eram os colegas do escritório do xerife. – Eu sou um amigo, se lembra?

Enquanto Augie me dava um sinal de positivo, Emma correu animadamente pelo corredor para lavar suas mãos no banheiro, dizendo que havia tocado em alguma coisa nojenta no canteiro de flores. Ulan entrou cautelosamente na sala, seus olhos ovais e castanhos escuros seguiram para uma pilha de correspondência que eu havia deixado em uma pequena mesa improvisada.

– Hey, Kellan. Como foi o seu dia, primo?

Será que eu deveria perguntar sobre o que eu havia escutado ou esperar que ele confessasse? Ele não estava comigo quando o Nicky me mostrou a mensagem do fantasma, ou mendigo, e nem eu tinha falado sobre isso na frente do Ulan quando contei para a Nana D e a minha mãe. A Nana D havia me dito que ele estava estudando na biblioteca.

– Foi bom, mas bem atarefado. Eu pensei que seria bom para nós nos reunirmos aqui hoje à noite para conversarmos antes da grande mudança na semana que vem.

– Ah sim, isso é bom. – ele murmurou, indo em direção à mesa para vasculhar na pilha. Ulan também estava vestido com uma daquelas calças populares, apesar da minha objeção inicial. Assim que a Nana D havia delirado sobre essa moda abominável, eu havia perdido qualquer chance de argumentar com o garoto ou seu cabelo de Tarzan. A cor cinza-urze do tecido contrastava com sua pele extremamente bronzeada. Tendo passado um ano na África trabalhando em um safári, ele havia escapado da aversão normal da nossa família ao sol. – Alguma coisa sobre mim? Quero dizer, do meu pai.

Eu sacudi minha cabeça e me virei de volta para ele enquanto tirava uma ferramenta pesada do caminho.

– Não tenho certeza, eu coletei as cartas da caixa de correio, mas ainda não as conferi. Está pronto para sua prova de história amanhã?

– Hmm... na verdade não. Preciso de... ler um pouco mais. Será que eu posso comer o meu jantar na cozinha e terminar de estudar? – a cabeça dele balançou algumas vezes, então vasculhou pela sala para se focar em qualquer outra coisa que não fosse em mim.

– É claro, sem problemas. Você tem uma hora, então nós temos que voltar para o chalé. – eu podia dizer que o Ulan estava nervoso e não queria se envolver comigo. Talvez o Augie me contasse sobre o que eles haviam conversado.

Emma entrou correndo de volta para me contar sobre a tarde dela na lanchonete. Augie jogou uma caixa reciclável de comida para mim e se jogou no sofá. Quando a Emma parou de falar, Augie animadamente revelou que ele havia se candidatado formalmente para quatro faculdades, e mal podia esperar para descobrir se ele havia recebido uma carta de aceitação antecipada de alguma.

– Obrigado novamente pela carta de recomendação. Espero poder estudar em Braxton.

– Você vai entrar. – eu respondi, decidindo mencionar a conversa dele com o Ulan. – Eu escutei vocês dois conversando do lado de fora sobre eu descobrindo alguma coisa. Tem algo que eu precise saber? – suave, bem suave. Apesar de ser pai, havia uma diferença monumental entre criar uma menina de sete anos de idade e um rapaz adolescente. Eu ainda não havia aprendido a arte de lidar com a puberdade, mudanças de humores, ou garotos escondendo segredos.

– O Ulan vai te contar quando estiver pronto, tenho certeza. Dê a ele um ou dois dias. O pobre cara ainda está se ajustando à transição e te conhecendo melhor. – Augie engoliu o resto de sua comida, então marchou até a porta. – Tenho que ir. April me pediu para me certificar de que nossa casa está limpa antes de ela voltar.

Eu estava recebendo conselhos de um rapaz de dezessete anos? Apesar de o Augie ser maduro para a idade dele, ele havia passado por alguns anos difíceis morando com o pai deles, e ocasionalmente tomou algumas decisões tolas. Depois de uma altercação física com outro estudante na primeira semana de aula desse ano, April se reuniu com a administração da escola para discutir o comportamento do Augie. Surpreendentemente, April achou que a diretora atual da escola, Belinda Grey, era uma pessoa fácil de se conversar. Eu havia apenas *aproveitado* o privilégio de trabalhar com a Belinda no Festival de Outono, o que não era uma experiência agradável por qualquer padrão aceitável.

Se o Ulan tivesse escrito a mensagem, nós precisávamos nos reunir para conferenciar sobre o motivo e as apreensões dele. Eu não o chutaria de volta para a África, mas colocaria novas regras que já deveriam ter sido instituídas. Ele era um bom garoto, ainda assim esteve acostumado com mais liberdade e menos supervisão quando morava com seu pai.

– Okay, vamos voltar para casa. Baxter precisa dar o seu passeio. – enquanto eles entravam na SUV, eu tranquei a porta, sentindo uma estranha sensação de estar sendo observado, e não apenas pela aranha nojenta que havia retornado. Meus braços se arrepiaram, destacando as crescentes preocupações sobre a mudança que estava chegando. Eu dirigi para casa, constantemente olhando o espelho retrovisor procurando por criaturas fantasmagóricas tentando nos atacar.

Enquanto eles levavam o filhote para passear, eu liguei para a April para contar que o nome do meu monstro podia ser o Ulan. Ela concordou com o meu plano para dar alguns dias a ele para me contar o que estava em sua mente. April também me relembrou de que os trabalhadores da obra haviam reclamado sobre suas ferramentas desaparecendo ou mudando de ambiente. Ulan não esteve na casa naqueles dias. Com quase nenhuma explicação para os incidentes, nós rapidamente mudamos de assunto para o problema no campus relativo à reforma da Biblioteca Memorial.

– O Juiz Grey não apareceu por lá. A Maggie e a Ursula acalmaram todo mundo pela noite. Várias pessoas se opuseram veementemente contra a demolição de amanhã. – April explicou, citando que a Belinda Grey e o nosso ex-prefeito, Bartleby Grosvalet, eram os dois adversários que mais se opuseram contra as renovações. Um dos estagiários da Maggie também havia batido no ombro da Belinda por cauda da atitude dela e de sua tentativa de parar com o progresso. Ela tinha sido um foco de animosidade durante toda a noite.

– E como o novo prédio impacta a Belinda e o Bartleby?

– A Belinda compartilha uma face da propriedade dela com a parte posterior da Biblioteca Memorial, onde a maior parte da construção vai ocorrer neste outono. Ela vai ter que lidar com marteladas intermináveis e excesso de barulho. – April recontou todas as medidas extras que a Ursula havia implementado para minimizar o impacto, mas isso não aplacava a Belinda. – E demolir uma parte importante do passado da faculdade incomodou o Grosvalet. Ele é o historiador da cidade há anos e quer preservar a ala original da biblioteca.

A Faculdade Braxton, logo Universidade Braxton, já foi peça central da nossa vila pitoresca, empregando centenas de cidadãos e ensinando para milhares de estudantes a cada semestre. Ao longo dos anos, fundos haviam sido desviados para departamentos errados, e a instituição havia sofrido. A Ursula era firme sobre devolver a faculdade para sua antiga glória.

– Aquele prédio está em uma condição terrível. Algo tem que ser feito sobre isso. – eu presumi que o Bartleby Grosvalet havia se oposto aos planos da reforma apenas *depois* que seu mandato como prefeito terminou. Antes disso, ele havia sido um proponente para a reforma da biblioteca, se eu me lembrava corretamente. Ele tinha adquirido o hábito de mudar suas lealdades durante a última eleição, geralmente dependendo de qual família rica havia colocado mais pressão nele. O que o homem excêntrico estava querendo agora?

– Sim, mas ele sugeriu consertá-la e converter a antiga ala em um museu. Ele tem comprado propriedades ao longo dos anos, incluindo aquele velho farol no meio do Rio Finnulia. Eu ouvi um boato de que o Grosvalet tentou forçar o Hiram a dar para ele a sua casa, ao invés de vender o lugar para você.

Nós desligamos quando a April chegou em casa, para que ela pudesse passar algum tempo com o irmão. Eu não tinha ideia do porquê o Bartleby tentou anteriormente conseguir a posse da minha nova residência. Ele não havia dito nada para mim no passado. Ou será que ele havia confrontado a Nana D assim que ela roubou a morada dele?

———

Apesar do Ulan e da Emma terem escola na manhã seguinte, as aulas da Faculdade Braxton não iriam retornar até o próximo dia. Passei algumas horas em meu escritório desenhando planos de aula e lendo visões gerais, mal escritas, das propostas de projetos dos alunos para cada um dos meus cursos.

Na hora do almoço, eu estava ansioso para encontrar a Lara Bouvier no Simply Stoddard, no centro do condado. O ambiente de jantar havia sido transformado com uma bela decoração outonal, completo com obras de arte resplandecentes com foco no cenário da colheita. Árvores internas apresentavam folhas com cores indo de um dourado brilhante, ao laranja e amarelo, e o aroma de velas de canela, abóbora picante e bordo perfumavam o espaço. Nós refletimos sobre a surpreendente aquisição do Bartleby, o Farol Braxton, já que ele se assomava alto e robusto na seção mais larga do rio.

– Eu devo tanto a você. – Lara disse graciosamente depois de fazermos os nossos pedidos ao garçom. O brilho relaxante da pele imaculada dela era, sem dúvidas, resultado de um tratamento de spa recente, e seu cabelo sedoso e brilhoso a deixavam régia e jovial. Por causa de sua aparência de atriz de filmes e sua personalidade dinâmica, ela era, das mulheres solteiras elegíveis, a mais procurada do condado. Pelo que eu sabia, ela ainda estava apaixonada pelo Finnigan Masters, um advogado influente que era, pelo menos, quinze anos mais novo que ela. – O Gary Hill é realmente justo e de mente-aberta. Eu estou em débito com você por ter-nos apresentado.

Gary era o novo produtor executivo na emissora de Los Angeles que possuía os direitos para o *Realidade Sombria*, um show de televisão no qual eu havia sido diretor assistente. Depois que os antigos executivos demitiram o diretor principal e colocaram o show em hiato na última primavera, eles colocaram o meu contrato em uma pausa até que tivessem tempo para criar uma nova estratégia. Eu havia, por fim, aceitado o emprego temporário como professor em Braxton, presumindo que os executivos nunca considerariam todas as minhas sugestões sobre como rearquitetar a emissora e criar uma série de televisão mais marcante. Então, o Gary me ligou algumas semanas atrás, pedindo que eu o encontrasse em Los Angeles para conversar sobre as minhas ideias.

– Eu estava cauteloso no começo, mas o Gary provou ser um cara firme. Apesar de estar funcionando até agora, a minha agenda de aulas durante o verão estava mais tranquila. – eu bebi água, revisitando a minha decisão de assinar um novo contrato com a emissora. O *Realidade Sombria* não seria mais um show falso, o que era algo que eu odiava fazer parte, mas iria se tornar uma série sobre crimes verdadeiros falando sobre eventos históricos com o foco em providenciar apenas fatos precisos. Chega de recriações de dramas falsos, cujo único objetivo era angariar boas posições nos rankings. Por mais que eu não fosse mais dirigir, Gary e eu havíamos chegado a um acordo mutualmente benéfico onde eu seria um consultor que lhes daria uma quantidade de horas durante o mês para que eles usassem como preferissem. Ele me implorou para que eu aceitasse o cargo de apresentador, mas eu não tinha nenhum interesse. Ao invés disso, propus uma reunião imediata com a Lara, sabendo que ela era uma jornalista ética, mas persistente, que encantava todo mundo em cena.

– Ele me ofereceu o emprego, Kellan. Eu vou ser a nova apresentadora do *Realidade Sombria*, e você e eu vamos trabalhar juntos com mais frequência. – Lara tilintou sua taça de vinho branco contra a minha e sorriu.

– Parabéns! Isso é fantástico. Estou animado sobre como isso está acontecendo. – eu estava estático porque isso também me traria um pequeno bônus e royalties futuros, presumindo que o show se saísse bem com a crítica.

Depois que eu e a Lara devoramos os nossos pratos e discutimos as ideias iniciais dela para as mudanças no *Realidade Sombria*, eu perguntei casualmente se ela estaria disposta a me contar qualquer coisa sobre a Prudence Grey.

– A primeira esposa do Hiram? Oh, essa deveria ser uma das nossas histórias, exceto que nós, sem dúvidas, não temos o suficiente para prosseguir. Os Greys sempre mantiveram os detalhes do desaparecimento dela em segredo. – Lara já esteve envolvida com o filho do Hiram e da Prudence, o Damien, cerca de trinta anos atrás. Depois de uma gravidez inesperada durante a escola, Hiram a convenceu a se casar, para que sua primeira neta, a Imogene, não fosse ilegítima.

– Eu não sei muito sobre a família Grey. O que você pode me contar sobre o Hiram e sua primeira esposa?

Lara riu.

– Vamos ver... o Hiram não permitia que ninguém falasse sobre a Prudence. Quando o Damien me contou que a Belinda não era sua mãe biológica, eu fiz várias perguntas básicas e óbvias. Recebi as reações mais loucas.

Lara me explicou tudo o que sabia. Depois que a Prudence desapareceu, Hiram contratou uma babá para cuidar do Damien, que mal tinha três meses quando perdeu a mãe. A primeira babá não ficou por lá durante muito tempo, mas naquela época, Hiram havia se reconectado com sua antiga namorada da escola, Belinda Nickels. Belinda assumiu o papel de babá do Damien durante alguns meses, antes de ela e do Hiram reconheceram que haviam se apaixonado novamente. O Hiram não tinha nenhuma evidência de que a Prudence havia perecido no incêndio, então ele ainda estava tecnicamente casado e não podia apressar as coisas.

– Mas ele se casou com a Belinda em algum momento. A Nana D me contou que a perturbada mulher era a segunda esposa dele. – eu intervi, confuso pela lição de história.

– Verdade, mas ele teve que esperar sete anos para poder declarar a Prudence morta à revelia, uma prática comum. Hiram era um advogado bem-sucedido que esperava se tornar o juiz do condado. Ele seguiu a lei, e no dia que recebeu a certidão de óbito oficial da Prudence, ele...

– Se casou com a Belinda. – eu terminei a frase dela, algo que estava acontecendo frequentemente entre nós dois. – Então, você está dizendo que o Damien considera a Belinda como sua mãe.

– A Belinda o criou, mesmo quando o Hiram se separou dela anos depois. Por mais que ele tenha se casado outras quatro vezes, a Belinda ficou sempre por perto, esperando que ele eventualmente voltasse para ela. – Lara insistiu que o Damien era mais próximo da Belinda do que de seu próprio pai. – Quando eu e o Damien nos casamos, ele era como um menino perdido, constantemente procurando, mas nunca recebendo, a aprovação de seu pai. Ele está mudado agora.

– Você acha que o Hiram matou a Prudence? Ou ela desapareceu sozinha? – eu estava feliz de conversar com alguém que tinha conhecimento de dentro da família. Se o Ulan não era o responsável pela mensagem maldosa na nossa porta do porão, a minha outra única opção era concordar com a Nana D. Ela suspeitava que a Prudence, que poderia ou não estar viva, era a minha delinquente. Já que a mulher teria cerca de setenta e poucos anos hoje, havia sofrido várias tragédias devastadoras, e não era vista há cinquenta anos, a probabilidade mais aceitável era de que ela já estava morta há muito tempo. Eu ainda não estava pronto para me comprometer com essa curiosa suposição, já que não conseguia descartar inteiramente a teoria do fantasma. Em que tipo de drama eu estava metido agora, se um fantasma ou um rufião queria vingança contra mim ou tinha um desejo inato de impedir que eu me mudasse para a Velha Casa dos Grey?

– O Damien acredita que sua mãe biológica fugiu porque ele era um bebê terrível. Não importa o quanto a lógica diga o contrário, ele não consegue não se culpar. – Lara revelou tristemente, oferecendo pagar pelo almoço para agradecer pelo emprego. – O Hiram se divorciou da Belinda e das suas duas esposas seguintes. A quinta morreu em um terrível acidente de avião. Não havia nada de suspeito sobre isso, só pra deixar claro.

– E ele se divorciou da sexta no ano passado. Então, você está teorizando que ele não matou a Prudence. Ele teria se divorciado dela assim como das outras. – eu respondi a minha pergunta, mas isso ainda não explicava se a mulher estava viva ou morta.

– O Bartleby Grosvalet estava pesquisando sobre o desaparecimento da Prudence no começo do verão. Eu tenho certeza de que ele queria comprar aquela casa do Hiram e passar horas examinando o passado deles. – Lara me contou enquanto nos levantávamos da mesa. – O lugar sempre fascinou o irmão do Damien também. Xavier queria contratar algum show de televisão paranormal para investigar a casa. O Hiram se recusou a permitir isso, até mesmo ameaçou retirar o filho do testamento se ele continuasse insistindo no assunto. – Xavier era o segundo filho mais velho, pai da minha ex-aluna, Carla, que também exibia as estranhezas e intensidades dos Greys.

– Eu moro lá, ou vou morar dentro de alguns dias. Comprei a casa do Hiram e estou reformando-a.

– Você deveria ter conversado comigo primeiro. Aquele tumor de casa é seriamente assombrado. – os olhos da Lara se arregalaram enquanto ela suspirava audivelmente, tirando uma foto para o Instagram do centro de mesa outonal.

– Você não me disse... onde você estava dois meses atrás quando eu me decidi?

– Você nunca perguntou. – Lara deu um tapa de brincadeira no meu ombro. – Damien e eu moramos lá durante um mês quando nos casamos. Eu não sei se eram os hormônios da gravidez ou um fantasma vingativo, mas sempre pensei que havia alguém me espionando e reorganizando os meus closets. – Lara explicou que ela mal havia acordado uma manhã após um sono agitado, sonolenta e tremendo quando uma corrente de ar frio acariciou sua barriga. Ela estava grávida de cinco meses, e quando chamou pelo Damien, ele não estava em lugar nenhum. Tudo o que ela viu foi uma fraca sombra, como de um fantasma, de uma mulher com os olhos de duas cores diferentes, flutuando pela porta. – Havia um bilhete na cozinha dizendo que ele havia saído cedo para o trabalho. Eu não sou de me assustar facilmente, e não acredito em espíritos, mas sei o que senti e vi. Eu poderia jurar que o fantasma olhou de volta para mim como se estivesse me avisando de algo. Nenhum filho meu moraria naquela casa. Nós nos mudamos para a casa do Hiram no dia seguinte.

Lara indicou que precisava caminhar até o campus para relatar sobre o início das reformas para a Biblioteca Memorial que começaria a qualquer momento. Nós saímos do estacionamento em carros separados. Maggie havia me convidado para testemunhar como os trabalhadores iriam demolir a ala de dois andares da biblioteca, e também para que eu servisse de apoio moral e físico para ela depois da confusão de ontem. As informações históricas fascinantes que a Lara havia me dado me fizeram querer conferir a existência de qualquer fotografia da Prudence Grey. Eu mandei uma mensagem para a Maggie, pedindo que ela pesquisasse uma foto na biblioteca e confirmei que estava a caminho.

Enquanto eu dirigia pela cidade, perguntei ao Nicky se ele

havia encontrado mais algum visitante, espectral ou humano. Ele confirmou que não havia acontecido nada desde que encontrou o recado original, pedindo que eu aceitasse que isso havia sido obra de uma pessoa sem-teto que esperava que eu abandonasse o projeto, ou alguém querendo pregar uma peça por causa do Halloween. Nicky havia trocado a fechadura no hall e instalou uma câmera temporária para determinar alguém se tentasse forçá-la novamente. Eu estacionei no campus e caminhei em direção à Biblioteca Memorial, sacudindo minha cabeça para vários estudantes que corriam em fantasias de piratas. Ahh, os bons e velhos dias de festas de fraternidade!

Antes que eu pudesse chegar à área de construção, nosso ex-prefeito se aproximou vindo do Complexo Esportivo Grey.

– Boa tarde, Kellan. É bom te ver por aqui. – Bartleby me cumprimentou, sua respiração chiada com o esforço da caminhada. Com setenta e poucos anos e sempre comendo e bebendo bastante, o homem tinha sorte de ainda estar vivo. Ele havia perdido a maior parte do cabelo, e sua pele tinha uma aparência flácida e pálida que fazia com que ele assustasse as crianças, incluindo a minha filha, que raramente exibia qualquer fraqueza.

– Eu ia mesmo te ligar. Como estão as coisas depois do fim do seu mandato como prefeito do Condado de Wharton? – enquanto ele era um devoto entusiástico do oponente da Nana D, Bartleby tentou o seu melhor para preservar seu relacionamento com a minha avó durante a campanha.

O olhar pensativo do Bartleby pelo campus revelou seu anseio desesperado pelo passado.

– A Seraphina está fazendo um trabalho maravilhoso como minha sucessora. Estou exaltando que ela tenha derrotado o Stanton, mas não diga isso a ele. Ele é um bom parceiro de pôquer, e eu não tenho muito mais o que fazer nesses dias.

– Tenho certeza de que ela ficará feliz quando eu contar a ela. Não se venda pouco. Ouvi dizer que você está se mantendo ocupado como historiador da cidade. – uma rajada de ar pungente e enfumaçado passou por nós. A cafeteria estava servindo castanhas assadas e chocolate quente para todos que assistiam à demolição.

– Sim, é um hobby de muito tempo atrás. Eu sei de tudo sobre esta cidade, todos os seus segredos, ambos bons e maus. Não tenho certeza de que eu confio bem em você com esses detalhes. – um sorriso diabólico apareceu em seu rosto, destacando um dente enegrecido que precisava desesperadamente ser arrancado, enquanto nós andávamos pela calçada do campus.

Eu perguntei se ele havia tentado comprar a minha casa antes de a Nana D ter convencido o Hiram Grey a vendê-la para nós. Depois de o Bartleby assentir cautelosamente, mas manter seus lábios trêmulos em silêncio, eu propus:

– Talvez você gostasse de ver o trabalho de reforma que estou fazendo. Eu estou curioso para conversar mais sobre o lugar.

– Isso seria bem generoso da sua parte, Kellan. Eu queria entrar naquela casa novamente, mas infelizmente, isso não deu certo. Várias lembranças de quando eu era mais novo. Eu era bem próximo dos donos.

– Por que você não passa por lá às cinco da tarde? Nós já devemos ter terminado com a maior parte do trabalho, e eu posso lhe oferecer um tour. – eu estava ficando mais confiante de que o Bartleby estava escondendo algo de mim.

– Isso parece encantador. Talvez nós encontremos alguns fantasmas. Eu presumo que você saiba tudo sobre a história dela. – ele respondeu melancolicamente, apertando a minha mão. – Eu também sou um expert em atividades paranormais de Braxton. As coisas que eu sei assombrariam os seus sonhos. – Bartleby se afastou para encontrar um local no meio da multidão.

Fiquei parado estupefato. O que ele queria dizer com aquela frase? Os meus pesadelos já estavam bem malucos. Eu cruzei o caminho até a área designada onde nós assistiríamos o processo de demolição. Depois de apontar para a Maggie, o trabalhador da obra me entregou um capacete e permitiu que eu passasse para o outro lado.

– Você está realmente fofa com essa roupa. – eu provoquei, confiante de que o capacete duro não deveria engolir a testa dela e sua linha de visão. – Você por acaso consegue enxergar com essa coisa?

– Eles não tinham mais nenhum no meu tamanho. Mas olhe para você. Esse capacete não combina com o seu cardigã, camisa de flanela, calças de veludo e mocassins. Você está uma mistura de um lenhador corpulento e um estudante. – ela agarrou o meu braço, nos deixando mais próximos. Seu cabelo lustroso e a pele de porcelana brilhavam com a luz do sol.

– Eu presumo que nós temos que ficar atrás dessa fita amarela escrita cuidado, não é? – eu tive dificuldades em determinar os exatos próximos passos assim que o prédio fosse ao chão e deixasse um monte de entulho em seu lugar.

– Assim que eles implodirem a antiga ala, levará algum tempo até que a poeira e os entulhos se acalmem. Então, o inspetor vai assegurar que o chão está estável. Algumas pessoas podem se aproximar para tirar fotos do que restou do prédio antigo... você sabe... para os livros de história. – Maggie estava radiante, sabendo que a sua visão para construir a biblioteca dos seus sonhos havia se tornado realidade. Bem, pelo menos iria se tornar dentro dos próximos anos. Nessa fase, eles iriam reutilizar a terra sob o prédio histórico de dois andares, para construir a primeira ala da nova biblioteca. Eles haviam escolhido a implosão como o método inicial para retirar a antiga estrutura por causa de seus materiais subjacentes. Além disso, a sua localização também era próxima demais de outros prédios, e não havia espaço suficiente para grandes veículos de obra.

Nós assistimos a contagem regressiva em um relógio próximo e ouvimos a pequena multidão gritar "Três, dois, um..." então, a Maggie apertou a alavanca, e parecia que a terra tremeu ao redor de nós. Enquanto isso não havia sido tão grande comparado com a demolição de um arranha-céu, mesmo assim, gerou um estrondo alto e criou uma nuvem pesada de poeira. Felizmente, nós estávamos usando grandes óculos de proteção para cobrir nossos olhos e máscaras sobre nossas bocas e narizes para respirarmos mais facilmente.

Depois da desintegração bem-sucedida da estrutura, um pequeno guindaste com uma bola de demolição derrubou duas paredes que não haviam caído inteiramente. Eles haviam usado apenas uma pequena quantidade de dinamite para explodir nos níveis apropriados e naquela parte específica do prédio. Assim que a poeira abaixou, uma visão clara do solo sob a área original da biblioteca de dois andares era visível. A equipe declarou a zona estável e chamou Maggie e eu para o outro lado, de onde podíamos ver diretamente o subnível sombrio.

Maggie tirou sua primeira foto, então pediu que eu tirasse uma foto dela enquanto ela andava perto da borda do buraco que havia resultado da implosão. Um funcionário ficou por perto para garantir que ela não escorregasse. Assim que confirmou que estava se segurando firmemente em um poste, Maggie sorriu para a foto.

Quando eu me aproximei, espiei para dentro do poço. Meu estômago se revirou, forçando um grito imediato sair da minha garganta.

– Espere, espere. Não, não. Não pode ser.

Maggie engoliu em seco e esticou a mão para o meu braço.

– O que tem de errado? Tem alguma coisa quebrando ou balançando?

Eu apontei para a minha descoberta alarmante e implorei que o trabalhador fosse conferir.

– Oooh! Também estou vendo. – ele gritou, sacudindo as mãos e fazendo o sinal da cruz em frente aos lábios.

Outro funcionário redirecionou um holofote diretamente no buraco assustador no chão. Maggie se inclinou para frente, soltando um grito gutural. Eu a puxei para trás e fechei minha boca, sem ter certeza de que conseguiria segurar o conteúdo do meu almoço dentro da minha barriga.

Preso a quase quatro metros abaixo da superfície em um material como a argila vermelha, estava um esqueleto, cujos ossos inferiores estavam parcialmente presos, mas a metade superior estava inteiramente visível. Apesar de haver terra no crânio, a pavorosa imagem de algo morto há muito tempo olhava de volta para nós. Parecia ser humano, mas já que o Halloween estava se aproximando, alguém poderia ter planejado uma fraude elaborada. Mas então, Braxton já havia tido uma cota grande de crimes nesse ano. Por fim, o senso comum me relembrou que cadáveres e esqueletos não apareciam por aí frequentemente. Essa não era uma brincadeira. Nós não deveríamos ter encontrado o esqueleto.

– Chame a segurança imediatamente. Eu acho que nós encontramos outro cadáver na biblioteca.

CAPÍTULO QUATRO

A EQUIPE DE SEGURANÇA DO CAMPUS ENTROU EM CONTATO COM O Escritório do Xerife do Condado de Wharton, e vários arquitetos e um médico legista especialista estavam a caminho. Apesar de a biblioteca estar fechada por causa da implosão, Maggie conseguiu permissão para esperar no escritório dela, longe do espetáculo.

– De onde ele veio? – Maggie falou agonizada, pegando uma garrafa de água da geladeira.

– Não tenho ideia. Tem que ter sido décadas atrás, certo? – não havia carne nos ossos, e já que o esqueleto ainda estava intacto, nada havia tido acesso a ele ou o movido. Eu mal olhei para o cenário macabro durante cerca de dez segundos antes de me forçar a sair do estupor temporário e tirar a Maggie de lá.

Nós conversamos sobre a nossa confusão e alarme sobre a quem esse esqueleto poderia pertencer e porque essas coisas continuavam acontecendo, comigo, em particular. Meses atrás, tinha sido a irmã da Maggie e eu que encontramos um professor esfaqueado no pátio aberto da biblioteca. Além disso, eu havia encontrado um corpo em uma escadaria do Hall Diamante, no terraço do Complexo Esportivo Grey, e no vagão do teleférico do campus. Alguém também havia caído sobre mim depois de uma overdose de drogas criminosa no teatro da faculdade. Eu era verdadeiramente o *Improvável Localizador da Morte*. A April iria me matar. Eu seria a próxima vítima. Não havia outra maneira viável de sair dessa situação a não ser escapar como a Prudence Grey e assombrar a minha própria casa. Assim que o nome dela surgiu na minha cabeça, meus olhos se arregalaram. Talvez ela nunca tivesse fugido e tivesse morrido tragicamente no incêndio da biblioteca. Será que nós havíamos finalmente encontrado a primeira esposa desaparecida do Hiram?

O sino da torre do campus soou, me alertando que eu tinha que encontrar os meus pais e minha filha na Igreja St. Mary, a igreja católica local. O Padre Elijah O'Malley havia marcado um horário para discutirmos sobre a Primeira Comunhão da Emma. Enquanto eu não estava no meu melhor momento para participar da reunião, e me sentia terrível deixando a Maggie sozinha, era tarde demais para cancelá-la. Meu pai havia se oferecido para buscar a Emma na escola durante o caminho para a igreja, e a minha mãe iria nos encontrar por lá, já que ela trabalhava no campus, no Hall de Admissões. Ulan estava com o Augie trabalhando em um projeto da escola durante a tarde.

– Eu vou entrar em contato com você depois que terminar por lá. – eu abracei a Maggie apertado, então beijei sua bochecha fria.

Maggie encontrou seu celular e prometeu encontrar alguém que pudesse ficar sentado com ela até que a investigação inicial e a decisão sobre os próximos passos do projeto da construção estivessem finalizados. A caminhada de dez minutos não conseguiu relaxar o meu corpo depois do que eu havia testemunhado. A Igreja St. Mary fazia fronteira com a parte mais ao sul do Campo Cambridge, a área de lazer da faculdade, cheia de canteiros de flores, grandes áreas gramadas e caminhos de pedra cobertos de musgo. Havia espantalhos amarrados em todos os postes de luzes. Eu estava adiantado alguns minutos para me encontrar com o Padre Elijah, que estava ouvindo confissões dentro da nave da igreja solene. Eu ofereci uma prece pela alma daquele esqueleto que nós havíamos encontrado.

Minnie O'Malley, uma mulher tímida e pequena com cachos grisalhos, saiu do confessionário e se ajoelhou em um banco. A antiga bibliotecária-chefe, que esteve no cargo antes da Maggie, era agora uma voluntária na St. Mary. Eu sabia pouquíssimo sobre a vida dela fora de Braxton, apenas os poucos eventos que a Maggie havia me contado quando as duas mulheres trabalharam juntas brevemente. Enquanto a senhora de setenta e poucos anos, parecida com um pássaro, orava, Bartleby entrou no confessionário para conversar com o Padre Elijah. Eu fiquei curioso para saber por que o Bartleby havia escolhido essa hora para se confessar na igreja. Ele não tinha acabado de assistir a demolição da biblioteca? Quando terminou a sua penitência, Minnie se aproximou.

– Boa noite, Kellan. Como você está?

– Estou um pouco fora de ordem, mas vai passar. Nós vamos nos encontrar com o Padre Elijah para planejar a educação religiosa da minha filha. – quando as nossas vozes ecoaram no ápice do domo contendo o altar, eu sinalizei para a Minnie se juntar a mim no vestíbulo. Seu traje extremamente adequado me lembrou de sua fé devota.

– Estou ansiosa para ensinar a ela. Elijah deve terminar logo com seu último paroquiano.

– O Padre Elijah é o seu cunhado, certo?

– Sim, nós nos conhecemos bem antes de ele ser um padre. Poucas pessoas daquela época restaram. – ela havia sido casada com o irmão do Padre Elijah, antes da morte dele há vários anos, deixando-a viúva.

Meus pais e a Emma chegaram à Igreja St. Mary com as tortas recém-assadas da Nana D. Nós todos conversamos durante alguns minutos enquanto o Padre Elijah terminava a confissão do paroquiano. Eu não conseguia aliviar a tensão de ter encontrado outro corpo. Depois de pedir que nós entrássemos novamente na igreja, seguimos até o primeiro banco para conversarmos sobre os próximos passos da Emma. Meia hora depois, Emma ficou bem curiosa para estudar a Bíblia e se inscreveu nas aulas. Eu ainda me sentia como se um caminhão tivesse me jogado para fora da estrada, dentro de uma vala.

O Padre Elijah, um irlandês com setenta e poucos anos, tinha uma cabeça cheia de cabelo grisalho, uma pele clara e um corpo redondo. Seu nariz bulboso e os olhos afundados mostravam sua idade, mas ele era forte como um touro, já que caminhava vários quilômetros todas as manhãs, não importando o clima.

— É um conforto saber que a próxima geração das famílias Ayrwick e Danby faz questão de continuar a fazer parte da igreja. Estou grato de servir a membros tão sólidos da nossa comunidade. Eu sei que a Seraphina prefere vir à missa nos sábados de noite, mas os seus rostos sorridentes no domingo de manhã significam muito para nós da Igreja St. Mary.

— Nós estamos felizes de estar aqui, Padre Elijah. — eu comecei a falar, ainda incapaz de me livrar do que eu havia visto no local da demolição da Biblioteca Memorial. Eu havia me controlado durante a conversa, mas tinha chegado ao meu limite.

Meu pai percebeu a minha apreensão e se aproximou de mim.

— O que tem de errado? Você estava inquieto o tempo todo em que nós conversávamos sobre as aulas da Emma. Agora, parece que você viu um fantasma.

— Me desculpe. Eles... — eu fiz uma pausa, sem ter certeza de como divulgar as notícias. Eu nem mesmo tinha certeza se devia. — Algo aconteceu mais cedo na Biblioteca Memorial. — por algum motivo, apesar de ter encontrado vários outros corpos, ter tropeçado em um esqueleto causou uma reação mais forte dentro do meu corpo.

— A construção começou hoje, não é mesmo? — minha mãe perguntou, girando um anel no dedo distraidamente.

O Padre Elijah concordou hesitantemente.

— Está certo. Eles demoliram parte do prédio para dar espaço a um local maior e mais moderno. Nós escutamos o som da explosão nessa tarde.

– Eu tenho um pressentimento de que a construção pode demorar mais do que o esperado. – eu sugeri acerbamente.

Minha mãe mexeu no meu cabelo, não gostando da maneira como ele estava repartido.

– Alguma coisa aconteceu?

– Você poderia dizer isso. – eu comecei, me lembrando do evento chocante. – Depois de derrubarem o prédio, eles liberaram uma área para mostrar a todos o quão fundo no chão o prédio estava ancorado.

– Os pais do Hiram Grey doaram dinheiro para reparar o prédio depois que o incêndio de 1968 consumiu parte da estrutura. – meu pai explicou, impedindo que a Emma saísse andando sozinha enquanto nós conversávamos.

– Assim que a poeira abaixou, nós encontramos... outra coisa. – eu adicionei relutantemente, arrepiando-me com as imagens mórbidas repetindo-se na minha mente como um filme de terror.

– O que era, Kellan? Você está parecendo terrivelmente mal, quase assustado. – satisfeita com meu cabelo, minha mãe agora arrumava o ângulo da gola do meu cardigan.

– Um esqueleto. Havia um esqueleto humano preso dentro dos destroços. Alguém deve ter morrido naquele incêndio. – eu engoli em seco, oprimido pelo cheiro de incenso, e ouvi um grito gutural à minha esquerda.

O Padre Elijah deslizou para frente e tentou se apoiar no banco de mogno.

– Prudence. Eles finalmente encontraram a querida Prue. – antes que eu pudesse alcançá-lo, os olhos do nosso padre se reviraram para cima, e ele caiu no chão duro e frio de mármore com um baque pesado.

Eu me ajoelhei para cuidar dele. Minnie correu para a reitoria em busca de um pano fresco e algo para ele beber.

– Ele vai ficar bem. – Minnie nos acalmou quando retornou, entregando ao Padre Elijah um copo de papel com água. – Ele está trabalhando demais, é só isso. – ela rapidamente nos contou a rotina semanal dele, uma tarefa impossível para alguém com a minha força e calibre.

– Obrigado, Min. – ele encolheu os ombros, cobrindo a mão cheia de manchas dela com sua mão trêmula. – Você tem cuidado de mim há mais de cinquenta anos. – o Padre Elijah passou um lenço por sua testa, reconhecendo a graciosidade de sua cunhada antes de ficar em pé novamente. – Estou bem agora. O Dr. Bestcha me alertou sobre todas essas comidas gordurosas que eu consumo. Eu deveria prestar mais atenção aos meus níveis de colesterol.

Minnie nos assegurou que ela iria acompanhar o Elijah, como ela continuava a se referir ao nosso padre da paróquia, até os aposentos dele para descansar até a missa noturna.

– Kellan, eu vou te ligar amanhã para coordenar as aulas da Emma. Já que eu sou a professora de catequese dela, posso lhe dar todos os detalhes.

Assim que eles se afastaram, minha mãe afagou seu peito e se apoiou em meu pai.

– Oh, aquele pobre homem. Ele parecia mais do que atônito com as notícias. Você genuinamente acredita que seja um esqueleto humano?

– Eu fiz a equipe forense confirmar isso duas vezes. – eu conferi o banco atrás de nós para me certificar de que a Emma ainda estava lendo quietamente um livro em seu Kindle. Depois que nós levantamos o Padre Elijah do chão, e confirmamos que ele não havia sofrido um ataque do coração, eu havia encontrado algo na mochila da Emma para distraí-la.

– Ele mencionou a Prudence Grey, não é mesmo? – meu pai beliscou a ponta de seu nariz, relembrando toda a conversa, enquanto olhava para os vitrais brilhantes da igreja. – Eu acredito que o esqueleto poderia pertencer a ela. Ela foi vista pela última vez na biblioteca, naquele trágico dia de Halloween.

– A mãe mencionou que você estava no campus. – um tocador de órgão tocava no piso superior da igreja.

– Sim. Prudence Grey era uma mulher bonita. – meu pai nos informou, olhando para minha mãe. – Não tão estonteante como a minha Violet, mas eu a teria reconhecido em qualquer lugar com aquele cabelo preto e aqueles olhos... um cinza e o outro azul como o céu. Ela entrou correndo com raiva na biblioteca, com a intenção de fazer algo naquela tarde. – meu pai explicou como ele havia começado o ensino médio naquele ano, e havia se reunido com vários amigos para pedir doces-ou-travessuras naquela tarde. Eles haviam entrado escondido no campus de Braxton, apesar dos avisos fervorosos de seus pais para não se meterem em problemas. A intensidade dos protestos contra a Guerra do Vietnã que ocorreram perto da biblioteca o havia hipnotizado, e ele se escondeu com seus amigos atrás de uma árvore para assistir todos gritando e entoando.

– Você era amigo dela? – eu perguntei, curioso sobre o porquê de eu nunca ter escutado essa história anteriormente. Então, eu me lembrei de que a Lara ficou com medo de um fantasma que tinha os olhos de duas cores diferentes.

Quando o organista tocou uma nota aguda, o rosto da minha mãe ficou de um tom revelador de vermelho.

– Ele havia conhecido a Prudence naquele verão na loja de refrescos. O seu pai tinha uma paixão secreta pela garota.

– Oh, Violet, não seja ciumenta. – ele a provocou suavemente, andando devagar em direção ao vestíbulo. – Ela não existe mais, mas eu costumava tomar milkshake em uma loja maravilhosa no centro da cidade, na maioria dos dias depois da escola. O lugar era uma verdadeira viagem ao passado. Eles tinham os ovos de chocolate e creme mais maravilhosos. Eu estava sentado no balcão um dia quando a Prudence entrou com seu novo bebê, o Damien.

Meu pai nos contou a história do seu primeiro crush. Damien estivera chorando e gritando sem parar. A Prudence devia ter esquecido sua bolsa. Depois de pedir um refrigerante, ela não pode pagar. Ele havia encontrado algumas moedas extras em seu bolso e entregou para o caixa. A Prudence havia dado um beijo em sua bochecha e exclamou que ele era o anjo da guarda dela. Ele sempre se lembrava do sorriso inocente dela e de como ela se atrapalhou com o bebê no carrinho. Meu pai a havia encontrado duas vezes naquele outono, mas quando ele a viu uma terceira vez no campus durante o Halloween, ela parecia mais perturbada do que o normal.

– Você pode confirmar se ela saiu da biblioteca? – eu presumi que ele teria contado para a polícia assim que tivesse ficado sabendo do desaparecimento dela.

– Não, eu não pude ficar por perto quando o fogo se alastrou. Meus amigos não queriam ser pegos, e eu tinha certeza de que meu pai me bateria. Nós corremos pela rua até a nossa vizinhança, e paramos na casa mais próxima para implorar por doces para encher nossas abóboras de plástico cor laranja. – meu pai colocou ambas as mãos nos bolsos, encostando-se a um alto pilar. Os sinos da igreja sinalizaram a virada da hora.

– Se a Prudence morreu no incêndio, muitas pessoas devem ao Hiram Grey um pedido de desculpas por suspeitarem que ele a matou ou a forçou a sair da cidade. – minha mãe colocou os braços ao redor do meu pai e beijou sua bochecha. – Nós devemos ir embora, Wesley. Vamos nos encontrar com o Hampton e a Natasha para o jantar hoje à noite.

Assim que meus pais foram embora, eu interrompi a Emma para que pudéssemos ir para casa. A Maggie havia me mandado uma mensagem de texto sugerindo que eu devia esperar até o dia seguinte antes de visitá-la. Ela e a Ursula, a presidente da faculdade, estariam ocupadas com uma reunião no escritório do xerife pelas próximas horas. O Connor também estava no local lidando com a imprensa, que queria tirar fotos para colocarem nos jornais matutinos. Eu imaginei a Lara Bouvier enfiando um microfone na cara da Maggie, esperando ganhar a competição. *Bem como um circo!*

Quando nós chegamos em casa, Ulan se ofereceu para levar o Baxter para caminhar, escapando assim que o jantar acabou. Enquanto ele estava fora, eu conferi o armário do corredor, onde ele estava guardando suas roupas e itens pessoais. Por causa do tamanho do chalé e da falta de espaço para três pessoas, nós estávamos bem apertados. Ele estava dormindo em uma cama auxiliar no quarto da Emma pelos últimos dois meses, e eu havia separado algumas prateleiras para que ele usasse como bem quisesse. Eu me sentia terrível por invadir a privacidade dele, mas ele estava escondendo algo de mim.

Além de vários dias de roupas sujas, um sanduíche meio comido e um jogo de baralho com fotos de mulheres com pouca roupa, não havia mais nada. Eu daria prioridade para ensiná-lo a lavar suas próprias roupas. Ele também receberia uma advertência sobre deixar comida estragando, especialmente por causa de todos os animais de fazenda e insetos que viviam no Rancho Danby. Com relação ao baralho, eu estava dividido. Com quinze anos, ele estava passando por várias mudanças em seu corpo. O Tio Zach havia me prometido que eles tiveram a *conversa*, e nós concordamos em limitar o acesso do Ulan à internet. Eu iria perguntar para a April como ela lidava isso com o Augie, antes de confrontar o meu primo mais novo sobre seus pertences impróprios.

Andando para trás, eu tropecei em um par de seus tênis e caí contra o batente da porta. Quando me abaixei para pegá-los, eu vi manchas vermelhas nas solas de ambos os tênis. Era a mesma tinta vermelha que eu havia encontrado na porta do porão e usado nas paredes do novo quarto do Ulan. Ele não havia me ajudado no dia que eu terminei o quarto dele, já que havia ido ao parque junto com o Augie e a Emma para assistir um jogo de futebol, então ido dormir na Nana D. Será que ele havia pisado na tinta quando escreveu a mensagem ameaçadora?

A porta da frente se abriu. Eu rapidamente joguei os tênis de volta no armário.

– Você voltou cedo.

Ulan inclinou a cabeça para o lado e apertou os olhos.

– Esqueci o saquinho plástico. Você estava procurando por algo...

– A Emma perdeu o lenço laranja com gatos pretos dela. Eu pensei que ela o havia jogado aqui quando nós estávamos limpando ontem. – eu murmurei hesitantemente, então apertei gentilmente o pescoço dele. – Estou feliz que você está morando com a gente, Ulan. É bom ter outro cara em casa. A Nana D, Eleanor e a minha mãe me superavam. – o Gabriel passava todo o tempo livre dele com o Sam antes de seu namorado sair da cidade. Além disso, a aposentadoria do meu pai estava indo tão bem que nós o víamos menos frequentemente agora do que quando ele era o presidente de Braxton.

– Você tem o seu irmão, o Hampton, não é mesmo? Ele parece bem inteligente, e a esposa dele é meio linda. – Ulan balbuciou, seus olhos brilhando. – Apesar de que ele foi rude um dia desses.

– Considere-se com sorte de não ter crescido com *O Hampster*.

Depois que o Ulan foi embora, eu dei uma olhada na Emma e ouvi a secretária eletrônica. Eu não queria ter mantido a linha fixa quando me mudei para o chalé, mas a Nana D me relembrou de que às vezes nós perdíamos o sinal de celular nas montanhas. Isso também era útil quando a Emma queria ligar para as amigas. Eu não iria dar um celular até que ela tivesse treze anos, mas ela podia usar o fixo sempre que necessário.

A última mensagem me surpreendeu: *Kellan, aqui é a Belinda Grey. Algo chamou a minha atenção, e é urgente que nós conversemos. Por favor, me ligue assim que for conveniente. Meu número é...*

O que ela queria? Já que passava das nove horas da noite, era tarde demais para ligar. Eu salvei o número dela no meu celular e planejava entrar em contato entre as aulas de amanhã e a reunião de funcionários da Myriam.

Depois da nossa rotina de leitura, eu coloquei a Emma e o Baxter na cama, e me juntei ao Ulan no sofá. Nós tínhamos tempo suficiente para assistir a versão original do filme *A Convenção das Bruxas*. Eu ainda não conseguia acreditar que o meu tio nunca havia insistido que o Ulan assistisse filmes clássicos e cults. Durante vários momentos do filme, eu jurei ter ouvido passos na varanda do chalé. Quando Ulan apertou o pause para uma ida ao banheiro, eu espiei pela janela da frente. Algo com uma forma humana andava pela área arborizada, mas quando eu chamei, ele correu para dentro da floresta. Eu rapidamente conferi o solo, mas não encontrei nenhuma pegada, nem ele ou ela havia deixado cair qualquer coisa identificável. Será que a temporada do Halloween e o filme estavam me enganando?

———

As crianças correram animadamente para a escola na manhã seguinte, usando várias camadas de roupas e grossas meias de lã, já que a temperatura havia despencado durante a noite. Além disso, o dia de *Vista a Sua Meia Favorita de Halloween* havia chegado em Braxton, fazendo com que eu adornasse os meus pés com meias vermelho-sangue do Drácula. Eu parei na The Big Beanery, uma cafeteria construída em formato de grão de café no Campus Sul, onde os estudantes e os funcionários da faculdade compartilhavam refeições leves, ou devoravam uma dose frequentemente necessária de café. Braxton era dividida em dois campuses separados, o Norte e o Sul, e eram ligados por um sistema antiquado de teleférico que transportava os passageiros por um caminho de pouco mais de um quilômetro, passando por uma extensão montanhosa de pubs pitorescos, casas históricas e lojas de artesanato. Uma das minhas lojas, sob medida favorita, oferecia biscoitos de gengibre grátis e degustações de cidra de maçã todas as tardes de outubro.

Eu me juntei na fila atrás do Lloyd Nickels, o ex-engenheiro líder do teleférico, e bati no ombro dele.

– Hey, Sr. Nickels. Eu vi a sua filha na Lanchonete Pick-Me-Up no outro dia. Ela colocou o chato do meu irmão no lugar dele. Adorei.

Lloyd tinha uma aparência cansada, depois de ter passado tanto tempo trabalhando em áreas externas e espaços apertados.

Como um eletricista e expert no teleférico, ele havia salvado o dia várias vezes, mas estava desenvolvendo uma artrite dolorosa e problemas para respirar.

– A Calliope sempre foi uma menina muito direta. Um pouco fofoqueira também. Como você está, Kellan? A Seraphina está te mantendo na linha, eu confio.

– É claro, e eu não iria querer de outra maneira. – eu afirmei, percebendo que ele havia escolhido não participar no festival animado e frenético da cidade. A Nana D e o Lloyd eram amigos há vários anos. Ambos viveram suas vidas inteiras no Condado de Wharton, e frequentemente falavam sobre como seus ancestrais juntos haviam arado cada pedaço de terra disponível. – Vai fazer o seu pedido regular para a Sra. O'Malley?

Lloyd riu em silêncio, ficando vermelho e olhando na direção oposta.

– Não se pode manter um segredo nessa cidade, hein? – ele e a Minnie estavam saindo juntos há vinte anos, mas se recusavam a se casar um com o outro. Às nove horas todas as manhãs, eles se encontravam para tomar café e comer uma tortinha, sentados em um banco na parte norte do Campo Cambridge. – Estou testando as novas nozes pecãs fritas e com xarope de bordo. Tenho certeza de que a Minnie vai gostar delas.

Um estudante gritou para o caixa aumentar o volume da televisão de canto.

– Se apresse. Aquela repórter sexy, Lara Bouvier, está falando sobre aquele esqueleto incrível que eles desenterraram na Biblioteca Memorial.

Lloyd e eu trocamos olhares perfunctórios.

– Está em todos os noticiários nessa manhã. A Minnie não te contou? – eu cutuquei cuidadosamente enquanto ele recebia seu pedido.

Lloyd franziu o cenho e comentou que a Minnie esteve ocupada cuidando do Padre Elijah na noite anterior.

Um vídeo da Lara conversando com a April na noite anterior apareceu na tela... *e a Xerife Montague prometeu um update assim que a equipe dela determinar que é seguro extrair os restos mortais do chão instável. Será que essa poderia ser a famosa Prudence Grey, que desapareceu há cinquenta anos no dia Halloween? Falando ao vivo da Biblioteca Memorial na Faculdade Braxton, aqui é Lara Bouvier.*

Os estudantes riram e assobiaram com as últimas notícias da sua faculdade. Nenhum deles tinha ideia de quem a Prudence Grey era, ainda assim o pensamento de um corpo ter sido encontrado no campus animava-os além da crença. Eu me inclinei na direção do Lloyd, que havia ficado branco como um fantasma.

– Vai demorar um tempo até que consigam confirmar se aquele é a Prudence. Eu duvido que tenha alguma evidência ou DNA, já que ela esteve enterrada por tanto tempo. Você estava por aqui quando ela desapareceu?

– Estou atrasado para encontrar a Minnie. Tenho que ir. – Lloyd pegou seu pacote com as nozes e saiu correndo da The Big Beanery, mais rápido do que qualquer outro idoso de setenta e poucos anos que eu conhecia. E isso dizia muito, já que eu passava a maior parte do meu tempo livre cercado pela Nana D e os amigos septuagenários dela.

– Espere! Você esqueceu o seu café. – eu gritei, correndo atrás dele, mas não consegui alcançá-lo. Ele entrou no vagão do teleférico, que partiu da estação antes de eu chegar lá. O que havia causado a partida apressada dele?

Depois de me sentar no meu escritório no Hall Diamante, que estava completamente decorado com o tema do Halloween, tomei o meu *spiced latte*, e preparei as minhas anotações para a aula da manhã. Mulheres e Filmes eram os componentes centrais do currículo e os favoritos da minha chefe. A Dr. Myriam Castle era uma feminista enfática e era acalmada apenas por sua esposa brilhante e deslumbrante, e também a nova presidente da faculdade, Ursula Power.

Antes de sair do segundo andar, e já que eu ainda tinha cinco minutos, tentei entrar em contato com a Belinda Grey. Quando a secretária dela na escola indicou que a diretora estava em uma assembleia no auditório, eu deixei o meu número de celular como a melhor maneira de retornar a minha ligação. Eu segui para o primeiro andar e lecionei a minha aula de cinquenta minutos. Os estudantes não ficaram felizes quando eu devolvi os esboços dos projetos deles com mais sugestões de melhorias para suas propostas originais. Será que eu deveria ter servido alguns muffins de abóbora também?

Eu peguei o teleférico até o Campus Norte, comprei dois sanduíches na cafeteria, e me preparei para encontrar a Maggie. Eles haviam construído a biblioteca original no começo do século XIX, como uma escola de dois andares, e um subnível vazio, mas inacabado, na borda do terreno que pertencia à Faculdade Braxton. Naquela época, ela não era parte oficial do campus. Depois da Guerra Civil, a família Stanton, que controlava a maior parte do poder do condado, doou uma generosa quantia de dinheiro. Quando a faculdade corajosamente liderou o país em aprovar a admissão de mulheres em seu corpo estudantil, o Conselho de Curadores alocou os fundos Stanton para fazer pequenos reparos no prédio da escola, construir uma nova ala, e converter toda a estrutura em uma biblioteca. Já no século XX, eles acrescentaram mais duas novas alas para servir a necessidade dos estudantes de graduação e da expansão do programa de direito.

Poucas mudanças ocorreram até que o grande incêndio destruiu a ala original em 1968. A Família Grey havia se tornado os membros mais proeminentes do conselho naquele período. Eles foram insistentes em nivelar imediatamente a terra, construir uma nova ala, não muito bonita, e a renomear Biblioteca Memorial. Maggie havia reclamado sobre os estilos que não combinavam entre si dos prédios na história da Biblioteca Memorial, citando como as falhas de desenho arquitetônico haviam impedido que ela se tornasse um local de primeira. Entre as três alas e a estrutura original, eles sofriam com corredores que terminavam em lugar algum e vários lances de escadas para fazer a transição entre as seções. A bibliotecária anterior, Minnie O'Malley, achava que o estilo peculiar e único da biblioteca e seu pátio interno eram fascinantes, sempre agindo desinteressada quando a faculdade discutia sobre grandes mudanças. Meu pai levou cinco anos para conseguir os fundos apropriados para a renovação, e mesmo assim, teve que ser a Ursula Power a pessoa para colocar o projeto na linha de chegada.

– Estou tão feliz de te ver, Kellan. Eu mal dormi na noite passada. – olheiras escuras e rugas de preocupação acompanhavam os olhos da Maggie enquanto ela me abraçava, vestida com fofas meias ¾ laranjas com desenhos de abóboras e frases de Halloween. – Vários engenheiros e inspetores vieram ao local nas últimas dezesseis horas, discutindo sobre a melhor maneira de lidar com a situação.

– Qual é o plano atual? – eu entreguei para a Maggie um sanduíche, enquanto nós nos sentávamos no escritório dela, no lado oposto de onde havia uma fita amarela da polícia e placas de cuidado ao redor do local da construção.

Maggie explicou que ela iria se encontrar com o arquiteto primário, o inspetor de obras do condado, e com a April às duas horas da tarde para conversarem sobre os próximos passos.

– Isso é horrível, Kellan. Fomos nós que encontramos o esqueleto. Agora eu entendo como você se sentiu todas aquelas vezes em que isso aconteceu previamente. Esse é o segundo corpo que nós encontramos na biblioteca. O lugar deve ser assombrado.

– Isso é difícil, eu sei. Pelo menos o corpo que você encontrou tem várias décadas. É bem pior quando você chega alguns minutos atrasado para evitar que o crime tivesse acontecido. – eu afastei a lembrança de todos os cinco assassinatos em que eu me envolvi desde que voltei para Braxton. Isso se qualificaria com uma entrada no *Livro de Records Guinness*; a Nana D estava infelizmente correta, como a diva arrojada e dramática que ela sempre era.

– Eu duvido que isso tenha sido assassinato. Você escutou o

rumor de que é a Prudence Grey? – Maggie cutucou seu lábio inferior, então bateu em suas bochechas para retirar a imagem do esqueleto de sua mente.

– Escutei isso algumas vezes. Algum detalhe sobre há quanto tempo o corpo está lá?

– Todo mundo concorda que tem pelo menos quarenta anos.

– Eu sinto muito que você esteja presa com essa catástrofe. O Connor esteve por aqui? – Connor, que já havia sido o chefe de segurança do campus, geralmente lidava com quaisquer crimes ou investigações a respeito de Braxton.

– Sim, ele está em uma reunião com a Ursula agora mesmo. – Maggie terminou seu sanduíche e jogou fora as nossas embalagens. Quando ela voltou comigo até a área da recepção, ela arquejou e agarrou seu estômago.

Eu tracei o caminho de sua linha de visão até um esqueleto falso em tamanho real, sentado em um fardo de palha perto do balcão de empréstimos. Ele segurava um caldeirão de bruxa com guloseimas e uma placa que dizia: *Morreu por ler muito. Eu tenho uma espinha para escolher com você.*

– Entendeu? Um osso para escolher com você[1]. A espinha é um osso e uma parte do livro. – ela falou em voz alta.

– Bem engraçado. – enquanto eu dava um abraço de despedida na Maggie, ela me entregou um envelope. – O que é isso?

– Uma foto da Prudence que eu encontrei em um livro do ano. Pode ser que existam mais fotos, vou continuar procurando.

– Você é incrível, obrigado. – assim que ela foi embora, eu saí pelas portas principais, ansioso para abrir o envelope. O ar frio e cortante do outono fez cócegas em meu rosto e mandou arrepios pelo meu corpo. Será que eu estava prestes a ver a foto da beldade com os olhos de duas cores diferentes que estava assombrando a minha casa, e também a provável dona do esqueleto que nós havíamos encontrado no dia anterior?

Quando cheguei ao fim do caminho, meu celular tocou. Eu joguei o envelope fechado dentro da minha bolsa. Um grupo de estudantes, vestindo divertidas meias coloridas e chapéus combinando entre si, sorriu quando passei por eles, já que o novo toque do meu celular era uma voz assustadora de uma bruxa má cacarejando, *Vou pegar você, meu bem.*

– Aqui é o Kellan. – um corvo em uma árvore próxima deu um grasnado terrível.

– Alô. Aqui é a Belinda Grey retornando a sua ligação. Agora é uma hora conveniente? – a voz arrogante dela imediatamente penetrou a minha calma exterior e eliminou a minha risada sobre o livro e a mensagem.

– Certamente. Isso é sobre a construção da Biblioteca Memorial ou o projeto do Festival de Outono? Se for sobre a biblioteca, o seu problema pode ser resolvido, já que eu duvido que vá haver qualquer outro barulho até...

– Apesar de ser exorbitantemente óbvio que eu deva assumir o controle da organização do Festival de Outono, o propósito da minha ligação não é sobre nenhum desses assuntos. Você recebeu a minha carta?

Eu não me lembrava de ter recebido nenhuma correspondência dela, mas eu poderia não ter visto nos últimos dias. Cuidar de duas casas estava ficando cada vez mais difícil.

– Eu acho que não. Sobre o que seria?

– O Ulan não contou nada a você? – um tom estridente e acusatório acompanhava as palavras dela.

Isso começou a me deixar preocupado.

– Não, ele não contou. O que está acontecendo?

– Talvez você devesse interrogá-lo antes da nossa reunião amanhã no meu escritório. Se é assim que você vai organizar e cuidar do festival de outono histórico do Condado de Wharton, eu só posso imaginar o desastre iminente. – depois de repetir a data e o horário que ela havia escolhido para eu me apresentar em seu escritório, Belinda colocou o telefone de volta no gancho com raiva. O que o Ulan havia feito? Por que eu não recebi a carta?

Eu pensei novamente sobre a conversa que eu havia escutado

entre o Augie e o Ulan. Será que o Ulan estava criando problemas na escola, além de pintar mensagens ameaçadoras na nossa nova casa? Eu precisaria conversar sobre isso com ele assim que chegasse em casa. Eu rascunhei uma mensagem, exigindo que ele me ligasse assim que suas aulas terminassem, mas resolvi parar. Se eu lhe desse um aviso, ele teria tempo para inventar alguma desculpa. Eu preferia pegá-lo com o elemento surpresa... assim como o meu celular vibrando no meu bolso me assustou bem naquele momento. O Halloween não seria mais o meu feriado preferido se essa ansiedade constante continuasse.

April: *Descobri algo interessante sobre o esqueleto e como a vítima morreu. Vou te ligar hoje à noite.*
Kellan: *Não me faça esperar. Eu posso explodir por causa do suspense. Isso não é nada legal!*
April: *Paciência é uma virtude. Parece que eu tenho muito que ensinar a você.*
Kellan: *Agora isso é que é uma promessa que vou fazer você cumprir.*

CAPÍTULO CINCO

COM O CELULAR DENTRO DO MEU BOLSO, EU ANDEI LENTAMENTE ATÉ o teleférico para retornar ao Campus Sul para a reunião de funcionários da Myriam. Enquanto eu me aproximava da esquina, um homem grisalho veio pela calçada rapidamente e se chocou diretamente contra mim, jogando os meus óculos para o meio-fio.

– Ooohh, vá devagar. Você vai acabar matando alguém se não olhar para onde está indo, senhor. – quando encontrei meus óculos, uma besta irada com um queixo protuberante e orelhas de couve-flor, bufava e gesticulava roboticamente.

– Você sabe quem eu sou? A minha família construiu esta faculdade. Se alguém tem que olhar por onde anda, esse alguém é você. – Hiram Grey lançou sua grande pata sobre mim para me empurrar para o lado. Por causa de seus ombros fortes e peito largo, o homem possuía uma poderosa destreza física. – Assim está melhor. Tenha um bom dia.

– Hummm... Juiz Grey, nós já nos encontramos brevemente uma vez. Eu sou o Kellan Ayrwick. Eu conheço vários membros da sua família, e acredito que você conhece... – eu engasguei antes de ele estalar seus dedos repetidamente a poucos centímetros dos meus lábios.

– O neto enxerido da Seraphina. Você comprou a minha casa, filho. – a mandíbula dele relaxou, e o inchaço vermelho ao redor do seu rosto diminuiu. – Minhas desculpas. Eu pensei que você fosse algum estudante aleatório no meio do meu caminho.

Eu parecia mais novo do que a minha idade, mas não podia mais me passar por estudante, pelo menos eu achava que não. Será que ele era mais perceptivo do que eu? Ele tinha conhecido várias pessoas na linha de trabalho dele. Depois de perceber que eu não havia respondido, sorri.

– Sim, esse sou eu. Nós estamos quase finalizando a primeira parte da reforma. Eu sempre me perguntei sobre os rumores a respeito daquele lugar.

– Não existem fantasmas. Isso é apenas um bando de fofoqueiros com nada a fazer a não ser inventar histórias. Meu filho Damien disse que coisas estranhas ocorreram no passado, e um dos meus outros filhos, o Xavier, queria contratar médiuns paranormais para performar um exorcismo. Eu acredito em fatos verdadeiros e evidências tangíveis. Morei naquela casa cinquenta anos atrás, e nunca vi nenhuma aparição ou tive qualquer experiência de outro mundo. – ele sacudiu suas mãos energicamente e se balançou em seus pés para um efeito dramático.

– Eu entendo. Também não acredito nisso, é só que... bem... – eu gaguejei com minhas próprias palavras já que não sabia como explicar o que alguns de nós havíamos experienciado ultimamente.

– Não tenho tempo para bater papo, Sr. Ayrwick. Eu acabei de escutar que tem um esqueleto nas ruínas da Biblioteca Memorial, e as pessoas acham que é a minha Prudence. Eu preciso descobrir por mim mesmo. – o Juiz Grey passou por mim e seguiu pelo caminho até a biblioteca. – Por favor, dê à Seraphina as minhas lembranças. Diga a ela que vou convidá-la para o chá um dia desses. – não tive oportunidade para conferir quais eram as meias que ele vestia.

Momentos depois, a sombra dele já era poeira, e eu entrei no vagão do teleférico. Eu nunca havia interagido com o magistrado durante a nossa transação imobiliária. Os escriturários haviam cuidado de tudo, e ele não me levou pessoalmente nenhuma vez em um tour pela casa, ou para discutirmos sobre o valor ou os termos. A Nana D havia feito a proposta, e eles conversaram sobre o acordo inicial. Depois disso, ele desapareceu e deixou que seu advogado cuidasse da transação. Pensando nisso, o homem angustiante deve ter escondido algo importante.

Se ele estava determinado a descobrir se o esqueleto pertencia ou não à Prudence, talvez ele não tivesse relação com a morte dela. Será que ele poderia ter sido uma parte inocente, impactado pelo que aconteceu cinquenta anos atrás? Eu nem mesmo tinha certeza de que o esqueleto pertencia à Prudence. Isso era tudo um boato nesse ponto. Até que uma evidência verificável nos assegurasse da identidade da vítima, ninguém tinha nenhuma pista legítima. Eu teria pensado que um juiz pensasse nisso da mesma forma, ao invés de sair marchando pelo campus em uma fúria maníaca. O que era aquela sensação incômoda começando a se formar no fundo da minha mente? Será que isso tinha a ver com a mensagem de texto da April sobre como o esqueleto havia ido parar na biblioteca? Para um homem velho, ele tinha uma força bruta intimidante e um comportamento enérgico. Será que o Hiram Grey era o meu perseguidor persistente?

Eu cheguei em cima da hora para a reunião de funcionários da Myriam, no estúdio do terceiro andar. Ela fez uma careta ao notar minha tentativa de examinar seus tornozelos, em seguida, estalou os dedos para mim como o juiz.

– Tem pequenos fantasmas nos calcanhares. Você só não consegue enxergá-los. Mantenha os seus olhos onde eu possa vê-los, *Dr. Peepers.*

Sufoquei o desejo inato de rir ruidosamente, juntei-me ao grupo na mesa de conferências do departamento e sentei-me ao lado de uma confusa Dra. Hope Lawson.

– Por que todo mundo fica me dando apelidos estranhos?

– Você tinha que ter visto a Dra. Castle olhando o relógio. Ela ficava comentando quanto tempo faltava antes de nós começarmos, então olhou sarcasticamente para a sua cadeira vazia. – Hope sorriu jocosamente, me chutando por debaixo da mesa. Quando eu olhei, ela estava com meias calças listradas, com desenhos de aranhas em preto e branco.

– Faltando trinta segundos. – eu sussurrei para a Hope e olhei para a Myriam, observando a fraca evidência de um olho roxo depois da briga dela com a Calliope. – Você viu o olhar da morte que acabei de receber?

– Nós podemos finalmente proceder, agora que o nosso *estimado* colega considerou se juntar ao restante de nós que chegamos adiantados. – Myriam bateu com os nós dos dedos na mesa de madeira e apontou um dedo ossudo para mim, para assegurar que eu soubesse a quem ela estava se referindo. – Eu pensei em nós fazermos as coisas ligeiramente diferentes desta vez. Dra. Lawson, por que você não nos regala com a sua animada aclimatação em Braxton?

O pescoço longo da Hope se esticou para cima, uma mancha de alarme se formou em sua compostura.

– Oh, certamente. Eu tenho tido bastante assistência com os programas de tecnologia e os processos da biblioteca. O Dr. Ayrwick... – ela fez uma pausa enquanto colocava a mão no meu ombro gentilmente. – Tem sido incrivelmente generoso com seu tempo e conhecimento. Eu não poderia imaginar um mentor mais forte do que ele.

– Se eu não fui suficientemente clara, por favor, nos conte como as suas aulas estão procedendo e como os estudantes estão respondendo. – Myriam limpou uma sujeira imaginária em seus óculos e soprou a poeira na minha direção. – *Embora a idade da loucura não pudesse me dar liberdade, dá a partir da infantilidade.*

Eu me encolhi com a citação da Myriam de *Antonio e Cleopatra*, olhando enquanto minha chefe tocava o ponto macio sob seu olho. Hope resumiu as duas aulas que ela lecionava, então passou o bastão para mim. Eu destaquei o quão bem eu pensava que ela estava se ajustando à mudança de estilos do seu antigo campus. Myriam menosprezou minha tentativa de elogiar nossa mais nova professora visitante como um furacão, depois continuou com o resto de nossos colegas. Depois de reassumir o controle da reunião de maneira esnobe, ela emitiu diretrizes sobre como nós trabalharíamos na Biblioteca Memorial durante as reformas que estavam por vir.

— Tem mais alguma notícia sobre o esqueleto que eles encontraram? — Hope perguntou, olhando ao redor da sala enquanto todos falhavam em ter uma resposta. — Tem alguma coisa que nós temos que fazer para ajudar com esse mistério bizarro?

— Isso claramente não é problema nosso, Dra. Lawson. Nós estamos aqui para ensinar. Eu sugiro que você relembre aos seus estudantes o propósito deles aqui em Braxton e deixe as investigações... — ela falou secamente, então enrugou exageradamente seu nariz para mim. — Para aqueles que são qualificados para lidar com tais esforços. O Condado de Wharton tem uma equipe de policiais e detetives altamente qualificados e especialmente treinados que vão, eu tenho certeza, trabalhar duramente para encerrar esse caso. Intrometidos bombásticos precisam cuidar de seus próprios negócios.

Será que a Myriam havia se esquecido de que eu havia solucionado o mistério do perseguidor, e potencial assassino, da esposa dela? Enquanto a April e o Connor haviam ajudado a pesquisar sobre as ligações internacionais dele, eu havia descoberto o corpo e a identidade do assassino antes que ele colocasse a Ursula na lista de vítimas dele.

— Eu entendo. É só que a família Grey tem uma tremenda influência no campus. Eu estou um pouco preocupada se o sistema judicial desse condado tem o controle e o equilíbrio necessários. — Hope interveio com um equilíbrio notável de paixão e discernimento. — Eu escutei alguns estudantes falando sobre o esqueleto potencialmente pertencer à primeira esposa do magistrado. Acredito que o nome dela era Prudence. Alguns até mesmo sugeriram que ele havia sido o responsável pela morte.

– Qual é precisamente a sua preocupação, Dra. Lawson? – Myriam ficou em pé e melodramaticamente colocou as mãos nos quadris. – Talvez por você ser nova nesta cidade, você pode não perceber o senso de camaradagem que nós temos um pelo outro. Eu não vou tolerar alguém na minha equipe espalhando fofocas maldosas sobre um membro chave do nosso Conselho de Curadores. O Juiz Hiram Grey é um homem bem respeitado que é descendente de um dos fundadores originais da faculdade.

– Eu acho que o que a Dra. Lawson está tentando comunicar... – eu entrei na conversa, tentando impedir que uma discussão maior ocorresse, mas também para esclarecer a exata conexão da Hope com Braxton. – É que...

– Dr. Ayrwick, eu não pedi pela sua opinião. Dra. Lawson, por favor, responda à minha pergunta de antes de o seu colega nada cortês nos interromper. – Myriam se sentou, os pés da cadeira arranhando dolorosamente no chão enquanto ela deslizava para debaixo da mesa.

– Perdoe a minha franqueza, mas eu estou curiosa para saber como Braxton planeja cuidar dessa situação, substancialmente se o Hiram Grey estiver de fato conectado com um caso de desaparecimento de uma pessoa há cinquenta anos. Nós acabamos de descobrir um esqueleto daquela época, no local onde a vítima foi vista pela última vez. Você não estaria cautelosa com o envolvimento do homem? – Hope olhou ao redor da sala procurando por qualquer um que pudesse oferecer apoio, mas não encontrou ninguém que estivesse disposto de apoiá-la verbalmente.

– Com o risco da Dra. Castle me dar outra mordida, eu entendo a apreensão da Hope. É necessário que haja uma mensagem consistente e um processo, e enquanto eu estou confiante da força moral do Escritório do Xerife do Condado de Wharton, ainda não foi liberado nada oficial por parte da administração de Braxton.

– Eu reconheço o que vocês dois estão falando. – Myriam se entregou, então acenou com a mão em direção à porta para indicar o fim da reunião. – Vou discutir isso com a Ursula Power e dar uma resposta a todos nos próximos dias. Tenho certeza de que a nossa presidente tem um plano apropriado em andamento.

Todos, menos eu e a Dra. Lawson, saíram da sala. Ela suspirou pesadamente.

– A Dra. Castle é sempre tão teimosa e desdenhosa dessa maneira?

– Você a pegou em um bom dia, Hope. – eu segurei a vontade de rir. A Myriam poderia estar na escadaria escutando, pronta para o round 2 e sem uma plateia maliciosa.

– Eu estive pesquisando sobre a família Grey. Você sabia que o Hiram roubou a herança da sua primeira esposa? – a Hope massageou fortemente sua têmpora antes de recolher seus pertences espalhados pela mesa.

– O que você quer dizer? – eu me perguntei por que ela estava guardando essa curiosidade extrema sobre a família Grey. – A propósito, você sugeriu que a sua mãe pode ter crescido em Braxton. Qual é o nome dela?

– Me perdoe, eu tenho que seguir para minha próxima aula. Vou te mandar por e-mail a minha pesquisa sobre a família Grey. Basta dizer que o Hiram não tinha dinheiro antes de se casar com a Prudence. Quando ela morreu, ele herdou milhões de dólares e se tornou um dos homens mais ricos do condado. – Hope jogou uma sacola de pano colorida por cima do ombro e marchou em direção à porta. Ela havia ficado mais dura com seu último comentário, perdendo seu comportamento mais amigável e leve que eu havia começado a conhecer e apreciar. – O nome da minha mãe é Raelynn Lawson, mas eu nunca disse que ela havia crescido aqui. Encontrei uma foto dela em frente à biblioteca, isso é tudo.

Assim que ela saiu, eu me lembrei do retrato que a Maggie havia me entregado e peguei minha bolsa. Eu rasguei ansiosamente o envelope e olhei para a fotografia em preto-ebranco de antes que o protesto contra a Guerra do Vietnã tivesse explodido no campus. Havia duas mulheres paradas com seus braços cruzados uma na outra. A garota na esquerda parecia exatamente com a Imogene Grey, uma ex-estudante, e também filha da Lara Bouvier. Já que a Imogene também era filha do Damien, ficou claro qual mulher era a Prudence. Eu não conseguia acreditar em como as duas se pareciam uma com a outra. A mulher na direita era mais alta e com a pele mais escura, pelo menos com relação aos tons de sombra apresentados na foto, e a expressão dela oferecia uma mistura de respeito e intimidade. A qualidade da imagem não estava clara, ainda assim não parecia importante quando localizei o título logo embaixo.

Eu havia estado correto em identificar a Prudence Grey, mas nada havia me preparado para o choque de saber o nome da outra mulher: Raelynn Trudeau. Apesar da semelhança entre a Hope e a segunda mulher na foto não ser tão forte, o nome Raelynn não poderia ter sido tão popular em um lugar pequeno como Braxton. Havia pouquíssimas chances de duas mulheres afro-americanas com nomes idênticos e incomuns na mesma cidade, ambas de alguma maneira ligadas à família Grey. Será que elas eram amigas próximas? Uma estranha noção me ocorreu; Hope havia se referido à uma tia em Nova Orleans. As pessoas geralmente se referiam a amigos da família mais velhos, como tios e tias. Será que a tia da Hope poderia na verdade ser a Prudence, desaparecida há tanto tempo? Presumindo que o esqueleto não fosse da Prudence, havia uma remota chance de que ela estivesse morando com os Lawson. Se o esqueleto fosse a Prudence, então eu tinha algumas perguntas urgentes e estranhas para os Lawson. O que a Hope e a mãe dela poderiam estar escondendo sobre o desaparecimento da Prudence?

Depois da saída apressada da Hope, eu ponderei porque todos estavam extremamente interessados no desaparecimento da Prudence Grey há cinquenta anos. Hope Lawson havia intencionalmente aceitado o cargo em Braxton porque queria saber sobre a família Grey. O Padre Elijah havia desmaiado quando eu entreguei as notícias sobre o esqueleto descoberto na Biblioteca Memorial. Bartleby Grosvalet havia estado ansioso para ter acesso à casa que a Prudence havia morado com o Hiram, tendo praticamente me derrubado para explorar o canteiro de obras horas antes. Lloyd Nickels ficou incrivelmente chocado quando soube do esqueleto no noticiário da Lara. Acontecera algo há cinquenta anos que todos eles estavam com medo de ser desenterrado?

A Nana D poderia ter alguma informação adicional, ou pelo menos me dar alguma luz sobre a história das famílias Trudeau e Lawson no Condado de Wharton. Eu não teria tempo para visitá-la no seu escritório antes que o Bartleby chegasse à minha casa, então resolvi ligar ao invés disso. Enquanto esperava pela assistente dela nos conectar, troquei algumas mensagens de texto com a Eleanor sobre a teoria da Madame Zenya a respeito do meu potencial fantasma.

– Já resolveu o seu problema da casa assombrada? – Nana D me provocou assim que entrou na linha, cantarolando o tema de *Além da Imaginação*, suficientemente alto para eu colocar o telefone longe da minha orelha.

– Isso depende. De acordo com a Madame Zenya, da maneira como a Eleanor me contou, almas inquietas geralmente param de assombrar as pessoas assim que nós descobrimos seus restos mortais. – eu não tinha certeza se acreditava no ídolo reverenciado pela minha irmã, ou em seu conselho enganoso. A famosa psíquica iria chegar à cidade no dia seguinte e tinha se oferecido para fazer uma leitura na minha casa, se eu ainda estivesse encontrando problemas.

– Isso soa como uma possibilidade. Ela lida com esse tipo de coisa o tempo todo. – Nana D encorajou, citando que a Prudence só queria passar para o outro reino. – E como está o trabalho, meu neto brilhante?

– Nós temos uma nova professora neste semestre. Hope Lawson, transferida de Nova Orleans, ironicamente para ensinar sobre literatura paranormal. Eu estava me perguntando se você se lembraria da mãe dela, Raelynn Trudeau. Eu não tenho certeza absoluta de que ela morava em Braxton, mas...

– Havia uma família Trudeau que morava em Woodland algumas décadas atrás. Não conheço nenhum Lawson. Eu me recordo vagamente do nome Raelynn, mas não consigo identificar de onde. – Nana D murmurou consigo mesma algumas vezes antes de terminar seu pensamento. – Não. Agora não me lembro. Vou te dizer mais tarde.

– É justo. – eu me entreguei, destacando as pessoas que agiram estranhamente desde que nós encontramos o esqueleto. – O mais incomum foi a maneira que o Padre Elijah desmaiou e a chamou de *Prue.*

– Várias pessoas possuem apelidos. A Prudence veio de uma família religiosa. O Padre Elijah poderia ter sido o confessor dela, ou conselheiro, quando o Damien nasceu. Naquela época ele estava em treinamento para se tornar um padre. Você deveria perguntar a ele. – Nana D indicou que ela não sabia muito sobre a família Garibaldi, já que eles se mantinham isolados quando ela era criança. – Garibaldi era o nome de solteira da Prudence. Os pais dela também morreram tragicamente em um incidente internacional no começo daquele ano. Deixaram para ela rios de dinheiro. Nenhum outro parente, eu acredito. A biblioteca tem pouquíssimos dados sobre a última geração, quase como se eles nunca tivessem existido.

– A Hope vai me mandar a pesquisa dela. – eu considerei a inclinação da minha avó sobre o Padre Elijah ter cuidado da depressão pós-parto da Prudence e da organização do batizado do Damien. Muitos católicos eram próximos dos padres de suas paróquias e procuravam seu conselho para problemas pessoais e assuntos de saúde.

Antes de nós terminarmos a ligação, a Nana D me contou sobre o andamento do labirinto mal-assombrado no milharal, que estava sendo construído no Rancho Danby. Durante as duas semanas do Festival de Outono, nós iríamos oferecer visitas na casa mal-assombrada, e passeios de hayride em carruagens autênticas da época vitoriana, com diferentes atrações, indo de um percurso mais extravagante até um mais horripilante, acomodando todas as idades e temperamentos de nossos visitantes. Eles haviam convertido o antigo celeiro na *Casa dos Horrores*, onde os visitantes visitariam três níveis de cenários perturbadores e horripilantes da história do Condado de Wharton. Cada nível estava decorado ao máximo para causar gritos e choque. As carroças de hayrides, puxadas por carruagens vitorianas, iriam seguir dois caminhos diferentes pela fazenda, dependendo da tolerância da pessoa em ser assustada. A rota mais assustadora navegava por trilhas escuras atrás da casa mal-assombrada e que estavam cheias de cadáveres falsos e bestas animatrônicas ferozes. O curso mais leve transportava os passageiros por sobre uma ponte coberta cruzando uma pequena lagoa, parando para que as pessoas participassem de várias experiências outonais: famílias entalhando abóboras com o rosto de cidadãos famosos do Condado de Wharton, cervejarias que oferecem bebidas não alcoólicas de cidra de maçã e padeiros locais compartilhando fatias de suas tortas e bolos sazonais.

– O Lloyd Nickels vai ser o seu cocheiro sem cabeça novamente neste ano para o passeio de hayride assombrado? – ele havia executado esse papel durante a última década, desde que se aposentou da empresa que cuidava do serviço do teleférico de Braxton. Havia boatos de que ele estava pensando em se retirar dos seus deveres do Festival de Outono.

– Nós fizemos um acordo. Ele vai terminar esse ano e preparar seu aprendiz para o seu lugar. Nem todos os da minha geração tem a mesma vitalidade que eu tenho, Kellan. – Nana D me lembrou de começar a me preparar para o meu encontro com Bartleby. Nós não tivemos tempo de conversar sobre o Lloyd saindo apressado da The Big Beanery.

Eu confirmei que o Ulan iria chegar tarde da escola. Ele havia concordado em se juntar ao clube de debate na esperança de aprender a interagir mais e ganhar mais confiança em si mesmo. O ônibus iria deixar a Emma às cinco e meia em uma esquina não muito longe da Rua Sem Saída, onde nós logo iríamos morar. Eu dirigi até lá para me encontrar com o Bartleby, e encontrei o velhaco espiando pela janela lateral da casa.

– Procurando por mim? – eu confirmei a participação dele no *Dia da Meia* pela presença de meias cinzas com morcegos.

Bartleby pulou para trás.

– Não, eu presumi que você iria chegar logo. Eu estava procurando pelos fantasmas.

– Encontrou algum? – seria melhor agradar o homem maluco se eu quisesse extrair informações dele.

– Você a viu, não é mesmo? – ele piscou para mim e caminhou em direção à porta da frente. – Vamos agora, não a faça esperar. Eu acho que ela quer se apresentar para você.

Será que eu tinha ouvido ele corretamente? Eu sabia que o nosso ex-prefeito tinha uma predileção para o estranho e incomum, mas ele estava tão indelevelmente fora de si que pensava poder se comunicar com um fantasma? Entre ele e Madame Zenya, minha fé nas faculdades mentais do mundo havia caído um ponto.

– Eu acho que isso significa que você não acha que a Prudence Grey parou de me assombrar, agora que nós encontramos os ossos dela? – eu destranquei a porta e pedi para ele entrar rapidamente. Apesar de os vizinhos não terem uma vista clara da minha porta da frente, eu não iria arriscar ter nenhuma fofoca sobre as danças bizarras do ex-prefeito.

– Quem disse que eu acredito que o seu visitante não-tão-amigável é a falecida Prudence Grey? Eu não estou tão certo disso. – Bartleby correu rapidamente de um ambiente a outro nas proximidades, encostando sua orelha contra a parede e batendo em vários pontos. Em um momento, ele zurrou e cacarejou como se estivesse convocando um demônio.

Eu decidi não fazer parte dessa experiência insana e macabra.

– Se não é a Prudence, então você deve presumir que alguém

humano está fazendo brincadeiras com a equipe do meu construtor?

Bartleby sacudiu a cabeça.

– Não seja cético. Talvez eu saiba quem ou o que é isso. Eu só não estou completamente certo do porquê ela escolheu se comunicar com você de uma maneira tão assustadora.

– Bem, seja lá quem ela for, ela tem estado estranhamente quieta nos últimos dias. Não tem havido mais nenhum objeto se movendo sozinho, e nenhum som peculiar ou luzes piscando. – eu estava satisfeito que o Nicky estava me mandando relatórios diários para me notificar do progresso antes de sair do local. Desde que o esqueleto havia sido encontrado, os relatórios não continham referências a problemas ou preocupações sobre um visitante fantasmagórico ou mensagens elaboradamente escritas com tinta vermelha. A ideia de que o Ulan ainda era o culpado não havia escapado dos meus pensamentos.

Bartleby subiu a escadaria do corredor frontal, parando no meio do caminho. Nicky havia pendurado um grande pedaço de plástico para evitar que qualquer poeira ou sujeira flutuasse até o andar superior.

– Você já esteve no andar superior?

Meu queixo travou.

– Não há nada no segundo andar exceto quartos vazios. Você acha que tem alguém se escondendo por lá? Talvez a brilhante Madame Zenya possa mandá-la embora. – eu queria dizer isso como uma piada, mas o forte estremecimento estampado no rosto de Bartleby mostrou que ele acreditava de forma diferente.

– Ela é uma mulher bem intrigante. A Madame Zenya contou a você que está vindo para cá? Para *essa casa*? – Bartleby desceu os degraus. – Estou chocado. Isso é surpreendente.

– Eu aprecio que você tenha vindo. Tem alguma coisa de valor que você possa me contar? Não é que eu não aprecie as suas conjeturas e teorias vívidas, mas e quanto aos fatos, senhor? – eu apelei para o lado dele que estava ligado ao respeito e a autoridade.

– Excelente ponto. Vamos deixar de lado todos os fantasmas espectrais e nos focar no que eu sei com certeza. – Bartleby sinalizou para eu me juntar a ele na cozinha. – É muito mais silencioso por aqui. Eu não acho que ela vá nos escutar, não com todo esse aço inoxidável instalado por aqui. É uma boa escolha para bloquear as vozes.

Bartleby me contou seus motivos para querer ter acesso à casa e o que ele havia pesquisado até o momento sobre a família Grey. Enquanto a casa havia ganhado o famoso nome de A Velha Casa dos Grey, Hiram foi dono dela apenas nos últimos cinquenta anos. Ela havia sido antigamente parte dos bens da família Garibaldi. Quando a Prudence se casou com o Hiram, os pais dela deram-lhe a casa como presente de casamento.

– Eles construíram originalmente a sua casa durante a década de 1860, no meio da Guerra Civil do nosso país. Os Garibaldis foram os donos durante cem anos, antes de a Prudence desaparecer. A família excêntrica sofria de vários graus diferentes de desordens psicológicas, mas também eram ricos e doavam dinheiro para o condado. A maioria das pessoas se dignou a aceitá-los. Durante um cruzeiro ao redor do Cabo da Boa Esperança na África, logo após a Prudence e o Hiram se casarem, piratas internacionais atacaram o navio Garibaldi. Na luta que se seguiu, uma explosão matou todo mundo a bordo, assegurando que a Prudence herdasse tudo.

– Eu não tinha ideia. Eu sabia que ela havia perdido seus pais tragicamente, mas não sabia dos detalhes exatos. – Hope tinha me contado a verdade, baseado na própria pesquisa dela sobre a Família Grey.

– A partir de tudo o que eu consegui reunir sobre essa casa, a família Garibaldi tinha grandes planos para ela ao passar dos anos. Eu suspeito que você ainda não descobriu a extensão total dela. – Bartleby caminhou em direção à porta do porão no corredor próximo à cozinha, e sorriu para a mensagem. – Você ainda não pintou por cima disso?

– Está na lista do construtor para o fim da semana antes de

nos mudarmos. Você está correto. Nós ainda não entramos no porão.

– Eu suspeito que o Hiram ou o agente imobiliário não te levaram para um tour completo? – Bartleby sorriu travessamente; seus olhos se estreitaram para que duas sobrancelhas de taturana se arqueassem na minha direção.

– Não, ele não me levou. O meu construtor queria ter acesso antes da construção, mas nós não conseguimos encontrar a chave. No meio tempo, todos os reparos estão focados em assegurar que nós possamos, pelo menos, morar aqui.

Eu teria pedido por um tour completo e uma inspeção formal, mas o juiz irritável insistiu que ele preferia diminuir o valor ao invés de ter que lidar com um monte de papel. A Nana D havia me emprestado o dinheiro para comprar a casa, eliminando vários meses de procurar pela aprovação da hipoteca, ou da venda da minha casa em Los Angeles. Eu devia a ela pagamentos mensais agora. Nicky havia subido no telhado e testado várias vigas de madeira, tábuas do piso, colunas das paredes, calhas do telhado e todos os componentes relacionados nos dois andares. Ele também havia verificado a fundação pelo exterior, mas nós sabíamos que não era possível executar nenhuma grande reforma até que completássemos uma análise estrutural com um engenheiro. Nós planejávamos entrar no porão em breve para procurar por qualquer problema.

– Se eu fosse você, eu não exploraria muito sem a ajuda de um profissional treinado e com conhecimento sobre o assunto, como eu mesmo. Essa casa tem uma história complicada, e você pode acabar se encontrando com problemas. Vou compartilhar a minha pesquisa com você no futuro. Por enquanto, fique alerta a sons e luzes estranhas. Não entre no porão. – Bartleby saiu pela porta frontal, citando um jantar marcado anteriormente com um amigo. Ele prometeu retornar na semana seguinte com a Madame Zenya para discutir sobre os incidentes.

Meu lado racional pensou que a sanidade dele estava indo para o sul, para férias permanentes, então eu deixei de lado toda a visita do louco. Assim que a Hope me desse as suas informações, e o Bartleby retornasse para divulgar as dele, eu iria decidir se me mudar para a casa Garibaldi oferecia algum risco. Pelo que eu sabia, ou o brincalhão havia desaparecido, ou a situação era resultado do comportamento infantil do Ulan.

Eu permaneci na cozinha e encarei a porta do porão, com raiva e frustrado por ter desperdiçado tanto tempo. Eu não esperava que a porta se abrisse e revelasse seus segredos para mim, mas bati nela mesmo assim. Eu mexi na maçaneta e tentei liberá-la. Nada funcionou. Me afastei, pensando que toda essa experiência pseudo-paranormal era apenas um caso de arrependimento por ter comprado a casa. Assim que virei as minhas costas e andei até a pia para testar a nova torneira, uma perturbadora batida de retorno na porta ecoou.

Eu fiz uma volta de cento e oitenta graus e espiei a porta com suspeita. Me aproximei um pouco e inclinei o meu ouvido hesitantemente na direção dela. Fiquei parado a dois metros de distância, esperando por outra batida arrepiante. Que tipo de tolo eu era? Eu não acreditava em fantasmas. A porta estava trancada, e não havia outras entradas para o porão, pelo menos até onde eu sabia. A casa tinha uma porta frontal e uma posterior no nível principal. Não havia nenhum ponto de acesso para um porão para tornados ou abrigo de tempestade quando procurei pela propriedade. Eu estava sendo tolo e considerei a causa raiz como o ranger de canos ou o assentamento da casa. Com todas as pequenas reformas, as coisas se mexiam. Já que a casa tinha mais do que cento e cinquenta anos de idade, ela tinha o direito de rugir e gemer quando alguém mexia em seus ossos.

Então, eu ouvi uma segunda rodada de batidas persistentes. A teoria da Madame Zenya sobre o fim da assombração, assim que os ossos da vítima fossem encontrados, não fazia mais sentido. Definitivamente havia alguém dentro da minha casa novamente, e dessa vez, ele ou ela tinha a intenção de me atormentar com sua presença. Eu pulei para trás, apesar de nada se mover perto da porta. Coloquei minha mão sobre o queixo e cocei a minha barba de dois dias, que eu havia distraidamente esquecido de barbear. Espere! A batida veio da frente da casa. Enquanto eu seguia pelo corredor, ouvi outra batida mais alta, seguida por duas vozes gritando por mim.

– É um pouco cedo demais para doces ou travessuras. – Emma gritou em uma voz hilária. – Abra a porta, papai.

Ulan cruzou a varanda frontal até a janela de canto na sala de estar, e bateu no vidro.

– Está trancada. Não podemos entrar. Você está nos punindo por sermos muito mais incríveis do que você?

Depois de abrir a porta barulhenta, Emma me abraçou e informou que estava faminta. A rotina de ginástica a havia deixado exausta, e o Augie não teve tempo para comprar alguns lanches antes de deixá-los ali.

– O Augie disse oi e tchau. Podemos voltar para o Rancho Danby? Preciso trabalhar no meu projeto de ciências e os materiais estão em casa. – Ulan disse com uma expressão vazia. Ele ajustou a meia do *Besouro-suco* que havia escorregado até seus calcanhares.

Depois de conferir novamente a entrada do porão, mesmo que parecesse que ninguém havia batido na porta, eu concordei. Assim que nós comemos nosso jantar e nos acomodamos no chalé, Emma se preparou para caminhar com o Baxter ao redor do pomar, mostrando orgulhosamente suas adoráveis meias com dois fantasmas mandando beijos um para o outro. Que anjo.

– É melhor você recolher o que ele fizer. A Nana D vai ficar chateada se encontrar alguma coisa.

Emma apertou o nariz e implorou para o Ulan ir com ela.

– Por favooooorrr...

– Não. Desculpe, querida. Ulan e eu precisamos ter uma conversa importante sobre uma reunião na escola dele amanhã. – eu olhei na direção dele e vi toda a cor sumir de seu rosto jovial.

Assim que a Emma foi embora, ele se sentou inquieto no sofá em frente a mim.

– Quanto estou encrencado?

– Em uma escala de um a dez, eu diria... uns doze. O que é isso, Ulan? Eu pensei que você estava feliz na Pensilvânia. – eu mantive o meu tom calmo e compreensivo, mas direto, para que ele soubesse que eu estava falando sério.

– Não são vocês. É muito divertido estar com a família. Eu amo o meu pai, mas ele está mais interessado em conversar com os elefantes do que comigo. – Ulan bufou e abraçou uma almofada.

Eu segui com a conversa cuidadosamente, já que eu me lembrava de como havia sido para uma figura de autoridade me disciplinar. O Hampton sempre havia nos metido em problemas, mas eu recebia as piores punições já que os nossos pais acreditavam que eu deveria ter feito melhor. Eles lhe tinham dado uma folga extra, já que ele era o mais velho e tinha que lidar com quatro irmãos mais novos que recebiam mais atenção do que ele. Eu nunca concordei com a abordagem e análise deles, mas o que um garoto de quinze anos pode explicar para seus pais?

– Okay. Fico satisfeito que você está feliz comigo e com a Emma! O que eu não entendo é por que você pintou aquela mensagem e o que mais você fez na escola. Vou tentar ser razoável e escutar o que você tem a dizer, mas isso é um comportamento inapropriado e infantil, Ulan. – eu me inclinei para frente no sofá oposto e juntei minhas mãos. Apesar de eu o conhecer a apenas quase dois meses, eu reconhecia que ele ficava desconfortável com contato físico. Eu havia estudado sobre a situação dele, me perguntando se tendo crescido sem uma mãe e com o pai distante, havia deixado ele incapaz de demonstrar suas emoções ou de confiar. Tudo o que eu queria era que ele se sentisse seguro e fosse honesto comigo.

– Eles eram *bullies*. Quando as outras crianças descobriram que eu havia morado na selva africana, começaram a me chamar de *Moozan*, por causa do meu cabelo longo. Eles faziam um monte de sons de animais sempre que eu entrava ou saía de uma sala. – Ulan virou a cabeça, esfregando algo em seu olho. Ele havia começado a chorar e não queria que eu soubesse. Ulan explicou que eles haviam combinado o Tarzan, a personagem da Disney, Mulan, e o nome real dele para provocá-lo. A Diretora Grey havia observado isso acontecer na primeira vez e o encorajou a ser mais amigável com seus colegas de escola, ao mostrar a eles que ele era um garoto tímido que podia ser um aliado. Entre a timidez do Ulan e sua superinteligência, os populares da escola já haviam considerado ele como presa. – Não importava o que eu dizia, só ficava pior. Então, um dia, eu peguei uma lata de tinta vermelha na escola e escrevi mensagens maldosas em todos os armários deles. Eu pensei que isso iria fazê-los pararem de me torturar. – Ulan admitiu, então cobriu a cabeça em seu colo e chorou silenciosamente.

Eu deixei que ele trabalhasse com suas emoções, então me movi para perto dele. Coloquei uma mão em seu joelho, esperando que isso não o deixasse nervoso.

– Nós vamos dar um jeito nisso juntos.

Ele se sentou e se jogou contra o meu peito, me abraçando tão apertado quanto a Emma, quando se despedia antes de ir para a escola de manhã.

– Por favor, não me mande de volta para a África. Eu só não posso mais frequentar aquela escola terrível. – Ulan se acalmou momentos depois, e bebeu um copo de água.

Depois que eu o convenci de que ele não iria sair dos meus cuidados, ele prometeu que nunca mais faria algo assim.

– Eu aprecio que você diga isso. Você, inadvertidamente, quase me fez ter um ataque do coração quando pintou a nossa porta do porão com aquela ameaça de morte. Eu devo admitir, quando encontrei aqueles tênis com tinta vermelha na sola no seu armário, queria te enviar pelo correio até a casa do Hampton.

Ulan inclinou a cabeça para o lado e fez um som estrangulado em sua garganta.

– Do que você está falando? Eu não fiz nada na nossa casa.

Meu corpo congelou instantaneamente, fazendo-me lembrar

do sonho que tive no final de semana anterior, onde senti como se houvesse gelo em minhas veias.

– Está tudo bem. Eu te perdoo, e nós vamos encontrar uma maneira de seguir em frente. Apenas não minta para mim, Ulan.

Ele ficou em pé, colocando o copo vazio sobre a mesa.

– Eu juro, senhor. Eu nem mesmo sei do que você está falando. Não fui eu.

Se eu havia aprendido algo sobre meu primo, era que ele não conseguia mentir sem que uma de suas pernas tremesse. Ele estava rígido como um poste naquele momento. Ulan estava me dizendo a verdade, fazendo com que eu procurasse uma solução de comum acordo. Como punição por não ter revelado seus problemas na escola e ter jogado fora a carta da diretora, eu dei a ele a tarefa de fazer pequenos reparos e pintar a sala de estar da nossa nova casa. Quando estávamos unidos na nossa abordagem de como conversar com a Belinda Grey, eu o orientei a terminar sua lição de casa.

Escapei para meu quarto e fechei a porta para ter um momento de silêncio. Eu acreditei quando o Ulan me prometeu que não havia deixado a mensagem na porta. Infelizmente, isso aumentou as minhas preocupações sobre me mudar para aquela casa com duas crianças jovens e impressionáveis. Até que eu soubesse o que havia no porão, e nós houvéssemos verificado quem havia deixado a mensagem, permanecer no chalé do Rancho Danby era a decisão mais sábia.

Um desejo suspeito e mesquinho veio à tona sobre descobrir o que aconteceu com a Prudence Grey, e se o esqueleto que eles encontraram debaixo da Biblioteca Memorial seria mesmo dela. Sacudi minha cabeça e caí na cama. Estava acontecendo novamente. Eu tinha outro mistério que estava compelido a investigar. Mas, dessa vez, isso era pessoal, minha casa estava possivelmente no centro. Se a Prudence ainda estava viva ou o Hiram a havia matado, a lei dizia que ele não tinha permissão para me vender a casa. Agora, o que eu iria fazer?

CAPÍTULO SEIS

Depois que as crianças subiram no ônibus para a escola na manhã seguinte, eu notifiquei o escritório do gerente do departamento que iria chegar mais tarde do que o normal. Eu não tinha aulas até a metade da manhã, então poderia seguir para a reunião com a Diretora Grey. Eu não estava entusiasmado para nossa conversa depois de nossos vários desentendimentos sobre o Festival de Outono. Quando isso era a respeito da minha filha, ou daquele por quem eu estava responsável, ninguém ficava me enrolando. Se a Belinda não havia cuidado daquela situação de bullying na escola, eu iria cuidar pessoalmente.

Apesar de eu ter deixado duas mensagens de texto e uma de voz para a April, ela não retornou a minha ligação. Eu estava desesperado para saber o que ela havia descoberto sobre o esqueleto, mas isso teria que esperar. Precisando de uma liberação rápida para minha energia reprimida antes de ir para a escola, parei no, apropriadamente chamado, Complexo Esportivo Grey para me esgueirar em um treino necessário. O Connor havia adiado a nossa rotina matinal depois que uma virada inesperada de eventos havia exigido a presença dele no escritório do xerife. Ele não queria me dar nenhum detalhe, mas articulou que haviam feito algum progresso sobre identificar a identidade do esqueleto.

Com os meus exercícios completos, eu caminhei pelo estacionamento do Campus Norte. Duas vozes altas discutiam a algumas fileiras de distância. Normalmente, eu as ignoraria e continuaria com meus negócios; no entanto, eu reconheci pelo menos uma voz. Coloquei minha orelha para cima de um carro e espiei pela fileira. O Hiram sacudia nervosamente seu punho para seu filho, Damien. Eles estavam focados em sua briga e não haviam percebido a minha presença.

– Por que você não fala sobre a minha mãe biológica? Se aquele é o esqueleto dela, eu mereço uma explicação válida. – Damien gritou em um tom assustador, a poucos centímetros de seu pai. Corado e com cara de machado, sua aparência deve ter piorado com o passar dos anos... nada como os modelos que sua ex-esposa, Lara, namorava atualmente.

– Não fale comigo nesse tom. Eu lhe disse tudo o que você precisava saber sobre a Prudence. Ela era uma mulher seriamente doente, e eu tenho uma carta que prova que ela fugiu porque não queria cuidar de você. – Hiram bateu com o punho na palma da mão enquanto seu rosto se enchia de manchas vermelhas e roxas.

– O que? Eu quero ver as palavras que ela usou para me abandonar. Não posso me imaginar fazendo isso com minha filha. A Imogene é a luz da minha vida. Como que você pôde só agora me dizer que a minha mãe biológica deixou uma carta, pai, e não ter mencionado nenhuma palavra sobre isso em tantos anos? – Damien parecia genuinamente chateado por nunca ter conhecido sua mãe biológica. Lara havia comentado que ele nunca pôde se impor ao seu pai, e que ele se culpava pela partida abrupta dela. Hoje, ele era o oposto exato: temperamento exaltado e implacável. Eu estava preocupado que ele pudesse bater em seu pai. Será que eu iria precisar me intrometer na discussão deles?

– Eu fiz o que era necessário. A carta simplesmente dizia que ela havia saído da cidade para se focar em tratar a si mesma. Quando você vai crescer? Faça o que eu digo e esqueça tudo sobre aquela mulher problemática. Mesmo que a Belinda tenha se tornado um espinho na minha vida desde o divórcio, ela é a mulher que te criou e a quem você chama de mãe. Seja grato por eu não ter te colocado no orfanato como algumas crianças.

Uma porta de carro se fechou, e o motor rugiu para fora do estacionamento. Eu esperei para ver o que aconteceria a seguir. Damien se inclinou sobre sua Mercedes e atendeu uma ligação. Já que eu havia aceitado a minha inclinação para escutar escondido (apenas quando isso pudesse ajudar a solucionar um crime, é claro), eu fiquei escutando. No começo, não entendi quem havia ligado, o que fazia sentido já que eu não sabia de nada sobre o homem. Então, ficou claro que ele estava ao telefone com o meu melhor amigo, Connor.

Damien perguntou:

– Você precisa de uma amostra do meu DNA? Isso é para provar que eu estou relacionado com aquele esqueleto? – ele escutou a resposta do Connor. – É claro, mas isso quer dizer que você acredita que seja a Prudence Grey, minha mãe biológica? – ele fez alguns sons de concordância, então rapidamente concordou em ir até o escritório do xerife.

Tudo estava se alinhando, exceto quem havia vandalizado a minha casa. Nem a April e nem o Connor iria pressionar o Damien a enviar o seu DNA, a não ser que estivessem certos de que o esqueleto pertencia à Prudence. Eles devem ter encontrado algum fio de cabelo ou unha para usar na verificação. Quais eram as outras evidências enterradas com o esqueleto que poderiam identificar o que havia acontecido? Não estando disposto a esperar mais, eu liguei para a April para conseguir minhas respostas. Ela atendeu no primeiro toque com uma bufada.

– Yeah, o que você quer agora?

– Bom dia para você também, xerife. Em certos dias, não sei qual personalidade eu devo esperar...

– Me desculpe por não responder suas mensagens. Isso está um zoológico desde ontem à noite. Está tudo bem?

– Sim, mas parece que a hora não é a mais conveniente. Está livre para um jantar tardio? – eu preferia não entrar em uma conversa genérica com todas essas ideias dentro da minha cabeça. Será melhor conversar em um espaço mais privado, sem os nossos empregos, as crianças, ou as loucuras dos nossos dias no meio.

– É cedo demais para eu confirmar, mas se eu conseguir sair em uma hora decente, adoraria te ver. – o tom da April ficou mais suave quando ela terminou de falar. – Eu pensei que era outra pessoa ligando, desculpe por isso.

– Espero que as coisas melhorem. – eu estava prestes a desligar quando ela finalmente me deu novas informações.

– Se você considera o Lloyd Nickels entrando no meu escritório para confessar o assassinato da Prudence Grey cinquenta anos atrás de as coisas melhorando, então eu sou o ganso dourado prestes a botar um ovo.

– Espere! O que você disse? – eu não estava me referindo ao comentário dela sobre o pássaro colorido.

– Por favor, mantenha isso para si mesmo. Nós já tivemos essa discussão várias vezes antes, mas já que você foi a pessoa a encontrar o corpo, eu já aceitei que você vai se inserir nessa investigação. – April me contou que o Lloyd havia marchado até o Escritório do Xerife do Condado de Wharton, na noite anterior, para revelar exatamente onde ele havia trancado a Prudence na biblioteca. Ele havia se sentido culpado por anos por causa do que havia feito. – Assim que nós descobrimos o esqueleto, ele admitiu a verdade. Foi por isso que eu não pude te ligar na noite passada.

– Você pegou o assassino. Parabéns. – eu estava feliz que ela havia solucionado o caso, mas não tinha ideia de como o Lloyd e a Prudence estavam envolvidos. Talvez isso não tivesse relação com o vândalo na minha casa.

– Se fosse assim tão fácil. Alguns dos fatos que o Lloyd

contou não fazem sentido, portanto, não estou pronta para encerrar a investigação. O Lloyd diz que nunca bateu na Prudence, mas a evidência sugere o contrário. Vou te contar o resto quando nos encontrarmos. Por enquanto, tchau.

E simplesmente assim, minhas esperanças para um futuro livre de sustos e assassinatos, junto com qualquer sanidade restante, desceram pelo ralo. Esse drama paranormal estava me forçando a bancar o detetive novamente? A April parecia querer o meu envolvimento e conselho dessa vez, diferentemente do passado. Nós estávamos nos aproximando?

Depois que a April desligou, eu corri até a escola para o meu horário com a Belinda. Ulan teve licença da aula para nos encontrar durante quinze minutos, onde nós conversamos sobre o problema com os outros estudantes. Quando nós terminamos, Ulan se voluntariou para ajudar os zeladores durante os próximos dias com uma lista de tarefas específicas a realizar pela escola. Belinda sentiu que isso era uma punição apropriada pelos danos que ele causou aos armários, e ela estava confiante de que essa situação logo estaria sob controle. Eu descobri que essa versão de hoje da Belinda era mais fácil de trabalhar, e até mesmo elogiei a abordagem dela ao equilibrar ambos os lados da história. Ulan teve permissão para ir para sua próxima aula e saiu do escritório dela.

– Eu agradeço pela sua compreensão e leniência. Ulan teve um ano difícil, mas depois da nossa conversa na noite passada, e desta de hoje, eu me sinto muito melhor.

Belinda sorriu, arqueando suas sobrancelhas e destacando o formato estreito de seus olhos. Seu cabelo loiro platinado caía sem esforço sobre seus ombros quadrados.

– Eu tenho um dom para trabalhar com estudantes que precisam de um pequeno chute no traseiro. – ela brincou, então pediu que eu ficasse por mais um minuto. – Eu sei que você deve achar que sou áspera, baseado nas nossas interações sobre o Festival de Outono.

Eu tentei interromper, mas ela levantou uma mão para me impedir.

– Esse festival tem sido o meu orgulho e alegria pelos últimos dez anos. Bartleby Grosvalet nunca pensou duas vezes antes de entregar o planejamento e gerenciamento para mim. Quando a sua avó assumiu o controle, esperava a mesma extensão de cortesia. Eu deveria ter me comportado de uma maneira mais madura.

– Você deve ter se sentido descartada quando a Nana D tirou isso de você sem nenhuma conversa. Talvez nós possamos começar de novo e usar os próximos dias para organizar um festival maravilhoso? – eu estendi a mão na direção dela e esperei enquanto ela fazia o mesmo cautelosamente.

– Excelente. Estou ansiosa para a nossa nova parceira depois da reunião de hoje. – Belinda, vestida com um terninho de bom corte, chamou sua secretária para me acompanhar de volta ao saguão.

– Antes de eu ir, posso perguntar uma coisa? – eu presumi que ela poderia saber de alguma informação sobre o desaparecimento da Prudence que não havia sido comunicada ao público.

– Certamente, o que eu posso fazer por você? – uma linha de rugas se formou em sua testa.

– Eu sou o dono da casa onde a Prudence e o Hiram costumavam morar. Escutei rumores sobre a história dela, e agora que eles encontraram o corpo... – eu me senti com dificuldades de formular a pergunta.

– Eu nunca morei naquela casa, Kellan. O Hiram se mudou de lá antes de eu me tornar a babá do Damien, e de nós reatarmos o nosso relacionamento. – Belinda suspirou altivamente, folheando por uma pilha de papeis em sua mesa.

– Okay, obrigado. Você está ciente das ações do seu irmão no escritório do xerife? – eu não tinha certeza se ela sabia, mas eu me sentia mal pela família deles, mesmo se o Lloyd estava confessando algo tão sério quanto assassinato.

Belinda deve ter notado a minha hesitação.

– Sim, eu ainda não consigo acreditar que ele trancou a Prudence no porão. Deve haver alguma explicação válida. Eu não sei muito nesse momento.

– Lloyd é um bom cara. Estou tendo dificuldades em acreditar nisso também. – eu pausei, incerto sobre como mudar de assunto, mas prosseguindo. – Eu entendo que você era contra os planos para a renovação da Biblioteca Memorial.

– Havia maneiras melhores de conquistar os objetivos da faculdade. Apesar dos construtores dizerem que vai levar apenas um ano para o trabalho ser completo, eu teria colocado dinheiro onde ele duraria mais. – Belinda franziu o cenho e olhou diretamente para mim. – Eu pensei que seria melhor construir em um novo local, em vez de graduar todo o trabalho como uma renovação. Estou me aposentando no final do ano e preciso de silêncio.

– Isso não é um pouco míope? A biblioteca é importante para o futuro de Braxton. – eu não queria repreender ainda mais a mulher, mas não conseguia compreender a posição dela.

– Eu sei como isso parece. Entendo a necessidade pelo progresso, e foi por isso que eu finalmente cedi. Nós não poderíamos alavancar fundos suficientes para construir do começo. – Belinda confirmou que o Hiram havia convencido ela de que ele já havia doado dinheiro o bastante no passado, então ela finalmente concordou em deixar isso de lado. – O Hiram se ofereceu para pagar um aluguel em outra casa por um tempo, se a construção ficar barulhenta demais. Não posso dizer não a ele.

– Isso foi generoso. – eu não gostava muito do Hiram, mas tinha que dar o crédito ao homem por fazer a Belinda desistir da ideia. – Então, você nunca viu nada de estranho ocorrer na casa que eu acabei de comprar?

– Eu não disse isso, mas esse não é o lugar apropriado para conversar sobre isso. O meu relacionamento com o Hiram não tem sido fácil. Apesar de o homem ter se divorciado de mim, eu vou sempre ser grata por ele ter me reconhecido como a mãe do

Damien ao longo dos anos. Vamos encontrar um tempo para conversar sobre isso em uma refeição apropriada em breve. – Belinda saiu de seu escritório e me orientou a seguir a assistente dela pela área principal.

No começo, fiquei me perguntando se ela havia concordado tão rapidamente apenas para me forçar a ir embora. Então, eu percebi que ela se ofereceu para contar o que sabia. A assistente da Belinda marcou um café-da-manhã para nós na semana seguinte, depois que o Festival de Outono já estivesse em andamento e não precisasse de supervisão diária extensiva.

———

A maior parte do dia seguinte foi focada nas aulas e na coordenação final e preparação para o Festival de Outono. Belinda, Nana D, minha mãe e eu havíamos concordado em uma trégua, assegurando que o espetáculo fosse incrível. A Madame Zenya havia se hospedado na Pousada Roarke & Daughters, e eu organizei o espaço temporário de leitura psíquica dela em uma tenda no Rancho Danby. Apesar de eu ainda não ter encontrado a mulher, a cidade inteira comentava vigorosamente sobre a aparência estranha dela. A Madame Zenya sempre se vestia em um vestido de renda preta no estilo vitoriano, e um enorme acessório de cabeça que cobria seu rosto. Ninguém havia visto como ela era sem ele. Ela dizia a todos que era para criar uma ilusão de mistério e permitir que ela se conectasse com as almas que partiram recentemente. Eleanor amava essa história. Eu queria vomitar por causa do despropósito. Será que eu tinha escolhido a minha próxima fantasia de Halloween?

April e eu não encontramos tempo para o nosso jantar de *bem-vindo para casa, nós estamos no mesmo estado novamente.* Assim que o Lloyd Nickels confessou ter matado a Prudence Grey, isso deixou a vida dela de cabeça para baixo. A maior parte das pessoas em Braxton entrou em choque ao saber da prisão dele, mas o Escritório do Xerife do Condado de Wharton tinha o motivo, os meios e a oportunidade. Eles ainda consideravam os fatos como uma evidência crucial, e mantinham tudo escondido, já que o Lloyd não tinha permissão para contar aos outros os seus motivos ou ações. Felizmente, entre a generosidade de Connor e a paixão crescente de April (ok, tolerância crescente) por mim, eu reuni a maioria dos detalhes.

Belinda Nickels e Hiram Grey haviam sido namorados durante a escola por dois anos. Depois da graduação, eles foram para diferentes faculdades e tiveram dificuldades de manter um relacionamento. Belinda se mudou para a Filadélfia para estudar, e o Hiram seguiu os passos de seu pai em Braxton. Durante aquela época, Hiram se casou com a Prudence Garibaldi e começou a faculdade de direito. Depois de conseguir seu diploma na Temple University, Belinda retornou para Braxton e se reconectou com Hiram, que não estava tendo sucesso em lidar com a faculdade de direito, a paternidade, sua esposa perturbada e ser um membro da multifacetada família Grey.

Lloyd adorava sua irmã mais do que qualquer outra pessoa em sua vida, e faria qualquer coisa para protegê-la. Ele sabia o quão devastada Belinda havia ficado quando o Hiram terminou o relacionamento deles. Depois de ouvi-la relembrar carinhosamente de seu romance e observar o controle de Prudence sobre a realidade se dissipar ainda mais, Lloyd planejou secretamente um plano para reunir o Hiram e a Belinda. Durante o protesto contra a Guerra do Vietnã no campus, Lloyd coordenou um encontro clandestino para sua irmã e Hiram no Hall para Concertos Stanton. Eles planejavam conversar sobre se era o momento certo para reiniciar o relacionamento deles. Enquanto Hiram e Belinda se encontravam, Prudence apareceu na biblioteca procurando pelo marido, falando para qualquer pessoa por perto que ele estava com sua nova namorada. O Lloyd estivera consertando um fio elétrico solto no balcão frontal e observou ela entrar no prédio. Ele a manteve distraída e longe de outras pessoas, para que ela não causasse mais problemas para sua irmã. Quando Prudence insistiu em procurar em cada canto da biblioteca, ele encontrou uma oportunidade para trancá-la na parte mais antiga e original do prédio, que estava isolada para reforma. Por causa do protesto barulhento, ninguém poderia ouvir os gritos dela no porão. Lloyd planejava destrancar a porta assim que sua irmã voltasse para a biblioteca para revelar o resultado de sua conversa com o Hiram.

Infelizmente, o protesto ficou violento e cada vez mais impossível de se conter. Todos na biblioteca haviam saído para ver o que estava se desdobrando. Lloyd se preocupou com a segurança de sua irmã e queria avisar a ela e ao Hiram sobre as brigas acontecendo no campus. Enquanto ele procurava no Salão para Concertos Stanton, um incêndio engolfou a ala antiga da biblioteca. Lloyd correu de volta quando viu o fogo do prédio, mas naquele momento, os bombeiros não o deixaram entrar. Ele estava com medo de confessar o que havia feito, então saiu procurando pela Prudence, Belinda e Hiram. Eventualmente, ele localizou sua irmã que explicou que ela e o Hiram iriam esperar para reatar o romance até que a Prudence pudesse procurar ajuda para sua psicose. O fogo consumiu a maior parte da antiga ala da biblioteca, mas as buscas não encontraram corpos. Então, o Hiram encontrou uma carta que a Prudence havia deixado para trás em casa, mostrando que ela havia ido embora para procurar ajuda depois da última conversa deles. A polícia eventualmente parou de procurar por ela. Lloyd presumiu que a Prudence havia escapado do incêndio, nunca tendo admitido para ninguém que ele a havia trancado. Ele havia vivido durante cinquenta anos com a culpa de que ela havia fugido por causa dele.

Quando o esqueleto foi encontrado, o medo e a culpa do Lloyd fizeram com que ele admitisse a verdade sobre os últimos momentos da Prudence antes da morte. A polícia estava mantendo o Lloyd em uma cela de prisão do Condado de Wharton pelas últimas trinta e seis horas. Ele não estava disposto a pedir fiança já que suas ações anteriores tinham mortificado ele. April tinha que esperar confirmação sobre o corpo antes que o homem pudesse ser oficialmente acusado de assassinato.

No caminho pelo campus, eu ouvi claramente passos me seguindo na distância, mas cada vez que eu me virava para confrontar meu perseguidor, não havia ninguém lá. Seja quem for, se não for uma criação da minha imaginação, a pessoa tinha bastante habilidade para se esconder rapidamente atrás de coisas e me deixar adivinhando. Eu não estava feliz sobre nenhuma dessas coisas. Felizmente, o Nicky e sua equipe tinham terminado quase todas as renovações na nova casa sem a interferência de fantasmas ou humanos. Nós iríamos nos encontrar naquela noite depois do trabalho para uma olhada geral, para determinar se havia alguma outra coisa a ser arrumada antes que eu pudesse me mudar no sábado.

Enquanto eu passava em frente à Biblioteca Memorial, Connor me chamou, vindo da cena do crime.

– Hey, Kellan. O que te traz por aqui hoje?

Connor, que era bem mais alto do que eu, era tão carismático quanto inteligente. Apesar do corte de cabelo no estilo militar, e de seu corpo musculoso geralmente assustar as pessoas, eu conhecia o lado mais gentil e calmo dele, o benefício de uma longa amizade.

– Vou pegar livros para o projeto escolar do Ulan. Como está saindo tudo com o processo contra o Lloyd Nickels? Eu não concordo com o que ele fez, mas, com sorte, ele vai receber alguma leniência por conta de sua idade, o tempo em que o crime ocorreu, e que ele nunca pretendeu ter matado a mulher.

Connor sacudiu a cabeça.

– A promotora do distrito planeja acusar o Nickels de homicídio culposo, mas ela não pode fazer nada até que nós tenhamos a confirmação de que é a Prudence.

– Quanto tempo vai demorar a analisarem o DNA? – eu sabia que eles podiam analisar amostras frescas em apenas dois dias, mas isso dependeria da quantidade de trabalho do laboratório e quanto havia sido possível extrair do esqueleto. Um caso de cinquenta anos atrás não teria prioridade sobre um atual, especialmente quando o culpado havia admitido o crime e se oferecido para permanecer na prisão.

— Eu espero evidência conclusiva até amanhã; fiquei satisfeito que o Damien Grey está disposto a fornecer uma amostra de DNA. *Nossa prefeita* cobrou alguns favores para eles apressarem o teste. — Connor mencionou, segurando um sorriso. — Aparentemente, a sua avó quer colocar tudo no lugar o mais rápido possível.

Damien era o único parente vivo que poderia combinar com o DNA da Prudence Grey. Por mais que todos tivessem a certeza de que o esqueleto pertencia à mulher desaparecida, a confirmação ainda era uma parte essencial do projeto.

— Eu havia me esquecido que a minha avó era próxima do Lloyd. Ela tem boas intenções, tenho certeza. — a Nana D não iria ficar no caminho de prender alguém que tivesse cometido um crime, apesar da relação dela com ele, mas ela também havia comentado que não tinha certeza absoluta da culpa de seu amigo.

— A April teve um ataque por causa de toda essa situação. O esqueleto não foi encontrado na localização exata de onde o Lloyd disse ter prendido a Prudence naquela tarde. — Connor explicou que apesar do fogo e da demolição terem mudado o solo abaixo, o esqueleto estava localizado a pelo menos seis metros dos destroços chave. — Há também outras coisas que não posso revelar. Eu suspeito que alguém esteja fazendo um jogo perigoso.

— O que isso significa? — eu cocei a parte de trás da minha cabeça, me perguntando se a April poderia me dar alguma luz sobre os outros detalhes. Ele abriu a boca, mas não respondeu. — Bem, eu preciso encontrar a Maggie e seguir para minha nova casa. Se tudo seguir de acordo com o plano, eu me mudo nesse final de semana. Vai me ajudar?

— Contanto que você fique fora da minha investigação. —

Connor riu, animado por ter se mantido firme e impedido que eu o pressionasse demais. – Mas se você me oferecer umas cervejas, vou dirigir o caminhão de mudança, cara.

– Sem chance. Estou completamente nesse caso. Ele me envolve pessoalmente, como uma erupção insidiosa. Cada vez que nós descobrimos uma nova evidência, as coisas voltam ao início. – eu precisava proteger a mim e a minha família. Entre as mensagens ameaçadoras, as pegadinhas que estavam aumentando, e a possibilidade de que eu não fosse o dono da casa, eu tinha que ficar por perto da investigação, se não, fazer a minha própria investigação paralela. Se alguém estava me seguindo, então deveria haver alguma coisa maior acontecendo que poderia me impactar negativamente.

Quando eu cheguei ao escritório da Maggie, ela não estava sozinha. A ex-bibliotecária de Braxton bebia chá em uma confortável cadeira para visitantes em um canto. Apesar da Minnie O'Malley e eu já havermos confirmado anteriormente o horário para as aulas religiosas da Emma, ela havia estado preocupada demais sobre a confissão de seu companheiro para conversar qualquer coisa comigo.

– Boa tarde, Sra. O'Malley. Fico feliz de ter te encontrado hoje. – eu acenei para a Maggie, que apontou para uma pilha de livros que havia separado para mim.

– Oh, eu e a Maggie acabamos de conversar sobre você. Eu ficaria em dívida se você fizesse um pequeno favor para a sua ex-conselheira. – Minnie colocou uma mão sobre o coração, lançando seus olhos melancólicos para mim. – Por favor, diga *sim*.

Eu olhei para a Maggie, implorando que ela me desse uma pista. O que eu estava perdendo?

– Vou fazer o meu melhor para te ajudar. Você sempre foi tão gentil quando eu era um estudante e você a bibliotecária-chefe. O que...

– Vou conversar com ele, Minnie. Você precisa descansar um pouco. Eu sinto muito que o Lloyd tenha recusado todos os visitantes. Ele vai voltar ao normal logo. – Maggie interrompeu, segurando uma mão para me impedir de falar, e a outra dando tapinhas carinhosos nas costas de sua mentora.

– Convença aquela xerife impiedosa a soltar o meu Lloyd. Eu sei que ele não queria machucar a Prudence. Tudo isso é apenas um grande mal-entendido. – Minnie saiu do escritório e seguiu para o corredor, um gemido baixo e gutural acompanhando-a pelo caminho.

– Como eu devo fazer isso? – eu ergui minhas sobrancelhas, confuso.

Maggie me contou sobre a conversa dela com nossa antiga bibliotecária.

– A Minnie está firme sobre o Lloyd não pertencer à prisão. Ela não compreende por que ele não foi liberado. Ele não poderia ter matado a Prudence. Deve ter sido um acidente.

– Eu admito que isso tudo parece bem suspeito, mas ele teve cinquenta anos para dizer alguma coisa. O Lloyd parece culpado porque se manteve em silêncio. Se ele tivesse confessado no dia do incêndio, nós estaríamos tendo uma conversa completamente diferente, Maggie. – eu dei uma olhada nos livros para o Ulan, para conferir se estavam todos presentes.

– Você está correto. Ele deveria ter contado aos bombeiros que tinha visto alguém no porão, mesmo que não admitisse ter trancado a Prudence lá. – Maggie confirmou que o Connor havia discretamente compartilhado os detalhes com ela, mas ninguém contou para a Minnie os detalhes. Ela apenas sabia que o Lloyd havia confessado e estava preso.

– Mas tem algo mais que você quer dizer. – eu podia ver a dúvida no rosto da Maggie.

– E se o Lloyd estiver encobrindo alguém? Nós nunca descobrimos quem começou o fogo.

– Quem seria? – eu andei pelo escritório da Maggie. – E se isso implicar a Minnie?

– Duvido, mas a confissão do Lloyd é estranhamente conveniente, especialmente antes de eles identificarem o corpo. –

Maggie passou os dedos pelo cabelo e estalou a língua contra o céu da boca. – Eu acho que você deveria investigar um pouco. A Minnie precisa da nossa ajuda. Ela também não é culpada.

– Você não acha que isso já está bem perto de ser solucionado? – eu aconselhei a Maggie sobre nós precisarmos esperar pela confirmação do corpo, e então ver do que Lloyd seria acusado oficialmente. – Talvez eles reduzam a pena depois de uma autópsia completa ou uma análise intensiva do esqueleto.

– A Minnie teve uma vida difícil. O Ian morreu no Vietnã, deixando-a viúva e com um menino pequeno. Ela nunca teve a chance de se despedir do marido, e então seu único filho e sua nora morreram de uma overdose de drogas. A pobre mulher teve que criar sua neta sozinha.

Eu havia me esquecido de que a professora da Emma no acampamento de verão, Jane O'Malley, havia ficado órfã quando tinha apenas dois anos. O filho da Minnie e sua esposa haviam ficado dependentes de opioides, apesar de cuidarem de sua filha, Jane. Quando a Minnie não teve notícias deles depois de dois dias, seguiu até o apartamento deles e encontrou a Jane gritando em seu berço, doente e malnutrida.

– Eu me sinto mal pela Minnie, mas primeiro nós precisamos de mais detalhes sobre o esqueleto. Isso é justo? – assim que a Maggie assentiu, nós concordamos em revisitar o assunto. Eu sabia que eu iria investigar a situação, mas ninguém mais precisava saber exatamente o que eu iria fazer.

Eu saí e cheguei em casa dez minutos antes da minha reunião marcada com o Nicky. Os trabalhadores haviam guardado as coisas mais cedo e ido embora depois de terminar as últimas tarefas. Nicky havia me enviado fotos da nova lareira e das luzes embutidas do corredor. A equipe dele havia transformado o lugar em uma casa convidativa e confortável.

Enquanto eu me aproximava, uma nova adição inesperada chamou a minha atenção. Pendendo dos caibros na varanda frontal havia um grande sino do vento. Grandes barras de metal e tubos de cobre, suspensos por um anel de madeira central, balançavam com o vento. Uma melodia assombrada tocou enquanto eu subia os degraus, encorajando um arrepio a percorrer pelo meu corpo. Alguém estava me observando. Eu não conseguia vê-lo, mas ele estava por perto enquanto eu estudava o objeto. Quando espiei mais cuidadosamente, o nome Garibaldi estava entalhado no anel. Por que esse presente havia aparecido na minha porta tão repentinamente?

Assim que abri a porta da frente, eu soube que havia algo de errado. Uma nuvem de névoa e poeira enchia o hall, e uma parede de calor me acertou. Eu segui em frente cautelosamente para determinar se ainda havia algum fogo queimando em algum lugar, então vi a fumaça ondulante na cozinha. Depois de verificar a existência de um caminho direto para entrar e sair do ambiente, eu corri para localizar a fonte. O forno havia sido ligado, e um monte de trapos sujos havia pegado fogo e incinerado até virarem cinzas. Felizmente, o fogo já havia se apagado. Ou alguém havia intencionalmente apagado ele? Eu usei um pedaço de papelão para proteger as minhas mãos enquanto varria as cinzas para uma lata de lixo de metal. Olhei pelo ambiente para determinar onde o Nicky havia instalado os detectores de fumaça, apenas para perceber que eles haviam sido arrancados e esmagados em um canto do piso. Alguém havia deliberadamente colocado fogo no lugar para atrasar a minha mudança.

Eu peguei o meu celular para ligar para o Nicky, mas ele já havia entrado correndo na cozinha.

– O que aconteceu?

– Não tenho ideia. Também acabei de chegar. – eu o levei até a varanda e perguntei sobre o sino dos ventos.

– Eu os vi nesta manhã quando a equipe chegou. Nós pensamos que você tinha pendurado isso. – Nicky coçou pensativamente sua sobrancelha. – Venha, vamos contabilizar os danos.

Depois de conter o risco de qualquer explosão, nós

vasculhamos pelo primeiro andar. No mínimo, nós teríamos horas de limpeza tediosa e consertos frustrantes. Além disso, alguém havia quebrado três das janelas posteriores e jogado galões de água suja nos carpetes dos quartos. A porta do porão, que havia sido repintada depois do incidente original, inesperadamente continha uma nova mensagem ameaçadora:

Vou pendurar o seu cadáver como um espantalho no Festival de Outono!

CAPÍTULO SETE

Connor chegou rapidamente assim que comuniquei o crime.

– Você tem certeza de que ninguém mais tem a chave?

Nicky assentiu.

– Nós instalamos novas trancas ontem. Eu dei a chave original para o Kellan quando nós apresentamos os planos ao condado para o certificado de ocupação. Eu tenho a única outra chave.

– E nenhuma delas saiu de nossa posse. – eu adicionei. Nicky e eu já havíamos conferido isso quando vimos a destruição. – Alguém deve ter quebrado a janela, colocado o braço para dentro para destrancar a porta dos fundos, e entrado escondido para provocar todos esses danos.

– Não tem como você se mudar nesse final de semana, Kellan. Me desculpe. Vou trazer a minha equipe de volta amanhã, mas nós vamos precisar de pelo menos uma semana para pedir novas janelas, secar os carpetes, e fazer uma limpeza apropriada do local. – parecia que o Nicky havia sido o saco de pancadas de alguém.

Eu me senti mal pelo construtor, já que ele havia recebido mais do que havia barganhado quando aceitou esse trabalho.

– Eu não tenho nem mesmo certeza se devo me mudar para

cá. Não consigo imaginar quem me tem como alvo e por qual motivo.

Connor parou de andar pela cozinha abruptamente.

– Espere! Você não instalou uma câmera na última vez?

– Cara! Se tiver alguma coisa gravada, e nós vermos o criminoso em ação, vou te dever o jantar do mês inteiro. – eu agarrei o meu melhor amigo pelos ombros e bati em suas costas algumas vezes para expressar a minha gratidão pela sua brilhante memória.

Nicky abriu o software em seu tablet e sinalizou para nos juntarmos a ele, então clicou no botão de vídeo ao vivo.

– É apenas uma câmera temporária, mas talvez nós tenhamos sorte. Está funcionando, então o vândalo não cortou nenhum cabo.

Nós observamos enquanto ele acessava o feed dos vídeos das últimas vinte e quatro horas. Enquanto ele ativava o novo feed, eu conferi o horário do vídeo ao vivo com o do meu celular. O relógio estava funcionando apropriadamente, o que significava que nós tínhamos certeza de que a câmera havia capturado o horário correto.

– Vou acelerar o vídeo. Nós saímos daqui depois que a minha equipe terminou o trabalho, por volta do meio-dia. Esse desastre aconteceu nas últimas cinco horas. – Nicky foi pulando o vídeo a cada dez minutos. Um trabalhador da construção retornou até a porta e conversou com seu chefe na varanda. Então, ele foi embora, e Nicky fechou a porta, mexendo em algo que não podíamos ver. – Foi ali que eu a tranquei. Além disso, tem vidro por todo lado lá e também no hall circular posterior. O seu vândalo deve ter tirado o vidro do caminho como uma maneira de entrar seguramente.

A cerca de noventa minutos de gravação, uma sombra apareceu na varanda. Nós esperamos, mas ninguém apareceu na câmera.

– Eu não entendo. Isso é um fantasma? O que nós perdemos?

– Espere um pouco. – Connor interrompeu, parando e

voltando o vídeo. Sua experiência em operações de segurança era imensamente útil. – Isso é um cabo de vassoura mexendo na janela?

Nicky tremeu.

– Já havia alguém do lado de dentro e ele quebrou o vidro para parecer que haviam entrado pela porta do hall posterior. Eu não entendo. Não havia ninguém lá quando tranquei.

Nós assistimos pelo menos outros trinta minutos, seguindo para quando as janelas foram quebradas.

– Quem quer que tenha feito isso deve ter entrado na casa por outro lugar.

Connor se afastou, meditando sobre a situação intrigante.

– A nova mensagem não foi escrita com tinta como da última vez. Isso é... – ele pausou para cheirar a porta, então passou seu dedo no material. – Isso é argila vermelha. Ela cheira como o solo úmido das cavernas perto da minha casa de infância.

– E por que ela está aqui? – a minha frustração aumentou, me deixando com raiva pelo fato de alguém estar fazendo jogos comigo na minha propriedade. Eu estava dando mais crédito para a teoria do fantasma, e me senti compelido a mergulhar mais fundo na investigação. De alguma forma, isso estava ligado ao desaparecimento da Prudence Grey.

Connor bateu com os nós dos dedos na porta do porão.

– Lá embaixo. O seu vândalo não entrou quebrando a janela. Ele ou ela veio pelo porão. Uma casa dessa idade tem toneladas de argila vermelha na fundação. Assim como aquela que nós vimos no fundo da Biblioteca Memorial com o esqueleto.

– Nós precisamos entrar naquele porão. – Nicky aconselhou, uma mão em seu queixo e bochecha. – Eu ainda não encontrei uma maneira de abri-la. Se você não conseguir encontrar a chave, vou passar por ela com uma serra elétrica.

Depois que o Nicky confirmou que podia limpar a argila e salvar a porta, eu pedi que ele adiasse a quebradeira.

– Deixe-me procurar um pouco mais. Eu adoraria preservar a porta. Ela tem mais de cem anos de idade.

Enquanto o Connor instruía um dos seus colegas policiais a fazer um relatório sobre os danos e tirar fotos, eu liguei para o chalé para conferir se a Emma e o Ulan já estavam de volta da escola. Eu voltava geralmente às cinco horas para recebê-los, já que a Emma era tão nova, mas eu precisava conversar com o Connor e o Nicky antes de ir embora. Ulan se ofereceu para fazer um lanche para a Emma e passear com o Baxter. Eu prometi ir para lá dentro de uma hora.

Depois que o Nicky confirmou que a equipe dele iria cuidar dos reparos na manhã seguinte, eu deixei uma mensagem para o Bartleby entrar em contato comigo. Se essa pista não funcionasse, e ninguém pudesse abrir a fechadura, eu tristemente teria que sacrificar a porta.

– Isso não faz muito sentido. Eu admito, por um momento, que a teoria do fantasma entrou na minha cabeça. Será que fantasmas podem causar tantos danos? Mas então, se essa é a Prudence brincando comigo do Grande Além, ela deveria ter parado agora que você encontrou o corpo e o assassino dela.

Os olhos do Connor saltaram para a esquerda, medindo os danos.

– Se eu perguntasse para a minha tia no Caribe, ela concordaria com você sobre o visitante do além. Mas agora que parece improvável que o corpo...

Eu esperei que ele continuasse falando, mas ele seguiu pelo corredor, para longe de mim. Eu sabia que isso significava que ele estava escondendo algo.

– Pode colocar para fora. Eu não tenho a energia ou paciência para te incomodar até conseguir a informação. Pelo menos uma vez, será que você pode esquecer que sou um cidadão comum e revelar o que você sabe?

– Nós recebemos o relatório inicial da análise do DNA. Vamos apenas dizer, que isso não era o que nós esperávamos. – Connor se apoiou no corrimão, batendo na madeira macia em câmera lenta.

– O esqueleto pertence à Prudence Grey, não é mesmo? – um

espasmo involuntário em meu pescoço estremeceu. Ou algum fantasma estava me espetando com agulhas invisíveis? Minha paciência havia se desgastado mais do que uma folha de secar roupas.

– Nós ainda não completamos, mas duas coisas estão apontando para uma direção diferente.

– O DNA do Damien não combinou? – eu sabia que os laboratórios do Condado de Wharton não tinham a tecnologia mais avançada, mas certamente, eles podiam decifrar a ligação entre um pai e um filho.

Connor me contou o que havia ficado sabendo recentemente.

– Nós comparamos os folículos capilares do Damien com o DNA que conseguimos obter a partir dos dentes restantes no esqueleto. Apesar do especialista em antropologia forense, que está trabalhando no caso, ter me assegurado que nós estamos trabalhando com o mesmo período de tempo, a década de 1960, o dono daquele esqueleto e Damien não poderiam ter sido mãe e filho.

Um pequeno som escapou de meus lábios.

– Você está me confirmando que aquela não é a Prudence Grey?

– Não, eu não acredito que seja. – Connor engoliu seco.

– Mas tudo se encaixa baseado na confissão do Lloyd. Será que o Damien foi secretamente adotado?

– Eu ainda não te contei a parte mais peculiar do caso. – ele continuou a falar, andando sem rumo pelo hall de entrada. – Damien e o dono do esqueleto compartilham DNA. Só não é possível para eles serem mãe e filho.

– Explique para mim devagar. Eu tenho bastante conhecimento sobre os avanços monumentais nos estudos do DNA, mas você não está fazendo nenhum sentido.

Connor pegou novamente seu tablet.

– Baseado no relatório, o esqueleto pertence a um homem, e não uma mulher. Eu não sei todos os dados da ciência, mas o consultante nos assegurou de que existe uma conexão genética entre as duas amostras. Ele precisa fazer mais alguns testes para confirmar a especificidade.

– Então, o esqueleto que nós encontramos é um membro da família Grey ou da Garibaldi?

– Eu descobri isso depois de te ver na biblioteca. Nós ainda não decidimos os próximos passos. Não quero perguntar ao Hiram Grey questões aleatórias sobre os parentes dele ou de sua falecida esposa sem um plano.

– O Bartleby Grosvalet pode saber. Ele tem conhecimento sobre a maior parte das famílias na história da nossa cidade. Até onde eu sei, Prudence não tinha nenhum irmão, então o esqueleto deve estar relacionado ao Damien através do Hiram. Quem poderia ser?

– Talvez eu ligue para ele. Como nosso ex-prefeito, o Bartleby sabe como ser discreto. Nós vamos liberar o Lloyd nesse final de semana, a não ser que alguma coisa mude. Eu tenho certeza de que nós estamos lidando com um assassinato, mas não posso te contar ainda o porquê. Me dê um pouco mais de tempo para confirmar tudo. – Connor pegou as chaves de seu carro de dentro do bolso.

– Não há nada para mantê-lo preso, eu acredito, certo? Fico me perguntando como ele vai explicar essa última revelação.

Connor não quis mais conversar sobre o caso e foi embora para dar as notícias para a April. Eu dirigi até o Rancho Danby para encontrar as crianças, atônito com essa mais nova descoberta. Se o esqueleto não pertencia à Prudence, então os meus instintos diziam que ela ainda estava viva; no entanto, isso também me deixava com uma nova teoria para considerar. E se a Prudence tivesse matado um membro secreto da família dela durante o incêndio na Biblioteca Memorial? Se ela tivesse feito isso, tinha saído impune de um crime cinquenta anos atrás. A urgência da situação me acertou no topo da cabeça com outra lembrança intrusiva. Esqueça sobre dar um nome para a nova casa... se a Prudence ainda estava viva, então a Velha Casa dos Grey definitivamente não pertencia a mim. Não apenas eu tinha que solucionar o mistério do dono do esqueleto, mas eu precisava de conselhos legais sobre como proteger o meu investimento. Isso significava entrar em contato com meu irmão Hampton. Será que esse dia podia ficar ainda pior?

―――――

Ulan e a Emma foram para a escola na manhã seguinte lamentando quanto tempo mais teriam que esperar antes de nos mudarmos para a nova casa. Eu não queria me comprometer com uma nova data até que tivesse certeza de que a nossa casa pertencia a mim e era segura, principalmente depois que a Emma começou a se esconder dentro dos armários para me assustar.

Agora que o Connor havia confirmado que o esqueleto não era a Prudence, eu formalmente me comprometi com a investigação. Era imperativo que nós determinássemos quem havia sido assassinado e se a Prudence era a responsável. Minha casa havia sido vandalizada, eu havia encontrado um esqueleto de cinquenta anos atrás, e vários dos cidadãos idosos da cidade estavam agindo feito loucos sobre todo esse assunto. Eu liguei para a Minnie, para confirmar o meu plano de saber mais sobre a confissão do Lloyd, detectar a verdadeira identidade da vítima, e descobrir o assassino. Lloyd tinha algumas explicações para fornecer e seria uma das primeiras pessoas com quem eu tentaria falar.

Passei a maior parte do dia lecionando meus cursos e conduzindo reuniões com os estudantes. Eu queria pressionar a Hope, mas ela nunca parava em seu escritório. Até mesmo a Myriam questionou para onde sua mais nova professora havia perambulado. Hope havia lecionado suas duas aulas, então pelo menos nós sabíamos que ela esteve no campus durante a manhã. Depois do almoço semanal com minha mãe, eu me foquei em solucionar o problema do meu invasor. Bartleby, embora inicialmente impetuoso e conflituoso sobre minha insistência em sua ajuda, prometeu vasculhar por aí a procura da chave que iria destrancar o porão.

– Pergunte ao seu amigo, e antigo dono dessa casa, o Juiz Hiram Grey, sobre a chave e o sino do vento, por favor.

A última sabotagem surpreendeu até mesmo a Nana D.

– Vou arrancar o idiota de onde ele se esconde e esquartejá-lo. Fale isso para a sua namorada. Talvez ela se mova mais rapidamente do que um caramujo no sal para prender um criminoso.

– Deixe isso quieto. A April e eu somos amigos. Se isso mudar, vou te dar uma pista. Por enquanto, cuide da sua própria cera de abelha, Nana D. – uma vontade súbita de desligar o telefone cruzou a minha mente, mas eu a ignorei. A punição seria maior do que uma vitória momentânea. – Me desculpe por ser rude. Esse sino do vento está me deixando intrigado. – eu mandei uma foto dele para a Nana D, para perguntar se ela sabia de alguma coisa.

– Ssshh! Nós todos ficamos rabugentos. – Nana D gargalhou, depois de explicar que aquele sino do vento ficava antigamente pendurado na casa Garibaldi, mas havia desaparecido mais ou menos no mesmo tempo que a Prudence. – Talvez o Hiram o tenha deixado lá para você. Tem alguma notícia sobre aquela pateta que você chama de esposa?

– A Francesca esteve no tribunal durante a semana inteira. Não falei com ela. – eu havia terminado de ler o relatório do meu irmão. Sua recomendação final era para não pedir pela custódia formal da Emma até que nós tivéssemos uma ideia com o que o sistema judicial da Califórnia planejava penalizar a minha esposa. Hampton sugeriu que seria melhor ignorar a Francesca enquanto ela não estivesse pedindo nada irracional ou fora do comum.

– Você tem um gosto terrível para mulheres, meu neto brilhante.

– Vamos mudar de assunto. Se você continuar me incomodando, eu vou ter que contar para a minha mãe que você a colocou em um concurso de tortas no Festival de Outono. – a Nana D adorava torturar a família, mas era ainda melhor quando suas vítimas não tinham ideia de que ela estava por trás da vergonha e humilhação deles.

– A sua mãe não consegue nem mesmo passar um café. Honestamente, e pensar que eu dei à luz a essa...

– Vou levar a Emma para a Igreja St. Mary dentro de uma hora para a primeira aula dela. Ela está superanimada. – eu também estava, mas por vários outros motivos. Eu queria desesperadamente descobrir se a Minnie sabia ou não dos últimos detalhes sobre a potencial soltura do Lloyd. – Como está a Minnie? Você conversou com ela hoje?

A Nana D fez um som que eu interpretei como um *não*.

– Estou esperando alguma notícia sobre as acusações oficiais contra o Lloyd. A última atualização da sua doce xerife foi há décadas atrás. Você soube de algo sobre o resultado do DNA?

No pânico, e como eu não queria mentir para a minha avó, optei por contar uma verdade alternativa bem menor, ao dizer que a minha chefe estava me interrompendo. A Myriam Castle era sempre uma interrupção na minha vida, então eu estava, através de um caminho indireto, contando a verdade.

– Falo com você no final de semana. Amo você.

Será que a Prudence Grey havia magicamente me dado de presente o seu estimado sino do vento? Por que todas essas coisas estranhas estavam acontecendo na minha nova casa? Eu estava sendo amaldiçoado? Sem ter certeza de nada, deixei o Ulan na casa dos meus pais e trouxe a Emma para a Igreja St. Mary. Enquanto ela estava na aula com a Minnie, que ainda não havia conversado com o Lloyd, eu espiei para dentro da parte principal da igreja.

O Padre Elijah estava parado perto do altar, pensando profundamente, até que eu interrompi o seu foco.

– Kellan, você deve estar aqui com a sua adorável filha. É um prazer te ver, mas estou indo até o hospital para me encontrar com alguns paroquianos doentes. – enquanto ele pegava no meu ombro, uma sensação de paz preencheu o espaço sagrado ao nosso redor. Ele se ajoelhou em frente à cruz, então se virou para ir embora.

– Antes de você sair, Padre, posso fazer uma pergunta pessoal? – eu não tinha a intenção de abordá-lo tão secamente, mas estava curioso sobre a reação dele ao esqueleto tendo sido encontrado na Biblioteca Memorial.

– Certamente. O que está lhe incomodando, filho? – a gola do Padre Elijah devia estar apertada demais ao redor do pescoço. Havia manchas vermelhas na pele ao redor de sua garganta, como se a gola o estivesse estrangulando enquanto ele falava comigo.

– Eu não quero me meter. É só que eventos inexplicáveis têm acontecido na casa que comprei do Hiram Grey. Eu raramente acredito em fantasmas ou outras experiências sobrenaturais, mas tem algo estranho acontecendo.

– Eu compreendo. Às vezes, nós sentimos a presença de pessoas que perdemos, como se elas estivessem sentadas ao nosso lado. Na maior parte das vezes, é um ente querido que seguiu para o Paraíso. Outras vezes, são os nossos medos se manifestando de maneiras incomuns. – ele fez uma pausa e refletiu na cruz pendurada na parede atrás de nós. – Prudence era minha amiga antes de ter falecido. Eu devo admitir, dói perder alguém que eu estimava em minha vida. Minnie e eu somos iguais nesse quesito. Eu acho que é por isso que nos damos tão bem.

– Quando você ficou sabendo do esqueleto, o que te fez pensar sobre a Prudence? Você a chamou de Prue, eu acredito. – eu não estava sendo desrespeitoso. Parecia uma pergunta natural para se fazer.

– Você é perceptivo, Kellan. A Prudence nunca gostou de ser chamada pelo seu nome completo. Seus amigos mais próximos a chamavam de Prue. Eu aconselhei a minha amiga antes de ela ter desaparecido. A morte dela me impactou, mas Deus me ajudou a encontrar um caminho no qual eu pude aceitar a decisão d'Ele ao chamá-la de volta para casa. – o Padre Elijah sussurrou algo com seus olhos fechados, então gesticulou em direção ao teto da igreja. Parecia ser uma benção à memória de sua amiga perdida.

– Eu entendo. Não consigo imaginar o que é receber uma notícia dessas, cinquenta anos depois. Você mencionou que a Minnie também perdeu alguém. Você está falando do marido dela, o Ian? Ele era seu irmão, certo?

O Padre Elijah sorriu enquanto olhava seu relógio.

– O Ian estava lutando no Vietnã. Um problema no coração me proibiu de servir, mas eu estava orgulhoso do meu irmão. Nós o perdemos naquele ano também.

– Duas mortes em tão pouco tempo. Eu sinto muito, Padre. A sua fé fez você seguir em frente depois de tudo isso?

– Na maior parte. Ela me ajudou a aceitar oficialmente o chamado ao sacerdócio naquele ano. Eu não conseguia decidir o que fazer da minha vida, mas depois de perder a Prue, e logo em seguida com o desaparecimento do meu irmão, eu fiquei perdido. Deus me ajudou a descobrir o caminho certo. – o Padre Elijah respirou fundo, o estresse do passado pesando nele.

Eu não havia percebido que o irmão dele havia desaparecido também. Será que ele havia desertado durante a guerra?

– Eu suponho que ele tenha desaparecido no Vietnã. A Minnie deve ter confiado em você para apoiá-la.

– Oh, ela confiou, mas o Ian não desapareceu enquanto ele estava lutando no Vietnã. Ele havia se ferido e voou de volta para casa. Ele sofria de estresse pós-traumático, apesar de que isso não era tão conhecido naquela época. – o Padre Elijah contou como seu irmão, Ian, havia retornado para casa, de acordo com os militares, depois que eles o haviam dispensado honrosamente. – Nem a Minnie e nem eu, conseguimos encontrar o meu irmão naquele outono. Eu eventualmente presumi que o Ian não conseguiu retornar à sociedade depois de tudo o que ele havia visto e passado no Vietnã.

– Vocês relataram para a polícia?

– Não, nós não ficamos sabendo até muito depois. A Minnie

recebeu uma carta dizendo que seu marido estava sendo dispensado, mas ela nunca o viu. Ela acredita que ele morreu na guerra e que o governo cometeu um erro. Ela não está disposta a aceitar que ele a deixou ou não conseguiu encontrar seu caminho de volta para ela. – o Padre Elijah explicou que foi no inverno seguinte que ele entrou em contato com o exército para perguntar por que o seu irmão ainda não havia voltado para casa. Assim que soube da dispensa oficial, o Padre Elijah tentou convencer a Minnie de que o seu marido era um homem doente que não sabia o que estava fazendo quando os abandonou.

– Isso é uma grande tragédia, Padre. Eu sinto muito sobre isso.

– Obrigado. – o Padre Elijah pediu licença para ir visitar o Hospital Geral do Condado de Wharton.

Uma teoria assombrosa começou a cozinhar dentro da minha mente sobre o que poderia ter acontecido com o Ian O'Malley. Eu não podia explicar o porquê, ou como ele compartilhava DNA com o Damien, mas algo estranhamente me convencia de que ele era o dono do esqueleto. Será que a família O'Malley poderia estar de alguma maneira relacionada com a Prudence Garibaldi? Eu liguei para a April para contar o que o Padre Elijah havia me dito.

– O que a minha xerife favorita está aprontando?

– Estava apenas pensando sobre você. – ela cantarolou em voz baixa, comentando que estava saindo do escritório para encontrar o Augie no jantar. – Eu estive conversando com a equipe forense sobre a descoberta do esqueleto. Nós não conseguimos decifrar esse. Eu preciso de um dia fora de lá para limpar a minha mente. Talvez algo se torne óbvio quando eu tiver tido folga suficiente. E o que você está fazendo?

– Oh, eu tenho certeza de que você não vai gostar do que estou prestes a te contar. Apenas coloque na mente, April, que essa informação caiu no meu colo. Eu prometo que não saí em busca dela. – depois de engolir em seco, eu fechei meus olhos e expliquei tudo o que eu havia ficado sabendo com o Padre Elijah.

– Isso é um tiro no escuro, se for para ser honesta. Você contou ao padre sobre o que suspeita?

– Não, eu queria falar com você primeiro. Se aquele esqueleto pertence ao Ian O'Malley, e ele retornou para casa, vindo do Vietnã, durante o incêndio da Biblioteca Memorial, isso cria um novo nível de complexidade na nossa investigação.

April grunhiu.

– Você ouviu o que acabou de falar?

– Não, o que eu fiz agora? – eu havia contado a ela tudo o que precisava saber, sem deixar nada para trás.

– Você disse *a nossa* investigação, Kellan.

– Eu disse? – eu vagamente me recordava da palavra saindo da minha boca, mas agi surpreso. – Foi um acidente.

– Acidente é o meu...

Eu a interrompi antes que ela dissesse algo do qual se arrependeria.

– E o que você acha de eu pagar um jantar para você nesse final de semana e nós conversarmos sobre isso.

– Estou cansada demais para discutir com você. Eu não acho que você tenha se lembrado de perguntar ao seu amigo padre sobre o nome do dentista do irmão dele, não é mesmo? – April murmurou incoerentemente pelos trinta segundos seguintes.

– Se você já terminou de reclamar, vou responder a sua pergunta. Mas você tem que me oferecer algo em troca. Assim fica justo.

– Porque você não vem até o meu escritório e repete essa frase, Kellan. Eu vou te mostrar como eu trato aqueles que... – April terminou sua declaração com uma série de táticas irrepetíveis e impensáveis, então nós conversamos alguns minutos mais sobre as mudanças no nosso relacionamento ao longo dos meses.

Quando a poeira se assentou, eu lhe dei o nome do dentista.

– Ele não está mais trabalhando, mas seu filho assumiu o

consultório. A Nana D vai nele, e eu me lembro dela dizendo que o pai do cara havia sido o único dentista no Condado de Wharton nos anos 60. Existe uma grande possibilidade de que ele ainda tenha os registros. – se ele não tivesse, eu tenho certeza de que o exército mantinha arquivos perfeitos sobre todos os membros dispensados. Por outro lado, não seria fácil convencê-los a entregar os registros dentários do Ian O'Malley sem um mandato ou uma evidência sólida de que aquele esqueleto pertencia ao homem. Felizmente, quando a secretária da April ligou para o dentista, ele ainda tinha os registros do seu pai e estava disposto a ajudar naquela noite.

– Já que você foi tão útil, vou lhe contar uma coisa confidencial. – April revelou que eles encontraram metade de uma chave enterrada com os restos. – É uma daquelas grandes chaves em estilo antigo, uma chave mestre.

– Só metade?

– Acabei de receber o relatório do laboratório. Eu planejava te contar sobre isso mais tarde. Acredito que você precisa das duas metades para criar a chave completa. Talvez essa chave possa abrir...

– O meu porão. April, onde está a outra metade? – meu corpo inteiro estava tenso com essa notícia. Eu não entendia o porquê, mas tinha uma sensação de que a chave me daria acesso àquela porta misteriosa na minha casa.

April me disse que mandaria alguém me entregar uma cópia da meia-chave enquanto ela se encontrava com o dentista para revisar os registros. Ela havia usado um processo de molde para ter certeza de que a cópia iria funcionar, e queria entregá-la para mim o mais em breve possível.

– Eu não sei de nada sobre a outra metade desaparecida. Pensei que você pudesse resolver esse dilema, Dr. Watson.

– Yeah, então, você entendeu isso ao contrário. Você é o Dr. Watson e eu...

– Está precisando de umas boas palmadas. – April me avisou, terminando a minha frase com uma risada.

Enquanto a April trabalhava com sua equipe para terminar o molde da chave e revisar todos os registros com o dentista, eu levei a Emma para jantar na Lanchonete Pick-Me-Up. Enquanto ela comia em sua cabine de canto, com a Calliope cuidando dela, eu conversei com a Eleanor. Eu queria contar a ela tudo o que o Padre Elijah tinha me revelado, mas seria melhor ter uma prova concreta antes de espalhar qualquer boato.

Presumindo que nós recebêssemos confirmação de que aquele esqueleto pertencia ao Ian O'malley, uma grande parte de mim teoriza que a Prudence devia ter matado o Ian. Será que ela estava se escondendo e assustando as pessoas na única casa que havia conhecido nos últimos cinquenta anos? Os moradores anteriores iam embora assim que coisas estranhas começavam a acontecer. Eu havia sido a única pessoa a reformar a casa, o que poderia ter enraivecido a mulher ao extremo, fazendo com que ela não tivesse um lugar para morar depois disso. Será que era possível que uma mulher idosa depressiva ou psicótica pudesse causar tantos danos ao longo de cinquenta anos, ou ela também estava morta e me assombrando como fantasma? Eu não tinha nenhuma evidência sólida para nenhuma opção, apenas uma linha de eventos inexplicáveis e relacionamentos indistintos. A minha única esperança permanecia em conseguir acessar o porão e me comunicar com a Madame Zenya, que havia sugerido uma seção espírita para a semana seguinte.

No caminho para casa, um dos policiais do Condado de Wharton, Policial Flatman, entrou em contato comigo para marcar a entrega da cópia da metade da chave que a April havia localizado junto com o esqueleto. Eu busquei o Ulan e o trouxe junto com a Emma até o chalé. Falei para eles terminarem o dever de casa, limpar tudo, e não atender a porta para ninguém mais além de mim. Por mais que eu não esperasse problemas na minha casa atual, era importante visitar a nova casa para ver se a chave encaixava na porta.

Ao pôr-do-sol, eu estava parado do lado de fora da Velha Casa dos Grey, ouvindo animais selvagens grunhindo e chiando nas montanhas próximas. Andei pela propriedade com uma lanterna, conferindo novamente se eu não havia deixado passar nenhuma outra entrada para o porão. Apesar de haver várias partes irregulares no terreno, eu não podia ter cem por cento de certeza sobre o que se escondia sob nós. O vento assobiando e outros sons estranhos me davam arrepios. O carro de patrulha do Policial Flatman estacionou, e eu o encontrei na porta da frente. Ele não podia ficar, já que tinha que ir checar um acidente mais longe na estrada, então eu me despedi dele e entrei correndo. Apesar de eu descobrir que a cópia da metade da chave se encaixava na porta do porão, ela não iria abrir sem que tivesse a outra parte. Por mais que essa não fosse a melhor notícia, era melhor ter metade do que nenhuma parte.

Antes de voltar para o chalé, eu deixei uma mensagem de voz para o Bartleby pedindo para aumentar seus esforços na busca da outra metade. April me ligou para informar que ela havia convencido o dentista a trabalhar durante a noite para comparar os registros do Ian O'Malley e da Prudence Grey com aqueles do esqueleto. Ela prometeu me dar um update assim que possível. Apesar de eu ter que acordar cedo para a abertura do Festival de Outono, tive dificuldades de adormecer rapidamente. Pesadelos sobre fantasmas, perseguidores e assassinos me atormentaram no quarto escuro enquanto eu me virava de um lado para o outro. Quando acordei na manhã seguinte, havia uma longa mensagem de texto me esperando.

April: *Baseando-se em vários molares faltando e no trabalho dental anteriormente feito, nós estamos 90% confiantes de que aquele esqueleto pertence ao Ian O'Malley. Os especialistas forenses precisam fazer mais alguns testes conclusivos, mas eu vou notificar o Padre Elijah e a Minnie O'Malley sobre nossa descoberta. Obrigado por me contar tudo o que você descobriu. Agora, nós só precisamos determinar quais outros segredos o Lloyd Nickels está mantendo.*

April: *P.s. Espero que você tenha dormido bem. Pensei em me esgueirar até a sua cama para contar pessoalmente. Já que alguém já invadiu a sua casa, mas as crianças poderiam me pegar – sem mencionar na Nana D com sua espingarda – a discrição e segurança pareceram ser a solução ideal. XOXO*

CAPÍTULO OITO

A Nana D fez o primeiro discurso para inaugurar o Festival de Outono naquela manhã, então, apresentou a mim e a minha mãe para regalar a cidade com todos os grandes eventos que planejamos. O espetáculo com temática do Halloween iria ocorrer durante duas semanas e oferecer dúzias de atividades elaboradas e divertidas no Rancho Danby. Algumas também iriam ocorrer no famoso parque do condado, o Parque Wellington, e na rua principal, perto do sistema de teleférico que transportava os estudantes entre os Campuses Norte e Sul.

No Rancho Danby, a casa mal-assombrada iria abrir todas as noites, durante várias horas, para passeios assustadores, e a tradicional carruagem vitoriana iria operar diariamente do meio-dia à meia-noite. A Madame Zenya iria oferecer leituras psíquicas de quinze minutos durante o dia, e oferecer sessões espíritas no anoitecer. Todas as lojas ao longo da Rua Principal haviam estendido seus horários de abertura e iriam oferecer prêmios para as melhores e mais originais fantasias de doces-ou-travessuras. Até mesmo o cinema local planejava exibir vários filmes famosos com a temática de Halloween todas as noites. Nós iríamos fazer um piquenique no Parque Wellington no último dia do Festival de Outono. Artistas habilidosos podiam exibir, com orgulho, suas criações personalizadas de Halloween, e chefs e padeiros ofereceriam comidas artesanais, sobremesas deliciosas e bebidas refrescantes. Tudo tinha que ser feito com ingredientes locais e exibir as cores do outono: vermelho, laranja, verde, amarelo e preto. Depois que os discursos de hoje terminassem, uma parada iria iniciar o resto do evento, permitindo que bandas de várias escolas do Condado de Wharton divertissem os cidadãos em sua marcha cruzando a ponte do Rio Finnulia.

Assim que entregamos o pódio para a Belinda falar sobre a rota da parada, eu segui para os bastidores. A Emma estivera sentada em uma pequena mesa junto com a Nana D, comendo uma tigela de mingau de aveia com xarope de bordo e pedaços de maçãs frescas, enquanto eu fazia o meu discurso. Ela se aproximou vindo por trás de mim, bateu no meu braço, e pediu para eu me virar com os olhos fechados. Eu concordei, e quando ela me instruiu a abri-los, dois pedaços de doce laranja, amarelo e branco estavam presos nos seus caninos.

– Buu!! Eu sou um vampiro feroz e vou morder você, papai. – ela murmurou, pegando um doce que caiu de sua boca.

– Venha aqui, minha doce diabinha. – eu a peguei no colo e comi o doce que ela enfiou na minha boca. – Vou levar você e o Ulan para um passeio de hayride assombrado mais tarde. A vovó e o vovô vão levar você até a tenda com os jogos. – o Ulan estava junto com o Augie naquela manhã, mas nós planejávamos nos encontrar no meio da tarde em algum lugar nas atrações do festival do Rancho Danby. Augie queria ficar conosco, já que a April iria trabalhar o dia inteiro. Quem poderia culpá-lo?

Meus pais apareceram nos bastidores e pegaram a Emma. A minha mãe prometeu não deixar a Emma ganhar prêmios demais. Eu imaginei um carro cheio de grandes abóboras recheadas, gatos pretos miando, e espantalhos falantes para levar para casa. Meu pai piscou para a Emma, sussurrando algo no ouvido dela e apontando para mim, então pegou a outra mão dela. Os três seguiram pela estrada temporária de tijolos amarelos, que ficava entre o palco e a área de piquenique no Parque Wellington.

Um refrão retumbante de "estamos indo ver o Mágico" acompanhou-os através de canteiros com violetas gigantes recém-plantadas, repolhos ornamentais, alfaces florescendo e crótons coloridos. Uma das partes mais admiráveis do centro cívico da nossa cidade era como eles convenceram as famílias influentes a doar dinheiro, estritamente para decorar o parque durante o Festival de Outono – um cenário de outono perfeito para os eventos do dia.

Quando me virei para localizar a Nana D, ela estava escondida tomando cidra de maçã.

– Quer um pouco, meu neto brilhante? – ela deu um soluço enquanto me entregava um frasco escondido nas dobras de sua fantasia, uma bruxa tradicional com um chapéu pontudo preto, vassoura, e uma capa de veludo esvoaçante.

– Já tá ficando no clima antes do almoço? – eu esperei que ela gritasse como a voz no meu telefone, mas ela se conteve de nos causar ainda mais vergonha. – Não, obrigado. Estou indo me encontrar com o Bartleby.

– Eu vou com você. Não tenho visto aquele camaleão encrustado já faz um tempo. – ela fechou a tampa do frasco, e escondeu o seu pequeno segredo sujo em algum lugar embaixo de seu braço e varinha.

Enquanto nós seguíamos para o chafariz central, a Nana D perguntou:

– E como está o andamento da reforma? Você sabe que vou sentir a sua falta, meu neto brilhante.

Nicky havia prometido que ele terminaria na semana seguinte, certo de que precisaria de apenas poucos dias para terminar de consertar os danos causados pelo vândalo.

– Nós estamos planejando mudar depois do Halloween, presumindo que o Hampton possa me assegurar de que eu não devo ter nenhuma preocupação sobre a possibilidade de a

Prudence Grey reivindicar a casa, isso se ela estiver viva. – o meu irmão havia pedido alguns dias para pesquisar sobre o meu predicamento de posse da casa, me forçando, assim, a viver no suspense.

– Com sorte, o Bartleby vai te entregar a outra metade da chave da casa hoje, então você pode confirmar como o vândalo tem entrado e saído. Se não, você vai arrombar a porta e conseguir suas respostas. Um passo de cada vez. – Nana D parou para recuperar o fôlego e me abraçar. – Nós vamos solucionar isso. Eu prometo.

– Estou chocado sobre a presença do Ian na biblioteca. Também não consigo determinar um motivo para a Prudence tê-lo matado. Eu preciso conversar com o Hiram, Padre Elijah e a Minnie. – eu pausei para a Nana D descansar em um banco próximo, já que ela esteve a manhã inteira de pé e poderia apreciar um descanso temporário.

Nana D jogou o chapéu de bruxa em seu colo.

– A Minnie estava perturbada hoje de manhã. Eu não conversei com ela, mas o Padre Elijah prometeu que estava protegendo sua cunhada. O que você sabe até agora?

– Connor só me conta aos poucos. Ian O'Malley voou para casa depois de sua dispensa do exército. Ele deve ter retornado para Braxton, mas antes de ir ver sua família, ele visitou a biblioteca. – uma pletora de ideias dançava na minha mente sobre porque ele havia ido até lá, mas nada fazia realmente sentido. – Estou empacado na informação de que o Ian e o Damien compartilham DNA. Será que o Ian e o Elijah poderiam ser irmãos ou primos distantes da Prudence?

– Pelo que sei, Prudence era filha única. Eu não me lembro de nenhum outro irmão na nossa época de escola, mas alguém poderia ter tido um caso extraconjugal. – a Nana D propôs convidar a Minnie para um café-da-manhã no dia seguinte, onde nós poderíamos casualmente perguntar sobre o passado dela e de seu falecido marido.

– E quanto aos irmãos O'Malley? O Ian e o Padre Elijah

tinham outros irmãos? – eu tinha uma lista de perguntas para o Bartleby, mas se a Nana D pudesse me confirmar essa informação básica, eu não desperdiçaria o tempo do homem.

– Não, eram apenas eles dois. O pai deles era um militar. Ele morreu na Guerra da Coreia nos anos 50, e foi por isso que o Ian se alistou no exército logo que se formou na escola. Ele amava demais seu pai e ficou devastado pela perda. A mãe deles os criou sozinha, mas não tinha muito dinheiro. O Padre Elijah só enterrou a mulher no ano passado. Ela tinha quase cem anos. Deus a abençoe. – Nana D me relembrou que planejava viver mais do que isso.

– Espero que a April consiga saber se o Lloyd Nickels viu o Ian O'Malley na biblioteca no dia do incêndio. De alguma maneira, o Ian deve ter cruzado por lá com a Prudence. De qualquer forma, vou ligar para o Lloyd amanhã. – assim que terminei de falar, Nana D apontou para o chafariz na distância, onde o Bartleby havia acabado de chegar.

Nós seguimos até ele e trocamos algumas frases de introdução antes de pularmos para o assunto principal. Quando eu perguntei se o Bartleby sabia de alguma coisa sobre a identificação dos restos do esqueleto, ele sacudiu a cabeça.

– Não sou mais o prefeito, não tenho mais privilégios especiais. Na última vez que eu ouvi, eles achavam que ele pertencia à Prudence, mas ainda não haviam confirmado. Tem algo que você possa oferecer, Excelência?

Nana D balançou o dedo para ele e disparou:

– Nada que eu possa contar. Deixe-me ver aquela outra metade da chave, Bartleby. – várias crianças com fantasias da Disney passaram correndo, rindo e chutando pilhas de folhas e bolotas. O aroma fresco e convidativo da natureza preencheu o ar ao nosso redor, nos confortando quando os medos dos monstros e vilões da vida real não desistiam.

– Não estou com ela. Vou pegar amanhã com o Hiram. – Bartleby pegou a outra metade da chave que eu tinha guardado em meu bolso, eu esperava que nós pudéssemos combinar as duas partes hoje. – Existem duas metades idênticas, que quando colocadas juntas, formam uma sólida chave de ferro. Um sistema inteligente de língua-e-ranhura que assegura que elas se conectem como uma única peça, a não ser que sejam forçadas a se separar por uma grande pressão.

– Como você planeja convencer o homem a entregá-la? – por que será que o Bartleby estava enrolando.

– O velhaco não sabe o que tem. Eu me lembro de tê-la visto em seu escritório. Hiram mantém uma gaveta cheia de coisas velhas. Ele coleciona dispositivos e aparelhos assim como coleciona esposas. – Bartleby apoiou seu corpo pesado na lateral de mármore do chafariz, inspecionando a minha metade da chave.

– Você está planejando pedir a ele ou apenas roubá-la? – Nana D inquiriu, deslizando seus óculos até a ponta do nariz, para que pudesse julgar a resposta dele.

– E isso importa? O Hiram e eu temos um café-da-manhã marcado. Eu planejo pedir a ele uma cópia da sua árvore genealógica para a minha pesquisa sobre as famílias fundadoras de Braxton. Quando ele sair do escritório para buscá-la, eu posso bisbilhotar um pouco. – Bartleby inalou profundamente e tossiu algumas vezes antes de revelar que sabia qual era a chave por causa do formato e da cor. Ele havia visto a tranca na porta do meu portão no outro dia. – Eu me lembro de que esta tinha um orbe no final junto com o brasão Garibaldi. A peça maior é a que você precisa. Se eu tivesse conseguido entrar na sua casa anteriormente, Kellan, eu poderia ter percebido que o Hiram tinha parte da chave. Eu lhe disse que eu conhecia a Prudence Garibaldi quando ela era uma adolescente. Nós fomos amigos durante anos antes, mas quando ela se casou com o Hiram, nós perdemos contato. É uma pena, eu sou útil apenas quando aqueles perto de mim me permitem ser.

Bartleby explicou que a chave iria abrir a porta do porão pelo lado da cozinha, mas que havia um dispositivo manual de tranca no outro lado, perto das escadas levando para baixo, no porão.

Quem quer que esteja indo e vindo para a casa deve ser capaz de destrancá-la pelo lado do porão. Se eu tinha verdadeiramente visto alguém andando pela minha casa no dia em que acordei do meu pesadelo, ele havia, sem dúvida, subido ao andar superior enquanto eu dormia. O vândalo deve ter me observado no sofá enquanto eu lutava contra o misterioso demônio fantasma. Então, ele ou ela, correu para fora da sala assim que acordei. O estranho havia, convenientemente, deixado a porta do porão aberta para seu rápido retorno, seguido pelo corredor, e então fechado a porta. Eu pensei tê-lo ouvido abrindo e fechando a porta, mas o que eu havia ouvido era a porta sendo aberta e fechada pelo lado do porão. A não ser que fosse verdadeiramente um fantasma.

Eu não conseguia entender como as duas partes da chave haviam se separado cinquenta anos antes. Eles haviam encontrado uma metade com o esqueleto do Ian, e a outra estava, teoricamente, em posse do Hiram Grey. Será que o Ian havia conseguido pegar de alguma forma a chave, ou a Prudence estava carregando-a quando ela o encontrou e o matou no porão da biblioteca?

– Eu devo me encontrar com a Madame Zenya na próxima semana para discutir sobre o visitante fantasma e vândalo na minha casa. Nós precisamos abrir aquela porta para validar se ainda preciso ou não da ajuda dela.

O Bartleby tinha planos importantes para o dia seguinte e não poderia me encontrar. Ele me avisaria quando conseguisse pegar a chave, e nós marcaríamos um horário para inspecionar o porão. Ele implorou:

– Posso ficar com essa metade da chave? Eu quero fazer um pouco de pesquisa sobre ela quando chegar em casa.

– É claro. Será que você pode me contar alguma coisa sobre a família Garibaldi? – eu não fiquei animado em ter que esperar para conseguir entrar no porão, principalmente se o vândalo que estava se escondendo lá embaixo planejava causar mais algum dano, ou tentasse me assustar novamente.

– Vamos falar sobre isso quando eu conseguir a chave. Eu suspeito que a Prudence tenha um membro familiar secreto. Descobri também outra coisa, mas não quero falar incorretamente e preciso que o Hiram confirme as minhas suspeitas. – Bartleby acenou adeus e seguiu em direção à área de piquenique. – É hora de um pouco de comida. Nesse ponto da minha vida, eu vivo para comer. Você nunca sabe quando o fim pode chegar. Não somos frangos de primavera, Seraphina.

Nana D e eu trocamos olhares curiosos.

– Talvez a Prudence realmente tenha outro membro da família sobre quem ninguém sabe muito. Será que nós encontramos a ligação com o DNA O'Malley? – o Bartleby era um pouco obstrucionista, apesar de oferecer ajuda. Ele levava muito tempo para produzir algum resultado. Será que era confiável?

———

Enquanto o sol se punha, trazendo a conclusão para o nosso dia de entretenimento, Emma, Ulan e eu decidimos seguir para casa. Quando todos imploraram para uma parada no banheiro, eu naveguei em direção ao labirinto no milharal para observar as pessoas correndo em círculos, sem nenhum sentido de direção. Eu conhecia os caminhos secretos para entrar e sair, assim como o que acontecia se você chegasse muito perto do caixão. Tendo participado das verificações originais com o designer, eu pretendia assustar alguns amigos, e talvez também a Myriam. Enquanto eu caminhava pelo labirinto, confiante de que alguém me seguia, mas sem conseguir atrair o patife, vi o Lloyd Nickels conversando com seu aprendiz. Eu tentei segui-los dentro do labirinto. Apesar de conhecer cada curva dele, acabei me encontrando completamente sozinho em uma trilha escura e cheia de curvas. Quando cheguei ao caixão, o cadáver animatrônico pulou e gritou para mim com sua voz profunda e retumbante.

Enquanto eu continha as minhas palpitações e virava a esquina para um caminho mais iluminado, uma mão ossuda agarrou o meu antebraço abruptamente por detrás da borda do milharal. O aperto poderoso colocou o meu braço em um balde de gelo, me fazendo lembrar do sonho sobre o vilão implacável no cemitério. Com uma voz sonora, o assaltante comandou:

– Você deve permanecer em silêncio.

Eu temi que alguém estivesse prestes a me atacar e lutei para me soltar. Enquanto eu me virava para confrontar o meu perseguidor, batendo agressivamente no milharal com o meu braço livre, uma mulher alta com um acessório de cabeça balançava para frente e para trás como uma cadeira de balanço. Será que a Madame Zenya estava se comunicando com algum fantasma ou espírito que havia assumido o controle do corpo dela? Eu abri minha boca para reclamar, mas ela apertou meu braço ainda mais forte e sussurrou a palavra *silêncio*. Será que a Madame Zenya era a minha perseguidora implacável?

– Um homem do seu passado quer que você saiba que ele tem orgulho de você. Ele está me mostrando a foto de um banquinho para os pés e uma revista... não, não... é um livro. – Madame Zenya inalou e exalou o ar várias vezes, emitindo um zumbido baixo de sua garganta. Enquanto um coiote uivava na Floresta Nacional Saddlebrooke, que ficava por perto, um frio implacável preencheu o ar ao nosso redor. – Você o construiu com ele. Ele te ensinou como fabricar papel. Ele mostrou a você a ligação entre todas as coisas que você ama. – as palavras saíam pelos lábios dela em um tom rítmico e lento, como se ela estivesse recontando uma história para mim enquanto a ouvia de outra pessoa. Seu corpo tremia incontrolavelmente, como se ela estivesse prestes a perder a batalha contra o espírito.

– Que livro é esse? – a mensagem que ela estava me entregando havia sido um ponto de mudança nos meus anos da adolescência, um ponto sobre o qual eu não contei para ninguém, nem mesmo para a Eleanor. Nuvens negras, repentinamente, deixaram cair uma chuva fria e paralisante.

– É um mistério sobre os The Hardy Boys[1]. *O Tesouro da Torre*. Você queria lê-lo, e ele te fez derrubar uma árvore na fazenda em uma tarde ensolarada. – a Madame Zenya bateu sua cabeça contra o milharal molhado, segurando-se contra o meu corpo como se eu estivesse impedindo-a de cair de um precipício. – Kellan, nós vamos construir um banquinho para os pés com essa árvore. Quando ele estiver completo, quero que você escreva tudo o que eu te ensinei e transforme isso em um livro. Assim como esses mistérios que você ama. Algum dia você vai ficar famoso, mas sempre vai se lembrar das suas raízes. – um raio cortou o céu, balançando o chão instável no qual estávamos.

Eu arquejei. Apenas o Vovô Michael e eu sabíamos dessa conversa. Ele queria que eu tivesse mais sucesso e conhecimento a respeito de tudo o que um homem era capaz de fazer. Ele me ensinou a fabricar móveis, a como tratar uma mulher, e cuidar da fazenda. Ele era o meu ídolo, e quando ele faleceu, parte de mim desapareceu. Eu amava e respeitava o meu pai, mas ele sempre gostou mais do meu irmão mais velho, o Hampton. O Vovô Michael foi quem me ensinou e se tornou meu mentor.

A chuva gelada mandou arrepios pela minha espinha.

– Eu não sei como você fez isso, mas se você pode...

O corpo da Madame Zenya tremeu. Ela soltou meu braço.

– Está vindo alguém. Tenho que ir embora. Você está em grave perigo. Nós temos que conversar sobre aquela casa que você comprou.

A Madame Zenya deslizou para a escuridão. Minhas batidas cardíacas desaceleraram, e a chuva parou. Se a mulher podia se comunicar com os mortos, e ela disse que eu estava em um grave perigo com relação à nova casa, então ela deveria saber de algo sobre a história da casa. Eu teria que encontrá-la no dia seguinte durante uma de suas sessões. Não poderia esperar até que ela me encontrasse novamente. Então, eu comecei a me perguntar quem ela havia visto se escondendo entre os pés de milho? Será que era a mesma pessoa que estava me incomodando? Eu andei na ponta dos pés até a esquina procurando pelo estranho, e encontrei Lloyd e seu aprendiz amontoando-se perto do caixão.

O aprendiz foi embora rapidamente antes que eu pudesse confrontá-lo, prometendo começar na próxima viagem da carruagem. Lloyd se virou para mim.

– Kellan, fico feliz que nos encontramos. Obrigado por fazer companhia para a Minnie. Ela me disse que você a tem ajudado.

– Acho que eles te liberaram da prisão. Como você está? – fiquei chocado por encontrar o homem dentro do labirinto. Eu não tinha certeza de como estavam as coisas, mas animado para conseguir respostas.

– Sim. Eu sinto muito de ter deixado a hayride assombrada sem supervisão nesta manhã. Quando eles me liberaram de todas as acusações, eu precisava me limpar e ver a Minnie antes de vir para o trabalho hoje. O meu aprendiz fez o melhor que pôde, mas eu vou ter tudo sob controle até o fim da tarde. – o Lloyd havia envelhecido vários anos desde que eu o havia encontrado na The Big Beanery na manhã da reportagem da Lara sobre o esqueleto ter sido encontrado.

– Obrigado. Nós estamos felizes em ter você de volta. – quanto eu podia confiar nesse homem?

Lloyd explicou que o Escritório do Xerife do Condado de Wharton o havia soltado temporariamente, mas que haviam dito que ele ainda fazia parte da investigação.

– Eles não têm nenhuma evidência de que eu matei o Ian O'Malley, mas acreditam que eu sei de algo.

– E você sabe? – ser direto parecia ser a única maneira de lidar com a situação.

Lloyd sacudiu a cabeça, então perambulou até o começo do labirinto do milharal.

– Eu sei o que isso parece. Eu entendo se você não quiser mais que eu trabalhe no Festival de Outono.

Ele havia nos deixado sem um substituto apropriado, então eu não poderia demiti-lo. Além disso, a Nana D acreditava que o homem era inocente.

– Você não respondeu a minha pergunta, Lloyd.

– Eu não tenho explicação sobre o porquê de o Ian ter aparecido. Eu não o matei, e já expliquei por que eu tranquei a Prudence na biblioteca. Eu vou me sentir culpado por isso pelo resto da minha vida. O meu palpite é de que ela está enterrada em algum outro lugar embaixo daquele entulho. – perdido em seus pensamentos, Lloyd grunhiu e chutou alguns pedaços de palha enquanto crianças passavam correndo por nós no labirinto assombrado. – Foi um incêndio terrível. Eu não a soltei, então não posso ter certeza do que aconteceu. Ela não poderia ter sobrevivido. É triste, mas essa é a verdade, Kellan.

Connor havia me contado que eles estavam planejando escavar ainda mais e colocar a reforma da biblioteca em espera até que pudessem descobrir como e por que o Ian havia entrado no prédio. Isso não fazia muito sentido, e o Lloyd não ofereceu ajuda viável.

– Se você diz que é inocente, eu acredito em você. Mantenha-se focado em treinar o seu aprendiz e nos ajudar e seguir por essas duas semanas. Nós vamos pensar no que fazer depois disso. Justo?

– Se eu pensar em alguma outra coisa, contarei a você. Minnie mencionou que você a está ajudando a descobrir a verdade. – Lloyd tirou o chapéu e abaixou a cabeça, provavelmente envergonhado pelo que havia feito no passado. Ele era um homem honesto que havia cometido um erro, mas, com sorte, não era um assassino.

– Isso é provavelmente o melhor. Alguém mais sabe o que você contou para a polícia? – eu não tinha certeza de com quem ele havia conversado sobre o que fez no passado.

– Não. Assim que fui preso, eu recusei qualquer visitante ou um advogado. Eles me forçaram a conversar com um dos advogados do condado. Eu o fiz prometer a não contar para ninguém sobre a nossa conversa. Já magoei o suficiente os meus amigos e família. – Lloyd agradeceu por eu entendê-lo e apoiá-lo, então foi embora para conferir o passeio da hayride.

Algo está me incomodando sobre os detalhes que ele havia dado. Eu não conseguia ter certeza se ele sabia de algo e estava deixando de fora propositalmente alguns fatos chaves, ou ele não havia percebido que algo que havia visto era importante. Eu teria que conversar novamente com ele, com a Madame Zenya e com o Bartleby.

Quando todos retornaram do banheiro, nós fomos embora do espetáculo outonal. Os meus pais foram se encontrar com alguns amigos para um coquetel, e as crianças e eu caminhamos até a casa principal, para assegurar que a Nana D havia abaixado a âncora apropriadamente. Quando a lua de sangue estava alta no céu, tínhamos experimentado uma abertura emocionante e bem-sucedida para o Festival de outono. Era hora de relaxar. Quando a April chegou ao chalé, Augie, Ulan e a Emma estavam tostando marshmallows perto de uma pequena fogueira que eu havia construído no jardim dos fundos. Eu vi os faróis da moto dela se aproximando na distância, e saí escondido para a frente do chalé enquanto as crianças estavam ocupadas contando histórias de fantasmas. Eu não tive coragem de alertar o Augie e o Ulan – a Emma tinha a história mais assustadora, e isso com apenas sete anos. Ao apenas ouvi-la eu revivi o aviso arrepiante da Madame Zenya.

April estacionou na estrada, retirou o capacete, e seguiu até a entrada. Ela ainda estava vestida com sua roupa tradicional de trabalho: uma calça jeans, botas, e um casaco de tweed nada lisonjeiro. Nós havíamos sofrido em algumas conversas sobre como ele era confortável e ainda assim profissional para o Condado de Wharton. Eu a provocava regularmente sobre o gosto dela, mas havia começado a achá-lo mais atraente ultimamente.

Quando ela chegou aos degraus, eu estiquei as minhas duas mãos fechadas.

– Uma delas tem uma doçura deliciosa. A outra tem uma surpresa. Você escolhe. – eu havia pegado balas de banana Salt

Water Taffy no balcão de doces do Festival de Outono, sabendo que esse era o doce predileto da April.

– É melhor que isso não seja uma brincadeira. As duas mãos estão vazias? – ela puxou um lado de sua jaqueta até seus quadris, revelando a Velha Betsy, sua escolha preferida para proteção e como aviso para os suspeitos não mexerem com ela. – Eu tenho a solução se esse for o caso.

– Vamos. Você não confia em mim? Ou está com medo de segurar a minha mão? – eu fiquei parado em silêncio, encarando-a firmemente até que ela se decidisse.

Os olhos dela nunca deixaram os meus. Um minuto se passou antes de ela piscar, quase tremendo com a intensidade.

– Isso não é justo. Você olha para mim com esses belos e letais olhos azuis e espera que eu aguente.

Eu sabia que estava ganhando-a. Relacionamentos não eram sobre quem tinha o controle. Eu reconhecia totalmente que eles eram um tipo de compromisso, um compreendimento compartilhado sobre dar e receber. Nós não tínhamos saído oficialmente em um encontro, além daquela vez no casamento da família, mas eu já tinha uma pista. Tudo que eu precisava fazer era examiná-la de cima a baixo, desejando não perder a conexão, e ela vacilaria diante dos meus olhos. Algum dia, o jogo iria virar. Eu aceitei isso. Era confortante poder ficar por cima quando uma rara ocasião surgia. Normalmente, eu iria me retrair sempre que acontecia um desentendimento entre nós. Afinal de contas, ela era a xerife, e eu estava me envolvendo nas investigações criminais dela.

– Vou propor um acordo. Se você escolher a mão errada, vou te dar qualquer coisa que você quiser hoje à noite. – talvez eu tivesse me aberto demais, mas havia poucas coisas trabalhando para a minha vantagem naquela noite. As crianças estavam por perto, ela estava cansada demais para brigar comigo, e eu tinha enchido as duas mãos de doces.

April se aproximou, colocando sua mão na minha. Como ela divertidamente a torceu e prendeu nas minhas costas, eu transferi as balas para minha mão livre. Então, ela pegou a mão segurando os doces e prendeu meus dois braços juntos. April sussurrou na minha orelha:

– Se você quer fazer jogos comigo, nós não deveríamos estar na frente do seu chalé onde mentes impressionáveis estão por perto.

Assim que ela me soltou, eu tomei vantagem da sua inesperada generosidade e virei o jogo contra ela. Dez segundos depois, ela estava presa nos meus braços, incapaz de escapar.

– Confie em mim. Você vai saber quando eu quero fazer jogos, April. – eu segurei a parte de trás do pescoço dela com minha mão livre e guiei nossas cabeças para ficarem juntas, onde eu a beijei gentilmente e mordisquei seu lábio inferior. – Eu posso parecer um pouco bobo ou inocente no lado de fora, mas você ainda não conheceu todos os meus lados.

Antes que as coisas fossem longe demais, nós nos separamos, e eu mostrei a April que ela teria ganhado em qualquer escolha. Abri a minha mão e a provoquei com um doce, então nós seguimos para a cozinha para uma merecida taça de vinho. Ela precisava de algo para relaxar, e eu precisava de algo para me acalmar.

– Aconteceu alguma coisa no trabalho hoje que você queira conversar, querida? – eu ofereci para a April uma taça de Pinot Noir e me sentei à mesa da cozinha. – Talvez o Lloyd Nickels soubesse do propósito do Ian O'Malley para visitar a biblioteca? Ou você descobriu o resultado do DNA mais detalhado que explica a relação entre o Ian e o Damien?

– Se eu e você estamos seriamente pensando em termos algo juntos, precisamos estabelecer algumas regras básicas sobre os nossos empregos, Kellan. – April se sentou à minha frente, bebendo seu vinho e suspirando satisfeita.

– Mas o seu emprego é muito mais interessante do que o meu. – eu choraminguei exageradamente. Por mais que lecionar fosse recompensador e coordenar o novo *Realidade Sombria* com o Gary e a Lara fosse se tornar uma fantástica jornada, isso não se comparava a solucionar investigações de assassinato. Nos seis meses desde que eu havia me tornado um investigador amador altamente recompensado, eu havia reconhecido onde as minhas paixões floresciam.

– Vamos apenas reconhecer que nós precisamos organizar isso em breve. – April tirou suas botas e esticou as pernas sob a mesa.

O pé esquerdo dela ficou a poucos centímetros do meu. Eu lutei contra vontade de minimizar o espaço restante, ansioso para me ajoelhar em frente a ela e os massagear.

– Concordo. Até lá, aqui está algo que você pode gostar de saber. – eu contei a ela as novidades sobre a chave que o Bartleby acreditava estar no escritório do Hiram Grey.

– Você não deveria entrar no porão sozinho. Por mais que você possa se defender, o Bartleby não é um exemplo de saúde perfeita e força, Kellan. Eu também não confio nele. – April bebeu metade de sua taça, explicando potencialmente porque ela não havia mergulhado pelo sofá para me punir. – Eu vou lhe contar o que descobri, mas apenas para você perceber a severidade da situação.

Quando ela concluiu seu aviso, as luzes na sala de estar piscaram várias vezes antes de apagarem completamente. Será que a falta de energia era um lembrete de que eu deveria levar a sério o aviso da April, uma sobrecarga momentânea, ou um ataque iminente do vândalo? Eu não conseguia afastar da mente os avisos do Bartleby, e temia que o perseguidor houvesse aumentado seu plano de me torturar.

– Isso é algum truque para chamar a minha atenção, April? – eu não acreditava totalmente no que estava dizendo. Um frio congelante tomou o ar ao nosso redor, chamando a minha atenção para o silêncio do Rancho Danby.

April ficou tensa.

– Não tenho nada a ver com as luzes. Nós precisamos conferi-las imediatamente.

Naquele exato momento, Emma gritou selvagemente no quintal dos fundos.

– Você procura aqui dentro. Eu vou proteger a minha filha.

Joguei-me contra a porta da frente para parar quem ou o que quer que fosse que estava invadindo a nossa propriedade e nossas vidas.

CAPÍTULO NOVE

Trinta minutos depois, nós concordamos que as crianças estavam seguras. Emma havia gritado por causa da história do Ulan, mas ela também disse ter visto um fantasma com um vestido de renda antigo flutuando por perto. Depois de tentar localizar alguém, sem sucesso, durante a nossa busca intensa e estressante, nós brigamos com o Baxter por ter arrancado o fio elétrico da parede, e nos sentamos de volta no sofá.

– Esse cachorro vai fritar a si mesmo algum dia.

– As pessoas não dizem que os animais de estimação imitam os seus donos? – April revelou que o antropologista forense havia descoberto que o Ian O'Malley havia sofrido uma grande pancada na parte de trás da cabeça. – Existe uma pequena chance de que isso tenha sido causado por uma queda de alguma viga ou outro material, mas eu suspeito que alguém bateu no Ian com um objeto duro e liso. Nós encontramos traços de madeira e parafusos de metal em seu crânio. Se existe alguma ligação entre o que está acontecendo na sua casa e a descoberta do esqueleto, você está em perigo.

O aviso da Madame Zenya ecoava na minha cabeça, dando muito mais impacto ao que a April me contava. Um assassino cruel poderia estar escondido no meu porão.

– Como o esqueleto ficou preservado?

– Alguém moveu o corpo do Ian para assegurar que ele não fosse encontrado. Ele foi jogado por um buraco até uma caverna inacabada no porão da biblioteca. Parte do prédio havia desabado no incêndio original, selando o nível inferior que ninguém sabia que existia. – April explicou que os trabalhadores haviam quebrado a fundação da ala original da biblioteca e não haviam percebido o que estava debaixo dela. Eles haviam deixado um poço estreito no chão, a cerca de seis metros distante da sala onde a Prudence foi trancada durante o protesto contra a Guerra do Vietnã. O Lloyd Nickels havia mostrado em uma planta baixa precisamente o local onde havia deixado a mulher. – Quem quer que tenha matado o Ian, não queria que ele fosse encontrado. Nós não sabemos se essa pessoa começou intencionalmente o incêndio, ou se isso foi apenas sorte, mas toda a série de eventos assegurou que o Ian ficasse enterrado em uma localização inacessível. Nós encontramos o esqueleto agora apenas porque a recente implosão limpou áreas suficientes para acessar aquele espaço escondido novamente.

– Você acredita que tenha sido a Prudence Grey?

– Ela não era uma mulher pequena. É possível que ela tivesse a força para atacá-lo e então jogá-lo no poço. Eu não tenho certeza se um dia vamos saber disso, a não ser que a encontremos. – April indicou que parecia que a caverna subterrânea não levava a lugar algum, mas eles ainda estavam investigando o local da construção.

– E isso é possível depois de cinquenta anos? Eu acho que ela não quer ser encontrada. – talvez seja por isso que ela, ou o fantasma dela, me avisou para não me mudar para a casa nesta semana. Eu decidi não contar à April sobre a visita da Madame Zenya a mim no labirinto do milharal. Eu conversaria primeiro com a mulher.

– Portanto, você não deveria se aventurar no porão sozinho. Alguém do meu departamento deve estar lá com você.

As crianças entraram, seus rostos e mãos cobertos por chocolate e marshmallows.

– Okay, você está certa. Vou falar com o Connor. – eu não podia continuar me colocando em perigo, especialmente com uma família que estava crescendo e com quem eu tinha que me preocupar. Avisar ao Nicky sobre a segurança da equipe dele também era a coisa honorável a se fazer.

Enquanto eu limpava a sujeira da Emma, Augie e Ulan jogavam videogame na sala de estar. April começou a se servir de outra taça de vinho, mas parou quando seu celular vibrou.

– Eu pedi para não me ligarem durante vinte e quatro horas, a não ser que fosse uma emergência. Vou atender do lado de fora. – quando a porta de tela se fechou, April gritou e saiu andando com raiva. Não poderia ser uma boa notícia pela maneira como ela reagiu. Eu havia desenvolvido um talento para ler a mente e as reações da mulher.

Emma secou as mãos, então pediu para assistir desenho animado. Nós seguimos para o quarto dela, onde ela encontrou seu pijama e eu fiz o download de um show no tablet dela. Eu não tinha certeza de quanto tempo a April iria ficar por aqui, mas a Emma podia assistir ao show antes de dormir. Nós leríamos duas vezes mais no dia seguinte para compensar o dia de hoje. Enquanto se trocava, Emma jogou sua roupa usada no cesto de roupas, fingindo fazer uma cesta de basquete. Enquanto ela escovava os dentes, eu peguei as calças que ela havia jogado do lado de fora do cesto, sentindo que havia algo dentro do tecido. Apesar de encontrar uma pedra verde oliva brilhante, seu bolso também continha um cartão com apenas um número de telefone.

– Querida, onde você conseguiu isso?

Emma olhou para o chão enquanto entrava no quarto.

– Me esqueci disso. Desculpe.

– Tudo bem, mas você precisa me dizer quem te deu a pedra. – eu não tinha certeza de como ela havia conseguido os dois itens. Também não fiquei animado ao saber que alguém havia se aproximado da minha filha sem a minha permissão.

– Ninguém deu pra mim. Eu a peguei no Festival de Outono. – Emma respondeu cautelosamente, correndo para me abraçar. – Eu não queria roubá-la. Pensei que pudesse te ajudar.

– Emma, querida, me conte de quem você roubou isso.

Emma abaixou a cabeça, então ficou traçando linhas no meu antebraço para me distrair.

– Eu estava com o vovô e a vovó. Eles estavam conversando com alguém, e eu fiquei entediada. Então, eu olhei em outra mesa na tenda seguinte. O vovô sabia que eu estava lá. Ele disse que tudo bem.

– Não estou bravo. Se o vovô viu que você estava lá, então tudo bem. Me conte o que aconteceu. – eu segurei as mãos dela nas minhas, esfregando meus dedões contra suas palmas. Depois de conseguir arrancar os detalhes dela, Emma explicou que uma mulher havia visitado uma tenda de joias e estava procurando por cristais para protegê-la contra um fantasma. A vendedora vendeu a ela uma pedra, e instruiu a mulher a manter a pedra consigo todo o tempo. Quando a vendedora viu a Emma observando-a intensamente, ela informou para a Emma que a pedra era para proteger as pessoas contra fantasmas, aconselhando que ela também deveria se proteger. Eu mandei para a Eleanor uma foto do objeto verde.

Eleanor: *Os clarividentes acreditam que o peridoto impede que os fantasmas o influenciem ou machuquem. Médiuns psíquicos os usam o tempo todo.*

April retornou enquanto eu lia a resposta da Eleanor. Depois que mostrei a ela a mensagem de texto, April batucou com suas unhas na cama e se voltou para a Emma:

– Você consegue descrever as duas mulheres?

Emma sorriu.

– A vendedora estava com um chapéu engraçado que cobria

o rosto todo dela. Ela me disse para te dar o cartão e disse que o nome dela era Madame Z, e que ela iria entrar em contato com você. Eu me esqueci.

– O que mais aconteceu? – eu a levantei e a coloquei na cama, então puxei as cobertas sobre seu corpo.

– A mão da Madame Z era fria como o gelo quando ela tocou o meu braço. Eu corri de volta para o vovô.

– Você reconheceu com quem a Madame Z estava conversando antes de ela te dar o cartão?

– Não, mas ela estava com medo. O nome dela parecia com o da bruxa boa do *Mágico de Oz*, mas começava com B, eu acho.

Eu descrevi a Belinda Grey para minha filha, e ela balançou a cabeça para cima e para baixo repetidamente.

– Era ela. Ela correu mais rápido do que eu quando a mulher sussurrou alguma coisa no ouvido dela também.

Depois de colocar a Emma para dormir, e relembrar a ela para nunca mais conversar com estranhos, April e eu voltamos para a cozinha.

– Isso é um pouco peculiar. Por que a Madame Zenya iria assustar intencionalmente a Belinda e pedir para a Emma me entregar uma mensagem?

– Não tenho certeza, mas é melhor você confrontá-la amanhã. Eu não gosto da ideia de que ela abordou uma menina de sete anos dessa maneira, mesmo se foi a Emma quem andou até a tenda dela. – April terminou o restante de seu vinho, então recusou mais uma taça. – Eu tenho que ir até o festival agora. Aconteceu mais drama.

– O que aconteceu agora? – meu estômago grunhiu de frustração e desilusão.

– Alguém quebrou o vidro de todas as janelas do carro do Lloyd e deixou uma mensagem para ele.

– O que estava escrito? – uma suspeita crescia em minha mente por causa das atividades peculiares do dia.

– *Assassino*. Isso pode ter sido alguma criança que pensou que seria engraçado, mas algo não parece certo para mim. – April sibilou. Depois de instruir o Augie a voltar para casa e ir dormir em um horário razoável, ela me pediu para acompanhá-la até sua moto.

– O que está acontecendo nessa cidade? Você acha que é o mesmo vândalo que está causando problemas na minha casa? – eu abri a fivela do capacete da April e entreguei para ela.

– Isso não é tudo. Lloyd tinha horário marcado para liderar a carruagem puxada pelos cavalos no passeio de hayride hoje. Ele prendeu os cavalos na carruagem e preparou a carroça de feno para seus passageiros. Então, ele e seu aprendiz fizeram uma caminhada rápida pelo labirinto no milharal antes de começar o passeio.

O passeio da carruagem puxada por cavalos foi uma bela visão e uma experiência valiosa nos festivais anteriores. Dois cavalos poderosos, mas serenos, conduziam uma carruagem tradicional vitoriana de dois lugares, não muito diferente da que eu tinha visto nos filmes da *Cinderela* que a Emma amava. A carruagem de dois lugares estofada com veludo era conectada a uma carroça de quatro rodas separada, que era coberta com feno e continha vários bancos para os viajantes se sentarem. Havia uma pequena janela na carruagem do condutor para se comunicar com os passageiros, e a carroça dos passageiros podia transportar até doze pessoas de uma vez. As cores do tema deste ano eram laranja, roxo e preto, e esse passeio era patrocinado por uma loja de fantasias local, que vestiu todos para o baile de máscaras de primavera de Braxton. Lloyd Nickels e seu aprendiz usavam uma fantasia de cavaleiro sem cabeça, para que as pessoas pensassem que estavam sendo lideradas pelo infame personagem de *A Lenda de Sleepy Hollow* de Irving.

– Então o que aconteceu? – isso deve ter acontecido logo após eu e o Lloyd termos terminado de conversar mais cedo.

– Quando ele retornou, - April continuou, dando uma pausa para efeito. – Ele descobriu que alguém havia colocado querosene no banco dele.

– Por acaso o idiota colocou fogo? – eu arquejei.

– Lloyd interrompeu quem estava querendo queimá-lo até carvão, mas a sua avó acha que viu alguém se esquivando por perto. Vou te ligar mais tarde. – April ligou a moto e dirigiu até o outro lado do Rancho Danby. A área do Festival de Outono ficava pelo menos a um quilômetro e meio de distância da casa principal, chalé e do pomar da fazenda da minha avó. Nós não queríamos que os visitantes andassem pelos nossos espaços privativos. Os frequentadores do festival eram mais respeitosos agora que ela era a prefeita do condado. Assim que a moto da April fez a curva, meu celular vibrou com uma mensagem de texto.

Nana D: *Para o caso da sua namorada ainda não ter te contado... o Hiram Grey esteve aqui mais cedo, brigando com o Lloyd Nickels. Tem alguma animosidade entre eles, e eu acho que o Hiram tentou matar o Lloyd hoje à noite.*
Eu: *Isso é insano. Por que o Hiram estaria com raiva do Lloyd?*
Nana D: *Procurando vingança pelo Lloyd ter trancado a Prudence na biblioteca.*
Eu: *Talvez o Hiram não saiba que o esqueleto encontrado na biblioteca não é o dela. Estou indo até aí.*
Nana D: *Não venha. Nós podemos conversar sobre isso amanhã. Estou exausta, e a minha cama está me chamando.*

Cedo na manhã seguinte, meus pais buscaram as crianças no Rancho Danby. Eles imploraram para passar o dia na Cabana Real-Chic, a casa de madeira expandida em que cresci. Meu pai queria ensinar o Ulan a jogar sinuca, e Emma estava dando um chá de Halloween formal, mas misterioso, com minha mãe e suas melhores amigas. Eles planejavam ir à missa mais tarde naquele dia, sem mim, já que eu havia concordado em levar a Nana D até a igreja naquela manhã. Por causa de suas responsabilidades na abertura do Festival de Outono no dia anterior, ela não pôde participar da missa no sábado em seu horário regular.

Depois que a missa terminou, Nana D se agarrou à manga da minha jaqueta.

– Me siga até o escritório. Nós temos algumas perguntas para a Minnie O'Malley.

– Sobre o que você precisa conversar com a Minnie? – eu estava mais interessado em conversar com o Hiram, que havia participado da missa, exceto que ele havia ido embora logo após a comunhão ao invés de ficar para as preces finais.

– A Minnie pode saber mais sobre a morte do Ian. Ela pode usar um ombro amigo para se apoiar. Eu trouxe para ela seus assados preferidos. – Nana D comentou enquanto entregava uma caixa para mim e andava para o lado para sair da fileira de bancos. – Strudel de maçã e pequenos pães de banana.

– Me diga novamente por que você acha que o Hiram colocou o querosene naquela carruagem. – eu esperei para ela entrar no corredor, então peguei sua mão para escoltá-la até a reitoria.

– O Hiram veio me procurar na fazenda depois que você foi embora. Ele perguntou onde estava acontecendo o passeio de hayride e me disse que tinha negócios a cuidar com o Lloyd. – a Nana D conhecia ambos os homens durante a maior parte de sua vida, mas enquanto ela e o Hiram estivessem sempre em desacordo, Lloyd era um amigo de muitos anos. Ela não toleraria ninguém lhe causando problema quando não era merecido.

– Você o viu carregando alguma garrafa ou sacola estranha? Eu não consigo acreditar que o nosso magistrado local correria tal risco em um local público. – apesar de eu achar estranho o fato de que o Hiram esteve procurando pelo Lloyd logo antes do incidente ocorrer, o homem irascível teria sido muito mais cuidadoso. Será que era possível que o Hiram suspeitasse que o Ian O'Malley e o Lloyd Nickels estivessem conspirando para machucar a Prudence? Se eles tivessem sido culpados, Prudence deve ter sido mais inteligente do que eles, para o Ian ter acabado morto e ela escapado.

– Não, mas nós usamos querosene em todas as lanternas que iluminam o caminho do passeio de hayride assombrado. Havia várias garrafas deixadas por perto para que a equipe pudesse reabastecer algumas. – a Nana D confirmou que alguém havia jogado descuidadamente uma garrafa vazia atrás de um canteiro de abóboras no outro lado da fazenda. April havia pegado para procurar por digitais, mas ela tinha certeza de que o vândalo havia usado luvas.

– Os gases do querosene são bem óbvios e fortes. Você sentiu o cheiro de algo assim no Hiram? – eu presumi que eles haviam questionado ele durante o Festival de Outono, mas não tinha certeza se havia sido a April ou a Nana D que havia conversado com ele primeiro.

– Quando eu vi o Hiram, ele cheirava como Bourbon, não querosene. Ele saiu da minha cozinha e seguiu pela trilha atrás do pomar, em direção aos estábulos dos cavalos procurando pelo Lloyd. Eu não o encontrei novamente.

Enquanto nós andávamos pelo perímetro da igreja, Nana D trocou cumprimentos com nossos companheiros paroquianos. Sempre ansiosa para agradar seus constituintes, o que deveria levar apenas sessenta segundos, levou dez vezes mais antes que nós pudéssemos encontrar a Minnie no escritório. Nana D abriu a porta sem bater, para escapar da multidão. Minnie estava sentada em uma pequena poltrona reclinável no canto da sala, suas mãos fechadas em seu colo e uma bíblia no braço da poltrona. Seu rosto pálido mostrava apenas tristeza e dor, e ela parecia estar em um transe. Minnie logo se assustou, esticou a mão até uma caneca, e bebeu um gole de seu chá de menta.

A Nana D se ajoelhou em frente a ela e gentilmente pegou a mão direita da Minnie.

– Como você está, Min?

A cabeça da Minnie se encostou para trás.

– O Ian nunca me deixou. Meu marido veio para casa e para mim.

Eu olhei para a Nana D, preso entre as cordas do meu coração e a lógica. Será que a Minnie achava que seu marido ainda estava vivo?

– Você quer dizer no dia do incêndio?

A Nana D pegou uma cadeira dobrável de um armário próximo e a colocou ao lado da Minnie.

– Não, o Ian vai aparecer amanhã. Nós vamos ficar juntos novamente. – Minnie olhou amavelmente para a Nana D, que se sentou e começou a confortar sua amiga.

A Nana D encolheu os ombros.

– Querida, você sabe que amanhã é o funeral do Ian, certo? – Minnie havia escolhido fazer uma missa íntima na Igreja Católica St. Mary, seguida por um serviço funerário para honrar seu marido Ian. Sabendo que a maioria de seus amigos e familiares sofreram com a perda do homem ao longo dos últimos cinquenta anos, não parecia apropriado realizar um velório tradicional na casa funerária.

Minnie suspirou.

– Sim, Seraphina. Me desculpe... algumas vezes eu fico confusa com tudo isso.

Eu mudei de assunto.

– A polícia explicou o que aconteceu anos atrás?

Minnie descansou brevemente a cabeça no ombro da Nana D.

– Eu não sei. O Elijah está conversando com eles por mim. Eu não acho que consigo aguentar responder mais perguntas.

Nana D apertou a mão da Minnie.

– Por acaso o Lloyd te contou se ele viu o Ian na biblioteca naquele dia?

– Não. – Minnie repetiu várias vezes, mexendo estranhamente o seu chá de maneira que a colher não tocasse na caneca. Isso parecia ocupar o foco primário de sua mente e energia. – Ele não contou.

– O Lloyd veio aqui para te ajudar nesse final de semana? –

eu sabia que eles haviam conversado brevemente quando ele foi solto da prisão, mas não tinha certeza se ele havia contado a ela sobre o incidente com o querosene.

– Um pouco. – ela sussurrou, encolhendo os ombros e suspirando. – Eu gosto muito do Lloyd, mas só consigo pensar sobre o Ian agora. Não quero conversar sobre o Lloyd.

– Okay, nós entendemos. – eu olhei para a minha avó, esperando que ela reconhecesse que eu precisava de mais informações se houvesse uma chance de solucionar o que havia acontecido com o marido da Minnie.

– Minnie, minha amiga querida, você sabe se o Ian tinha algum amigo ou conhecido com quem ele pode ter tentado se encontrar naquele dia em que retornou para Braxton? Talvez colegas do exército?

Os olhos da Minnie seguiram para o teto.

– Não, o detetive me fez a mesma pergunta. Ninguém sabia que ele estava em casa. Nem mesmo a mãe dele. Ele não tinha amigos. Apenas eu e o irmão dele, Elijah.

– O Ian foi ferido no Vietnã? Quando foi a última vez que você se lembra de ter tido notícias dele antes daquele dia? – eu abordei o assunto de um ângulo diferente, me perguntando se isso poderia ter mais sucesso.

Minnie fungou para conter suas lágrimas.

– Ele era um herói. Meses depois, eu recebi uma de suas medalhas. O governo acha que eles o mandaram para casa, mas eu não confio mais neles, Seraphina.

Eu podia dizer que nós estávamos pressionando demais. Eu queria perguntar se a Minnie achava que o Ian pudesse estar tendo um caso com a Prudence, mas isso não parecia algo apropriado para se perguntar.

Do outro lado da sala, a porta se abriu. O Padre Elijah entrou hesitantemente e pigarreou.

– Kellan, Seraphina... o que vocês dois estão fazendo aqui?

– Elijah, eles vieram ver o Ian. Ele esteve longe por tanto tempo. Tenho certeza de que eles querem visitá-lo. – Minnie limpou uma lágrima de seu olho e esticou a mão em direção ao seu cunhado.

Eu me servi de um copo de água de uma jarra perto da mesa. Caminhei em direção ao Padre Elijah, inclinando a cabeça para indicar que queria conversar a sós com ele. Quando nós saímos pela porta que ele havia acabado de entrar, me encontrei em um pequeno corredor entre o púlpito e a reitoria. Eu nunca soube que havia uma alcova secreta e outra pequena sala aqui atrás.

– O que aconteceu com ela? Ela parece perdida e confusa sobre o que está acontecendo. – a Minnie tinha um olhar perdido em seus olhos e mal conseguia falar uma palavra sem tremer.

– A Minnie não está bem hoje. Ela não aceita que o Ian está morto. Ela acha que ele a contatou para revelar algo importante. – o Padre Elijah explicou que a Minnie teve um pequeno ataque de nervos quando soube que seu marido havia retornado para casa cinquenta anos atrás e nunca a visitou antes de seguir para a biblioteca.

– Ela pensa que estamos em 1968? Ou está em um estado de negação?

– Não tenho certeza. – o Padre Elijah respondeu, soltando sua gola e respirando fundo. – Desde que a xerife confirmou que o esqueleto pertence ao Ian, Minnie tem estado meio fora do ar. Eu nem mesmo sabia que ela havia vindo para a igreja nesta manhã até que a vi andando pelo vestíbulo em meio aos fiéis. – ele não teve tempo de levá-la de volta para casa, então a deixou confortável no escritório principal e celebrou a segunda missa da manhã, esperando que ela descansasse e se recuperasse antes de ele retornar.

A Nana D entrou no corredor.

– O que é essa conversa maluca de que o Ian tem notícias para a Minnie?

– Eu gostaria de saber, Seraphina. A Minnie diz que o Ian entrou e contato com ela e disse ter algo importante que ele tinha que fazer. Eu ainda não consegui ligar para o Dr. Bestcha nessa manhã. – o Padre Elijah fechou a porta, para que a Minnie não o escutasse. – Eu acho que ela está em choque.

– Eu não culpo a mulher. – eu disse, me perguntando por que havia se formado uma expressão estranha no rosto da Nana D. Ela sabia de algo, ou estava processando uma explicação naquela cabeça engenhosa dela.

– A Minnie não havia insistido que o Ian havia ligado para ela avisando que estava voltando do Vietnã? Eu me lembro vagamente dela se arrumando toda no dia do incêndio no campus, animada para vê-lo novamente. – a Nana D mencionou que a Minnie posteriormente retraiu a declaração dela quando ele nunca apareceu, dizendo que havia sonhado com aquilo. – A neta dela, Jane, também me contou sobre isso uma vez, acredito eu.

O Padre Elijah suspirou pesadamente e fechou os olhos.

– Nada faz sentido agora. Eu preciso levá-la para casa. Por favor, me sigam até a igreja. Vocês precisam ir embora. Eu tenho isso sob controle.

– Eu gostaria de ficar para fazer a ela algumas pergun... – a Nana D tentou objetar, mas eu levei-a de volta para dizer adeus para a Minnie. Ela me olhou com raiva como se eu a tivesse ofendido, parando enquanto eu a empurrava pela entrada principal e fechava a porta atrás de nós.

– Qual é o seu problema, Kellan? Eu queria conversar com a Minnie antes de sairmos. Você por acaso entregou para ela os assados? – a Nana D estava desapontada com o que eu tinha feito.

– A caixa está em cima da mesa. Algo não está parecendo certo em toda essa situação. Eu queria sair de lá antes que você dissesse algo que não devia.

A Minnie havia pensado que seu marido estava voltando para casa há cinquenta anos, e ainda assim, dias depois ela se recusou a acreditar que o exército o tivesse dispensado. Essas duas declarações não faziam sentido para mim, e a maneira com o Padre Elijah havia nos colocado para fora do escritório parecia estranhamente suspeita.

– Eu nunca digo nada que não queria dizer. Não tenho ideia sobre o que você está falando, meu neto brilhante. – Nana D desceu os degraus pisando duro e indo em direção ao estacionamento.

Eu a segui rapidamente, explicando as minhas preocupações enquanto nós dirigíamos até o centro.

– Você não teve a impressão de que o Padre Elijah não quer que sua cunhada diga nada para nós?

– Você tem um bom ponto. A resposta dele foi apressada quando eu ofereci ajudar a pobre Minnie. – a Nana D prometeu ir conferir sua amiga naquela noite para ver se ela conseguiria descobrir mais alguma coisa. – Obrigada por me deixar no escritório. Vou me encontrar com uma amiga hoje à noite, então não vou precisar de carona para casa.

Sabendo que ela estaria longe dos meus pés por um tempo e que os meus pais estavam ocupados com as crianças, eu me presenteei com um longo treino na academia. Enquanto eu levantava pesos e corria na esteira, o meu cérebro processava tudo o que havia acontecido naquela semana. Não havia explicação sobre porque o Ian havia entrado no porão da biblioteca cinquenta anos atrás. Será que ele havia ligado para a Minnie para contar que ele estava voltando do Vietnã e pediu que ela o encontrasse lá? Se fosse isso, ele estava retornando para terminar o relacionamento deles e ficar com a Prudence? Eu não tinha motivo para acreditar que esses dois tivessem ficado juntos, mas devia haver alguma ligação. Se eles haviam se encontrado em Braxton antes de ele ser enviado para a guerra, eles poderiam ter se correspondido por cartas. Se a Minnie pensou que ele estava deixando-a, será que ela teria tentado matar os amantes? Talvez ela tivesse eliminado com sucesso o Ian, mas a Prudence havia escapado para a segurança e estava se escondendo esse tempo todo. Por mais que essa teoria fosse plausível, eu não consigo parar de imaginar por que a Prudence não teria notificado os policiais. Mas então, talvez ela também tivesse sido morta, e nós ainda não havíamos encontrado o corpo dela. A outra preocupação era estabelecer como o Damien compartilhava DNA com o Ian. A história da família Garibaldi era a chave.

Assim que os exercícios terminaram, eu corri até meu escritório para fazer algumas ligações e adiantar algumas aulas. Eu confirmei que o Bartleby havia conseguido obter a chave do escritório do Hiram e iria chegar às nove horas da noite seguinte para entrarmos no porão. Hampton confirmou que ele havia quase terminado de pesquisar sobre a legalidade da compra da minha casa. Apesar de nós não termos evidências de que a Prudence estivesse viva, eu preferia estar preparado a ser pego fora de guarda, se a mulher um dia aparecesse.

Depois de algum tempo, o dia ficou escuro, e meu estômago gritou por comida. Eu tranquei o meu escritório e fui conferir se a Hope havia ido para o dela enquanto estive revisando os materiais de leitura para a semana seguinte. Ela não estava lá, mas eu percebi que ela ainda não havia me enviado nada da pesquisa dela sobre a família Grey. Eu mandei outro e-mail relembrando-a, então confirmei com meus pais que eles iriam levar as crianças para o chalé dentro de uma hora. Parei no Festival de Outono, mas a fila para ver a Madame Zenya estava muito grande. Eu tentaria novamente no dia seguinte, ou pediria para a Eleanor intervir em meu nome. Dirigi até a Lanchonete Pick-Me-Up para visitar a minha irmã e pedir comida para viagem. Infelizmente, ela havia saído para resolver algumas coisas junto com o Manny.

Calliope, que havia mudado a cor do cabelo dela para um tom de roxo escuro – pelo menos a metade do lado esquerdo que não havia sido raspada, comentou que já havia acabado a hora do rush do jantar.

– Essa é a única hora que consigo um pouco de silêncio. Espero que você não pretenda me segurar por muito tempo. Eu tenho uma série de idiotas que tem que aprender uma lição. Não faça o pedido de uma sopa e reclame que está quente demais. Vou colocar água sanitária nela como um tempero especial para...

Eu não podia mais escutar a história.

– Como está o seu pai? Estou contente que ele não se machucou na noite passada. – eu presumi que a Calliope sabia sobre o banco da carruagem do Lloyd ter sido encharcado com querosene, mas não tinha certeza.

– Meu pai é um homem de sorte. Eu ainda não consigo acreditar que ele confessou um crime que não cometeu. – Calliope acenou para um cliente, indicando que estaria lá em um minuto. – Não tenho ideia de quem está atrás dele.

– O que você sabe sobre o aprendiz dele? Eu o encontrei apenas uma vez, mas não me lembro muito. – eu tinha atribuído a parte do planejamento do passeio de hayride para a minha mãe coordenar.

– O nome dele é Chip, filho de um amigo do meu pai. Bom cara. Saí com ele uma vez, mas ele é um pouco careta demais pra mim. – Calliope sacudiu a cabeça e encontrou a foto dele no Facebook. – Vê... ele não faz mais nada a não ser postar fotos de pássaros. Ele é um daqueles observadores de pássaros nerd, que não consegue ter uma conversa de verdade sem fazer sons de chilrear. Eu tentei levá-lo para acampar ou pescar, mas ele...

Eu a interrompi ali, já que nós estávamos saindo demais do assunto.

– Será que ele poderia estar envolvido?

– Isso seria definitivamente um não. O cara tem medo do fogo. Se queimou quando era criança. É por isso que ele não vai acampar. Eu tentei dizer a você, mas você me interrompeu, Kellan. Não seja rude como o seu irmão. – a Calliope se levantou e avisou para o mesmo cliente parar de reclamar. – Vou estar aí em um segundo, querida. Segure os seus cavalos.

– Eu sinto que o seu pai está escondendo segredos. Será que ele poderia estar encobrindo alguém?

– Pode ser. – ela teorizou evasivamente. – Você deveria

perguntar à Tia Belinda. Esses dois são cheios de segredos. Ele pode ter contado a verdade para ela. Tenho que ir. – Calliope pegou seu bloco de notas e seguiu para uma mesa próxima, com o cliente que a estava chamando. – Você se esquece que eu tenho um mau temperamento, Eustacia? Por que você tem que me chamar gritando do outro lado da lanchonete? Meus cachorros estão latindo, menina.

– Preciso de um chá quente, querida. Os meus dedos estão doloridos de tanto tricotar. O bebê da minha sobrinha está para nascer em breve, e... – Eustacia fez uma pausa, percebendo que eu estava perto da entrada, e gargalhou ruidosamente. – Kellan, você está cuidando do mistério do esqueleto na biblioteca? Alguém tem que resolver esse mistério policial terrível e medonho. Ninguém é mais qualificado do que você. – seu rosto aristocrático e envelhecido apareceu acima do balcão, parecendo um limão maduro e enrugado. – Chá, por favor.

– Sim, senhora. Estou em cima disso. – eu concordei com uma saudação, rindo por causa da roupa de ginástica laranja neon dela.

– Senhor Todo-Poderoso, estarei aí em um instante, princesa. – Calliope não se importava com quem era atrevida, mesmo que Eustacia não fosse o tipo de pessoa que ficasse parada e aceitasse ser repreendida.

Eu queria ficar para o restante dos fogos de artifício, mas precisava voltar para casa. Meu celular tocou, mostrando que a Belinda havia remarcado a nossa reunião para o meio da semana por causa de uma pequena crise com o conselho da escola. Quanto ela sabia sobre o segredo de seu irmão? Enquanto eu virava para a rua principal, percebi os faróis de outro carro atrás de mim. Confiante de que alguém estava me seguindo em direção ao Rancho Danby, eu segui para uma estrada estreita e escondida a algumas quadras do chalé. Observei o carro seguir pela rua, então diminui e virei. O carro estivera me seguindo de perto, mas eu não consegui identificar o número da placa no escuro. Tudo o que percebi enquanto ele passava por mim era o modelo e o ano. Agora, eu precisava descobrir quem tinha um Cadillac 1980 clássico, já que esse não era mais um carro comum. Madame Zenya? Prudence Grey? O aprendiz do Lloyd? Meus medos sobre um perseguidor da vida real estavam ficando cada vez mais intensos, e as respostas estavam ficando cada vez menos claras. Alguém estava atrás de mim, mas eu estava determinado a encontrá-lo primeiro.

CAPÍTULO DEZ

Depois de levar as crianças para a escola na manhã seguinte, eu andei vagorosamente pelo Campo Cambridge, refletindo sobre o que a família O'Malley devia estar passando em um dia como hoje. Perder uma pessoa amada era devastador, mas reviver aquela dor sem entender por que ele havia sido assassinado seria muito pior. A morte representava o fim para alguns, e um começo para outros. Minnie era uma mulher religiosa que havia encontrado um pouco de conforto ao saber que seu marido amado esteve com Deus esse tempo todo. Por mais que ela sempre tivesse acreditado que ele havia morrido na Guerra do Vietnã há cinquenta anos, localizar o corpo dele deve ter sido um alívio, apesar das circunstâncias.

Eu encontrei a Nana D no estacionamento, onde também reparei em um Cadillac estacionado na primeira fileira. Parecia o mesmo modelo e tamanho daquele na noite anterior, mas eu não podia ter certeza. Nós entramos na Igreja St. Mary e encontramos uma nervosa Minnie com um xale enrolado ao redor de seu corpo frágil e cansado.

– Você viu aquele adorável Cadillac estacionado do lado de fora? Ele não é seu, é? – eu iria perguntar a todo mundo agora.

Minnie sacudiu a cabeça.

– Não, o Elijah me deu carona hoje. Espero que vocês perdoem a minha confusão de ontem. Quando fiquei sabendo que eles encontraram o Ian, perdi a noção do tempo.

– Bobagem. Quando o Michael faleceu, eu mal conseguia lembrar o meu nome. – a Nana D confortou-a. Havia sido de cortar o coração vê-la sofrer quando meu avô faleceu inesperadamente.

Incapaz de identificar o carro, eu coloquei o jogo do perseguidor para fora da minha mente. A cerimônia foi curta, honrando a memória de um homem que havia falecido jovem demais. O Padre Elijah liderou a missa e falou bem de seu irmão. A Minnie escolheu não dizer nada, mas Jane contou uma história sobre seu avô, a qual havia escutado várias vezes quando criança. Por mais que ela nunca tivesse conhecido o homem, era importante que ela compartilhasse alguma coisa positiva com os amigos e família, para superar a perda.

Eu olhei para a igreja, para ver quem mais oferecia condolências aos O'Malleys. Deve ter sido estranho para o Lloyd por alguns motivos. Não apenas ele havia confessado o assassinato da Prudence Grey, apesar de o esqueleto pertencer a outra pessoa, mas ele havia apoiado sua companheira de vinte anos, que havia finalmente ficado sabendo sobre o que havia acontecido com seu marido. Ele a ancorava pacientemente, olhando para ela amavelmente enquanto afagava suas costas, mas também mantendo uma distância respeitosa.

Belinda, e seu filho Damien, conversavam no lado oposto da fileira central. Ela havia comparecido por causa da Minnie, já que Belinda era a irmã do Lloyd. Talvez eu pudesse conversar com ela em algum momento. Eu não tinha certeza do porquê o Damien havia aparecido, a não ser que fosse para acompanhar sua mãe. A algumas fileiras atrás deles estava sentado o Finnigan Masters, um advogado que eu havia conhecido durante a escola, e recentemente trabalhamos juntos quando uma amiga da Nana D havia falecido. Finnigan conhecia a todos na cidade por causa de seu escritório de advocacia. Ele e a Belinda conversaram alguns minutos, então Finnigan deixou o banco e caminhou em direção ao vestíbulo. Belinda desapareceu, me deixando agitado que nós não teríamos uma chance para conversar. De qualquer forma, esse não era o local apropriado. Com a Nana D focada em cuidar da Minnie, eu segui o Finnigan para perguntar sobre sua família.

Antes de eu chegar aos fundos da igreja, Hiram Grey abriu as pesadas portas de madeira e cumprimentou o Finnigan no vestíbulo. Hiram sacudiu seu punho fechado várias vezes, seu lábio superior tremia como um cachorro raivoso avisando um intruso. Finnigan procurou por algo em sua maleta e pegou uma pasta. Eu tinha cerca de mais dez metros para alcançá-los quando o Padre Elijah me interrompeu em meu objetivo.

– Eu aprecio que você tenha vindo hoje, Kellan. Você nem mesmo conhecia o meu irmão. – o Padre Elijah estendeu sua mão fria, mas suada, e sorriu desconfortavelmente. Algo parecia distrai-lo.

– Foi um sermão tocante, e eu queria confortar você e a Minnie. Como ela está hoje?

– Tão bem quanto você esperaria. Cinquenta anos de perguntas sem respostas causou um dano irreparável na confiança dela. Finalmente saber a verdade, bem... eu sei exatamente como ela se sente. – o Padre Elijah gesticulou em direção ao vestíbulo onde nós poderíamos conversar sem sussurrar. – O comportamento peculiar de ontem foi o choque inicial com a notícia. Eu não acredito que o Ian tenha entrado em contato com a Minnie. Era uma memória reconfortante que ela criou para evitar aceitar a verdade, de que o Ian estava sofrendo de estresse pós-traumático e não conseguia se ajudar.

– Não poderia haver uma chance de que ela o tenha visto naquele dia? Talvez seja isso que esteja fazendo com que ela aja de maneira estranha agora. – eu não tinha muito conhecimento sobre os impactos psicológicos do estresse e de memórias reprimidas, mas os pontos não estavam se conectando para mim com todas as discrepâncias entre as histórias das pessoas.

– O que você está implicando? – o rosto do Padre Elijah ficou alarmado com a minha linha de perguntas.

– Estou curioso sobre o dia do incêndio. O marido da Minnie retornou para casa, mas não a visitou imediatamente, então ele é assassinado antes de eles se reencontrarem. – eu não queria acreditar que a Minnie tinha alguma ligação com a morte dele, mas as reações e seu comportamento eram suspeitos.

– Eu entendo que a Xerife Montague acredita que o Ian foi assassinado, mas eles não podem ter cem por cento de certeza. Ele poderia ter sido acertado por algum entulho que tenha caído durante o incêndio e morrido por causa da inalação da fumaça. Não havia nada além de seus ossos restantes, e depois de cinquenta anos, não há muito que possa ser verdadeiramente conhecido.

O Padre Elijah estava parcialmente correto. A April não estava irrefutavelmente positiva de que o Ian havia sido assassinado, ainda assim, nada fazia sentido sobre a morte dele, o desaparecimento da Prudence, e a estranha confissão do Lloyd.

– Você conseguiu confirmar quanto tempo o Ian havia voltado para Braxton?

– Menos de doze horas. O voo dele havia chegado cedo naquela manhã, e ele deve ter conseguido uma carona até a base militar de Braxton, mas nós não temos conhecimento de nada depois que o voo dele pousou. O governo nos entregou um registro mostrando a dispensa oficial dele e confirmou o seu retorno. – o Padre Elijah explicou que ele havia sabido disso cinquenta anos atrás e havia contado para a Minnie várias vezes.

– Eu agradeço você ter me dado esses detalhes. No começo, a Minnie queria que eu ajudasse a provar que o Lloyd não matou a Prudence, mas quando o esqueleto se provou ser do Ian, as coisas ficaram um pouco mais complicadas.

– Eu não tenho certeza se nós um dia vamos saber como a Prue saiu da biblioteca, ou se ela e o Ian se encontraram. Eu sei que ela não machucou o Ian. Prue e eu éramos amigos anos atrás, e eu tenho certeza de que ou ela morreu no incêndio, ou deixou o Condado de Wharton para fugir do Hiram. Mesmo assim, já faz cinquenta anos. Nós podemos nunca ficar sabendo.

– Então, você acha que esse é simplesmente um caso de ninguém nunca encontrar o corpo dela?

– Não tenho certeza. Tudo o que sei é que a Prue tinha motivos legítimos para deixar o Hiram, e ela queria proteger o Damien. Não consigo imaginar que ela teria ido embora sem ele, mas a Prue estava com depressão naquelas últimas semanas antes de desaparecer. – o Padre Elijah secou sua testa suada, comentando que precisava ir conferir a Minnie e verificar se a limusine que iria levá-los ao cemitério já havia chegado.

Depois que ele foi embora, minha consciência me assegurou de que ele estava escondendo algo. Eu não podia confrontá-lo em um funeral, e teria que marcar outra visita nos próximos dias. Enquanto nos separávamos, as outras pessoas na igreja passaram pelo vestíbulo e saíram pelas escadas. Parecia que a conversa entre o Hiram e o Finnigan estava acabando. Eu me aproximei, mas eles estavam focados demais um no outro para perceberem a minha presença. Eu fiquei parado a alguns metros de distância, atrás de uma fonte de água benta, esperando por eles terminarem. As vozes deles ecoavam pela sala, permitindo que eu escutasse parte da conversa deles.

– Hiram, está completo. Eu fiz as mudanças que você pediu para o seu testamento revisado. Você o assinou no meu escritório no outro dia. Eu vou te enviar as cópias nessa semana. Perseguir-me em um funeral é grosseria, até mesmo para você. – Finnigan insistiu, sua foz cheia de frustração e firme esclarecimento.

– Obrigado, Masters. Eu entendo que estou sendo difícil. Os últimos cinco dias têm sido esclarecedores. Apenas para confirmar uma última vez... depois que todos receberem a parte normal da minha herança, o valor restante da riqueza da família Grey vai para o meu primeiro filho. Isso está correto, certo?

– Sim, Hiram. Nós vamos assegurar que cada um de seus filhos e netos que ainda não tem quarenta e cinco anos recebam a herança padrão de duzentos e cinquenta mil dólares. O valor restante, aproximadamente nove milhões de dólares, além de todos os imóveis que você possui, será deixado para o seu primeiro filho biológico. Eu coloquei tudo o que você me contou na semana passada. Por favor, não se preocupe mais. – a voz do Finnigan ficou mais forçada, e ele parecia ter a intenção de ir embora em breve.

A Nana D caminhou até mim e bateu no meu ombro.

– O que você está fazendo, meu neto brilhante?

– Shhh. Estou escutando a conversa do Hiram e do Finnigan. Você nunca vai acreditar no que o Hiram disse. – eu comecei a falar, agitado.

– Você é um bom homem, Masters. Estou contente de tê-lo encontrado hoje, mas tenho que alcançar a Belinda e o Damien. – Hiram passou pelas portas da frente e convocou sua ex-esposa e filho.

Finnigan saiu da igreja e caminhou pelo estacionamento até seu Camaro restaurado. A Nana D me encorajou a seguir o Hiram. Quando nós chegamos à praça frontal, Hiram e Belinda já estavam gritando um para outro.

– Você está sendo duro demais com ele. Esse não é o lugar apropriado para confrontar o seu filho, Hiram. – o dedo da Belinda sacudiu várias vezes em frente ao rosto de seu ex-marido.

– Eu já dei dinheiro suficiente para ele no passado. Ele recebeu o mesmo valor que todos os outros membros da família Grey. Se o Damien quer estabelecer seu novo negócio, ele pode pedir um empréstimo como o resto do país. Especialmente depois do que ele fez. E quanto a você... – Hiram continuou, aproximando-se da Belinda. – Pare de tentar se colocar de volta na minha vida também. Nós já estamos divorciados há décadas, e eu não estou interessado em voltar para uma ex-esposa. Estou saindo com alguém, então me deixe em paz e guarde aqueles cartões sentimentais e presentes simbólicos para outro idiota em que você planeja cravar suas garras, mulher.

Damien agarrou os ombros de seu pai.

– Não fale com a minha mãe dessa maneira. Ela está apenas tentando me proteger, e este não é o lugar para lavarmos a nossa roupa suja. Esqueça o que eu fiz. Foi estúpido.

Lloyd saiu do lado da Minnie e correu até o Hiram.

– Eu vou apenas pedir uma vez para você tirar as mãos da minha irmã. Belinda sempre foi uma mãe carinhosa e amável para o seu filho, e você tem sido um homem horrível ao longo dos anos. Eu não ligo se você é o juiz do condado, vou te bater até colocar um pouco de senso na sua cabeça, velhaco.

– Assim como você fez com a minha primeira esposa? Eu nunca vou entender por que a xerife não te trancafiou permanentemente na cadeia. Não importa se foi o Ian ou a Prudence, você matou alguém cinquenta anos atrás, Nickels. Eu vou ver você apodrecer na prisão. – Hiram se afastou de todos e marchou escada abaixo.

– Pai, essa foi a gota d'água. Você sempre foi um tirano, mas eu já tive o suficiente. Se você não vai me emprestar dinheiro, vou encontrar outra maneira de consegui-lo. Já deu o suficiente de fingirmos ser uma família. Da próxima vez que eu te ver vai ser no seu funeral. – Damien seguiu em direção ao Hiram, mas Belinda segurou a mão dele.

– Não, Damien. Ele é o seu pai. Você não quis dizer isso. – Belinda puxou seu filho para perto, tirando mechas de cabelo de seus olhos inchados e abraçando-o.

– Vocês são um bando de lunáticos loucos. Um de vocês matou a Prudence. Talvez seja a mesma pessoa que matou o Ian. Talvez tenha sido um esforço conjunto entre o Padre Elijah e sua cunhada, supostamente inocente, Minnie. Tem algo acontecendo entre eles. Vou assegurar que vocês todos sejam punidos pelo que fizeram. – Hiram gritou para todos. – Eu sou o único equilibrado entre vocês. Posso ter me divorciado várias vezes, mas comparado com alguns de vocês que deveriam saber melhor, Deus perdoa a mim e as minhas ações. – ele franziu o cenho descaradamente para o Padre Elijah, depois olhou ameaçadoramente para Minnie, que começou a chorar, com reprovação nos olhos.

Enquanto todos gritavam, uma voz desconhecida se dirigiu à multidão.

– Isso não é um funeral? Por que vocês não estão se comportando como enlutados racionais com a intenção de deixar que o espírito de um homem passe para além desse mundo?

Eu me virei na direção da voz, sussurrando para a Nana D:

– O que ela está fazendo aqui?

Madame Zenya cruzou o pátio com um vestido esvoaçante dourado e preto, as pontas de fita de seu vestido arrastando-se como cometas por um grande céu azul. Coberta dos pés à cabeça com cetim brilhante, sua entrada triunfante excedia todas as expectativas de grandeza. Um acessório de cabeça robusto descansava galantemente sobre seus ombros largos, assegurando que nós não víssemos seu rosto ou corpo – apenas a fantasia extravagante. A mulher era o espetáculo para o qual haviam me avisado, acendendo a minha curiosidade além da crença.

– Eu peço perdão por interromper a mais solene das cerimônias. – ela anunciou em uma saudação calorosa e gutural, acenando uma mão acima do ombro e balançando-a no ar. Ao terminar, pousou bem na frente dela e apontou para Belinda. – Tenho outra mensagem para você, minha querida.

Damien bloqueou a sua mãe como se estivesse protegendo-a contra um pelotão de fuzilamento.

– Seja lá o que tiver para falar à minha mãe, você vai dizer pra mim também. – ele ficou parado rigidamente, pronto para defender a Belinda contra qualquer ataque ou reprovação iminente. Ele havia superado notavelmente sua natureza quieta e nervosa.

Belinda sussurrou algo no ouvido de seu filho e se virou para a Madame Zenya.

– De quem?

A Nana D sufocou um riso. Eu não tinha certeza de como

reagir. Se eu não soubesse do contrário, teria pensado que essa era uma cena de um terrível filme amador.

– É para você e apenas você, minha querida. – Madame Zenya cuidadosamente seguiu para um lado da praça, curvou um dedo e gesticulou para Belinda segui-la.

Os olhos do Hiram seguiram as mulheres enquanto elas se aproximavam uma da outra.

– O que está acontecendo, Madame Zenya? Eu pensei que iríamos nos encontrar no Festival de Outono mais tarde.

Eles conheciam um ao outro? Eu me virei para a Nana D.

– Tem alguma ideia do que está acontecendo?

– Nem mesmo a menor delas, mas os olhos da Minnie estão inchados. Vou tirá-la daqui.

Enquanto a Nana D empurrava o Padre Elijah, Minnie e a Jane em direção à limusine, Damien ficou por perto, com raiva, observando sua mãe e a Madame Zenya conversarem. Lloyd, que não havia sido convidado para acompanhar a Minnie, foi embora separadamente, entrando em uma velha pick-up.

Eu me aproximei do Hiram.

– Você já se encontrou com a Madame Zenya antes?

Uma careta se formou em seu rosto irritado e implacável.

– Isso não é da sua conta.

– Entendo. Bom, vamos falar de algo que é da minha conta. O que você estava fazendo no Rancho Danby no outro dia, quando a carruagem da hayride quase foi posta em chamas? – me frustrava o fato de que a Nana D não conseguiu saber quem havia colocado querosene na atração muito antecipada do Festival de Outono. – Pelo meu conhecimento, você estava procurando pelo Lloyd pouco tempo antes disso acontecer. Você chegou a encontrá-lo?

Hiram olhou ameaçadoramente.

– Eu não sou responsável por aquela bagunça. Já contei para a Xerife Montague, e vou te contar também. O Lloyd Nickels está mentindo se ele diz que eu tentei colocar fogo nele pelo que ele fez com a Prudence.

– Você deve ter ficado furioso ao saber que ele trancou a sua esposa na biblioteca. – eu sorri para o juiz, garantindo que ele soubesse que eu estava atrás dele.

– Você está louco, Kellan? É claro, eu fiquei enraivecido com o lunático. A Prudence e eu podíamos ter nossos problemas, mas eu nunca quis que ela se machucasse. – Hiram pigarreou e estralou os dedos. – Você é terrivelmente intrometido. Por que você está tão interessado na minha antiga esposa?

– É engraçado que você se refira a ela como sua *antiga* esposa ao invés de sua *falecida* esposa, quase como você soubesse que ela ainda está viva. Que tal nós termos uma conversa honesta, Juiz Grey? – eu o confrontei sobre vender a casa para mim sem revelar a história dela ou me entregar a chave para o porão, esclarecendo por que eu havia me envolvido na situação da sua esposa desaparecida e a intenção por trás da lei do assassino.

– Não tenho vergonha do passado. Prudence Garibaldi e eu nos casamos rápido demais, e quando a poeira abaixou depois de eu frequentar a faculdade de direito, ficou claro que nós não éramos certos um para o outro. A pobre garota deve ter herdado os desequilíbrios mentais de seus pais. – Hiram confessou que ele havia se casado com ela parcialmente por causa de sua riqueza e das propriedades que ela iria lhe trazer, mas ele havia esperado que eles se apaixonassem algum dia. – Nós éramos jovens. Assim que os pais dela morreram naquele trágico episódio com os piratas, Prudence se perdeu. Era tarde demais para eu me divorciar dela, porque nós havíamos acabado de descobrir que ela estava grávida. Eu tentei fazer funcionar.

– Fico satisfeito que você tenha admitido a verdade sobre seu relacionamento. O que aconteceu no dia do incêndio?

– Prudence não tinha condições de cuidar do Damien. O menino tinha apenas alguns meses de vida, eu não podia deixá-lo mais com ela. Eu contei a ela que havia acabado tudo entre nós naquela manhã. Eu saí para as minhas aulas, sugerindo que ela fizesse planos para depois do divórcio. – Hiram recontou a conversa deles, citando que estava apenas me contando, pois não tinha nada a esconder. – Eu acredito na verdade. A lei sempre esteve do meu lado.

– Você roubou a casa Garibaldi da família da Prudence. Como pode defender essas ações?

Hiram estreitou os olhos.

– Eu não sei muito sobre toda essa besteira da qual você está falando. Assim que a Prudence e os pais dela morreram, a casa pertencia legalmente a mim, como marido e único beneficiário dela.

– Você parecia desesperado para vendê-la para mim depois de cinquenta anos. A casa não pertence ao filho da Prudence, o Damien? – eu observei cuidadosamente a reação dele, curioso para saber se a linguagem corporal dele me diria alguma coisa.

– Eu acredito que você tenha visto o Damien me rejeitar menos de dez minutos atrás. Ele não tinha interesse em morar naquela casa quando eu a ofereci a ele depois de seu casamento com a Lara Bouvier. – Hiram respondeu, fervendo com o pensamento de falar sobre a Prudence. – Se você quer saber, eu tive pesadelos recorrentes sobre esquecer o passado. Depois de muita contemplação, percebi que já estava na hora de seguir em frente.

– A sua família está com raiva de você. Você tem uma maneira de deixar as pessoas com raiva. Você realmente acredita que o Lloyd, a Minnie ou o Padre Elijah tem alguma coisa a ver com o desaparecimento da Prudence.

Hiram gargalhou.

– Eu não sou tolo. Não, eu não acredito que eles mataram a mulher. No entanto, eles sabem de alguma coisa, e eu apostaria o meu último centavo de que isso é crítico para descobrir o que aconteceu há cinquenta anos. Tudo o que eu sei é que a Prudence foi embora da cidade e nunca retornou. – ele andou em círculos, esperando pela Belinda e a Madame Zenya terminarem de conversar. – É isso. Vou colocar um fim nessa bobagem.

Eu escolhi não impedir o Hiram de interromper a conversa delas. Geralmente era mais vantajoso ficar para trás e deixar a situação se desenvolver sozinha. Isso poderia me dar a informação que eu estava procurando. Quando o Hiram alcançou a Belinda e Madame Zenya, elas pararam de conversar. Eu não pude ouvir os detalhes, mas por conta dos muitos estalar de dedos e gestos de mãos, não era positivo.

Madame Zenya foi a primeira a se afastar da conversa. Enquanto ela passava por mim, algo não pareceu muito certo. Eu esperei até que ela estivesse a poucos metros distante, então exclamei:

– É um prazer *formalmente* te conhecer hoje, Madame Zenya. Nós não terminamos a nossa conversa que tivemos no milharal. Eu acredito que você conhece a minha irmã, Eleanor, e também encontrou recentemente a minha filha, Emma. Precisamos discutir sobre a sua conversa altamente inapropriada com ela. – um tremor percorreu a minha espinha e meu corpo.

A Madame Zenya parou no lugar, e sem se virar, respondeu:

– Vou te visitar novamente em breve para discutir os incidentes ocorrendo na casa Garibaldi. Fique tranquilo, hoje não foi nem a primeira e nem a última vez que estamos nos encontrando. Eu vou entrar em contato antes que a próxima lua da colheita desça sobre você.

Eu estava prestes a agarrar o braço dela e impedi-la de ir embora quando o Hiram passou correndo por mim, exigindo que a Madame Zenya esperasse por ele.

– Aquela mulher... simplesmente não pode ser. – ele murmurou para o céu, sacudindo as mãos.

Ele correu rápido demais para que eu pudesse perguntar o que ele queria dizer. A Madame Zenya entrou em um carro alugado, instruindo o seu motorista a dirigir para longe da Igreja St. Mary. Pelo menos eu sabia que não era ela quem estava me seguindo. Hiram seguiu pelo estacionamento e escapou em seu próprio veículo, que também não era o Cadillac. Eram mais duas pessoas que não eram meu perseguidor implacável, a não ser que eles tivessem mais de um carro ou tivessem contratado alguém para me seguir. O instinto sugeriu que havia linhas demais nessa confusão, e se eu puxasse algumas linhas aleatórias, eu poderia desembaraçar a bola de lã em breve.

Antes que eu pudesse segui-los, Belinda se aproximou.

– Não há explicação para todo esse absurdo.

Ansioso para ter um momento a sós com ela, eu concordei.

– Nem me diga. Eu não consigo de jeito nenhum entender o que aconteceu cinquenta anos antes para resultar em um drama tão intenso e caótico hoje.

– O Damien genuinamente não é nada como seu pai. Eu não sei por que eu pensei que poderia amar aquele homem misterioso novamente. – Belinda fechou os olhos e grunhiu em voz alta por causa de todos os anos de frustração acumulada.

– Qual foi a mensagem da Madame Zenya para você?

Belinda riu de maneira errática.

– Ela me disse que a Prudence queria agradecer por ser uma mãe tão maravilhosa para o Damien. É uma experiência irreal estar na presença daquela mulher.

– Pelo fato de ela ser uma médium? Ou por que essa é uma confirmação de que a Prudence está morta, pelo menos de acordo com a renomada psíquica? – havia algo de estranho sobre a Madame Zenya, mas eu não conseguia decifrar o motivo.

– Eu acho que ambas. A Prudence entrou em contato com ela do Grande Além para insistir que a mensagem fosse entregue no funeral do Ian. – Belinda colocou a mão no peito e inalou profundamente. – Eu preciso ir embora. Isso é demais para mim. Desculpe-me por cancelar o nosso café-da-manhã. Ainda está marcado para amanhã?

Eu assenti.

– Me permite que eu faça algumas perguntas antes de você ir? – quando a Belinda consentiu, eu perguntei por que ela havia fugido da Madame Zenya no festival no dia que a Emma havia visto ela. Eu não conseguia entender a implicação desses dois eventos estando ligados.

– Eu havia tido um sonho assustador na noite anterior. Quando acordei, podia jurar que a Prudence Grey estava parada no meu quarto. Foi por isso que perguntei para a Madame Zenya como parar um fantasma de me assombrar. Também fiquei curiosa sobre a extensão dos talentos dela, já que ela é o destaque do nosso Festival de Outono. Eu deveria saber das capacidades dela antes dos nossos visitantes, certo?

– Eu suponho que esse é um motivo válido. – eu não podia discordar da lógica dela. Isso ainda não explicava por que ela havia ficado sinceramente assustada e fugido, e nem porque tantas pessoas estavam tendo sonhos estranhos e visões da Prudence. Será que havia algo de paranormal realmente acontecendo em Braxton? Eu teria que perguntar para a Madame Zenya sobre as circunstâncias. – Por que era tão importante que ela te entregasse a mensagem hoje e aqui?

– A Prudence disse para a Madame Zenya que ela esteve com o Ian quando ele morreu. Parece que a nossa psíquica sabe quem matou ambos, mas ela está esperando por outra mensagem da Prudence antes de revelar a verdade.

Eu franzi meu cenho.

– Você tem fé nisso? Apenas recentemente eu me tornei um crente. A minha irmã Eleanor e minha mãe coordenaram a chegada da Madame Zenya. Eu mal conheço a mulher.

– Eu não sei mais no que acredito, mas preciso ir embora daqui. Algo não parece certo sobre os poderes dessa mulher. Por ser católica, eu não deveria reconhecer a validade das habilidades da Madame Zenya, ainda assim, não há outra explicação disponível.

– Então, por que você reconhece? – eu me aproximei mais, esperando ansiosamente pela resposta dela.

– Porque ela sabia de coisas, Kellan. Ela me disse coisas que eu nunca contei para ninguém antes. – uma Belinda trêmula correu pelo estacionamento, impedindo que eu pudesse fazer mais perguntas.

Eu sabia que a Madame Zenya se comunicava com os mortos, baseado no que ela havia me revelado sobre o Vovô Michael. Será que ela estava recebendo informações de uma Prudence

Grey morta ou muito bem viva? Se a Prudence ainda estivesse viva e de alguma forma conectada com a famosa psíquica, talvez as duas estivessem trabalhando juntas para conquistar um objetivo que ainda tínhamos que descobrir. Independentemente disso, eu não conseguia descobrir qual era o jogo final ou como isso estava ligado com a morte do Ian O'Malley e a minha nova casa. Apesar disso, eu estava determinado a entender tudo, incluindo as explicações para essa atividade paranormal acontecendo em Braxton. Alguém podia ser um expert em fazer jogos, mas eu era um mestre em peneirar as mentiras e descobrir a verdade.

Eu corri pelo Hall Diamante para chegar à reunião de funcionários da Myriam. Para a minha sorte, foi mais tranquila do que a da semana anterior, já que eu não recebi uma reprimenda pelo atraso ou por elogiar uma colega. Depois que todo mundo foi embora, Hope me segurou.

– Podemos conversar sobre a pesquisa que vou te mandar a respeito da família Grey?

– Sim, eu tenho todo o tempo do mundo para isso. – eu brinquei, animado para ter algo de valor para uma folga.

Quando a Hope sorriu, havia algo mais familiar e calmo sobre ela hoje.

– Só para você saber, a minha mãe tem dificuldades para conversar sobre os detalhes de seu passado. Algumas vezes ela parece se esquecer sobre isso, outras vezes eu tenho a impressão de que ela não quer que eu saiba de tudo. Tudo o que tenho certeza é de que ela cresceu aqui, foi embora rapidamente, e parece preocupada e com remorsos.

– Você também mencionou que ela queria *consertar uma injustiça*. Você descobriu sobre o que seria isso? – eu pensei que seria melhor entender o estado atual antes de seguirmos para o passado.

– Ainda não. Assim que eu soube que a minha mãe havia morado por aqui no fim da década de 60, eu pesquisei em anuários escolares, li jornais históricos da cidade e conversei com outras pessoas que haviam trabalhado em Braxton naquela época. – Hope fechou a porta para que ninguém escutasse nossa conversa.

– O que você conseguiu descobrir? – eu tinha a intenção de olhar as cópias dos jornais daquela época, mas não encontrei tempo. Por mais que eu soubesse que havia uma ligação entre a Raelynn e a família Grey, isso não era fácil de decifrar. Eu também não tinha certeza de quanto podia confiar na história da Hope sob essas circunstâncias.

– A minha mãe trabalhou com o Hiram Grey quando eles estudaram direito juntos. Ele era estagiário no sistema judiciário do condado, e ela tinha estágio com um escritório local, mas eu encontrei alguns documentos meio apagados com os nomes e assinaturas de ambos. Eu só não fui capaz de ler os detalhes ainda. – Hope explicou que enquanto sua mãe havia abandonado a carreira de direito e se mudado, o Hiram se tornou um promotor assistente e eventualmente juiz. – Algo não parece certo.

– Você acha que ele a forçou a deixar a cidade? – eu inquiri, teorizando que se a Raelynn queria consertar uma injustiça do passado, talvez tivesse havido algum tipo de chantagem entre os dois.

– É possível. Eu encontrei uma foto dela e da Prudence Grey em frente à biblioteca, e a minha mãe tem uma com os três em um evento no tribunal pouco antes de a Prudence desaparecer.

– Eles conheciam bem um ao outro? – eu murmurei, organizando uma linha do tempo dos eventos na minha cabeça.

Os olhos da Hope se arregalaram.

– Parece que eles socializavam juntos, mas eu não consegui fazer a minha mãe falar sobre isso. Infelizmente, eu preciso ir até o Festival de Outono no Rancho Danby. Prometi para alguém que nós iríamos a um passeio de hayride assombrada juntas nessa tarde. Vou te mandar cópias de todos os documentos hoje à noite, então nós podemos olhá-los juntos durante a semana.

Eu precisaria conduzir uma pesquisa adicional sobre a

conexão da Raelynn com o Hiram e a Prudence Grey. Havia algo de importante escondido sob essa superfície oscilante. Por hora, a Hope estava certa. Eu deveria aproveitar uma tarde relaxante e divertida no festival com a Emma e o Ulan. Quando nós chegamos ao Rancho Danby, April e Augie já estavam esperando por nós. Augie e Ulan prometeram cuidar da Emma, então eu os deixei caminhar ao redor do labirinto do milharal antes de participarmos de um passeio de hayride. Nós concordamos em nos encontrar antes que ficasse escuro demais, perto da entrada dos estábulos.

April e eu compramos dois cachorros-quentes e um bolo de funil para dividirmos. Enquanto estávamos sentados à mesa, nós conversamos sobre o caso.

– Como está indo para solucionar esse caso? Parece não haver pistas para quem poderia querer matar o Ian. – April cortou o bolo em dois e generosamente me ofereceu o pedaço maior. Apesar de o bolo estar delicioso, eu estava com vontade de comer um pudim de pão de caramelo durante a semana inteira.

– Para ser honesta, não é provável que solucionemos esse caso logo. Existem possiblidades demais. Isso poderia ter sido um acidente, mas eu não acredito que essa seja a verdade. Prudence Grey poderia ter matado o Ian O'Malley e desaparecido. Outra pessoa poderia ser o assassino, e até mesmo assim, essa pessoa também poderia já estar morta, ou nós nunca conseguirmos encontrá-la. – April sacudiu a cabeça, então se apoiou no meu ombro. – Você cheira bem.

– Nós podemos fazer isso em público? Não que eu me importe, mas nós não mostramos nenhum tipo de afeição em público antes. – eu queria sentir o peso do corpo dela contra o meu, conectados em cada nível possível, enquanto nós desenvolvíamos qualquer sentimento que surgisse entre nós. Eu também sabia que nós não havíamos conversado sobre a situação ou sobre os limites apropriados.

– Apenas uma vez, eu não ligo. Compartilhar esse momento com você me faz sentir como se nada mais importasse agora. Eu posso ser a xerife, mas também sou primeiro um ser humano e uma mulher. – April se virou para mim e segurou minhas bochechas. – Eu nem sempre fui tão teimosa, Kellan. Quando meu noivo foi morto, eu fechei uma parte da minha vida. Você é o primeiro cara que me faz sentir essas emoções novamente.

– Nós estamos reconhecendo de que isso é mais do que um simples flerte? – eu queria que ela dissesse sim, mas parte de mim ficou preocupado em se magoar. Havia ainda o assunto sobre a April ter ficado quieta sobre seu possível casamento, e eu não havia processado o impacto do que a Francesca havia feito comigo. Mostrar afeição demais em público antes de eu estar oficialmente separado não era uma ideia pragmática.

– Vou responder diferentemente. – April começou, antes de me beijar nos lábios. – Eu gosto de você. Gosto da maneira que você me faz sentir. Eu quero me sentir assim mais frequentemente do que o oposto.

– Então, vamos ter um encontro de verdade. Eu quero te levar para algum lugar sem telefones, assassinatos ou membros da família interferindo que podem, ou não, ter boas intenções.

– Como a sua avó?

Eu sorri afetuosamente.

– A Nana D não vai ser um problema. Eu estava pensando na minha esposa.

April se afastou.

– Agora isso foi um estraga prazeres.

Eu me segurei nela.

– Sério, nós temos que considerar tudo ao nosso redor. O que você acha de eu prometer encontrar uma solução para essa situação dentro dos próximos dias se você...

– Se eu o que? – April perguntou presunçosamente, piscando seus olhos.

– Prometer não esconder informações de mim sobre esse caso? – eu queria perguntar a ela sobre seus relacionamentos anteriores, mas não queria me mostrar desesperado ou carente.

April sussurrou no meu ouvido:

– Algum dia você vai aprender a parar enquanto está na frente, Kellan.

O celular da April tocou a centímetros dos meus ouvidos.

– Essa coisa está marcada para nos interromper sempre que nós ficamos a menos de trinta centímetros um do outro? – isso sempre nos impedia antes que alguma coisa interessante acontecesse.

– Apenas uma mensagem de texto, dessa vez, sobre um problema no labirinto do milharal. Eu preciso ir conferir. O Connor está ocupado em outro lugar. – April apertou o meu pescoço e soprou um beijo na minha direção.

– Nós não terminamos. – eu joguei de volta para ela, admirando a vista enquanto ela se afastava. Depois que a April foi conferir o problema no labirinto do milharal, Augie confirmou que a Emma e o Ulan já haviam saído daquela área e estavam assistindo as irmãs Roarke esculpirem abóboras para o concurso daquela noite. Quatro das cinco irmãs estavam competindo uma contra a outra para ver quem iria ganhar o grande prêmio. Helena absteve-se, já que ela havia se cortado com uma faca quando era criança e evitava usá-las. Ela seria a juíza convidada daquela noite, o que causaria um alvoroço na família dependendo de sua decisão. Qual irmã ela escolheria como a campeã? A minha aposta era que a Maggie iria ganhar o torneio. Eu comecei a caminhar em direção ao passeio de hayride para encontrar as crianças.

Enquanto eu passava pelo pomar, meu pai se aproximou, alisando seu estômago.

– Se eu não tivesse escapado de toda aquela comida, eu iria quebrar uma das minhas regras fundamentais e comido sobremesa. – havia dias nos quais eu me questionava se eu podia ser filho legítimo dele, especialmente já que eu via as sobremesas como uma parte essencial do planejamento de uma refeição.

Eu estava prestes a perguntar onde estava a minha mãe, quando um barulho estranho retumbou nas proximidades. Enquanto sintonizávamos os nossos ouvidos para o nosso entorno, nós dois vimos os cavalos galopando em direção a nós vindos do lado oposto. A carruagem puxada pelos cavalos se aproximava rapidamente, mas essa não era parte da trilha regular, nem da rota suave e nem da assustadora. Eu empurrei meu pai em direção ao chão e rolei para os arbustos para impedir que nós dois fossemos atropelados. Que infernos estava acontecendo com a hayride assombrada?

CAPÍTULO ONZE

Cavalos determinados passaram correndo por nós com a carroça de feno seguindo de perto. Ela estava cheia de um excesso de palha e continha pelo menos um passageiro. Hiram Grey estava meio em pé e meio apoiado sobre o guarda-corpo, segurando-se para salvar sua vida. A carruagem já estava a cerca de seis metros longe, e eu não conseguia ter uma visão clara de quem mais estava com ele. Enquanto eles manobravam pela ravina, Hiram gritava pedindo ajuda. Ninguém estava guiando o par de cavalos na carruagem frontal. Eles haviam sido abandonados selvagemente, atropelando tudo o que viam pelo caminho.

A carruagem parou bruscamente antes de colidir contra um antigo prédio da fazenda onde a Nana D costumava armazenar todos os grãos colhidos. O Hiram voou da carruagem e bateu contra um carvalho que ficava ao lado da construção. Nós ficamos em choque, as bocas meio-abertas, com o que havia acabado de acontecer, então corremos para ver como o Hiram estava. Passaram-se minutos até que nós alcançamos o ponto onde a carruagem havia parado. Um cavalo havia se soltado dos destroços da carruagem e seguido para longe. O outro, ainda preso ao carro, choramingava e pulava de agitação. Enquanto corríamos em direção ao local, eu percebi que havia alguém fugindo à distância. Isso poderia ter sido apenas uma sombra por causa do sol se pondo por detrás do grande silo. Eu não podia ter certeza. Meu pai olhou dentro da parte de passageiros da carroça. Toda a palha havia sido jogada para fora do veículo e cobria as rodas quebradas e o banco.

Eu corri até o Hiram que estava tonto, jogado contra a árvore.

– Tenha cuidado. Não tropece nas rédeas da carruagem. – eu gritei para o meu pai, conferindo o pulso e a respiração do Hiram. Eu me afastei dele para desengatar o cavalo restante, preocupado com o que poderia acontecer se ele tentasse correr para longe. Assim que soltei o cavalo, Hiram murmurou algo incoerente.

Meu pai remexeu no feno em pânico.

– Kellan, tem alguém enterrado aqui.

Eu examinei o Hiram procurando ferimentos adicionais.

– Nós vamos buscar ajuda agora mesmo.

Tirando o meu celular do bolso, eu percebi os lábios do Hiram se movendo novamente. Inclinei a minha orelha na direção da boca dele para entender seu sussurro quase incompreensível.

– Damien. Vingança. – a cabeça do Hiram caiu para frente. Ele tinha o pulso fraco, mas agora estava inconsciente.

Não encontrei nenhum outro ferimento e esperava que ele fosse se recuperar logo. Será que ele tinha realmente falado o nome do Damien? Eu disquei o número da polícia e avisei sobre o que tinha acontecido, então corri para a carruagem tombada.

Quando cheguei até meu pai, ele apontou para um par de pernas cobertas por uma meia-calça preta. Eu sabia a identidade dela sem ver seu rosto ou adereço de cabeça. A famosa psíquica estava vestida com algo similar mais cedo naquele dia.

– É a Madame Zenya. – eu falei em voz alta com urgência. – Tire a palha para o lado para vermos se ela está bem.

Ele retirou uma boa quantidade perto da cintura dela, apenas para congelar quando viu o sangue e encontrou algo afiado e metálico.

– Ela foi esfaqueada ou atacada. Não posso dizer o que aconteceu com ela. – segundos depois, ele retirou palha suficiente para revelar as pontas de uma forquilha perfurando o abdômen da Madame Zenya. Era do tipo pequeno usado especificadamente para colocar o feno na carroça da hayride. Alguém havia perfurado a mulher e intencionalmente feito com que os cavalos saíssem em disparada com medo, quase matando o Hiram também. Será que o Hiram havia me dito que havia sido o Damien, ou ele estava apenas chamando pelo filho, com quem tinha brigado mais cedo naquele dia?

Analisando o volume de danos que nós havíamos encontrado, eu imediatamente levei meu pai para o lado. Ele parecia prestes a desmaiar, relembrando-me que ele não conseguia lidar com a visão de sangue. Assim que eu percebi que a Madame Zenya não tinha pulso, eu retirei seu chapéu para ver se ela estava respirando. Por causa de seus olhos fechados e outros sinais óbvios, eu podia dizer que ela já havia partido para o seu próprio Grande Além. Não havia mais nada que pudesse ser feito pela mulher, e se essa era uma cena de crime, nós já a havíamos contaminado o suficientemente.

– Aquela pobre mulher. Eu não consigo entender quem poderia fazer algo tão terrível. – meu pai ponderou, sentando-se na pilha de terra em frente à construção. – Agora eu entendo como você se sente ao encontrar corpos.

Apesar de eu querer confortar o meu pai depois de ver a sua primeira morte não-natural, havia prioridades mais urgentes. Nós seguimos pelo Rancho Danby para identificar por onde os convidados podiam andar pelo Festival de Outono. A carruagem puxada por cavalos passou por um cordame, mas os visitantes não haviam seguido para testemunhar a colisão. Connor estivera conversando com a April perto do labirinto do milharal, quando o aprendiz chamou a equipe de segurança do festival para indicar que algo havia assustado os cavalos. Assim que a carruagem havia disparado em direção ao lado oposto do Rancho Danby, April cercou os visitantes do festival enquanto o Connor correu para o local do acidente. Depois de direcionar a equipe de segurança a coletar evidências ao redor do carvalho, Connor verificou que a Madame Zenya estava morta e monitorou o Hiram. Durante aquele tempo, a Nana D correu até a cena para se sentar com meu pai, e eu ajudei a orientar os veículos de emergência para encontrar o caminho até a nossa localização. Enquanto a equipe de emergência atendia o Hiram, eu mandei uma mensagem de texto para o Augie com instruções para levar a Emma e o Ulan de volta para a casa principal.

Enquanto o Connor e a April conversavam sobre a situação, o assistente do Lloyd, Chip, se aproximou vindo do caminho principal. Chip havia participado de uma das reuniões de planejamento com o Lloyd e parecia se lembrar de quem eu era, mas não podia ter certeza. De físico baixo e compacto, ele tinha um longo cabelo castanho que estava preso em um coque no topo da cabeça. Ele usava óculos com a armação invisível e estava vestido com roupas vitorianas.

Eu me apresentei novamente.

– São notícias terríveis. Eu presumo que você esteja aqui para conversar com os detetives sobre o que aconteceu mais cedo na hayride. Você sabe o que assustou os cavalos?

– Ainda não, senhor. Eu realmente sinto muito que aquelas pessoas tenham se machucado. O Sr. Nickels está cuidando deles. Eu ficaria curioso se eles tiverem algum tipo de ferimento incomum. Alguém poderia ter machucado os cavalos ou acendido bombinhas para assustá-los. – ele soprou ar quente pela boca, incerto sobre o que fazer enquanto esperava.

Eu não me lembrava de ter ouvido nenhuma bombinha, mas isso poderia ter sido possível.

– Eu suponho que você não tenha visto quem estava conduzindo a carruagem, ou viu?

O rosto do Chip ficou vermelho enquanto ele andava pela terra batida.

– Não. Eu estava buscando feno do celeiro principal. Apesar de que havia o suficiente na carroça posterior. Parecia meio estúpido para mim.

Eu o olhei com os olhos apertados, confuso.

– Por que você foi buscar mais feno?

Chip explicou que eles tiram uma pausa para o jantar cerca de uma hora antes do pôr-do-sol e temporariamente fecham os passeios da hayride assombrada. Antes de comprar sua comida, ele sempre alimentava os cavalos e colocava mais feno na parte de passageiros da carruagem.

– Com tantas pessoas subindo e descendo, nós perdemos uma boa quantidade de palha. Além disso, as pessoas trazem lama e sujeira, e nós queremos manter o feno o mais limpo possível.

– Eu compreendo. Eu quis dizer... – eu comecei, controlando a minha frustração com a confusão dele. Ele estava nervoso com o que havia ocorrido. – Por que você foi buscar mais se não era necessário?

– Eu havia colocado mais palha antes de fazer o meu intervalo, como sempre faço. Cerca de trinta minutos antes de eu ter que voltar ao trabalho, recebi uma ligação no meu celular dizendo que eu precisava carregar outro fardo na carroça. Ao invés de eu ir até o local onde o passeio de hayride começa, eu fui até o celeiro.

– Quem te disse para colocar mais?

– Eu pensei que era o meu chefe, Lloyd Nickels. Eu estava perto do palco onde os atores estavam contando histórias de fantasmas. Não consegui ouvir direito. Alguém me disse que eu não havia feito um trabalho bem-feito da primeira vez e que precisava pegar mais. – Chip encolheu os ombros, então deu alguns assobios de pássaros, bem como a Calliope havia dito. – O Sr. Nickels diz que não foi ele, e a filha dele confirmou. Calliope disse que ela estava comendo o jantar junto com seu pai o tempo todo. Ele nunca se afastou para fazer qualquer ligação.

Chip me mostrou seu celular, então eu poderia rastrear o

número. Ele iria informar ao Connor, mas eu estava curioso para saber quem havia entrado em contato com o Chip. Deve ter sido a mesma pessoa que assustou os cavalos, tentou matar o Hiram e matou a Madame Zenya. Chip confirmou que a voz parecia profunda, masculina.

– Quando foi que você voltou ao local de início do passeio?

– Eu estava preparando o feno e prestes a colocar um fardo no carrinho de mão quando os cavalos relincharam e gritaram. Eu coloquei minha cabeça para fora do celeiro e os vi saírem correndo. Eu corri até lá para descobrir o que havia acontecido, mas quando cheguei, uma placa avisava que nós havíamos adiado o passeio de hayride por mais uma hora. Eu não a coloquei lá. Não havia ninguém por perto, a não ser eu. Foi quando eu liguei para a equipe de segurança avisando que os cavalos haviam fugido e fui atrás do Sr. Nickels para saber o que eu deveria fazer.

Connor avançou na nossa direção.

– Eu preciso conversar com o Chip. Hiram está a caminho do Hospital Geral do Condado de Wharton. Ele está em condição crítica, e eu não tenho certeza de que ele vai sobreviver. Existe uma possível lesão no pescoço, e ele está provavelmente com hemorragia no perímetro do cérebro. O enfermeiro da emergência não podia confirmar isso por aqui, esses são os primeiros testes que o médico vai ter que fazer.

Eu me afastei para que eles pudessem conversar sobre o acidente. O assassino deve ter mandado o Chip para longe para que ele ou ela pudesse ficar sozinho com os cavalos. O assaltante então atraiu o Hiram e a Madame Zenya até o passeio de hayride. Como ele os forçou a entrarem na carruagem? Eu disquei o número que havia instruído o Chip a colocar mais feno, ansioso para descobrir quem iria atender. Se o assassino fosse inteligente, esse seria um número aleatório ou descartável, sem a possibilidade de rastrear o dono. Se o assassino estava com pressa para executar o assassinato, eu poderia ter sorte. Quando conectou, uma mensagem automática anunciou que eu havia ligado para o número particular da Madame Zenya. Se tivesse sido ela quem orquestrou uma maneira de se encontrar sozinha com o Hiram, o que havia dado de errado para que ela acabasse morta e o Hiram em estado crítico? Um deles poderia ter atacado o outro, então os cavalos se assustaram e fugiram. Mas então, eu não estava convencido de como isso se alinhava com o assassinato do Ian ou o desaparecimento da Prudence. A Madame Zenya não havia se perfurado sozinha com a forquilha. Pelo ângulo e a severidade do impacto, não havia como isso ter sido um acidente que houvesse ocorrido quando os cavalos estavam pisoteando em fuga. Ou havia sido o Hiram ou um assaltante desconhecido que havia atacado a mulher intencionalmente. A temporada do Halloween estava ficando mais assustadora a cada minuto em Braxton.

Eu me juntei ao meu pai e a Nana D.

– O que você viu? – ela perguntou, agarrando o meu cotovelo.

– Primeiro, nós pensamos que era apenas a carruagem em fuga. Quando o Hiram acabou voando, eu corri até aqui. O pai encontrou a Madame Zenya enterrada debaixo da palha. – eu dei o restante dos detalhes, observando enquanto meu pai se recuperava do choque. Nuvens densas e escuras se formavam no céu, criando uma atmosfera sombria.

Meu pai perguntou quietamente:

– Ela está definitivamente morta?

April, que havia parado por lá para conversar conosco, confirmou que a mulher havia morrido, então pediu que eu contasse tudo o que me lembrava do acidente.

– Eu honestamente não te posso dizer nada sobre o vulto que vi correndo pelo mato alto naquele lado. – eu respondi, apontando para o grande silo antigo e o carvalho. – O Hiram sussurrou o nome do filho dele e a palavra *vingança*. Ele poderia estar pensando sobre a discussão que tiveram mais cedo.

– E você tem certeza de que essa é a psíquica, a Madame Zenya?

– Na verdade, eu nunca vi o rosto dela, mas era isso que ela estava vestindo na Igreja St. Mary.

Meu pai intercedeu.

– Eu também nunca a vi sem o seu acessório de cabeça, mas a Eleanor descreveu a mulher tantas vezes que eu posso confirmar a identidade dela, presumindo que você possa cobrir o resto do corpo dela.

– Se você não fosse a minha única opção e não tivesse testemunhado o acidente, eu não permitiria isso; no entanto, nós precisamos de confirmação. – April direcionou o meu pai a se aproximar da cena do acidente.

Enquanto a Nana D e eu ficávamos do lado deles, meu pai se abaixou e arquejou.

– Eu não tenho certeza. Essa é a roupa da Madame Zenya, é o que ela usava para fazer as leituras psíquicas, mas eu acho... eu acho que é outra pessoa.

– Quem mais poderia ser? – eu sussurrei para a Nana D. – Meu pai deve estar confuso ou não estar se sentindo bem.

A pele do meu pai ficou pálida.

– Eu me virei quando você retirou o chapéu dela. Agora que posso focar na aparência dela... não... não é possível. – ele cobriu a boca, então soltou um grito gutural.

A Nana D se moveu na direção dele.

– Fale com a gente, Wesley. Não fique dramático em um momento como esse.

– Seraphina, você não acreditaria em mim se eu te contasse. – meu pai sacudiu a cabeça várias vezes, lutando alguma luta interna ou debate sobre o que havia acabado de ver ao encarar o rosto da Madame Zenya.

April pigarreou.

– Por favor, conte-nos quem você acha que é essa mulher, Sr. Ayrwick.

– Ela está muito mais velha, mas não há dúvidas sobre isso. Eu acho que ela é... – meu pai se virou para encarar a todos, incapaz de terminar suas palavras, olhando com total descrença.

– Eu preciso me sentar, por favor.

Eu soube assim que meu pai fechou os olhos e pendeu a cabeça, no que ele estava pensando. Com uma trepidação intensa, eu sussurrei para a April:

– Talvez eu saiba de uma maneira de provar quem ela é.

Depois de explicar o meu pensamento, April concordou. Ela se inclinou sobre o corpo e ergueu uma pálpebra da mulher. Depois da primeira, ela se virou para mim:

– Um olho azul. – ela inspirou uma grande quantidade de ar e conferiu o outro. April engoliu em seco, abaixando a cabeça, com uma mistura de confusão e tristeza.

Eu sabia que a reação de choque do meu pai não estava errada.

– E um olho cinza?

April se levantou.

– Sim. Parece que nós encontramos a nossa desaparecida Prudence Grey.

Meu pai soltou um gemido rouco, um que não conseguiu controlar. Nana D confortou-o, uma mostra incomum de afeto e camaradagem entre os dois pilares de força.

– Como alguém pode desaparecer por cinquenta anos apenas para morrer de uma maneira tão horrível? – lágrimas rolavam pela curva de suas bochechas.

– Na maioria das vezes a morte chega quando nós menos esperamos, Wesley. – Nana D falou enquanto afagava as costas do meu pai. – Nós nunca devemos levar nada como garantido.

Depois de um breve silêncio, Connor pediu por um resumo do que havia acontecido na Igreja St. Mary. Eu revelei todos os que estiveram envolvidos no confronto: as notícias do Finnigan sobre as mudanças no testamento do Hiram, a discussão do Hiram com o Damien e a Belinda, as acusações dele contra o Padre Elijah e o Lloyd Nickels, a quietude nervosa da Minnie, e a Nana D colocando-a dentro da limusine à espera.

– Você mencionou que a Madame Zenya, ou alguém vestida

como ela, estava lá. Você acredita que era ela, ou a Prudence estava vestida com a fantasia? – Connor inalou enquanto esperava pela minha resposta.

Eu fiquei em cima do muro. O que a Madame Zenya havia dito para o Hiram quando passou por ele? Será que a médium psíquica havia mentido quando informou para a Belinda que a Prudence agradecia a ela por ter criado o Damien, ou aquela era a Prudence expressando sua gratidão por alguém ter cuidado de seu filho todos esses anos? Talvez a Prudence houvesse se disfarçado de Madame Zenya pelos últimos cinquenta anos. Será que ela havia matado o Ian e retornado para casa para acabar com o Hiram agora que haviam encontrado o corpo? Mas então, eu ainda não conseguia entender por que uma mãe abandonaria seu filho. Algo não estava se encaixando apropriadamente, e nós estávamos deixando passar alguma informação importante. Eu não conseguia me lembrar de muito sobre o começo da vida da Madame Zenya, mas nós precisávamos saber se as duas mulheres eram apenas uma. Se não, e a Prudence havia se disfarçado como Madame Zenya hoje, então onde estava a verdadeira médium psíquica?

– Não tem como eu ter certeza. O Hiram pareceu abalado pela aparência dela na igreja e a seguiu até aqui. – eu contei as minhas preocupações para o Connor e a April a respeito da verdadeira Madame Zenya.

Eles foram embora, prometendo me informar assim que soubessem de alguma coisa. Eu percebi que estava chegando a hora de me encontrar com o Bartleby. Ele poderia ter descoberto a verdade sobre a Prudence e me contar hoje à noite. No caminho até a casa, eu quase atropelei a Hope Lawson com a minha SUV enquanto ela andava a esmo pelas ruas da minha nova vizinhança. Ela parecia estar gritando ou falando consigo mesma, espiando em vários quintais. Eu segui para o acostamento, então estacionei alguns metros atrás dela. Se ela estava machucada ou doente, eu queria ajudá-la.

– Hope, o que tem de errado? – eu corri até ela, chocado ao

ver lágrimas correndo pelo seu rosto inchado. Será que alguém havia atacado ela?

– É a minha mãe, Kellan. Ela desapareceu. – Hope limpou as gotas salgadas de sua bochecha e jogou as mãos ao frio ar do outono. Alguém estava queimando toras de nogueira em uma casa próxima. – Não consigo encontrá-la.

Da última vez que nós tínhamos conversado, a mãe da Hope estava em Nova Orleans.

– Eu não entendo. Você não havia me dito que sua tia havia se mudado para a sua casa para cuidar de sua mãe enquanto você se mudava para Braxton?

Hope procurou pelas palavras certas.

– Sim, mas ela apareceu alguns dias atrás. A minha mãe tem ficado comigo no lugar que eu aluguei, a algumas quadras daqui.

Depois de fazer várias perguntas, eu fiquei sabendo por que a Hope esteve tão ausente. Ela havia recebido uma ligação da tia dela que havia explicado que a mãe dela havia ido para um funeral. Quando a Hope conseguiu localizar sua mãe, ela estava no aeroporto comprando uma passagem para a Philadelphia. Hope deixou que sua mãe embarcasse no voo, encontrou com a mulher na retirada de bagagens, e dirigiu com ela até Braxton. Raelynn Lawson estivera morando com sua filha nos últimos dias, mas havia desaparecido quando a Hope acordou depois de um cochilo.

– Minha mãe deixou um bilhete dizendo que iria voltar até a casa de sua infância para pensar sobre o passado. Não havia funeral, pelo menos eu não acredito nisso. Ela inventou essa parte. Eu não tenho ideia de onde é a casa da infância dela, mas ela não pode ter ido muito longe. Minha mãe não dirige mais, e as chaves do meu carro ainda estão na minha bolsa. Eu espero que ela não esteja passando por outro episódio. – Hope tirou um pedaço de papel de seu bolso para me mostrar a mensagem.

– Será que ela poderia ter pedido um Uber ou um táxi? – eu especulei, examinando o bilhete. Será que a Raelynn havia voltado para o funeral do Ian? Havia alguma ligação entre os dois? A Minnie poderia saber mais.

– Não, ela não tem um smartphone ou sua carteira. Eu acho que ela saiu andando de casa e está vagando pela vizinhança. – Hope disse enfaticamente, a preocupação clara em seu rosto.

– Vou ajudá-la a procurar por ela. Nós podemos olhar em ambos os lados da rua dessa maneira. – o Bartleby não ia aparecer na minha casa nos próximos dez minutos, e nós estávamos a apenas uma curta distância de lá.

Depois de caminhar em um raio de quatro quadras durante meia hora, Hope acenou para eu me aproximar.

– Isso é inútil. Eu não sei há quanto tempo ela saiu. Minha mãe poderia estar em qualquer lugar a essa altura.

Depois de consolar a mulher, eu pedi que ela me contasse tudo o que estava na pesquisa que ela tinha enviado para mim. Eu ainda não havia sido capaz de ler, mas estava curioso a respeito da foto que a Maggie havia dado para mim com a Prudence e a Raelynn em frente à Biblioteca Memorial.

– Qual é o nome de solteira da sua mãe? – eu sabia que era Trudeau, mas queria a confirmação. – É Lawson ou esse é o sobrenome do seu pai?

– O nome dela era Raelynn Trudeau. Ela cresceu no Condado de Wharton, se graduou na Faculdade Braxton, cursou direito brevemente, e eventualmente foi embora em 1968. Ela conheceu meu pai quando chegou à Nova Orleans, e eles se apaixonaram, casaram e me tiveram. O último nome dele era Lawson, mas eu nunca tive a chance de conhecê-lo. A minha mãe ainda estava grávida quando o acidente aconteceu.

Apesar de eu querer desesperadamente saber o que havia acontecido com o pai dela, a hora não era propícia. Assim que a Hope se acalmou, eu a convenci a levá-la para casa. A casa que ela havia alugado ficava a poucas quadras de onde nós estávamos e da minha casa. Depois de entrarmos na SUV, eu refleti sobre tudo o que eu sabia sobre a Hope e Raelynn Lawson, os O'Malleys e os Greys. Eu tinha originalmente me perguntado se os irmãos O'Malley poderiam estar relacionados com a Prudence Garibaldi, o que explicaria por que o filho da Prudence, o Damien, compartilhava DNA com o Ian. Até que o resultado final do exame de DNA não ficasse pronto, nós não saberíamos o quão próxima era essa ligação. Poderia ser uma geração ou dez de diferença; eles precisavam de uma análise mais aprofundada.

Já que eu tinha que esperar pelo resultado, eu me foquei no porquê o Ian havia sido assassinado. Por causa da foto da Prudence e Raelynn, e da ligação anterior da mãe da Hope com Braxton, a minha teoria original estava se expandindo. Apesar de a Raelynn ser afro-americana, tanto ela como a Hope tinham uma pele de cor mais clara. Será que também era possível que a Raelynn e a Prudence fossem meio-irmãs? Eu sabia pouquíssimo sobre a família Garibaldi e precisaria pesquisar sobre eles depois do meu encontro com o Bartleby. Se eu levasse essa teoria mais além, talvez o Ian O'Malley e a Raelynn Trudeau tivessem tido um caso antes de ele partir para o Vietnã, e ele era o verdadeiro pai da Hope. Será que a Raelynn e a Prudence poderiam tê-lo matado para manter a criança com elas? Hope me contou que seu pai havia falecido antes de ela nascer, mas talvez ela tivesse inventado o sobrenome. Era possível que a Prudence estivesse morando com a Raelynn esse tempo todo, como a mulher que a Hope se referia como tia? Será que elas voltaram para Braxton para impedir as renovações da Biblioteca Memorial e a descoberta do corpo do Ian? Se o Hiram tivesse roubado a casa Garibaldi da Prudence, esse poderia ser a injustiça que a mãe da Hope queria consertar. Tecnicamente, se a Prudence tinha um irmão ou irmã, ele ou ela teriam herdado a casa, e não o Hiram Grey. Isso era meio forçado, mas parecia possível. Eu tinha que ser inovador nesse caso. Nada estava fazendo sentido, mas eu sabia que estava chegando mais perto da verdade distorcida.

Enquanto a Hope olhava as ruas no caminho de volta até sua casa alugada, eu esperava que o Bartleby estivesse preparado para compartilhar todas suas informações comigo. Enquanto passávamos pela minha quadra, Hope gritou insistentemente.

– Ali está ela. Pare o carro! – Hope saiu correndo do banco do passageiro enquanto eu estacionava o carro. Quando cheguei até elas, Hope estava chacoalhando sua mãe como uma criança insolente.

– Sobre o que você está falando? Eu saí apenas para uma caminhada. – Raelynn Lawson parecia com uma versão mais velha daquela moça da foto, assim como sua filha, Hope. Um terno branco ajustado e um chapéu florido completavam a mulher atraente. A pele dela era suave e brilhante, escondendo sua idade verdadeira, e estava ligeiramente suada depois da longa caminhada que ela havia feito. Por mais que o começo do outono não fosse extremamente úmido, a lua brilhava inabalavelmente sobre ela. Ela mancava ligeiramente e esfregava sua perna.

– Mamãe, você não pode ficar fazendo isso. Você fugiu da tia lá em Nova Orleans, e quase causou um infarto nela. Agora, você fez a mesma coisa comigo. – Hope deu um passo para trás e deu a sua mãe uma breve oportunidade de respirar.

Com a expressão confusa, Raelynn me olhou de cima a baixo.

– Criança, quem esse é jovem?

Eu me apresentei, notando o charme sulista na voz confiante e modulada da mulher.

– A Hope estava preocupada, madame. Fico feliz de ver que você está bem.

– Minha filha acha que só porque eu me esqueço das coisas de vez em quando, que eu não posso encontrar o meu caminho na minha velha vizinhança. Eu tenho vindo para Braxton nos últimos cinquenta anos. Essa não é a primeira vez que eu retornei para os meus velhos caminhos. De fato, tem uma casa lá para baixo, – ela falou, apontando em direção à minha casa. – Na Rua Sem Saída. Minha memória ainda não me deixou.

– Eu moro na Rua Sem Saída em uma casa que pertenceu ao Hiram e Prudence Grey. – eu observei cuidadosamente a expressão e compostura da Raelynn, ansioso para notar qualquer reação com as minhas palavras.

Os olhos da Raelynn se arregalaram, mas ela se manteve estoica.

– Nós devemos voltar para casa, criança. – Raelynn pegou o braço de sua filha e estremeceu para mim. – Obrigado, Kellan, por ajudar a Hope quando ela precisava. Eu assumo daqui. A casa que nós estamos morando não é muito longe, então nós vamos agora.

Hope seguiu sua mãe pela rua.

– Falo com você amanhã no trabalho, Kellan.

Depois que elas foram embora, não consegui evitar pensar sobre o que a Raelynn estivera fazendo enquanto andava por aí. Que outras casas haviam além da antiga casa Garibaldi, que agora pertencia a mim, e que ela teria visitado? Enquanto eu estacionava em frente à casa, Connor ligou para se desculpar pelo atraso.

– Vou chegar em quinze minutos para encontrar o Bartleby. Fiquei preso mais tempo do que esperava, interrogando o Chip e o Lloyd.

Eu desliguei, e caminhei pela calçada frontal, curioso para saber para onde o Bartleby havia ido. O carro dele estava na entrada para a garagem, mas ele não estava no carro e nem esperando na varanda. Quando estava na metade do caminho, percebi que a minha porta da frente estava completamente aberta. Será que o Bartleby havia entrado? O Nicky era a única outra pessoa com a chave para a nova tranca. O sino do vento balançava quando eu cruzei a porta, fazendo com que a aranha se escondesse. A nova teia de aranha era duas vezes maior do que a última.

– Olá. – eu chamei, entrando no hall. Um eco ressoou pelas paredes e me cumprimentou em um tom assustador. Eu precisava comprar móveis e decorações urgentemente, para absorver o som. – Tem alguém aqui?

Fiquei preocupado quando não houve resposta. Será que era

outro incidente com o vândalo? Depois de colocar meu celular e as chaves na escada, eu corri pelo corredor até a cozinha. Dentro de segundos, parei bruscamente. A porta do porão estava estranhamente destrancada, e um ar gelado subia pelas escadas.

O instinto tomou a frente. Eu me abaixei atrás de uma parede, para que ninguém pudesse me ver. A última coisa que eu precisava era de um intruso tendo vantagem. Eu andei na ponta dos pés até o canto, e me escondi perto da porta, grudado na parede, para que eu pudesse ouvir qualquer som no porão e não ser visto.

– Eu já liguei para a polícia. Eles vão chegar a qualquer minuto. É melhor você aparecer. – meu coração batia rápido, e minha respiração ficou pesada. Na última vez que eu estive nessa posição, o Policial Flatman havia esperado junto comigo pelo assassino na Casa de Espetáculos Paddington. Estranhos sons me distraíram de correr de volta até o hall de entrada para contatar o Connor novamente. Meu corpo parecia temporariamente paralisado, mas eu me livrei da hesitação.

O Nicky havia deixado várias tábuas de madeira no chão em frente ao forno. Nós havíamos usado elas para cobrir as janelas depois que o vândalo havia invadido. Peguei um pedaço de bom tamanho e me preparei para golpeá-la enquanto passava pela porta, seguindo escada abaixo.

– Eu tenho uma arma. É hora de se entregar.

Eu me demorei, me sentindo tolo. Ninguém ficava parado nas escadas esperando para se entregar. A única luz que havia, vinha de uma pequena lâmpada pendurada no fim da escada. Eu planejava enrolar até que o Connor chegasse, para que nós pudéssemos lidar melhor com a situação. Duas pessoas juntas eram melhores do que uma pessoa sozinha para se defender contra um assaltante. Eu voltei alguns degraus, me preparei para fechar a porta e me sentar contra ela, assegurando-me de que ninguém pudesse subir a escada estreita. Mesmo apesar de eu saber que a pessoa esteve entrando na casa pelo porão, essa parecia ser a melhor situação sob as circunstâncias.

Antes que eu pudesse me afastar da porta, um gemido abafado veio pelas escadas como um choro de um espírito. Eu inclinei minha cabeça na direção do som, ouvindo distintamente a palavra *ajuda* e o meu nome sendo sussurrado. Quem quer que fosse que estava me chamando poderia estar fazendo algum truque. E se fosse um fantasma esperando me atrair escadas abaixo apenas para me trancar no porão para sempre? Uma das duas coisas havia acontecido. Ou o vândalo havia aberto a porta do porão pelo outro lado e se machucado (de verdade ou de mentira, eu não tinha certeza). Ou o Bartleby já havia entrado e estava atualmente machucado e preso no porão. Quando lutei em minha consciência por uma decisão, fazer a coisa mais humana, mas arriscada, venceu.

Eu me apoiei contra a parede adjacente, segurando a tábua em uma mão e o corrimão da escada com a outra. Minha pele formigava como se milhares de minúsculos insetos rastejassem pelo meu corpo. Um vento forte assobiava pela escada enquanto os degraus rangiam. Conforme eu me aproximava do fim da escada, o gemido soava mais perto. A luz não era forte o suficiente para eu ver até o fim dos degraus. Quando cheguei ao último, eu tinha a escolha de seguir para a esquerda ou direita. Os choros vinham da direita. Eu estiquei a tábua à minha frente e entrei na escuridão, esperando golpear qualquer um que tentasse me atacar.

– Me ajude. – a voz murmurou, suas vogais longas e quase inaudíveis. – Pegue a Bíblia.

Eu me inclinei na direção da voz, permitindo que a luz da lâmpada pendente chegasse ao chão sem que eu bloqueasse seu caminho. Bartleby estava deitado no chão com ambos os olhos fechados, segurando sua testa. O que ele queria dizer com a palavra Bíblia? Será que ele se referia ao Padre Elijah?

Eu corri até ele, ignorando os meus arredores e a possibilidade de que havia alguém mais se escondendo na escuridão.

– O que aconteceu? Você caiu?

– Não. – ele sussurrou. – Eu estava com ela.

Eu escutei o peito do Bartleby, preocupado com sua respiração dificultada.

– Quem?

– O seu fantasma. Era a Prudence. – as batidas do coração do Bartleby diminuíram, até quase pararem.

Eu o sacudi repetidamente, mas ele não me respondeu. Bartleby precisava de atenção imediata. Sem nenhuma outra opção a não ser abandonar o homem enfraquecido, eu subi dois degraus de cada vez, chutando algo no chão. Eu tropecei pelo corredor para buscar meu celular, silenciosamente pedindo que o Connor se apressasse. Segundos antes do operador da polícia atender, sons bizarros nos degraus do porão chamaram a minha atenção. Eu corri de volta até a cozinha para impedir quem estivesse na casa de fugir, mas cheguei tarde demais. A porta do porão estava estranhamente fechada e trancada novamente. O Bartleby gritava das profundezas do porão. Será que o vândalo estava lá embaixo torturando-o? Como os médicos da emergência iriam chegar até o homem?

Então, uma percepção perturbadora acertou o meu corpo com uma força considerável. Se a Prudence havia morrido horas antes na hayride, quem mais além do assassino dela poderia estar se escondendo na minha casa?

CAPÍTULO DOZE

Assim que o operador da polícia me assegurou de que um veículo de emergência e a polícia estavam a caminho, eu desliguei a ligação. Enquanto eu tentava pensar em quem estava me seguindo, não pude deixar de pensar sobre o porquê da Raelynn e da Hope Lawson estarem vagando a algumas quadras daqui. Será que elas haviam invadido e atacado o Bartleby? Será que a história da Hope preocupada sobre sua mãe desaparecida havia sido uma tática de distração para dar a oportunidade à Raelynn de impedir que o Bartleby tivesse acesso a algo no porão?

O Policial Flatman chegou primeiro. Enquanto ele puxava sem sucesso a maçaneta da porta, eu andava de um lado ao outro na cozinha, praticamente deixando marcas de borracha pela força das minhas passadas. Foi então que o brilho de algo caído debaixo dos armários da cozinha chamou a minha atenção. Nós havíamos instalado prateleiras no canto oposto ao da entrada, mas havia um grande espaço até o chão.

Eu peguei a chave mestra com o peculiar brasão Garibaldi e empurrei o Flatman para o lado, abrindo a porta para que pudéssemos chegar ao Bartleby. Os técnicos da emergência estabilizaram o homem e achavam que ele tinha uma grande chance de sobreviver ao acidente. Ele havia recuperado a consciência e tinha um ritmo cardíaco forte e bons sinais vitais. Eles o pegaram cuidadosamente e logo partiram para o hospital em uma ambulância.

Flatman conferiu os arredores imediatos à procura de quem havia atacado o homem. A lâmpada pendente oferecia apenas uma pequena sombra, e a lanterna do Flatman não podia levá-lo muito longe, então ele esperou por reforço.

– Você teria que ter quebrado o chão se a chave não tivesse sido chutada para debaixo dos armários quando o assaltante fechou a porta. Ele ou ela poderia ter levado a chave junto consigo se não estivesse com pressa.

Assim que o Connor chegou, nós pegamos um grande holofote que eu conectei em uma extensão na cozinha. Connor tirou a arma da cintura e desceu as escadas. Assim que nós chegamos ao fundo, Flatman e Connor foram à frente.

– Fique aqui, Kellan. Deixe-nos ver o que nós temos antes de você entrar mais além no porão.

Eu esperei impacientemente, segurando e apontando o holofote, enquanto eles seguiam cuidadosamente pelo porão até o ponto onde eu havia percebido que o caminho se dividia em duas direções.

– Vê alguma coisa?

Connor gritou:

– Ainda não. Você tem um labirinto e tanto aqui embaixo.

Flatman tropeçou em algo e xingou em voz alta.

– Espere. Aponte a luz mais na minha direção.

– Melhor? – eu vi um livro no chão junto com uma nuvem de poeira vermelha e vários montes de uma lama molhada e que cheirava mal. Deve ter sido isso que eu chutei mais cedo. Quantos túneis se conectavam por debaixo da minha casa? O Bartleby havia sugerido que havia mais nessa propriedade do que eu havia visto. Por que o homem tolo não havia esperado por nós para destrancar o porão? Como ele havia passado pela minha porta da frente também havia me deixado perplexo. Será que eu podia confiar no

Bartleby? Será que seu parceiro havia se voltado contra ele? Será que ele e a Prudence poderiam estar planejando todo esse esquema juntos? Essas questões não paravam de incomodar a minha mente.

Connor e Faltman voltavam na minha direção.

– Está muito escuro. Nós precisamos de um mapa da sua propriedade, Kellan. Você tem alguma coisa que poderia nos ajudar?

A imobiliária havia me dado um desenho que eles encontraram no escritório do assessor da cidade, mas ele mostrava apenas o terreno e a casa, não havia nada sobre os túneis abaixo. Meu corpo parou com esse novo bloqueio.

– O Bartleby pode ter alguma coisa. Talvez quando ele se recuperar, ele seja capaz de ajudar.

– Se ele não for o culpado. – no nosso caminho até os degraus, Connor pegou o livro que estava no chão.

Nós corremos até a cozinha para examiná-lo sob mais luz. Quando eu o coloquei no balcão e abri a capa, ela quase caiu.

– É uma bíblia. – eu exclamei, me lembrando do que o Bartleby havia dito quando eu o havia encontrado no porão. – Era isso que ele estava tentando me dizer.

– A quem ela pertence? – o Flatman perguntou.

Eu virei a página para ver se havia alguma coisa escrita à mão.

– É a bíblia da família Garibaldi. O Bartleby deve tê-la encontrado, então a deixou cair quando o assaltante o golpeou.

Connor folheou as páginas.

– Está bem apagada e ilegível. Eu não consigo ler essa letra enfeitada sem que meus olhos doam.

Nós decidimos abandonar temporariamente a busca no porão. Quem havia atacado o Bartleby já estava perdido nos túneis a essa altura. Ele ou ela deve ter descoberto as rotas de fuga em algum lugar da propriedade para entrar e sair conforme seu desejo. O melhor uso do nosso tempo era descobrir o que o Bartleby sabia, então, determinar a melhor maneira de explorar o porão. Ele trancou novamente a porta e me entregou a chave-mestra. Connor seguiu para o escritório do xerife para conversar sobre a situação com a April e determinar quem mais no escritório do governo poderia ter as plantas ou desenhos originais da propriedade.

Eu dirigi até o hospital para saber sobre o Bartleby, decidindo explorar a bíblia depois que eu tivesse uma melhor ideia da saúde do homem. Quando cheguei à sala de emergência, um atendente me informou que eles não podiam dar nenhuma informação sobre ele porque eu não era da família. Eu expliquei como ele havia sido encontrado na minha casa, e nós éramos amigos, não havia necessidade de explicar a nossa falta de uma ligação tangível, ainda assim a enfermeira de plantão se recusou a me ajudar. Para a minha sorte, alguém que eu conhecia saiu de uma sala no corredor mais próximo.

– Brad, eu preciso de um favor. – eu havia conhecido ele anteriormente quando ele cuidava dos Paddingtons. Brad era um enfermeiro que havia cuidado da cunhada da Eustacia enquanto ela esteve em uma clínica de reabilitação. Depois que a mulher morreu, ele havia pegado alguns empregos temporários antes de aceitar uma oferta do Hospital Geral do Condado de Wharton para trabalhar como enfermeiro na emergência. Brad havia ocasionalmente se juntado a mim e ao Connor em nossos treinos na academia. Ele também havia se tornado um amigo com quem eu saía para jantar e tomar alguns drinks duas vezes ao mês.

– Kellan. Está tudo bem? A Emma está machucada? – Brad, com vinte e poucos anos, tinha o cabelo castanho espetado no topo e raspado nas laterais.

Eu contei a ele sobre a situação. Ele sabia que eu havia conversado com o Bartleby sobre a minha casa, e prometeu que me daria informação sobre o ex-prefeito. Eu me sentei na área de espera enquanto ele procurava por respostas. Entrei em contato com a Emma e o Ulan, para saber que estavam ambos bem, e liguei para a Nana D para contar a ela sobre o que havia acontecido.

– Eu me lembro de ter ouvido histórias sobre túneis que haviam sido construídos durante a Guerra Civil para ajudar os escravos a escaparem de seus donos. Eu não achava que havia algum aqui em Braxton. A Estrada de Ferro Subterrânea[1] está mais para o oeste daqui, perto da fronteira com Ohio.

– Isso faz sentido. Eles construíram originalmente a casa nos anos 1860, então seria possível. Eu tenho que conseguir a planta com o Hiram ou com a cidade. Alguém ainda deve tê-los. – eu levantei o olhar e vi que o Brad estava acenando para eu me juntar a ele. – Tenho que ir. Converso com você mais tarde.

Eu fui até o corredor e segui o Brad até o quarto do Bartleby.

– Muito obrigado.

– Ele está alerta. Eu perguntei se ele queria te ver, e ele disse que sim. A família dele não está aqui. Você vai ser o único visitante por enquanto. – Brad me disse que eu poderia ficar durante apenas dez minutos e para que eu não incomodasse o Bartleby. Ele esperou perto da porta para nos dar privacidade, mas também monitorar as máquinas e o restante da ala.

– Como você está se sentindo? – eu fiquei em pé ao lado da cama, tendo cuidado de evitar os tubos e cabos, e nem chegar perto demais dos dispositivos que mantinham o Bartleby estável. Eu odiava hospitais com fervor.

– Já tive dias melhores. Parece que tem um circo se apresentando dentro da minha cabeça. – Bartleby piscou algumas vezes, então se sentou melhor na cama, em uma posição mais confortável.

Eu mantive o meu tom leve, deixando que ele liderasse a conversa, já que eu esperava não chateá-lo.

– Nós não conseguimos capturar o assaltante. Mas vimos todos os túneis. Eu prometo, nós vamos encontrar quem fez isso com você.

– Eu sei a identidade do seu suposto fantasma. Ela deve ter

ficado confusa quando entrei no domínio dela. – ele disse, respirando fundo entre as palavras. – É a Prudence Garibaldi.

– Então, você acredita que ela esteve viva esse tempo todo? – eu não tinha certeza de que podia confiar no Bartleby. Se ele tinha sido atacado dentro das últimas duas horas, isso era impossível. A Prudence morreu no acidente da hayride.

Bartleby ficou inquieto.

– Ela é real, eu tenho certeza. Eu estive esperando que tivesse alguma atividade paranormal acontecendo, mas era apenas ela tentando impedir que você reformasse a casa dela.

– Como você entrou na minha casa? Aquela tranca é nova na porta da frente.

– Eu convenci o chaveiro a fazer uma cópia extra quando o Nicky não estava prestando atenção. – Bartleby esclareceu que um amigo que devia um favor a ele era o gerente da loja de ferramentas.

Eu nunca deveria ter confiado no homem. O Bartleby estava me fazendo de tolo esse tempo todo.

– Você deveria ter esperado por mim. Os danos poderiam ter sido bem piores.

Ele ignorou a minha reprimenda.

– Eu peguei a Bíblia Garibaldi da casa do Hiram quando encontrei a chave no escritório dele. Eu a perdi na sua casa, mas tenho algo importante para compartilhar com você.

Eu contei ao Bartleby que nós havíamos recuperado a Bíblia, e que ela estava na minha bolsa dentro do carro.

– Estou curioso sobre o que você descobriu. Existem muitos túneis debaixo daquela casa.

Bartleby explicou o que ele havia descoberto em sua pesquisa. Prudence Garibaldi tinha uma irmã mais velha chamada Constance. Ela havia nascido pouco antes da Prudence, ainda assim sofria de uma séria psicose. Por mais que isso fosse comum na família Garibaldi, os problemas da Constance eram muito mais severos do que o resto da família.

– Os pais colocaram a Constance em uma instituição quando

ela tinha três anos de idade. Prudence havia nascido há pouco tempo, e eles se preocupavam com o que a Constance poderia fazer com sua nova irmã.

– O que aconteceu com ela?

Bartleby ficou cansado e estava tendo dificuldades para conversar comigo.

– Ninguém nunca soube da Constance. A família a manteve escondida, e ela passou a maior parte da vida sendo cuidada por psiquiatras e terapeutas, para frustrar seus modos supostamente miseráveis. No meu entendimento, os pais dela a consideraram um perigo aos outros por causa de suas ameaças e de como ela tentava assustar as pessoas o tempo todo.

– Ela foi liberada? – eu não pude entender o que o Bartleby queria dizer, mas estava preocupado em pressioná-lo demais em seu presente estado.

– Não, eu encontrei a certidão de óbito dela. Você precisa conversar com o Hiram. Foi ele quem cuidou das propriedades Garibaldi quando os pais da Constance e da Prudence morreram. Alguém o ajudou a fazer algo com os documentos da herança e do tribunal. – ele fez uma pausa para beber água. – Constance pereceu semanas depois que seus pais morreram no acidente do navio na costa da África. Foi assim que a Prudence herdou tudo como a última Garibaldi na linha. Então, tudo foi para o Hiram quando a Prudence foi falsamente declarada morta.

Brad entrou novamente no quarto.

– O Bartleby já falou o bastante por agora. Os ferimentos dele não são sérios. Apesar de nós querermos apenas monitorá-lo por algumas horas, o homem precisa descansar.

– Ela está usando os túneis para operar sem ser percebida. – Bartleby se virou na cama. – Conte para a Madame Zenya que eu acredito nas visões dela. Eu tenho muito mais para revelar, Kellan.

– Ele está bem? – eu inquiri ao Brad, perplexo sobre por que o Bartleby havia dito o nome da psíquica.

– Eu preciso mantê-lo acordado por um tempo. É melhor você ir embora. Vou te ligar se houver alguma mudança, mas ele deve se recuperar nas próximas seis a oito horas. – Brad se focou em seu paciente desafiador.

– Entendi. Tem alguma sala almofadada onde eu possa passar algumas horas? – apesar de eu estar brincando, parte de mim queria me trancar em algum lugar quieto para juntar todas as peças do mistério. Se alguém havia ajudado o Hiram com os documentos legais, provavelmente foi a Raelynn Trudeau Lawson. A Hope deve ter descoberto as cópias da documentação no sótão da sua mãe. Será que isso estava incluso no e-mail que ela havia enviado para mim? Enquanto eu andava pelos corredores do hospital, esperando que o meu celular fizesse o download do e-mail, me lembrei, subitamente, de que a Hope havia dito que iria se encontrar com alguém para o passeio de hayride mais cedo naquela noite. Eu havia me esquecido sobre isso. Será que todas as peças do quebra-cabeça estavam começando a se encaixar?

Eu considerei mandar uma mensagem para a April com um update, mas percebi que não seria justo com a Raelynn se ela não estivesse envolvida e fosse inocente. Eu precisava ler o e-mail da Hope, e se os documentos dessem qualquer evidência de algo errado sobre a Raelynn, eu entregaria o material para o escritório do xerife. Retornei para a sala de espera, pensando sobre tudo o que o Bartleby havia revelado. Prudence teve uma irmã que morou em instituições durante anos, mas ninguém sabia sobre ela. Exceto o Hiram Grey. Eu precisava conversar com o juiz para desembaraçar o que havia de errado nesse quebra-cabeça, mas ele ainda estava sendo atendido pelos médicos da emergência.

– Você vai acordar, Hiram? Seus ferimentos são muito sérios? – eu levantei a minha cabeça para encontrar o Connor parado à minha frente. – Hey, quando foi que você chegou por aqui?

– Você sempre fala em voz alta consigo mesmo, Kellan?

– Eu não havia percebido. Algumas vezes não faz muito sentido. – eu contei o que eu havia ficado sabendo sobre o

Bartleby acreditar que havia sido a Prudence que o atacou no porão. Se ela havia sido morta do Festival de Outono, isso não era possível. – Isso também significa que ele não sabe que ela está morta.

– Concordo com ambos os pontos, mas não posso solucionar isso agora. Consegui saber mais sobre os túneis pelo chefe do escritório de impostos. – Connor me contou tudo o que eles discutiram.

Durante a Guerra Civil, cavernas subterrâneas foram escavadas enquanto a minha casa estava sendo construída. Os Garibaldis achavam que as batalhas iriam ficar piores entre o Norte e o Sul, então eles queriam ter opções de fuga e proteger quaisquer escravos que procurassem sua assistência. Quando os planos finais para a Estrada de Ferro Subterrânea haviam sido mudados para o oeste, eles pararam de escavar os túneis locais; no entanto, eles se tornaram úteis novamente durante a década de 1920 quando a Proibição ocorreu. A família Garibaldi havia sido dona e gerenciado várias destilarias e locais de distribuição de bebidas alcoólicas. Eles terminaram os túneis para assegurar que pudessem mandar bebidas escondidas para fora do estado e para outras partes do condado, para uma revenda mais fácil.

– E para onde os túneis levam?

– Todos os mapas que o condado tinha desapareceram. O funcionário público só sabia disso porque o pai dele havia trabalhado nos túneis durante a expansão no século passado. Ele tem certeza de que existem duas saídas separadas. Uma leva até o Rio Finnulia, onde a ponte cruza até Woodland.

– E a outra? – eu percebi que a Nana D estava correta. Todas as informações sobre os Garibaldis haviam sumido da biblioteca. Era como se alguém quisesse que eles desaparecessem completamente.

– Levava até o prédio original de dois andares que se tornou a Biblioteca Memorial. A demolição destruiu qualquer acesso na semana passada.

– Foi assim que a Prudence escapou no dia do incêndio. Ela

deve ter conseguido sair da sala onde o Lloyd a prendeu, então correu pelos túneis até voltar para sua casa. Ela havia crescido lá e sabia de tudo sobre eles.

Connor bateu em minhas costas repetidamente.

– O que nós não sabemos é porque o Ian O'Malley apareceu na biblioteca. Será que ele foi um Bom Samaritano que soltou a Prudence da sala trancada e acabou sendo pego pelo incêndio? Ou ela o matou porque ele tentou mantê-la por lá?

– Estou disposto a apostar que o Padre Elijah sabe mais do que está admitindo. – ele estava agindo estranhamente desde que havia ouvido sobre a descoberta do esqueleto e do colapso da Minnie.

– É um bom ponto. Eu preciso conferir com a April sobre algumas coisas antes de o abordarmos.

Eu reconheci as intenções do Connor, mas planejava confrontar o homem eu mesmo.

– O que nós vamos fazer sobre aqueles túneis?

– Vou mandar uma equipe procurar pelas duas saídas. Aquela perto da ponte deve ser mais fácil de encontrar, mas talvez nós encontremos traços do caminho entre a Biblioteca Memorial e o seu porão. – ele já havia pedido para seus colegas localizarem uma equipe para explorar as passagens subterrâneas na minha casa.

– Nós precisamos pressionar o Hiram a falar sobre a Constance e a Prudence Garibaldi. Tem algo de estranho sobre essa situação. As duas irmãs desapareceram e tiveram um surto psicótico?

Brad veio do quarto do Bartleby para nos interromper.

– Vocês a viram também?

Eu dei de ombros.

– Sobre o que você está falando?

– A Madame Zenya. Ela estava visitando o Bartleby, mas na televisão uma reportagem dizia que ela havia sido morta em um acidente na hayride mais cedo.

– Oi? – mostrei a minha preocupação para o Connor com

meus olhos apertados. – O Bartleby mencionou o nome dela. Eu pensei que ele estivesse alucinando. Qual era a ligação entre eles?

– Ela ainda está por aqui? – Connor perguntou ao Brad.

– Não. Um enfermeiro disse que a psíquica foi embora quando ele disse que o Bartleby não podia ter nenhum visitante. – Brad foi conferir outro paciente, mas prometeu me contar qualquer novidade.

Apesar de o Connor ter corrido até o estacionamento, ele não conseguiu encontrar nenhum rastro da Madame Zenya.

– Ela desapareceu novamente, mas pelo menos nós sabemos que ela está viva. Prudence deve ter roubado uma das roupas dela para participar do memorial do Ian e do passeio de hayride. Ou ela e a psíquica estavam planejando algo juntas. – Connor prometeu me ligar com os próximos passos relacionados à equipe explorando o meu porão.

Eu entrei na SUV e folheei a Bíblia, certo de que ela continha alguma pista importante. Quando terminei, eu li o e-mail da Hope contendo a pesquisa que ela havia completado sobre a família Grey. Já estava na hora dos segredos de alguém vierem à tona, e eu estava na trilha para solucionar o mistério.

Os Greys haviam sido uma família de negociantes que eventualmente controlaram todo o tráfico paralelo ao Rio Finnulia. Durante a Revolução Industrial, eles conseguiram uma grande fortuna com transporte e manufatura. Depois que outras famílias de posses perderam seu dinheiro durante e a Grande Depressão, os Greys implementaram uma nova regra com relação à herança. Os pais deixariam uma parte padrão da fortuna Grey para cada filho quando eles completassem quarenta e cinco anos. Antes dessa idade, cada indivíduo devia ganhar seu dinheiro de sua própria maneira. Enquanto os pais pagariam pela educação profissional de seus filhos, todo o mais estava excluído. No momento da morte de um deles, qualquer fundo restante seria distribuído da maneira que o falecido quisesse.

O Hiram tinha dois irmãos mais velhos. A geração deles foi a primeira após a Grande Depressão a ser sujeita à regra da herança. Os irmãos mais velhos do Hiram cumpriram os desejos de seus pais e conquistaram uma boa vida por si mesmos. Como prêmio, eles receberam suas partes antes de seus aniversários de quarenta e cinco anos. Hiram adoeceu quando criança e teve que ser estimulado a conquistar seus objetivos. Quando seus pais perceberam que ele não era proativo, se mantiveram com a política da família e seguraram a parte dele até seu aniversário de quarenta e cinco anos. O Hiram não pode fazer nada para convencê-los do contrário, e então ambos faleceram de maneira natural pouco depois de ele completar a faculdade. A última coisa que eles haviam feito foi doar o dinheiro para reconstruir a biblioteca depois que o fogo a dizimou em 1968. Hiram não pôde contestar o testamento ou a política da família, e teve que esperar por seu aniversário. Seus irmãos também se recusaram a aprovar seu pedido por uma liberação adiantada.

Hiram ficou com raiva e conseguiu entrar nas graças da família Garibaldi enquanto esteve na faculdade, assegurando que ele podia emprestar dinheiro com eles para começar sua carreira e se tornar juiz. Depois de várias conversas, ele concordou em se casar com a filha deles, Prudence, o que lhe serviu como uma fonte imediata de riqueza. Antes dos pais da Prudence morrerem, Hiram se tornou o executor do testamento deles, já que ele tinha se provado um genro leal. Pela pesquisa que a Hope compilou, parecia que o Hiram também sabia da existência da outra irmã Garibaldi. Não estava claro o quanto ele conhecia da Constance, mas definitivamente havia ligações entre a morte da Constance e o fato de que o Hiram herdou toda a fortuna Garibaldi.

Por tudo o que eu li, o Hiram tinha um interesse investido no desaparecimento da sua esposa e subsequente morte. Por mais que ele pudesse não ser culpado do assassinato, ele tinha alguma relação com a última visita da Prudence à biblioteca e da falta de comunicação dela com qualquer outra pessoa. Talvez o magistrado do nosso condado tivesse feito algo antiético no passado, e agora ele tinha que encobrir isso. O que o Hiram Grey estava escondendo, e será que ele iria sobreviver ao acidente, para que eu pudesse persuadi-lo a compartilhar os detalhes do passado?

Quando cheguei em casa, Ulan estava lendo uma história para a Emma, que já havia colocado seu pijama do *Gasparzinho, o Fantasma Camarada* e subido na cama.

– O ar fresco me deixou sonolenta, papai.

Eu dei um beijo de boa noite na minha filha e relembrei ao Ulan de que nós tínhamos que nos encontrar com a Diretora Belinda Grey na manhã seguinte, para uma reunião de acompanhamento do status da punição dele.

– Nós estamos em boa forma, Kellan. Eu terminei as minhas horas de serviço, e fiz amizade com um dos caras que começou o problema.

Assim que ele dormiu, eu liguei para a April para pedir por qualquer novidade sobre o acidente na hayride.

– Que dia. Eu não acredito que isso ficou tão fora de controle.

– Nem me diga. Eu tenho testemunhas que dizem ter visto uma bruxa voando em uma vassoura, então, me dizendo que ela assustou os cavalos com um caldeirão de alcatrão quente.

– Isso é sério ou só brincadeira? – eu me servi de uma taça de vinho e me joguei em uma poltrona reclinável na sala de estar. Eu havia empacotado a maior parte das nossas coisas na semana anterior, acreditando que a mudança para a nova casa era iminente. Agora, eu estava vivendo em meio a caixas e caos ao meu redor.

– Eram apenas algumas crianças sendo tolas. A melhor pista que eu tenho vem do Chip, o aprendiz que estava trabalhando no passeio de hayride. – April não me contou o que havia descoberto.

– Eu o encontrei no meu caminho mais cedo. Ele me disse o que sabia.

– Bem, isso não é mesmo útil? Eu disse para aquele maluco

aficionado por pássaros para manter a boca fechada. – April grunhiu, então se desculpou. – Estou frustrada. O que você acha da explicação dele?

Eu contei a ela sobre a minha crença de que o Chip havia me contado isso apenas porque tecnicamente eu era o chefe dele, já que eu era um dos responsáveis pelo Festival de Outono no Rancho Danby. April concordou que o cara não estava tentando causar problemas. Eu lhe disse sobre a minha teoria de que uma terceira pessoa era a assassina ao invés de ser o Hiram.

– O que eu não entendo é porque o Hiram chamou pelo seu filho poucos momentos antes de ter ficado inconsciente.

– O Dr. Bestcha o colocou em um coma induzido. Eles estão temerosos da extensão dos danos e querem dar tempo para o corpo dele se curar. Eu não espero ouvir nada do juiz nos próximos dias.

– Você vai divulgar a notícia de que foi a Prudence Grey, e não a Madame Zenya, que foi apunhalada com a forquilha? – imagens do que eu havia visto entre o feno não saíam da minha cabeça, coisas que eu não poderia esquecer por mais que tentasse.

– Definitivamente não. As notícias já estão por todo lugar. Por mais que nós tenhamos tentado, alguém vazou a foto do acessório de cabeça dela. – April não tinha certeza de como alguém tinha chegado perto, mas sabia que eles tinham uma chance melhor de encurralar o culpado se todos acreditassem que a vítima era a Madame Zenya. – Nós tivemos sorte. Tem impressões digitais na forquilha. Elas podem não pertencer ao assassino, mas pelo menos é um ponto de começo.

– O Damien estava ciente de que sua mãe biológica retornou para Braxton? Ou de que alguém a matou?

– Negativo. – April estipulou que, já que o Hiram havia sussurrado o nome do filho na minha presença, então o Damien era um dos dois suspeitos primários que eles estavam considerando. – Nós não conseguimos pegar o Damien. E a verdadeira Madame Zenya, a nossa outra suspeita, desapareceu depois de sua misteriosa visita ao hospital.

– O Bartleby está acordado? Eu não acho que ele sabe que a Prudence está morta, a não ser que a verdadeira Madame Zenya tenha contado a ele. O Connor iria interrogar o homem quando eu saí do hospital.

– Connor e eu ainda não conversamos sobre isso. Nós colocamos um segundo guarda de segurança na sua casa, um do lado de fora e outro no porão. Eles vão nos notificar se alguém aparecer. Mas você está certo, – ela lamentou, então confirmou que o labirinto de túneis era complexo demais para ser mapeado rapidamente. – Pela manhã, nós vamos ter o resultado da análise das impressões digitais na forquilha, um rastreio do celular da Madame Zenya e suas últimas ligações, e notícias sobre as condições do Hiram e do Bartleby.

April e eu desligamos, concordando em nos encontrarmos para jantar na noite seguinte. Eu não contei a ela tudo o que eu havia aprendido com o e-mail da Hope sobre a ligação da Raelynn com o Hiram e a Prudence Grey, já que eu queria poder confrontar a mulher antes de colocar seu nome na lama. Eu engoli o restante do meu vinho e segui para meu quarto.

Entre as aulas no dia seguinte, eu iria encontrar tempo para pesquisar as nuances e complexidades do caso. Agora que havia um segundo corpo, localizar o vilão não poderia demorar tanto. Cuidar de um caso de assassinato de cinquenta anos atrás e de uma casa assombrada era uma coisa, mas o assassino havia agido novamente e estava preocupado que nós estávamos chegando perto. Será que a Prudence poderia ter descoberto quem matou o Ian, e tentou confrontar a pessoa na carruagem com o Hiram, só para ter o jogo virado contra ela?

CAPÍTULO TREZE

Cedo na manhã seguinte, o ar gelado deixou as nossas bochechas em um tom rosa-avermelhado enquanto eu e o Ulan caminhávamos pela nossa calçada frontal pisando em folhas secas. Era o tipo de despertador penetrante de outono, daquele que fazia você sentir que havia começado o dia com um soco. Eu havia agradecidamente, pego um cardigã de cashmere do meu armário no quarto antes de sairmos, vestindo várias roupas para me manter aquecido durante o dia. Havia sido a decisão correta, já que o gelo se formando no para-brisas também nos congelou enquanto esperávamos pelo aquecedor funcionar.

Nós estávamos indo para uma reunião de acompanhamento com a diretora da escola, para assegurar que o Ulan havia aprendido a lição e estava no caminho da melhoria. Belinda nos cumprimentou assim que chegamos então, nos escoltou até o escritório dela e me ofereceu uma xícara de café. Eu recusei, já que eu tinha planos de tomar o café-da-manhã mais tarde com outra pessoa.

No fim da reunião, Belinda sorriu e entregou ao meu primo mais novo um passe para o corredor.

– Ulan tem sido um modelo para a nossa pequena comunidade da Braxton High. Ele pode ir com um lembrete de que, se qualquer outra coisa acontecer receberá uma suspensão imediata.

Eu o olhei de lado, com a intenção de dar um aviso curto, mas firme. Ele acenou para nós, prometendo usar de maneiras mais efetivas para demonstrar sua raiva ou frustração.

– Obrigado por me liberar a tempo da minha prova de álgebra. Vocês dois são os melhores. – ele revirou os olhos e correu para fora do escritório. Se a nossa estrutura óssea bem definida e o andar semelhante não deixasse isso suficientemente óbvio, os adoráveis gestos que nós compartilhávamos claramente provavam que nós éramos parentes.

Belinda sinalizou que eu continuasse sentado.

– Preciso conversar sobre outra coisa com você, se você puder me dar alguns minutos.

Eu conferi o meu relógio, verificando que a missa na Igreja St. Mary não iria acabar em pelo menos mais quinze minutos. O Padre Elijah não poderia me atender até lá, de qualquer maneira.

– Claro, o que você tem em mente?

Belinda fechou a porta do escritório.

– Estou preocupada com a pressão da imprensa sobre o incidente da última noite no Festival de Outono. As pessoas estão com medo de que haja um assassino a solta na cidade.

O nosso jornal matinal, *O Registro de Wharton*, não foi nada gentil, se referindo a toda situação como "A Fuga a Galope". A Lara Bouvier, pelo menos, teve a decência de diminuir o drama e o sarcasmo em sua reportagem para o canal WCLN. Ela também havia esclarecido articuladamente que a polícia ainda estava investigando e que isso poderia ter sido apenas o caso de os cavalos terem se assustado e disparado com a carruagem.

– Eu sei. Estou esperando um baixo comparecimento. A xerife não vai permitir que nós operemos os passeios de hayride hoje, mas todo o resto está pronto para começar. – eu considerei perguntar para a Belinda sobre o que ela pensava de o Hiram ter sussurrado o nome do Damien pouco antes de desmaiar. Depois de semanas de discussões e da mulher debatendo sobre qualquer mínimo detalhe do festival, nós estávamos estranhamente nos dando bem agora. Eu não falei sobre o assunto.

– O Hiram ainda está em coma. Eu conferi nessa manhã, e eles não quiseram me dar muitos detalhes, já que não somos mais casados. O Damien está planejando visitá-lo mais tarde. – Belinda suspirou, provavelmente dividida entre a sua raiva com o ataque do Hiram a ela no dia anterior e a tocha que ela supostamente ainda carregava pelo homem.

– O Damien deve estar preocupado. – eu me virei para o lado para conversar com a Belinda, que havia começado a andar pela sala e olhar para fora da janela.

– Sim. Aparentemente, ele é um suspeito. Você sabe que o meu filho nunca poderia ter feito isso ao seu próprio pai. – ela falou por entre os dentes. – Eles podem estar no meio de uma de suas brigas infames, mas o Damien respeita o homem. Ele também não é dado à violência.

Já que ela havia trazido o assunto, eu usei a oportunidade de aprender o máximo possível.

– Por que eles pensariam que o Damien tem alguma relação com o acidente?

Belinda esclareceu que o Damien também havia discutido com seu pai menos de uma hora antes de os cavalos terem saído em disparada. Ele havia tentado uma última vez convencer seu pai a lhe emprestar o dinheiro, mas havia sido negado publicamente em frente a várias testemunhas.

– Damien foi embora dos estábulos dos cavalos e foi dirigir para se acalmar. Já que ele cresceu perto desses animais e é um cavaleiro ávido, a xerife sugeriu que ele teria sabido exatamente como assustar um cavalo para que ele saísse galopando.

Eu também não havia ficado sabendo sobre esse fato. Se o Damien esteve por perto do passeio de hayride, ele poderia ter sido a pessoa a convencer o assistente do Lloyd Nickels a juntar mais feno antes de recomeçar o seu turno. Por mais que eu não conhecesse muito bem o Damien, ele não parecia o tipo de cara que perfuraria a sua mãe com uma forquilha. Mesmo que desejasse herdar o dinheiro de seu pai, já que ele era o filho mais velho do Hiram Grey, ele não teria planejado tal espetáculo. Mas então, já que ele era o filho da Prudence Garibaldi, e nós sabíamos que a família dela tinha graves problemas psicológicos, será que isso poderia ser possível?

– Existe alguém que possa dar um álibi para ele? – eu precisava perguntar para a April se as impressões digitais combinavam.

Belinda gesticulou a mão em um gesto de negação.

– É claro que não. Tem que haver outra explicação. Só não está óbvio quem poderia querer matar o Hiram... a não ser que...

Eu esperei para que ela continuasse a falar, mas ela congelou.

– Você se lembrou de algo?

– Eu suponho que seja possível, mas não posso ter certeza de que tenha sido ela. – Belinda respondeu nervosamente, seus olhos completamente focados em um ponto vazio na parede. – Ela poderia ter retornado e tentado se vingar na noite passada.

Será que a Belinda havia visto a Prudence recentemente, antes que alguém a tivesse apunhalado até a morte? Ninguém mais sabia que a vítima não era a Madame Zenya. April não queria que eu revelasse a verdade, mas parecia que a Belinda poderia já ter encontrado uma Prudence bem viva. Se ela tivesse qualquer teoria em potencial ou informação útil, poderia haver algum benefício contar os detalhes do incidente da noite passada.

– Você está se referindo a Prudence? Você acha que era ela que estava envolvida na noite passada? – eu fui vago e observei a reação da Belinda antes de admitir a verdade.

Belinda arquejou.

– O que? Eu não entendo. A Prudence já se foi há cinquenta anos. É ela quem a xerife acredita que seja a responsável?

– Não, eu não quis dizer isso. Eu só quis... tem havido tantas conversas sobre o desaparecimento da Prudence, então nós encontramos o esqueleto do Ian O'Malley na Biblioteca

Memorial, que foi o último lugar que alguém viu a Prudence. Eu pensei que você estivesse dizendo que a viu recentemente.

– Não, apenas naqueles sonhos intensos que lhe contei. – Belinda pigarreou. – Eu estava me referindo a alguém completamente diferente. Ela estava no festival ontem, ou pelo menos eu pensei que era ela.

– Quem?

– Raelynn Trudeau. Uma das antigas colegas do Hiram. Ela havia ajudado o Hiram com a transferência da casa Garibaldi para o nome da Prudence depois que os pais dela morreram naquele acidente de barco.

Era a segunda vez que eu ficava preocupado sobre a Raelynn estar envolvida na tentativa de assassinato do Hiram.

– Eu conheço a filha dela, uma professora no campus.

Os olhos da Belinda se arregalaram.

– Isso não é estranho? Nós encontramos o corpo do Ian. Hiram sofre um acidente. Alguém mata a Madame Zenya. Raelynn aparece na cidade. Tem muita coisa do passado vindo à tona novamente.

– Você conhecia a Raelynn cinquenta anos atrás?

Belinda balançou sua mão de um lado para o outro, como o ponteiro de uma balança incapaz de se decidir sobre o peso de alguém.

– Eu a encontrei por diversas vezes antes de ela desistir da faculdade de direito. O Hiram e a Raelynn trabalharam juntos em seus estágios também, mas ela fugiu da cidade um dia e nunca retornou. Até agora, pelo que parece.

– Você tem algum motivo para suspeitar de que a Raelynn poderia querer ferir o Hiram?

Belinda se jogou na cadeira, mexendo distraidamente em uma pilha de papeis em sua mesa.

– Para ser honesta, eu sempre pensei que havia alguma coisa acontecendo entre ela e o Hiram. Quando eu me tornei a babá do Damien depois que a Prudence desapareceu, eu perguntei a ele.

– E o que ele disse?

– Oh, você conhece os homens, Kellan. Você é um deles. Eu tenho certeza de que você diria a mesma coisa que ele me disse. – Belinda enrubesceu, hesitante em dizer qualquer outra coisa.

– Você está me dizendo que ele negou?

– A Raelynn era uma mulher atraente. Os tempos eram diferentes. Eu suspeito que o Hiram possa ter se envolvido com ela escondido, quando a Prudence perdeu contato com a realidade. – Belinda comentou que assim que o Hiram percebeu que isso não beneficiaria sua imagem, ele provavelmente terminou com a Raelynn e pagou para que ela fosse embora da cidade.

– Por que ela voltaria depois de todos esses anos? – assim que perguntei isso, me lembrei de que a Hope havia dito que sua mãe estava apresentando os primeiros sintomas de Alzheimer. Geralmente, os pacientes se lembravam do passado distante, ou retornavam a ele. Será que ela poderia ter testemunhado o Hiram matando o Ian cinquenta anos atrás? Talvez ela se lembrasse do que havia acontecido e retornou com a Prudence, para forçar o Hiram a confessar. Hope disse que ela era próxima da sua tia, e a ideia de que a Raelynn pudesse ser meia-irmã da Prudence havia cruzado a minha mente anteriormente. E se as duas mulheres estivessem chantageando o Hiram, e ele tentou matar as duas na noite passada antes de ter sido jogado para fora da carruagem em disparada? Mas então, agora que eu sabia que a Constance era a irmã e que ela havia morrido anos atrás, a minha teoria não fazia muito sentido.

– Eu gostaria de saber. A minha primeira preocupação é proteger o Damien agora. – Belinda confirmou que os outros filhos do Hiram estavam fora da cidade durante a semana, e não poderiam estar envolvidos no ataque.

– Eu concordo com você. Pesando toda a informação que eu recolhi, Damien parece ser a pessoa menos óbvia que iria querer machucar um de seus pais. Vou fazer o meu melhor para encontrar outras opções. – eu deixei a minha menção sobre o Damien matar um de seus pais de maneira vaga, já que a Belinda não estava ciente de que era a Prudence quem estivera vestida como a Madame Zenya.

– Me desculpe, mas eu tenho uma reunião com os conselheiros. Se você souber de qualquer coisa, por favor, me mantenha informada. Eu vou fazer o mesmo, Kellan. É um alívio estarmos do mesmo lado.

Depois de sair da escola, eu vaguei pelo Campo Cambridge de Braxton. Jane O'Malley chamou o meu nome. O luto dela, evidente no olhar triste e em sua voz mansa, era óbvio demais para se ignorar.

– Como você e a sua avó estão? Eu tenho a intenção de visitar a Minnie nessa semana.

Jane me abraçou brevemente, então enrolou seus braços ao redor de um braço meu. Seu cabelo loiro, na altura dos ombros, estava preso para trás, e ela tremia levemente apesar de estar vestida com um pesado cardigã sobre um vestido de lã.

– Obrigada, Kellan. A vovó está okay. Melhor do que antes do funeral do vovô Ian, quando ela não sabia em que ano estávamos. Eu acho que as notícias foram um grande choque para ela processar no começo.

Nós subimos os degraus de pedra em direção à Igreja St. Mary juntos.

– E quanto a você? Você tem alguém para te apoiar durante essa tragédia? – eu não tinha certeza se ela estava namorando ou solteira.

Jane comentou que ela tinha um namorado, mas que eles não haviam anunciado publicamente ainda.

– Nós estamos juntos apenas há pouco tempo. Ainda estamos nos estágios iniciais, um ou dois encontros por semana. Ele é bem mais velho do que eu, mais estabelecido. Eu tolamente comparo os meus relacionamentos com o casamento dos meus avós. Nada parece bom o suficiente. Ian e Minnie O'Malley eram o assunto da cidade há cinquenta anos. Algum dia, eu espero encontrar um marido tão gentil como ele era com ela.

– Você é um bom partido. Tenho certeza de que vai conseguir.

– eu apertei o ombro dela, contemplando se ela havia sabido de qualquer coisa nova nos últimos dias sobre os detalhes do falecimento infeliz do Ian. – Por quanto tempo seus avós estiveram juntos antes de ele ir para a guerra?

– Durante cerca de quatro anos, mas eles eram um daqueles tipos de casal que todos admiram. Você deveria ver as fotos de todos os passeios românticos que ele a levou. – Jane respondeu, limpando uma lágrima de seu olho enquanto parávamos nas portas da St. Mary. – Tem alguns desses piqueniques maravilhosos que ele planejou na biblioteca. Ele e a vovó trabalharam lá logo após ela ter se formado em Braxton.

– A Nana D fala sobre o meu avô da mesma maneira. Tem algo de tocante sobre a maneira como os casais do passado cortejavam. Temo que nós tenhamos perdido a magia hoje em dia. – eu entreguei um lenço para a Jane enquanto escutava com atenção sobre um piquenique que o Ian havia organizado para a Minnie.

– Eu ainda acredito no amor. Você também deveria. – Jane secou as bochechas e jogou o lenço de papel em uma lata de lixo próxima. – Fico me perguntando se o vovô Ian foi até a biblioteca para encontrar a minha avó naquele dia. Ele pode ter planejado um piquenique surpresa para o seu retorno para casa. Ela sempre amou a biblioteca.

O meu nariz começou a se retorcer. Isso sempre acontecia quando eu sentia que havia algo de importante a transparecer, ou uma pista que eu estivera deixando passar.

– A Minnie não havia dito a todos que o Ian havia entrado em contato com ela, na manhã do dia do protesto contra a Guerra do Vietnã, para revelar que ele tinha uma surpresa?

A cabeça da Jane balançou estranhamente.

– Ela estava confusa. Eu não sei da história completa, mas o meu tio deve se lembrar. Eles passaram muito tempo um com o outro enquanto o meu avô esteve no Vietnã. A vovó até mesmo convenceu o Tio Elijah a seguir a sua verdadeira vocação e se tornar padre depois que seu irmão morreu. Ele estivera aconselhando seus amigos antes de aceitar o chamado. O meu tio terminou seu trabalho no seminário alguns meses depois do incêndio, pelo que me lembro de terem me contado.

Depois que a Jane saiu para visitar seu tio na Igreja St. Mary, encostei-me à parede do pátio e processei o que ela havia me contado. Era a segunda vez que alguém havia mencionado a vida do Padre Elijah antes de ele se tornar padre. Essa poderia ser uma peça importante do quebra-cabeça. Depois de permitir que uma série de cenários malucos se formulasse na minha mente, eu vi o Bartleby se aproximando à distância.

– Eu esperava que nós dois nos encontrássemos hoje, Kellan. – havia se passado menos de um dia desde o ataque contra ele no meu porão, mas ele parecia destacadamente bem. Quão dura era a cabeça dele?

– Você parece melhor hoje. Eu sinto muito pelo que aconteceu. Como que você já foi liberado do hospital? – apesar de que, tecnicamente, ele havia invadido a minha casa ao não ter esperado eu chegar, ele havia sido ferido na minha propriedade. A culpa pesava em mim, apesar das mentiras que ele havia me contado.

– Fui liberado uma hora atrás. Eu não gosto de hospitais. Estou bem agora. Fui eu quem me coloquei naquele dilema, e estou muito melhor agora. – ele se apoiou nos calcanhares, balançando para frente e para trás como se tivesse algo para dizer, mas não o quisesse. – Escutei as notícias de que alguém matou a Madame Zenya na noite passada, enquanto eu era atacado no seu porão. – as sobrancelhas perplexas do Bartleby estavam juntas, destacando uma dobra de pele acima de seu nariz. – Eu gostaria de conversar com você sobre a Prudence e Constance Garibaldi, mas preciso lidar com outra coisa antes. Acredito que seja importante você saber da história completa. – a voz dele era dócil, mas clara; essa seria uma conversa importante.

– Eu poderia te encontrar hoje à noite, depois que eu terminar com minha última aula. Pode ser às sete horas? – eu havia combinado com a mãe de uma das amigas da Emma para que ela as levasse para a aula de ginástica hoje. Ela não iria chegar em casa até muito mais tarde. Ulan iria dormir na casa dos meus pais, já que eles haviam se oferecido para acompanhá-lo em uma visita escolar a um museu na Philadelphia no dia seguinte.

– Não conte a ninguém. Vou te encontrar na casa. – Bartleby aconselhou enquanto saía. O que ele estava planejando revelar? A April havia colocado dois policiais no local, o que significava que nós não estaríamos sozinhos.

Eu não podia cuidar disso agora, já que o vagão do teleférico havia chegado para me transportar até o Campus Norte. Assim que eu fiz o caminho de volta, eu meandrei até o prédio estudantil para deixar um artigo que eu havia escrito para a revista mensal deles. Enquanto eu ia embora, Imogene Grey acenou para mim do estacionamento próximo. Depois de esperar que eu chegasse até ela, fiquei sabendo que ela estava agendando uma palestra para o noivo dela, Paul Dodd, que havia assumido o cargo de vereador da cidade de Braxton.

– Você e o Paul já marcaram a data do casamento?

– Na próxima primavera, em junho. – Imogene, uma versão petite da Lara Bouvier, era tão bonita quanto sua mãe, mas menos confiante e mais tímida. – A minha mãe me contou que tem algumas coisas estranhas acontecendo na sua nova casa. – a melodia assombrada do sino dos ventos tocava dentro da minha cabeça.

Eu havia lecionado para a Imogene durante um curso de verão, e havia suspeitado que a ingênua falante de francês pudesse ser uma ladra de joias e assassina.

– Sim, eu e ela conversamos sobre a antiga casa Garibaldi. Lara e o seu pai moraram lá por alguns meses antes de você nascer.

– Por falar no meu pai, ele e eu devemos nos encontrar em breve. Você não o viu por aqui, ou viu? – o sorriso inocente da Imogene demostrava o amor que ela tinha pelo Damien.

– Não, eu acabei de chegar. Eu escutei a briga dele com o seu avô na Igreja St. Mary ontem. O acidente do Hiram deve tê-lo deixado chateado. – eu estava curioso se a reação da Imogene poderia me fornecer alguma pista.

– Nós vamos visitar o meu avô no hospital hoje à noite. Eu sei que eles têm brigado muito, mas o meu pai ama muito ele. Você sabe como as famílias podem ser. – Imogene foi cordial e direta, escondendo qualquer pista potencial sobre o papel do pai dela no acidente com a hayride assombrada. Ela afrouxou um lenço laranja de seda ao redor do pescoço e mordeu os lábios. – Eu tenho que ir.

– Por favor, dê lembranças minhas ao Damien. Eu planejo visitar o Hiram em breve. – será que eu poderia perguntar a Imogene se o pai dela precisava de investidores ou dinheiro, ou isso iria parecer grosseiro demais?

– Eu tenho certeza de que o vovô vai ficar feliz em saber que você passou por lá. – quando Imogene tirou a mão do bolso, um pedaço de papel caiu.

Eu estiquei meu braço e o peguei antes que ele voasse para longe. Enquanto o entregava para a Imogene, percebi que era um cheque escrito pelo Paul Dodd para o Damien Grey, com uma considerável quantia em dinheiro. Minha expressão deve ter mostrado a minha surpresa.

– Me desculpe, eu não queria olhar os detalhes.

– Está tudo bem. É por isso que estou indo encontrar o meu pai. Ele está abrindo um novo negócio, e já que o vovô não quer dar a ele nenhum dinheiro, Paul concordou em emprestar.

– Isso é bem generoso do Paul, especialmente quando o Hiram estava sendo tão difícil. Eu escutei alguns desentendimentos entre ele e o seu pai recentemente. Não consigo imaginar o que o possuiu para que ele colocasse o querosene na carruagem da hayride do Lloyd Nickels. – eu não estava convencido de que o Hiram fosse culpado, mas agora que ele estava em coma depois de um segundo acidente, as minhas suspeitas estavam crescendo.

Imogene arquejou.

– Como você sabe que o meu pai tentou se vingar do Lloyd? Isso foi uma coisa estúpida e tola, mas ele tinha bebido demais. O vovô prometeu que não iria contar a ninguém.

– Você acabou de dizer que o Damien despejou o querosene na carruagem? – eu não devia tê-la escutado corretamente.

– Oh não! Eu entendi errado. – ela olhou para longe, cobrindo os lábios e secando os olhos com um lenço. – Meu pai ficou com raiva quando ele pensou que eles haviam soltado o Lloyd. Ele genuinamente acreditava que o Lloyd havia matado a sua mãe biológica. Pelo menos até que a xerife anunciou que o esqueleto era do Ian O'Malley.

– Por mais que eu entenda a raiva do seu pai, ele poderia ter ferido alguém seriamente. Os cavalos poderiam ter sido queimados também. – será que o Damien era fiel ao seu homônimo? Eu não conseguia acreditar no que a Imogene havia revelado.

– Você está certo, Kellan. Foi uma coisa terrível. – Imogene confirmou que ele também havia quebrado o vidro do carro e escrito a palavra *assassino*. – Obrigada por considerar fazer uma visita ao meu avô. Por favor, não conte a ninguém sobre o erro do meu pai. Eu prometo que ele não vai fazer nada perigoso novamente.

– Vou pensar sobre isso e falar novamente com você. Se cuide, Imogene. – eu estava ficando mais curioso sobre o relacionamento do Damien com o Hiram, se ele não conseguiu fundos com seu próprio pai e teve que pedir para seu futuro genro. Eu nunca o havia considerado como o potencial vândalo que havia deixado as mensagens ameaçadoras na minha casa. Já que todo mundo o considerava fraco e quieto, eu poderia ter ignorado vários sinais chaves que mostravam o contrário. Enquanto não foi ele quem matou o Ian cinquenta anos atrás, havia uma possibilidade de que ele estivesse continuando de onde alguém havia parado. Será que ele seria capaz de tentar assassinar o seu pai e sua mãe biológica? A análise dessa situação teria que esperar, já que era hora de visitar a Igreja St.

Mary e conseguir o máximo de informação com o Padre Elijah que eu pudesse.

Um voluntário no escritório principal confirmou que era o dia de folga da Minnie e que o Padre Elijah estava se reunindo com um antigo paroquiano. A missa havia terminado, e a mulher havia ficado para conversar com ele. Eu informei ao voluntário de que esperaria na nave da igreja até que eles terminassem.

Eu passei pelo vestíbulo e me sentei em um banco próximo da mesa com velas que as pessoas acendiam para fazerem preces pelos entes queridos que precisavam de ajuda. Eu me lembrei dos meus dias da infância quando eu ficava em fila junto de meus irmãos, orgulhoso de ver os nossos pais participarem da missa ao fazerem as leituras ou anunciar os eventos futuros da igreja. O Hampton e a Penelope ficavam torturando a mim e a Eleanor, enquanto o Gabriel ignorava a todos nós e se comportava perfeitamente. Eu não havia sido um pequeno terror, mas se fosse para falar a verdade, e já que eu estava dentro de um lugar de adoração, tinha que admitir que também não fui um anjo. Eu via muito de mim no Ulan, e me preocupava que ele havia crescido sem uma mãe. O Tio Zach tinha feito o seu melhor, mas estava claro que o Ulan precisava de mais orientação adulta.

Quando eu pensei que a Francesca havia morrido no acidente de carro, eu fechei a porta sobre encontrar um amor novamente. Eu sempre havia querido ter outro filho, para que a Emma não ficasse sozinha, mas aceitei que ela seria a minha única. Ela era o meu orgulho e alegria absolutos, e se era isso que Deus tinha planejado para mim, eu faria funcionar. Em apenas alguns dias, no Halloween, eu faria trinta e três anos. Por mais que eu e a April estivéssemos gostando um do outro, era cedo demais para saber se isso iria florescer em alguma coisa mais séria. E mesmo se acontecesse, ela tinha o Augie para cuidar, e quando nós dois finalmente cedêssemos aos nossos sentimentos, nós poderíamos estar velhos demais para considerar termos um bebê. Como os casais decidiam sem ficarem sobrecarregados?

Eu estava perdido nos meus pensamentos quando dois pares de passadas se aproximaram e me trouxeram de volta à realidade. O Padre Elijah era uma das pessoas, mas uma coluna estava bloqueando a minha capacidade de ver com quem ele conversava. O Padre Elijah estendeu a mão em direção aos bancos e esperou que a outra pessoa se sentasse primeiro. Era a Raelynn Lawson. Eles se sentaram à minha frente, sem perceberem que eu estava duas fileiras para trás. Por causa da acústica da igreja, as vozes deles chegavam apenas o suficientemente até mim para que eu conseguisse escutar algumas partes de sua conversa.

Raelynn disse tensa:

– Está na hora de eu contar a verdade. As pessoas já me puniram o bastante pelos meus pecados.

O Padre Elijah respondeu:

– Deus quer que você seja feliz. Se você está preparada para compartilhar esse segredo com todos, então deve fazê-lo. Não seja apressada em sua decisão, minha criança.

Sobre o que eles poderiam estar conversando? Será que a Raelynn estava confessando o assassinato do Ian O'Malley? Será que a minha teoria inicial de que ela era a responsável pela morte dele, e potencialmente pela da Prudence, era verdadeira?

– A Hope vai ficar tão desapontada comigo. Eu não quero perder minha filha. Estou com medo de que se eu confessar, as coisas não sejam mais as mesmas. Estou perdendo muitas lembranças, Padre.

– Você tem uma doença que em algumas vezes pode ser controlada. Não desista da sua fé. Deus não abandona o seu rebanho. Eu prometo a você, minha criança.

Raelynn ficou em pé.

– Vou pensar sobre tudo o que você disse. Estou feliz que retornei para Braxton para vê-lo novamente. Eu só rezo para que você também seja perdoado. Nós estamos juntos nisso, Padre. Espero que não seja tarde demais. O Hiram pode nunca acordar do coma. Então, o que nós iremos fazer?

O Padre Elijah assentiu.

– Existem outras maneiras de se lidar com esse assunto. Se for necessário, eu vou procurar orientação sobre ser possível de quebrar um voto que fiz a alguém. A esperança ainda não está perdida.

Raelynn saiu pelas portas mais distantes. O Padre Elijah seguiu pelo corredor em direção ao altar. Era imperativo que eu o pressionasse a conversar comigo.

– Padre Elijah. – eu o chamei, ficando parado no corredor enquanto ele se virava. – Eu sinto muito, mas acabei escutando um pouco da sua conversa com a Raelynn Lawson. Duas pessoas morreram por causa de um segredo de cinquenta anos, e outra pode não durar mais muito tempo. Já não é hora de contar a verdade?

– Kellan, eu aprecio a sua vontade de consertar as coisas, mas o que você escutou não vai ajudar a descobrir quem matou o meu irmão e a Prudence Grey. – ele fechou os olhos lentamente e respirou fundo.

Eu engoli em seco.

– Como você sabia que era a Prudence e não a Madame Zenya?

– Porque eu a aconselhei a não seguir com esse plano tolo que ela havia criado para encurralar o Hiram. Eu amei a Prue muitos anos antes de me tornar padre. – o Padre Elijah se aproximou de mim e colocou uma mão no meu ombro. – Eu não machuquei a Prue, e não sei quem o fez. Você precisa deixar isso em paz, Kellan. Pessoas demais já se machucaram.

– Isso não é justo, Padre. Eu preciso confiar em você. Você é o padre da nossa paróquia. A minha filha frequenta a catequese aos domingos com você e a Minnie. – eu implorei para que ele confiasse em mim, sugerindo que eu poderia proteger a ele e a Minnie se alguém estivesse tentando machucá-los.

– Isso não é sobre a Minnie. Nunca foi. – a raiva passou pelo rosto dele como um relâmpago.

– Padre, por favor. Se você não conversar comigo, eu vou ter que contar para a Xerife Montague sobre o que eu escutei, e então as coisas ficarão muito piores. – eu sinalizei para ele se sentar em um banco próximo, mas ele se recusou.

– Se você insiste, siga-me. O meu escritório é muito mais privativo. – quando nós entramos, ele me direcionou a me sentar em frente a ele enquanto rezava. – Se eu não soubesse que você tem a integridade do seu avô, Michael Danby, e a audácia da sua avó, Seraphina Bestcha, eu não confessaria os meus pecados a você.

– Já me disseram que eu sou como um cão com um osso. – eu comentei, me encolhendo com minha escolha de palavras. – Qual é o segredo, Padre?

O Padre Elijah olhou para mim intensamente.

– Hiram Grey não é o pai do Damien.

– O que? – eu fiquei parado lá, esperando pela outra parte da bomba. – Então quem é?

O olhar penetrante dele nunca deixou o meu.

– Sou eu.

CAPÍTULO CATORZE

– A PRUE E EU NOS APAIXONAMOS HÁ MAIS DE CINQUENTA ANOS atrás. Não conseguimos evitar, e então um dia, tudo explodiu. – o Padre Elijah recontou a história de amor dele e da Prue. Ele sempre havia gostado da sua colega de escola, mas os pais dela a pressionaram a se casar com o Hiram Grey. Os pais dela pensaram que os Greys iriam providenciar o respeito que os Garibaldi desejavam. Durante tempo demais, eles haviam sido considerados como uma família de loucos, e excluídos da alta sociedade da cidade. – Nós continuamos amigos, apesar de termos confessado nosso amor um pelo outro apenas poucas semanas depois que a Prue havia se casado com o Hiram. Ele insistia para que ela ficasse em casa, e desse a ele um filho, mas isso a assustava. Hiram Grey era um tirano.

O Padre Elijah confirmou a informação que o Bartleby e a Hope haviam compartilhado comigo a partir de suas pesquisas. O Hiram se casou com a Prudence apenas para ter acesso ao dinheiro dos Garibaldis. Havia sido fortuito para o Hiram quando os piratas mataram os pais dela no oceano da África do Sul. A Prudence ficou depressiva, e cedeu aos seus sentimentos pelo Elijah.

– Nós não conseguimos evitar. Durante semanas, nos

encontramos em segredo enquanto o Hiram estava na faculdade ou trabalhando no tribunal do condado. Então, um dia, a Prue me contou que estava grávida.

– O filho não poderia ser do Hiram?

O Padre Elijah sacudiu a cabeça.

– Ela havia se recusado a ter intimidade com ele durante meses, citando que o remédio que ela tomava era um calmante. O Hiram já estava traindo-a com outras mulheres. Prue sabia de tudo sobre os casos extraconjugais dele. Ela finalmente decidiu que se ele podia trai-la, então estava tudo bem se ela não fosse fiel a ele.

– Por que ela não podia deixá-lo e cuidar da criança junto com você? – eu também não conseguia entender como a Raelynn esteve tão envolvida na vida do Hiram, a não ser que ela fosse uma das mulheres com quem ele havia dormido.

– Hiram descobriu que ela não estava tomando o antidepressivo e ameaçou trancafiá-la em uma instituição como a irmã dela. A Constance também havia acabado de morrer, e a Prue lidou com muitas perdas em sua vida. Ela cedeu ao Hiram durante uma noite quando ele a induziu a confiar nele. – o Padre Elijah contou a trajetória montanha abaixo da vida deles. O Hiram havia interceptado uma ligação do médico da Prudence e ficou sabendo que sua esposa estava grávida. Ele não tinha motivos para acreditar que ela havia sido infiel, então contou a ela que estava animado para se tornar pai. – O Hiram manteve a Prue trancada na casa durante meses, convencendo-a de que ela estava ficando louca sempre que ela sugeria deixá-lo. Finalmente, quando ela tentou escapar na semana que o bebê nasceu, ele ameaçou matá-la.

– Por que você não interveio, Padre? – se eu amasse alguém, eu teria feito qualquer coisa para protegê-la.

– Prue e eu tínhamos um plano. Nós iríamos partir separadamente depois que ela tivesse o bebê. Ela estava preocupada com o que o Hiram poderia fazer comigo se descobrisse sobre o nosso caso. – o Padre Elijah explicou que ele havia ficado esperando pacientemente no escanteio, observando a Prudence ficar desanimada e sombria durante os últimos meses da gravidez. Os médicos a colocaram de repouso, sem nenhum visitante, a não ser a família do Hiram. Quando ela deu à luz, o Hiram a drogou porque ela ameaçou machucar o bebê.

– Você contou a verdade para o Hiram? Ele sabe que o Damien é seu filho?

– Não. Eu entrei escondido para ver a Prue quando o bebê nasceu. Eu podia ver com meus próprios olhos o quanto ela havia sofrido. Eu não sabia o que fazer e queria conversar com meu irmão, Ian, sobre isso antes de pensar em qualquer plano para ajudá-la a escapar. – o Padre Elijah apoiou sua testa na mesa e suspirou pesadamente. – Se eu soubesse o que ia acontecer, eu teria impedido isso muito antes.

– Quem você acredita que matou o seu irmão, Padre Elijah?

– Eu não sei. Dois eventos aconteceram durante o incêndio na biblioteca e os protestos. – o Padre Elijah finalmente revelou a verdade. A Minnie havia escondido um bilhete de seu cunhado para ela em um livro que ofereceu como presente ao bebê da Prudence. O Hiram não tinha motivos para suspeitar que a Minnie houvesse ido até lá em nome do Elijah, deixando que ela entrasse, na esperança de acalmar a sua esposa louca. Depois que a Minnie foi embora, Prudence percebeu que o Elijah ainda esperava por ela, então confrontou o Hiram. – Prue nunca contou para o Hiram que eu era o pai do Damien, mas ela informou a ele que estava indo embora e que iria levar o bebê. Hiram não quis aceitar isso e confirmou que iria se divorciar dela, e não deixaria a Prue ficar com o filho dele. Foi então que ele saiu para ir à aula em Braxton.

O Hiram havia saído para se encontrar com a Belinda, cinquenta anos atrás, graças às maquinações do irmão dela, o Lloyd, mas ninguém mais sabia sobre isso. Prudence esperou até que o Damien estivesse dormindo, e saiu escondida para confrontar o Hiram sobre o caso dele. Ela estava confusa por causa da depressão e dos remédios, e não percebeu que estava negligenciando seu filho. Foi então que o Lloyd a prendeu na biblioteca.

– Alguém sabe o que aconteceu quando o Ian apareceu na biblioteca?

– Alguém o matou. Eu pensei, no começo, que havia sido a Minnie. Eu presumi que ela estava com raiva e não podia contar os motivos. Eu nunca soube que meu irmão estava voltando para casa, então havia a possiblidade de que ela estava mantendo segredos. Eu queria protegê-la, foi por isso que não deixei que você falasse com ela naquele dia.

– Mas você não acredita mais que ela é culpada?

– Prue recentemente me contou que ela viu o Ian pela janela da porta da sala onde o Lloyd havia trancado ela. Alguém atacou o Ian e colocou fogo no prédio. Ela nunca soube quem foi.
– o Padre Elijah explicou que o Ian havia acordado depois de ter levado um golpe na cabeça, mas havia uma nuvem pesada de fumaça. Ele destrancou a porta, e já que a fumaça não havia entrado lá ainda, Prudence pôde fugir. Ela tentou salvar o Ian, mas ele havia desmaiado. Tudo o que ela pôde fazer foi empurrá-lo por um buraco no chão perto da área da construção para salvá-lo. Ela tentou correr para fora, mas com o fogo consumindo tudo ao seu redor, Prudence foi forçada a entrar nos túneis subterrâneos. Quando finalmente chegou em casa, o Hiram estava no andar superior com a polícia, dizendo que ela havia abandonado o bebê.

Prudence Grey havia perdido a cabeça naquele dia. Seus pais e sua irmã haviam sido mortos, deixando-a completamente sozinha. Hiram era um marido terrível. Ela havia testemunhado um vilão desconhecido matar o Ian, então teve que jogar o corpo dele dentro de um buraco. Ela teve um ataque de nervos e morou nos túneis até que o Hiram se mudou e abandonou a casa Garibaldi. Ela havia se esquecido de sua própria identidade e até mesmo de que era mãe.

– Como ela melhorou depois de todos esses anos? – eu estava deixando passar algo de importante.

– Eu gostaria de saber. Pouco antes da missa para o Ian, a Madame Zenya se aproximou de mim enquanto eu estava sozinho na reitoria. Era a Prue disfarçada. De alguma maneira, ela havia pegado o disfarce da Madame Zenya para sair em público e me encontrar. Prue me contou tudo o que eu acabei de lhe dizer, incluindo que havia alguém a ajudando nessas últimas semanas. Quando foi hora da missa começar, eu implorei a ela que ficasse escondida na sala atrás do altar. Depois que a Minnie bateu na porta para avisar que estava pronta para começar, eu saí e ministrei a missa. – assim que a missa acabou, antes que o Padre Elijah pudesse voltar para a Prudence, ele havia me encontrado no corredor. Enquanto o Padre Elijah conversava comigo, Prudence saiu escondida por outra porta. Ela então apareceu no pátio da frente quando o Hiram estava brigando com todos depois da cerimônia. Nós pensamos que era a Madame Zenya, mas era a Prudence disfarçada. O Hiram deve ter descoberto quando ela falou com todos, e a seguiu até o passeio da hayride assombrada. – Eu posso apenas presumir que eles lutaram e talvez ele a tenha matado. Não tenho ideia de onde a verdadeira Madame Zenya está agora.

Eu suspeitava que o Bartleby soubesse, mas navegava por um caminho diferente.

– E como a Raelynn se encaixa nisso?

– Estou preso à santidade da confissão. Você precisa conversar isso com ela.

– Será que ela é a pessoa que matou o seu irmão?

O Padre Elijah cobriu o rosto com sua mão.

– Eu já disse o suficiente, Kellan. É hora de você ir embora.

– Por que você não tentou reclamar o Damien como seu filho? Ou conhecer a filha dele, a Imogene? – eu não conseguia entender como, ou porque, o Padre Elijah havia abandonado sua família.

– Vários motivos. Eu suspeitava que o Hiram tivesse matado a Prue, mas não tinha provas. Eu estava preocupado que a Prue tivesse mentido para mim sobre a paternidade. Eu era pobre e estava de coração partido. Meu irmão tinha desaparecido. Eu me voltei para Deus e servir a Ele se tornou o propósito da minha vida. – o Padre Elijah explicou como havia doído negar o seu próprio sangue, mas por causa do desequilíbrio psicológico da Prue e do seu desaparecimento, ele nunca teve certeza de que o Damien era filho dele. Quando Prue retornou nessa semana, ele finalmente aceitou a verdade.

Meu coração afundou assim que o Padre Elijah revelou a história sórdida para mim. Quando ele terminou, ficou claro porque o Damien compartilhava DNA com o Ian O'Malley. Ian era o tio do Damien. Quando processei as notícias, isso se tornou quase óbvio. Nem o Damien, e nem sua filha Imogene, tinham o típico queixo protuberante que afligia o restante do clã Grey. Eu estava focado demais nos detalhes para reconhecer o óbvio.

Depois de ir embora, eu ponderei sobre o que tudo isso significava. Se o Damien tivesse ficado sabendo que ele não era o filho mais velho do Hiram, será que ele poderia ter orquestrado o acidente, para que ele pudesse herdar o dinheiro antes que alguém mais descobrisse? Será que a Raelynn havia sido a espiã do Hiram e matado a Prudence para evitar que o passado fosse trazido à tona? Ou talvez a Raelynn e a Prudence estivessem trabalhando juntas para se vingarem do Hiram pelas suas indiscrições do passado? Era imperativo que eu confrontasse a Raelynn. Eu também precisava entender para onde a Madame Zenya havia desaparecido e como ela se encaixava nesse quebra-cabeça. Eu estava ficando cada vez mais convencido de que a Raelynn estava se disfarçando de Madame Zenya, e talvez ela não fosse a irmã da Prudence que havia, de fato, morrido anos atrás.

Meu estômago não parava de se revirar com raiva, ameaçando implodir como a biblioteca se eu não pegasse algo para comer. Já que eu não havia visto a Eleanor em vários dias, eu apareci na Lanchonete Pick-me-Up para o almoço. Eleanor estava ocupada na cozinha, e o Manny estava fazendo uma pausa depois que o número de clientes diminuiu. Calliope tinha menos de cinco mesas para atender, e estava servindo café para seu pai, o Lloyd, que estava em uma cabine de canto. Ela acenou para eu me juntar a eles, o que me lembrou de que eu ainda não havia conversado com o Lloyd para entender o que ele pensava que havia acontecido na hayride assombrada.

– Você perdeu a Nana D por pouco. Ela esteve aqui com todos os vereadores, berrando e gritando sobre o primeiro relatório trimestral de crimes desde que ela assumiu o governo. – Calliope limpou a mesa com um pano molhado e me entregou um cardápio eletrônico de seu bolso. – Nós estamos testando isso. Você vai ser a minha cobaia.

Eu havia me esquecido de responder a mensagem que a Nana D havia me enviado mais cedo, quando ela se regozijava porque os crimes haviam diminuído em dez por cento desde que ela assumiu. Eu mandei uma resposta rápida, parabenizando-a e relembrando de que nós havíamos acabado de registrar um assassinato, então coloquei o telefone na mesa.

– O que é esse novo dispositivo? Eu prefiro os cardápios antiquados que posso segurar nas minhas mãos. O tipo com aquelas manchas deliciosas por causa do especial do dia, e todos aquelas rasuras de quando os preços mudavam. – eu estava falando a verdade. Eu frequentava a lanchonete para ter uma experiência tradicional, e não uma moderna e automatizada.

Lloyd gargalhou.

– Eu disse a mesma coisa quando ela tentou me entregar essa tolice.

Meu celular tocou antes que eu pudesse responder. Eu olhei casualmente para ver o que dizia.

Nana D: *Nenhum assassinato em três meses. Um esqueleto não conta. O de ontem foi depois do último trimestre. Me morda.*

– Como se você pagasse pelas suas refeições, Kellan. – Calliope piscou e apertou um botão no tablet, para que os pratos especiais do dia aparecessem. Então, ela levou o avental até o meu nariz. – Aqui. Sopa de abóbora com um toque de creme e trufas. É de outro mundo.

Eu a dispensei e coloquei minha língua para fora.

– Nada de gorjeta de cinquenta por cento com essa atitude, senhorita.

– É isso que eu amo em você, querido. Você é o tipo de cliente que sabe como agradecer apropriadamente o seu garçom quando recebe a comida de graça. – Calliope pegou o cardápio ridículo das minhas mãos e o colocou no bolso do avental. – Você vai comer o especial. E ajude o meu pai, pode ser? Ele está todo depressivo com aquela história do Festival de Outono.

Enquanto o Lloyd informava para sua filha que iria pagar pela sua refeição, eu respondi para a Nana D.

Eu: *Foi um assassinato, você está relaxando. Eles vão votar pra você sair em breve.*

Nana D: *Se votarem para alguém sair dessa ilha, vai ser a sua namorada. Assassinatos é a jurisdição dela. Não a minha. Ela deveria parar de fantasiar sobre você e fazer o trabalho dela, meu neto brilhante.*

A Nana D me pegou ali. A April iria tentar a reeleição no ano seguinte. Eu iria conseguir a minha vingança contra minha avó no final de semana. Talvez eu conseguisse persuadir o fantasma a assombrá-la ao invés de mim.

Enquanto a Calliope se afastava, Lloyd franziu o cenho.

– Ignore a minha filha. Ela só está emburrada porque tem um vazamento no teto do apartamento dela e os novos donos não estão fazendo nada sobre isso.

Nós conversamos sobre problemas de encanamento, e eu prometi mencionar isso para a esposa do dono, uma professora e colega em Braxton. Então, eu segui para o assunto sobre o que havia acontecido com a carruagem do passeio de hayride.

– Será que você pode me dar alguma luz sobre o que assustou os cavalos? E não venha com nenhuma história do cavaleiro sem cabeça para mim. Eu já tive o suficiente dessa fascinação da cidade pelo sobrenatural.

– Hmm, é Halloween, Kellan. As pessoas gostam de entrar no clima. – Lloyd esquentou as mãos na sua caneca de café. – Pelo que posso dizer, alguém removeu os antolhos que nós colocamos nos cavalos quando eles puxam a carruagem. Eles só podem ver diretamente à frente, já que nós não queremos que eles se preocupem com nada mais além da estrada à frente.

– Você acha que havia mais alguém na carruagem, além do Hiram Grey e da Madame Zenya? – eu tinha que ser cuidadoso para não revelar que a mulher que havia morrido era a Prudence.

Uma parte de mim estava preocupado que o Lloyd tivesse confessado, de propósito, ter matado a Prudence cinquenta anos atrás para que ele não fosse preso quando eles descobrissem que a vítima era o Ian O'Malley. Ainda assim, para mim, ele não se comportava como um assassino. Lloyd sempre foi quieto e honesto, o tipo de homem que te atacaria verbalmente se você entrasse no caminho dele. A violência não estava em sua natureza. Eu o havia observado cuidando dos cavalos da Nana D e ocasionalmente interagindo com a Emma enquanto ele esteve trabalhando no Rancho Danby.

– Devia haver. O Hiram e a outra passageira estavam na carroça de trás. O Chip viu a carruagem no primeiro ponto de parada do celeiro. Foi então que os cavalos se assustaram. – Lloyd explicou a rota, esclarecendo que o Chip não havia visto quem estava conduzindo a carruagem. Deve ter sido outra pessoa, porque ele viu duas pessoas na parte de trás.

– Você acha que a outra pessoa pulou fora no primeiro ponto de parada, assustou os cavalos, e saiu em disparada? – isso fazia sentido para mim. Será que a pessoa teria esfaqueado a Madame Zenya com a forquilha e atacado o Hiram Grey para que eles não pudessem escapar da carruagem descontrolada?

Lloyd se levantou, mencionando que tinha que ir até o

Rancho Danby para alimentar os cavalos antes de suas responsabilidades da noite.

– É isso que eu acredito que aconteceu. Quem fez isso devia conhecer o caminho que os cavalos seguiriam normalmente. Havia várias cercas de madeira bloqueando aquele caminho, e elas forçavam os cavalos a virar em direção ao silo velho e o grande carvalho. Aquele é um caminho sem saída antes de se aproximar da Floresta Nacional de Saddlebrooke. Os cavalos não tinham para onde ir, a não ser parar bruscamente, e foi por isso que pelo menos um dos passageiros saiu voando pelo ar.

Se esse fosse o caso, então isso foi um assassinato premeditado. O assassino conseguiu fazer com que a Madame Zenya e o Hiram aparecessem na hayride assombrada, fazer o Chip desaparecer por pelo menos mais trinta minutos adicionais, e para que os animais ficassem assustados sem usarem seus antolhos. Então, o criminoso atacou as vítimas e mandou os cavalos em direção ao perigo.

Calliope trouxe o meu almoço depois que o Lloyd foi embora.

– Ele te contou que está preocupado com a Minnie?

Eu cocei a minha cabeça.

– Isso por que encontraram o corpo do Ian?

– A polícia suspeita dela agora. Um ex-aluno que estava trabalhando em uma tenda próxima a havia visto visitando perto dos estábulos naquela noite. Ela estava vindo da área do passeio de hayride. Os braços dela estavam arranhados, e ela tinha feno preso aos sapatos. Eu não quero acreditar que ela tenha alguma relação com isso, mas ninguém consegue encontrá-la para fornecer uma explicação. – Calliope resmungou antes de coletar o dinheiro que seu pai havia deixado para pagar a conta e então se afastou.

Nada fazia sentido. Que motivo a Minnie teria para usar a forquilha, a não ser que ela a houvesse usado para machucar a Madame Zenya? Se for a Minnie, será que ela sabia que a mulher era a Prudence ou havia pensado ter empalado a psíquica? Por mais que a Minnie não fosse uma mulher frágil, eu tinha dificuldades de imaginá-la segurando uma arma e tendo força suficiente para atacar um ser humano.

Depois de engolir a minha refeição, Eleanor passou pela minha mesa.

– Estou devastada, Kellan. – ela choramingou, esfregando seus olhos inchados e vermelhos, e me abraçando. – A Madame Zenya era incrível. Não consigo acreditar que ela se foi.

Dois pensamentos cruzaram a minha mente enquanto ela se afastava. A minha irmã estava em dor porque um criminoso havia assassinado um de seus ídolos, mas na realidade, essa não era uma afirmação verdadeira. Eu apenas não podia contar para ela. Por mais que a Eleanor nunca fosse revelar o fato de que a mulher ainda estava viva para ninguém mais, isso me colocaria em uma posição difícil.

– Existem muitas coisas acontecendo, mana. Eu prometo a você, as coisas não são o que parecem. Não conte a ninguém mais que eu disse isso, mas acredite em mim, nós vamos descobrir o que aconteceu.

– O que você está tentando me contar? – um pequeno raio de esperança iluminou o rosto entristecido dela.

– Nada. Nós nunca tivemos essa conversa. Não estou dizendo que suas lágrimas ainda não são necessárias, mas... – eu me inclinei para frente e coloquei minhas mãos nas delas. – Apenas me dê três dias para resolver isso. Eu posso ter boas notícias para compartilhar. – se eu conseguisse encontrar a Madame Zenya. Eu tinha um palpite de onde ela estava se escondendo.

– Você sabe o que mais tem em três dias? – Eleanor deu um grande sorriso, suas preocupações diminuindo um pouco.

– O meu aniversário. Trinta e três... uau, estou chegando lá em cima. – eu sempre odiei ter meu aniversário no Halloween. As pessoas diziam que o no Natal era o pior aniversário porque você recebia menos presentes. Tente se fantasiar para ir pedir doces-ou-travessuras quando você é criança e tem a sua mãe colocando você em uma fantasia de bolo de aniversário laranja. A cada ano, ela pedia para a Nana D costurar outra vela falsa, para que todo mundo soubesse quantos anos eu tinha. Aos treze anos, eu bati meu pé e exigi não ter mais fantasias. Infelizmente, isso resultou com meu aniversário sendo completamente ignorado, porque minha mãe pensou que eu havia agido de maneira muito infantil. Desde então, mesmo ela tentando compensar, eu odiava celebrar o meu aniversário.

– Você será sempre dois anos mais velho do que eu.

– E você sempre vai me relembrar disso.

Depois do nosso abraço de despedida, eu segui até o campus para lecionar durante a tarde. Entre as aulas, Myriam apareceu no meu escritório. Em um minuto, eu estava lendo um e-mail de uma estudante que queria discutir sobre uma nota ruim que eu havia dado a ela. No seguinte, a minha chefe estava interrompendo a minha tarde tranquila com outra tirada sobre a falta de respeito das pessoas com o tempo dela.

– O que aconteceu, Dra. Castle? Espero que eu não a tenha ofendido de nenhuma maneira ou forma nessa semana. – eu sorri ironicamente, esperando que ela não tivesse percebido a leve raiva no meu olhar.

– *A reputação é uma imposição ociosa e muito falsa; muitas vezes conseguida sem mérito e perdida sem merecer.* – Myriam citou sua peça favorita de Shakespeare, *Otelo*.

– Okay, estou meio perdido. Por acaso alguém cancelou uma reunião com você hoje? – eu senti o meu pé chutando a mesa em frustração. Se continuasse assim, o móvel inteiro iria desmontar.

– A Dra. Lawson pediu folga pelo segundo dia. Ela está lecionando aqui há seis semanas e já teve que ir atender várias emergências. Estou me perguntando se você fez uma má recomendação, Dr. Ayrwick.

– Oooh! Eu não fiz isso, Dra. Castle. Eu a avisei de que estava preocupado sobre o verdadeiro interesse da Hope em querer trabalhar em Braxton, mas você me disse que...

A Dra. Castle sorriu, então limpou a garganta.

– Eu me recordo vagamente da nossa conversa. Talvez da próxima vez, você seja mais firme sobre esse seu suposto aviso que você me deu. Eu sou uma mulher razoável, e fico contente em considerar as opiniões que todos os meus professores providenciam.

A ousadia da mulher. Eu não conseguia dizer se ela estava tentando ser sarcástica, ou se havia genuinamente se esquecido da extensão da nossa conversa anterior sobre a Hope.

– Qual foi o motivo que ela deu?

– Algo sobre a mãe dela ter machucado as costas ontem e precisar ir ao médico. – Myriam murmurou algumas palavras impertinentes sobre a situação, citando que precisava ir a uma reunião.

Se a Hope estava cuidando da mãe por causa de um problema nas costas, havia uma possibilidade que a Raelynn estivesse envolvida no ataque contra o Hiram na carruagem. Havia suspeitos demais, e ainda assim, nenhum deles tinha motivos completamente compreensíveis. Alguém estava me enganando, e eu não tinha certeza de que pessoa havia passado no meu detector de mentiras. Eu precisava falar sobre isso com a April durante o nosso jantar naquela noite.

Encontrei-me com vários estudantes, e tomei uma xícara de chá com a Fern Terry, uma boa amiga que eu havia sentido falta nas últimas semanas. Ela estava cumprindo uma jornada dupla como Reitora de Assuntos Estudantis e Reitora Acadêmica, depois que o reitor anterior se aposentou. Ed Mulligan havia estado envolvido em um escândalo no campus com um dos chefes de departamento, que acabou denunciando-o. Ursula Power havia convencido delicadamente ele a se aposentar ao ameaçar demiti-lo por comportamento antiético. Ele havia aceitado prontamente o pequeno pacote de saída e foi embora com o rabo entre as pernas. Ursula estava perto de contratar o novo reitor, mas até lá, a Fern estava sobrecarregada e frequentemente cancelava os nossos almoços.

Ao fim do dia, eu cheguei a Emma e o Ulan. Depois de

confirmar que estava tudo bem com eles, eu dirigi até minha casa para me encontrar com o Bartleby. Quando cheguei, o Policial Flatman, que estava postado na minha porta da frente, informou que o policial de guarda no porão havia acabado de sair para a pausa do jantar.

– A Xerife Montague informou que nós estamos com pouco pessoal nessa semana, então não temos reforços. Eu corro de um lado para o outro durante os trinta minutos enquanto meu parceiro busca os nossos jantares.

O Policial Flatman diminuiu a minha preocupação sobre a vontade do Bartleby de se encontrar comigo em privado, já que nós tínhamos uma pessoa a menos para escutar a nossa conversa. Eu não tinha certeza se era ideal deixar o porão sem supervisão por até mesmo cinco minutos. Nós tínhamos uma investigação de assassinato em andamento, e apesar de que não havia prova absoluta de que o fantasma assombrando a minha casa estivesse ligado ao ataque contra o Hiram, isso era um lapso de julgamento. Eu precisaria conversar sobre isso com a April durante o jantar, o que poderia causar um desentendimento sobre o meu constante envolvimento no emprego dela. *Ela poderia apenas... deixa pra lá.*

– Vou dar uma caminhada pelo porão. Eu te chamo se alguma coisa suspeita acontecer. – eu informei ao Policial Flatman de que o Bartleby iria chegar a qualquer momento, e que ele poderia mandá-lo até o porão.

Deixei minhas chaves na mesa do corredor e desci as escadas. A porta estava aberta, e o Nicky havia colocado um sistema elétrico temporário, conectando com o circuito da cozinha. Depois de vagar pela área mais imediata, procurando por qualquer pista sobre o que estava acontecendo, uma voz me chamou. Era um tom feminino e emanava de uma das passagens.

Entrei alguns passos na abertura mais próxima, completamente ciente do perigo que eu poderia encarar. Antes de chamar pelo Flatman, eu precisava verificar que não estava imaginando coisas.

– Quem está aí?

Uma mulher pulou e esticou o braço na minha direção.

– Fico feliz que você tenha vindo, Kellan. O Bartleby me contou que eu podia confiar em você. – ela estava vestida com um vestido de renda branco que combinava com o que os trabalhadores haviam visto. Será que eu finalmente estava encontrando o meu fantasma?

– Você é a Madama Zenya, não é? – meu coração bateu mais rápido quando ela levantou uma lanterna.

– Siga-me. Temos muito para conversar. – a Madame Zenya pegou a minha mão e me puxou para mais fundo nos túneis subterrâneos. Enquanto nós corríamos, eu peguei meu celular para gravar a nossa conversa, mas ele caiu do meu bolso em algum lugar na escuridão. Eu mal conseguia ver meio metro a minha frente.

Madame Zenya parou e falou levianamente para mim.

– Deixe-o para trás. Não temos tempo. – a psíquica enigmática me levou através de túneis, aconselhando-me a acelerar meus passos. – Nós temos que chegar ao outro lado antes que o policial retorne.

Eu joguei a preocupação no vento e segui os meus instintos, adentrando a escuridão que me aguardava. Nós meandramos por um labirinto de passagens de argila vermelha, fazendo uma série de curvas à esquerda e à direita. Havia água gotejando por perto e formando um pequeno riacho ao nosso lado. Nós estávamos próximos ao Rio Finnulia. Será que ela estava me levando para a entrada secreta perto da ponte e que ninguém conseguia encontrar?

– Para onde estamos indo? Eles vão encontrar o meu celular e pensar que alguma coisa aconteceu comigo. – eu a deixei liderar o caminho, certo de que iria ficar mais claro dentro de pouco tempo.

– Apenas mais alguns minutos. – ela me encorajou, então

parou de correr assim que chegamos a um ponto sem saída. A Madame Zenya ergueu a lanterna e iluminou contra um portão de madeira. Ela inseriu uma chave na fechadura escondida e abriu a pesada porta. – Bem-vindo à minha segunda casa.

Assim que nós entramos no ambiente, eu sabia onde estava.

– Como você navegou por aqueles túneis tão facilmente? Eu nunca soube que isso existia abaixo do Farol de Braxton.

– Pouquíssimas pessoas sabem. Meu tataravô construiu este farol quando se mudou para o Condado de Wharton. O mais antigo costumava ficar na parte mais ao norte do rio, perto do Lago Crilly. Ele pensou que seria melhor se estivesse no lado sul, para que a nossa família pudesse ver qualquer barco chegando pelo rio mais cedo. – Madame Zenya acendeu várias velas em um candelabro pendurado no meio da sala, então desligou sua pequena lanterna e fechou a porta de madeira. Um guincho meio assustador veio das dobradiças enferrujadas, ecoando no espaço surpreendentemente maravilhoso. – Ninguém vai nos encontrar aqui. Quando nós tivermos terminado, eu vou destrancar a porta principal para irmos ao andar de cima através de uma entrada secreta, de volta para a terra principal.

– Nós passamos por um túnel debaixo do rio?

Ela assentiu.

– Os Garibaldis foram de grande importância ao construírem esses túneis durante a Proibição.

Eu estava maravilhado com a quantidade de trabalho que havia sido necessário para conquistar tal feito. Com o teto a pelo menos três metros e meio de altura, com janelas octogonais coloridas, a sala parecia moderna e grande. Uma linda sala de estar projetada em um tema marítimo com cortinas primorosamente adaptadas e móveis de época fazia o lugar parecer quase ostentoso.

– Como você sabe de tudo isso?

Com um olhar penetrante e cheio de brilho, ela anunciou:

– Porque eu sou a Constance Garibaldi. Os rumores da minha morte a mais de cinquenta anos atrás foram muito exagerados.

CAPÍTULO QUINZE

Constance estendeu uma mão na minha direção, ansiosa para acabar com as formalidades.

– É um imenso prazer te conhecer, Kellan.

Eu apertei estranhamente a mão dela, então me afastei hesitantemente.

– Apenas para tirar a pergunta óbvia do caminho... você matou o Ian O'Malley e a sua irmã?

– Eu não fiz tal coisa, mas acredito que posso confiar em você para me ajudar a provar quem o fez. – Constance sugeriu que nos sentássemos em um sofá próximo enquanto ela divulgava sua história.

– Eu tenho tantas perguntas. Nem mesmo sei por onde começar. – eu não estava preparado para entregar a minha confiança para a mulher, mas nós tínhamos que começar em algum ponto.

– Deixe-me contar o que eu sei, e talvez você possa me ajudar a preencher as lacunas. – ela afundou em um sofá de couro com um suspiro e agarrou uma almofada contra seu peito. – Tudo começou...

Constance havia nascido com habilidades psíquicas. Ela conseguia ler as auras das pessoas e antever visões de eventos chaves na vida delas. Aos dois anos de idade, ela havia ficado com medo de ser tocada por qualquer pessoa, porque as visões a atormentavam durante horas depois disso. Ninguém nunca acreditou nela, já que todas as premonições eram sobre coisas futuras.

– Meus pais me levaram para uma variedade de médicos e especialistas. Os tolos culpavam isso pelos genes Garibaldi, reclamando que nós éramos um grupo de pessoas nervosas com problemas de comunicação ou sensibilidade. Durante o meu primeiro dia na pré-escola, eu tive uma visão dos campos de concentração nazistas. Os médicos começaram a me sedar, e depois de semanas do problema só ficando pior, eles me colocaram em uma instituição.

– Isso é horrível. Eu nunca fui muito crente sobre o que você faz, se for para ser honesto. Eu não quero te ofender. Sempre pareceu como se você estivesse manipulando o futuro das pessoas, mas depois daquela experiência no labirinto do milharal assombrado onde você canalizou o meu avô, você abriu os meus olhos.

– Então você acredita em mim agora?

Eu consegui apenas assentir. Devia haver alguma explicação.

– Se você consegue ver o passado, por que não consegue determinar quem matou a sua irmã? Ou o Ian O'Malley?

– Não funciona dessa forma. Eu canalizo momentos do passado e recebo premonições sobre o futuro. Nunca é nada específico, mas apenas o suficiente para saber quando e onde uma situação pode ocorrer. Eu posso ver o passado apenas se alguém me deixar vê-lo. – Madame Zenya se esticou e sacudiu o corpo, quase se contorcendo em círculos. – Eu preciso limpar a energia, então posso continuar contando a minha história.

– Por acaso o Vovô Michael simplesmente apareceu no labirinto? Ou você convocou alguém importante para mim? Como isso funciona? – eu não tinha certeza de como eu me sentia, ainda assim eu precisava saber mais.

– Nós podemos conversar sobre isso outra hora. Por

enquanto, acredite em mim. O seu avô estava na minha turma da pré-escola. Eu pude sentir a presença dele porque ele havia sido gentil comigo no dia que eu tive a visão dos nazistas. Ele se sentou ao meu lado e segurou a minha mão enquanto todas as outras crianças apontavam e riam. Até mesmo a professora pensou que eu era incorrigível e estava atuando para chamar atenção. – Madame Zenya se sentou novamente e alisou uma dobra em sua saia volumosa. – Onde nós estamos?

– Eles te colocaram em uma instituição. Uma colega minha pesquisou sobre a sua vida. Ela me fez acreditar que você nunca saiu da clínica, mas o que eu não entendo é como você está viva hoje. Hope Lawson e Bartleby Grosvalet confirmaram que você havia morrido. O Hiram lidou com a transição dos bens da sua família para a Prudence. – será que ambos haviam mentido para mim?

– Eu tenho muito para explicar. O Bartleby me convenceu a participar do Festival de Outono de Braxton. Ele não estava confortável em te contar tudo até que eu soubesse que podia confiar em você. E quanto à mulher Lawson, vou chegar nela logo. – ela disparou. Constance continuou a sua história, destacando pelo que ela havia passado em setenta e cinco anos de uma vida complicada.

Depois que os pais dela haviam colocado a Constance em uma instituição, os médicos mantiveram-na medicada e fizeram vários testes no cérebro dela, incluindo a terapia de choque. Tudo o que eles conseguiram foi deixá-la cansada, fraca e disposta a cooperar. Os pais dela e a irmã a visitavam todos os meses, e a Constance jogava o jogo deles, para receber tratamentos o mais minimamente invasivos possível. Um dia, Prudence concordou em ajudar a Constance a escapar da instituição. Elas, infelizmente, planejaram a fuga para o dia em que receberam a notícia de que os piratas haviam matado seus pais na costa da África. Prudence nunca apareceu por lá, e a Constance tentou escapar sozinha. Os médicos a pegaram e aumentaram as drogas que estavam usando para controlar o comportamento dela.

A Prudence logo ficou grávida do Damien e não podia visitá-la. Enquanto caía em declínio, Constance ficou sabendo que seria transferida para outra clínica.

– Hiram planejou isso. Eu não sabia, mas ele havia pagado aos médicos para assegurar que ninguém nunca mais me encontrasse. Foi então que a Raelynn Trudeau entrou na nossa história.

– Ela estava trabalhando com o Hiram no tribunal enquanto eles estavam frequentando a faculdade de direito juntos, certo? – o quebra-cabeça estava ficando mais claro. Quais dessas pessoas haviam descoberto e matado a Prudence no outro dia?

– Correto. Exceto que a Raelynn estava perdidamente apaixonada pelo Hiram. Eu podia ver isso sempre que eles me visitavam. No começo, ela estava tímida e ficava de escanteio. O Hiram dizia estar me ajudando, mas eu o observei manipular a Prudence para que ela pensasse estar perdendo a cabeça. Eu nunca pude isolar a minha irmã para protegê-la. Um dia, o Hiram tentou me manipular, disse-me que a minha irmã havia machucado a si mesma. Eu nunca acreditei nele.

– O Hiram é muito pior do que eu poderia ter imaginado. – o meu coração doeu pelas irmãs Garibaldi.

Constance revelou que o Hiram havia forçado a Raelynn a assinar declarações como testemunha dizendo que a Constance o havia atacado e tentado matá-lo. Ele manipulou a Raelynn, que esperava poder ficar com o Hiram quando seu plano terminasse, tendo declarado a Constance oficialmente insana e arrancado a herança dela.

– O médico criou uma certidão de óbito falsa, anunciando para a instituição que eu havia tirado a minha própria vida ao ouvir as notícias da morte dos meus pais e da crise da minha irmã. – em segredo, ele havia transferido a Constance para outra clínica sob um nome falso, e pago pelo tratamento dela. Assim que a Prudence desapareceu, Hiram esperou sete anos antes que pudesse declará-la morta, permitindo que ele herdasse a fortuna dos Garibaldi.

– O Hiram não ficou com medo de que você voltasse algum dia?

– Provavelmente no começo. Depois de alguns meses, eu escapei. Assim que eu chantageei o médico com o que ele havia feito, prometendo que eu iria revelar como ele torturava todos os seus pacientes, ele informou para o Hiram que eu tinha batido as botas durante um experimento. O médico morreu duas semanas depois, por causa de um ataque cardíaco, e eu era uma mulher livre. Eu retornei secretamente para Braxton e fiquei sabendo que a Prudence havia falecido em um incêndio ou desaparecido. Isso explicava por que ela nunca me salvou. – Constance passou semanas procurando, mas nunca encontrou a irmã.

– Por que você não foi à polícia?

– Eu estive em uma instituição mental durante vinte e cinco anos. Eu ainda estava me recuperando da morte dos meus pais e da minha irmã. Ninguém teria acreditado em mim. – Constance havia convencido o médico a dar para ela dinheiro suficiente para sair da cidade e se curar. Quando ela finalmente ficou forte o suficiente para lutar de volta, o Hiram havia se tornado um advogado de sucesso e um líder respeitado em Braxton. – Eu desisti e segui em frente, esquecendo-me da minha antiga vida como uma Garibaldi. Eu não tinha mais que me preocupar com as pessoas achando que eu era louca. Eu me juntei a um carnaval itinerante, e eles criaram uma nova identidade para mim. Eu tenho sido a Madame Zenya há décadas.

– Por que você voltou para Braxton? – a história dela era impressionante, mas havia muitas questões a serem respondidas.

– Depois de um período tão longo, fiquei nostálgica. A oportunidade de retornar à minha cidade de infância me chamou. Apesar das minhas habilidades, eu nunca havia sido capaz de alcançar a Prudence. Pensei que se estivesse de volta na nossa casa, ela acabaria vindo do Grande Além para me visitar. – Constance explicou que ela ficou curiosa com o convite da Eleanor e retornou para se encontrar com o Bartleby, que havia sido um seguidor da Madame Zenya durante anos, já que ele acreditava em atividades paranormais. Constance viu a oportunidade de voltar para casa em segredo, então visitou o Condado de Wharton sob o disfarce de atração principal do Festival de Outono. Ela esteve morando aqui durante meses e absorvendo toda a história que perdeu.

– Ninguém te reconheceu?

– Eu uso o meu chapéu com o véu, como sempre, quando estou em público. Eu aprendi como ser sempre cuidadosa e nunca confiar naqueles ao meu redor. As pessoas podem ser enganosas. – ela me aconselhou. A Constance, como Madame Zenya, havia ficado próxima do Bartleby, que havia relembrado seu tempo de criança no qual ele foi amigo da Prudence. – Eu o acompanhei um dia para ver a minha antiga casa, e foi quando eu senti a presença dela. Naquele momento eu não sabia, mas a Prudence estava viva e morando por perto.

– Quem fez todos aqueles truques e deixou aquelas mensagens na minha casa?

– Não vou discutir sobre isso, Kellan, mas o Hiram não tinha direito de lhe vender a casa da minha família. A minha irmã foi a responsável por todos os danos. – Constance descansou a mão no meu joelho, assegurando-me de que ela estava confiante de que nós poderíamos fazer um acordo no futuro.

– A Prudence esteve morando dentro da casa durante todo esse tempo? – eu tinha certeza de que o Bartleby sabia da verdade o tempo todo, mas não consegui descobrir por que ele a havia deixado lá, ao invés de ajudá-la a reintegrar-se na sociedade.

– Não. Pelo que eu consegui entender quando conversei com minha irmã, depois do incêndio na biblioteca em 1968, ela sofreu um colapso. A mente da Prudence bloqueou os eventos do último ano da vida dela, e ela viajou até a África para encontrar os nossos pais. Ela acreditava que eles ainda estavam vivos e usou o dinheiro que meus pais haviam mantido na casa, para sobreviver durante algum tempo. Ela ficou fora do país durante décadas. Em algum momento, com a ajuda das pessoas que ela conheceu na África, ela conseguiu recuperar um pouco de suas faculdades mentais e retornou para Braxton.

– Deve ter sido por isso que as pessoas sentiam uma presença na casa. – eu contei a história da Lara para a Constance, e ela concordou. – Prudence viveu uma vida difícil.

– Eu nunca vou saber onde ela esteve na maior parte do tempo, mas ela esteve usando os túneis subterrâneos sempre que voltava para Braxton. Eu não acho que ela se lembrou de que havia tido um bebê. A mente dela estava presa em 1968, antes de ela se casar com o Hiram e dos nossos pais morrerem. O mundo era diferente para ela do que para os outros. – Constance soluçou silenciosamente, refletindo sobre o passado e todas as suas perdas.

Eu dei espaço a ela, então continuei.

– Como você encontrou a Prudence novamente?

– Bartleby e eu ficamos próximos, e eu senti que podia confiar nele. Quando contei a ele sobre quem eu era, ele me acompanhou até o farol, e foi então que nós encontramos a Prue morando aqui. Ele havia comprado o lugar anos atrás. Nós juntamos a história e ajudamos a minha irmã a reclamar sua identidade e se aclimatar com a sociedade moderna. Nós tentamos curá-la, mas quando você comprou a nossa casa, as coisas desmoronaram novamente.

No começo, Constance deixou que a Prudence tentasse me assustar para eu não me mudar para a casa. Elas haviam desenvolvido um plano para confrontar o Hiram com tudo, e estiveram próximas de executá-lo. Infelizmente, elas não esperavam que ele vendesse a casa, como um caminho para escapar dos segredos do passado. O Hiram logo suspeitou da verdadeira identidade da Madame Zenya.

– No dia do funeral do Ian O'Malley, Prudence se vestiu como eu para visitar o Hiram e o Elijah. Eu acho que a Prudence deve ter se deixado identificar na Igreja St. Mary, e o Hiram a seguiu até o passeio de hayride assombrada.

– Foi o Hiram que matou a Prudence? Você estava lá?

Constance sacudiu a cabeça.

– Não, eu estava aqui, ficando quieta até que a Prudence retornasse. Quando eu acordei e descobri que ela ainda não havia retornado, soube que havia alguma coisa errada. Eu havia dado a ela o meu celular, mas ela não atendeu as minhas ligações. – Constance indicou que a Prudence nunca havia visto quem matou o Ian O'Malley. Ela havia sido trancada dentro da sala no porão da biblioteca pelo Lloyd Nickels e testemunhou o Ian entrar no espaço e tentar destrancar a porta. Alguém vestido com uma capa golpeou o Ian na cabeça com um grande pedaço de madeira depois de começar o fogo. Ian acordou brevemente, abriu a porta para a Prudence, e então desmaiou. A Prudence não conseguiu salvá-lo e escapou pelos túneis. A história da Constance combinava com a do Padre Elijah.

– De quem você suspeita?

– O Hiram é culpado, ou ele contratou alguém. Foi quem atacou a Prudence na hayride assombrada.

– Não se esqueça... alguém também atacou o Bartleby no porão. Não poderia ter sido o Hiram porque ele estava no hospital depois do acidente na hayride. – eu não tinha muita certeza da linha do tempo dos eventos.

Constance encolheu os ombros.

– Se o Hiram está por trás de tudo, o lacaio dele está se escondendo até que seu chefe acorde.

– Isso se o Hiram acordar. – eu relembrei a ela. Se a Constance havia contado a verdade, o suspeito mais provável era a Raelynn. Ela havia retornado para Braxton logo após a Madame Zenya, quando o Hiram havia ficado com suspeitas. Ele deve ter entrado em contato com a Raelynn, assumindo que ela era a única outra pessoa que sabia do segredo dele sobre as irmãs. – Poderia ser a Raelynn? – mas então, por que a Minnie foi vista fugindo dos estábulos dos cavalos?

– É possível. Ela é uma mulher forte, e eu não acredito que ela esteja sofrendo de Alzheimer. Eu acho que isso tudo é um disfarce para que ela tenha acesso sem levantar suspeitas.

Exceto que, se isso fosse verdade, a Hope não teria me contado sobre o rancor que a mãe dela tinha contra alguém de Braxton. A não ser que ela não tivesse ideia da história toda.

– Eu acho que nós estamos deixando passar parte da história. Você acha que o Padre Elijah poderia estar envolvido nesse encobrimento?

– Eu nunca conheci o homem. Eu apenas sei o que a Prudence e o Bartleby me contaram sobre ele. Se a Prudence o amava, o Padre Elijah é um homem bom. Você deve investigar essa parte. – ela comentou, então disse que era hora de eu voltar. – O Bartleby está esperando por você no carro dele depois que cruzar o rio. Ele vai te levar de volta para a casa. Eu tenho certeza de que você vai inventar alguma desculpa. Talvez você tenha ido até o porão, deixou seu celular cair, e saiu pela porta dos fundos. Você tem que guardar o meu segredo por um pouco mais de tempo.

– Duas perguntas.

– Faça-as rápido. Nós não queremos que ninguém pergunte ao Bartleby porque ele está esperando dentro do carro do outro lado do rio. Eu vou entrar em contato para conversar sobre o que precisa acontecer em seguida.

Ela era uma psíquica agressiva, especialmente já que havia me forçado a vagar pelos túneis subterrâneos e encontrar a casa.

– Um, como eu entro em contato com você? E dois, como eu devo escapar desta ilha no meio do rio?

– Você morou aqui durante quase trinta anos. Nunca usou uma canoa para atravessar o rio? Não me diga que você é um desses homens preguiçosos e tem que dirigir cruzando a ponte?

– Você espera que eu reme de volta? A essa hora já está escuro do lado de fora.

– Eu não teria pensado que você era um covarde, Kellan.

– Está bem, e como te encontro novamente? – se eu nunca

visse outra mulher de setenta e poucos anos na minha vida, não seria tão em breve. Isso devia ser alguma punição pelo que eu tinha feito na minha vida passada. Espere! Agora a Eleanor tinha me feito falar assim como ela. Eca!

– Vou entrar em contato com você. Por hora, devo ficar escondida. O mundo acha que eu morri. Vai ser melhor se a verdade ficar enterrada. As maquinações do Hiram podem acabar logo. – ela me orientou a segui-la por uma pequena escada que me deixou na base do farol, através de uma abertura no chão. – Eu sou uma mulher velha e doente, Kellan. A partir desse ponto, eu tenho que deixar nas mãos de Deus.

A menção dela a Deus me lembrou de um segredo chave que ainda não havia sido comunicado para mais ninguém.

– O Damien precisa saber que o Elijah O'Malley é o pai dele.

– Eu concordo, mas suspeito que tenha muito mais acontecendo do que nós sabemos. – Madame Zenya me apressou para fora do farol e apontou na direção onde o Bartleby estava me esperando.

Enquanto eu tropeçava por um campo coberto por arbustos, areia, e vegetação colorida, eu relembrei a conversa entre o Finnigan e o Hiram na igreja. O Hiram havia alterado o seu testamento para assegurar que sua herança fosse para seu filho mais velho. Se esse não era o Damien, então pertencia ao seu irmão mais novo, o Xavier, que estava trabalhando na Europa há meses. April confirmou que ele não havia pisado nos Estados Unidos nos últimos três anos. Eu precisava conversar com a filha dele, a Carla, uma ex-estudante minha, para descobrir o que ela sabia. Será que o Xavier poderia ter tentado matar seu pai para receber o dinheiro?

Assim que cheguei na água escura e lamacenta, eu olhei na direção do farol enquanto o sol terminava de se pôr ao fundo. Pela primeira vez na minha vida inteira, eu vi uma cena muito diferente. Quando criança, o farol parecia ser maior do que qualquer coisa que eu conhecia. Agora, era apenas um esconderijo para uma família que havia ficado perdida durante meio século. O que as Garibaldis teriam se tornado se o Hiram tivesse ficado longe?

Graças à minha firmeza com meus exercícios matinais, eu encontrei a canoa a apenas alguns metros da margem. Depois de empurrá-la para a água rasa, me sentei com as pernas esticadas à frente, os joelhos levemente dobrados, e peguei os dois remos. Momentos depois, eu me empurrei para longe do farol e remei cruzando o rio tranquilo. Eu não tinha tanto medo do que estava se escondendo abaixo de mim, como tinha medo de ser pego quando chegasse ao outro lado. Se a April ou o Connor soubessem do que eu tinha feito, eles poderiam me jogar para dentro do buraco na Biblioteca Memorial e deixar a construção me enterrar ali para sempre.

O vento me ajudou a cruzar a distância restante até que a parte frontal da canoa bateu contra os bancos de areia da margem principal. Havia um carro estacionado ali, e havia um homem sentado no lugar do motorista. Aquele era o Bartleby? Eu não conseguia imaginar quem mais poderia estar espreitando, a não ser que o assassino tivesse descoberto a entrada secreta para dentro do farol, e queria acabar comigo antes que alguém mais soubesse.

Eu subi devagar pelo banco de areia até que a canoa estivesse firmemente apoiada na, areia. Eu saí cautelosamente, me xingando por causa das roupas que eu havia arruinado. Se eu tivesse sabido que a minha noite incluiria me arrastar por uma caverna suja, sair por uma portinhola em um porão, e remar cruzando um rio, teria me vestido diferentemente. Quando o facho de luz do farol cruzou pelo estacionamento, eu percebi que o carro era um Cadillac. Será que eu estava prestes a encarar o meu perseguidor?

– É você, Kellan?

– Bartleby? – meu sussurro foi tão fraco que eu pensei que era apenas uma voz dentro da minha cabeça.

Eu escalei a areia, perdi meu sapato em alguma coisa

pegajosa, e corri em direção ao carro do Bartleby. Ele destrancou a porta, subiu a janela e ligou o motor.

– Inicialmente, eu pensei que estaria te agradecendo por me levar para casa. Mas agora, eu quero saber exatamente por que você esteve me seguindo e incomodando durante semanas.

– Eu deveria ter percebido que você iria descobrir logo. Desculpe-me por todo o drama e os segredos. Eu não sabia se podia confiar em você, e então, quando alguém me golpeou no porão... eu fiquei preocupado que pudesse ter sido você. – o Bartleby instintivamente esfregou a parte de trás da cabeça antes de começar a dirigir.

– Constance me contou toda a história. Eu espero que isso não pareça insensível, mas ela alguma vez tira aquele chapéu? Nas fotos na cabine dela, ela está sempre com ele.

– A Madame Zenya prefere manter suas personalidades pública e privada separadas. Poucas pessoas sabem de algo sobre ela além dos talentos que possui e as leituras que ela tem feito para outros.

Eu murmurei em uma voz trêmula.

– Têm duas coisas que eu não entendo.

Bartleby parou no sinal vermelho e me encarou.

– Apenas duas coisas?

– Touché. Vou esclarecer a minha declaração. – eu peguei um lenço de papel do painel do carro e limpei um pouco de lama das minhas mãos. – A primeira, se você sabia que não havia um fantasma na minha casa, e tinha como entrar no porão através da passagem secreta e da minha porta da frente, então por que fez tanto mistério com a chave?

Antes de seguir em frente, Bartleby deu uma risada silenciosa. O brilho da lua jogava uma sombra no rosto dele, fazendo eu me lembrar do vilão dos meus pesadelos recorrentes.

– Eu pensei que você estava inventando coisas ou pregando peças contra a sua equipe da construção. Eu havia sido originalmente um apoiador das renovações da biblioteca antes de perceber que os túneis se conectavam até a sua casa, e de ter descoberto que a Prudence e a Constance ainda estavam vivas. Foi por isso que eu tive que atrasar o seu acesso, pelo menos até que as irmãs Garibaldi tivessem conseguido se vingar do Hiram Grey.

– Isso é sério? – eu não tinha certeza se acreditava no homem. Enquanto havia sido nosso antigo prefeito, ele havia tomado várias decisões discutíveis em múltiplas ocasiões. Eu decidi que não confiaria completamente nele antes de ter certeza de que ele estava contando a verdade. Até ele me deixar em casa, e eu não estar mais em perigo, eu iria continuar jogando. – Segunda, e quanto ao fogo na minha casa? Poderia ter destruído o lugar.

– A Prudence não estava muito lúcida. Ela conseguia apenas pensar em te impedir de pegar a casa dela. Ela morava no farol, viajava pelos túneis e entrava escondida na casa Garibaldi, de vez em quando. Até que você começou a reforma. Ela pensou que ao começar o incêndio, isso te deixaria assustado. Eu cheguei lá a tempo de apagar o fogo e forçá-la de volta ao porão. Você quase nos descobriu naquele dia.

Nós dirigimos o restante do caminho para casa em silêncio. Ele me deixou a uma quadra da casa, e eu caminhei subindo a Rua Sem Saída. Quando cheguei ao topo da colina, eu vi luzes vermelhas piscando em frente à minha casa. O Policial Flatman deve ter chamado reforços quando eu não voltei do porão. Se ele havia encontrado apenas o meu celular, teria entrado em pânico. Eu aumentei o meu passo e corri até o caminho da frente. Não era apenas qualquer carro com as luzes vermelhas piscantes. Era o carro oficial de xerife da April que estava na entrada da garagem. Um policial desconhecido estava parado do lado de fora da porta frontal e chamou pela April assim que o abordei.

April correu para fora.

– O que está acontecendo? Fiquei com medo de que alguém tivesse te sequestrado. – ela me puxou imediatamente para um beijo apaixonado e então me deu um tapa na bochecha.

A Nana D saiu da casa enquanto isso ocorria, bufando o tempo todo.

– Eu não precisava ver isso. O meu estômago já está um pouco incomodado por causa das notícias do meu neto ter desaparecido. Você quer que eu vomite aqui e agora? – ela jogou uma mão na minha direção quando eu tentei falar.

Ulan chegou pelo caminho frontal junto com a Emma e o Baxter. Emma entregou a guia para o Ulan e correu para os meus braços.

– Você se perdeu, papai? Todo mundo ficava falando que você tinha saído para uma caminhada e que voltaria logo. Nós fomos te procurar, mas levou um tempão. Foi uma longa caminhada.

Depois de encolher os ombros para a Emma, eu coloquei uma mão no meu rosto e encarei a April.

– Hmm, você me bateu.

April riu.

– Eu mal encostei em você.

A cabeça do Augie surgiu na janela da frente.

– Essa é a maneira dela de dizer que você é especial. Eu costumava receber isso o tempo todo, mas assim que vocês dois começaram a ficar loucos um pelo outro, ela parou. O que está acontecendo?

Ulan riu.

– Eles fazem com que eu me lembre dos macacos lá na África. Quando o macaco macho está interessado no macaco fêmea, ele...

April bateu com o pé no chão.

– Vou dar algumas ordens agora. Se alguém me desafiar... – ela fez uma pausa e apontou para a Nana D e eu. – Eu vou te trancar na prisão hoje à noite. Eu não ligo se você tem o título de prefeita ou é apenas uma bisbilhoteira incorrigível que precisa aprender uma lição séria.

– Eu não tive controle sobre o que aconteceu comigo hoje. Ela...

– Eu disse cala a boca. – April disse para o Augie levar o Ulan e a Emma para o chalé no Rancho Danby. Ela mandou o

Flatman, que me olhava animado já que adorava ver a April me colocando em meu lugar, até o porão para assegurar que ninguém entrasse ou saísse hoje. – Prefeita, Pequeno Ayrwick, sigam-me até a cozinha.

Eu teria que discutir sobre esse apelido em breve. Ela havia me prometido nunca mais usá-lo, mas sob as circunstâncias atuais, isso me inclinava a presumir que a palavra havia saído acidentalmente.

– Nós vamos conversar sobre esse apelido em outro momento, muito obrigado. – eu abanei o meu nariz e então revirei meus olhos nas costas dela.

– O Policial Flatman me disse que ele foi conferir no andar debaixo apenas para descobrir que você havia desaparecido, e o seu celular estava coberto de sujeira no chão. Isso me deixou preocupada, principalmente porque nós deveríamos estar aproveitando um calmo jantar agora. Em um adorável restaurante no centro da cidade. E não rastejando pela lama e nadando pelo rio, pelo que está parecendo com seu cheiro e aparência. Ficou rapidamente óbvio que os planos para o nosso jantar não iriam dar certo. – April andou de um lado para o outro, seus olhos arregalados e os lábios se movendo mais rápido do que eu podia ver.

– Se eu puder apenas explicar...

– Foi então que a Emma me ligou para dizer que a mãe da amiga dela a havia deixado em casa, mas não havia ninguém por lá. – a Nana D interrompeu, sacudindo um dedo para mim em desaprovação. – Eu conferi com o Ulan, que não tinha notícias suas e estava sob a impressão de que você estaria lá para receber a Emma e a levar até a casa principal, porque você tinha um jantar importante para atender. Eu não sabia que o seu pequeno jantar era um encontro com a xerife, meu neto brilhante.

– Será que alguém se importa se eu estou machucado ou...

– Então, foi quando o Ulan ligou para o Augie para ver se ele sabia onde eu estava, esperando que ele pudesse ter uma ideia. Ele havia remotamente conferido o seu celular e viu que você tinha anotado um compromisso com o título, *Jantar com a Xerife Sexy*. Por mais que isso seja lisonjeador, também é alarmante que você diria isso e colocasse na agenda para outras pessoas lerem. – April jogou as mãos para o alto e massageou as próprias têmporas.

– Eu também não precisava ouvir isso. Que tipo de jogos doentios vocês dois estão fazendo? – Nana D saiu pisando duro pelo chão até a geladeira, e pegou uma garrafa de água. Depois de engolir uma boa quantidade e jogar água no meu rosto para eu *me acalmar*, ela me olhou fixamente. – Eu ouvi pelo rádio da polícia que havia um incidente neste endereço, então peguei a Emma e dirigi o mais rápido que pude.

– E, a propósito, você excedeu o limite de velocidade por treze quilômetros por hora, de acordo com um policial que disse ter visto uma mulher louca de cabelo vermelho trocando de faixa sem ligar a seta.

A Nana D dificilmente dirigia ultimamente. Ela tinha um motorista, mas ele tinha a maior parte das noites de folga, a não ser que houvesse algum evento da cidade agendado.

– Vocês duas estão se juntando contra mim?

– Quieto. – a April e Nana D gritaram em uníssono, antes de se voltarem uma para a outra ao perceberem que haviam encontrado uma nova semelhança entre elas: gritar comigo e me torturar.

– Eu estava preocupada com meu neto, Xerife. Vou fazer uma doação para a Liga dos Policiais Ativos para compensar pela minha pequena infração. – ela deu um sorriso inocente e bebeu mais água.

– Posso deixar isso passar apenas uma vez, Prefeita. – April retorquiu, antes de pegar uma cadeira e se sentar ao contrário nela, me encarando. – Nós todos acabamos aqui, preocupados com você, e agora você chega caminhando como se nada tivesse acontecido. Vá em frente, se explique. Nós só estamos esperando há horas.

Eu tensionei a mandíbula e rangi meus dentes. Por mais que

eu não estivesse com raiva, toda essa situação havia me deixado nervoso.

– Escutem aqui! Aparentemente, sempre vou ser xingado pelas mulheres na minha vida. Não importa se é a minha avó insuportável. – eu disparei, me virando para a mulher idosa e baixa que havia começado a brincar com a trança dela como uma menina inocente. – Ou pela mulher que eu admito achar sexy, mas que também precisa aprender a prestar atenção e não sair atirando por aí. – eu grunhi, assegurando que a April soubesse que eu estava falando sobre ela, e de ninguém mais. – Ou pela médium psíquica louca e lunática que insistiu que eu me arrastasse pelos túneis sujos abaixo do meu porão para explicar por que ela e a irmã dela estavam assombrando a minha casa durante o último mês.

Tanto a Nana D como a April abriram a boca, prontas para me interrogarem, mas eu cruzei os meus braços furiosamente.

– Não! Não vai acontecer. Não se mexam nem um centímetro. Não falem nenhuma palavra. Nem mesmo respirem mais do que o necessário enquanto eu, graciosamente, compartilho o que aconteceu comigo hoje à noite. É hora de eu me impor, e vocês duas vão me escutar, para variar. Entenderam?

April se rendeu primeiro, dando um olhar tranquilo para a Nana D. Eu as observei assentirem e lentamente se retirarem para a mesa, entendendo que haviam ido longe demais em seus ataques contra mim. Era hora dos membros da minha família e do meu círculo social imediato me respeitarem.

– Agora, foi isso o que aconteceu hoje à noite...

CAPÍTULO DEZESSEIS

Na manhã seguinte, depois de contar para a Nana D e para a April sobre a escapada com a verdadeira Madame Zenya e o Bartleby Grosvalet, eu marquei uma conversa com uma das netas do Hiram. April precisava de algum tempo para ponderar sobre tudo o que eu havia contado, então nós concordamos em nos encontrarmos mais tarde para uma recapitulação.

A última vez que eu havia me encontrado com a Carla Grey foi durante a formatura de Braxton na primavera passada. Ela havia se tornado uma negociadora de arte júnior em uma charmosa boutique no centro da cidade. Uma moça bonita, olhos azuis e cabelo loiro, que via o flerte como um esporte competitivo, Carla jogava constantemente, na busca por um marido ideal. Apesar de ter ficado surpresa com meu contato na noite passada, ela estava animada para me encontrar para um café, e havia sugerido para eu passar na mansão Grey no meu caminho até o campus hoje.

Eu havia acabado de ser levado até uma grande sala de estar, na esquerda imediata do hall de entrada da grande mansão na Alameda dos Milionários, e pacientemente aguardava pela chegada dela. Um mordomo gentil e atencioso me trouxe uma caneca de café enquanto eu examinava uma pintura da família

Grey, incluindo o Hiram, todos os seus cinco filhos, e netos. Não havia as esposas na obra de arte, já que o Hiram as considerava dispensáveis para o nome Grey, pelo menos, de acordo com o que a Lara havia me contado uma vez.

No centro estava um imponente Hiram, vestido com seu vestido clássico de seda preta de magistrado, jabot e peruca, que se esforçava para sempre parecer o mais tradicional possível. Imediatamente a esquerda dele estava seu filho mais velho, Damien, e para a direita estava seu segundo filho mais velho, Xavier, fruto de seu terceiro casamento, depois de se divorciar da Belinda. Até onde a Nana D sabia, Belinda e Hiram não tinham nenhum filho juntos, além do acordo deles de criar o Damien como sendo seu próprio filho, depois que a Prudence desapareceu.

Baseado no verdadeiro parentesco do Damien, o pai da Carla, Xavier Grey, era tecnicamente o filho biológico mais velho. Já que o Finnigan havia confirmado para o Hiram – quando eu os escutei conversando na Igreja St. Mary – que ele havia alterado o testamento, eu estava mais do que curioso para saber se o Xavier tinha desejos pelo dinheiro de seu pai. Os dois filhos seguintes do Hiram, frutos de seu quarto e quinto casamento, estavam na casa dos trinta e dos vinte anos, respectivamente, e ainda não haviam recebido nenhum dinheiro. De acordo com as regras da herança dos Greys, eles não receberiam sua parte até que completassem quarenta e cinco anos. O filho mais novo do Hiram, fruto de seu sexto casamento, havia escapado para a Europa depois de terminar a escola no ano anterior, de acordo com a Eleanor, que se lembrava das façanhas do jovem rebelde em sua lanchonete.

Carla entrou na sala vestindo uma blusa coral de gola aberta que exibia seu peito rechonchudo e uma saia preta justa que terminava no meio da coxa. Sem nenhum lugar seguro para eu fixar o meu olhar, eu decidi continuar na pintura enquanto ela corria até mim com um sorriso lascivo e um abraço inevitável.

– Professor, você está absolutamente incrível. Não posso

acreditar que te deixei escapar no começo do ano. – Carla provocou com uma voz sedutora, se afastando de mim. – Ou você finalmente caiu na real?

Eu tamborilei meus dedos na caneca.

– Você é uma moça muito bonita, Carla, mas eu sou um homem casado. – o mundo inteiro sabia que a Francesca havia retornado à vida, e isso se tornava frequentemente uma desculpa válida para impedir que mulheres, em quem eu não estava interessado, flertassem comigo. – Eu também considero você como uma das minhas alunas, mesmo que você tenha se graduado e seguido com uma carreira excitante no mundo da arte.

– Eu entendo. Talvez no futuro as coisas sejam diferentes. – Carla me percebeu examinando a pintura da família Grey e suspirou. – É uma gema e tanto. Não tão valiosa como as que eu estou apresentando na galeria. Você deveria passar por lá algum dia. Eu poderia te garantir um ótimo desconto.

– Vou considerar isso. – eu não iria pagar uma fortuna em uma pintura de frutas em uma tigela. Eu havia passado na boutique dela durante o verão e tive o maior choque. Eu achava que a arte era fascinante, mas gastar dinheiro não era algo que eu estava disposto a fazer facilmente. – Eu sinto muito sobre o seu avô. Como está o Hiram nesta manhã?

Carla se sentou ao meu lado em um sofá de Chenille azul royal.

– Nenhuma mudança. Meu pai e eu o visitamos na noite passada. Ele voou de volta para casa assim que eles levaram o vovô para o hospital. Eu acredito que vão trazer ele de volta do coma em breve. – Carla disse ao mordomo que queria o seu latte para viagem, já que ela tinha um cliente para chegar à galeria dentro de pouco tempo.

– Vejo que você está ocupada e vou ser rápido. – a minha preocupação inicial era se o pai dela, o Xavier, tinha qualquer motivo ou oportunidade para matar seu pai no Festival de Outono. Saber sobre o resto da família dela seria a cobertura desse bolo bem assado. Baseado nas regras da herança da família Grey e do testamento do Hiram, as únicas duas pessoas que poderiam verdadeiramente se beneficiar pareciam ser o Damien e o Xavier. – Estou preocupado sobre o acidente do seu avô.

– Você está investigando novamente, não é mesmo? Assim como você fez quando pensou que eu havia matado aquelas duas mulheres por causa da mudança de notas do time de beisebol. – Carla juntou os lábios e colocou mais gloss.

– Sim, eu suponho que você poderia dizer isso, mas estou preocupado sobre alguns vandalismos na minha casa. – eu expliquei como eu havia comprado a casa Garibaldi-Grey do avô dela, e queria me assegurar que era uma venda legítima, presumindo que a Prudence ainda estivesse viva.

– Nunca conheci a mulher. Ela era a primeira esposa do meu avô. A mãe biológica do Tio Damien. Todo mundo diz que ela está morta, mas nós não temos certeza. – Carla esticou a mão para o mordomo entregar o café, esquecendo-se de agradecer pelo esforço do homem. – Meu pai está uma bagunça por causa da situação do irmão dele. Ele queria vir para casa mais cedo, mas tinha muitos negócios em Londres e na Alemanha.

– O seu pai tem morado fora pelos últimos três anos? Ouvi um boato sobre isso. – eu terminei o meu café e coloquei a caneca em uma mesa próxima. Eu recusei a oferta do mordomo por mais uma xícara.

– Sim. O papai é um homem ocupado. Ele tem negociado vários novos contratos na Europa para a empresa dele. – Carla explicou que o pai dela era dono de uma corporação farmacêutica e estava ganhando tão bem com os negócios, que eles não conseguiam gastar o dinheiro rápido o suficiente.

– Então eu acho que ele não está preocupado sobre herdar qualquer coisa do seu avô. – eu disse em voz alta, empurrando a culpa pela minha afirmação grosseira para o fundo do meu estômago. Apesar de eu não ter tido a intenção de ser tão brusco, isso nem passou pela cabeça da Carla. Se o que ela havia me contado fosse verdadeiro, parecia improvável que o Xavier Grey tivesse tentado matar o pai. Eu ainda estava supondo que o Xavier, ou outra pessoa, havia descoberto que o Damien não era o filho biológico do Hiram. O Padre Elijah havia mencionado que ninguém mais sabia disso atualmente.

Carla sacudiu a cabeça e abanou a mão na minha direção várias vezes.

– Não, definitivamente não. – ela me confidenciou, se aproximando de mim para que os funcionários não a ouvissem. – O papai é mais valioso do que meu avô. É o Tio Damien quem precisa de dinheiro. Ele perdeu tudo em maus investimentos de negócios.

Eu fiz mais algumas perguntas sobre o resto da família Grey, reconfirmando que os outros três irmãos também estiveram fora da cidade na última semana.

– Hiram tem vários filhos para protegê-lo. Todos vão voltar para casa agora?

– Entenda algo sobre a nossa família, querido. O vovô é bem difícil de se engolir. Nós todos o adoramos, mas ele é julgador e vingativo. Se você não fizer o que ele quer, ele vai intencionalmente deixar a sua vida complicada. – Carla brincou sobre a diferença de idade entre os filhos do Hiram, notando como eles estavam na adolescência, nos vinte, nos trinta, nos quarenta e nos cinquenta anos. – Com cada nova esposa, ele continuou tentando ter o filho perfeito. Pelo menos essa é a história que ele nos conta. Ele até mesmo contou para todos os meus tios que estava esperando ter uma filha, mas nunca teve. Talvez aconteça com essa nova garota com quem ele está saindo. Ela é mais nova até que você.

Eu dei de ombros, curioso para saber se essa nova namorada estava envolvida.

– Eu acho que tem uma chance de ele se casar novamente. Hiram pode acordar do coma e identificar quem atacou a ele e a Madame Zenya.

– Isso é o que nós todos estamos esperando. Alguns de nós estamos conformados de ter que esperar até os quarenta e cinco anos para recebermos a nossa herança, mas nós temos uma chance melhor de tentar convencê-lo a nos dar dinheiro se ele estiver vivo. Se ele falecer, eles colocam o dinheiro em um fideicomisso até que nós tenhamos idade. – Carla me assegurou que ela não estava sendo insensível quando falava sobre a gravidade dos ferimentos do Hiram e da possibilidade de ele morrer. – É apenas a nossa maneira de viver nessa família. Nós amamos uns aos outros, mas também fomos criados por um homem que é um defensor da lei.

Eu segui a Carla até o lado de fora, e enquanto um dos motoristas da família a escoltou até a garagem, eu caminhei até a minha SUV no estacionamento de visitantes. Carla havia me dado um insight valioso sobre a família Grey. Nem o Xavier, e nem seus irmãos mais novos, tinham qualquer motivo para matar seu pai. O Damien era o único que poderia ter pensado que herdaria a maior parte da herança do Hiram, isso se ninguém soubesse sobre o pai biológico dele. Investigar a nova namorada poderia ser um ângulo de interesse.

Todas as minhas aulas passaram voando naquele dia. Eu consegui arranjar um tempo para um rápido almoço e estava faminto. Um lanche no meio da tarde iria evitar que meu estômago roncasse antes do jantar. Enquanto estava na fila na The Big Beanery, Nana D me enviou uma mensagem para me dizer que ela havia se lembrado da Raelynn Trudeau. Eu concordei em passar por lá durante a noite para que ela pudesse me contar tudo o que sabia. Fiquei curioso para descobrir como a Raelynn se encaixava no quebra-cabeça, o que fez com que eu me lembrasse de que a Hope oferecia um horário para seus alunos em seu escritório às quatro da tarde. Ao invés de seguir para casa, eu iria encontrá-la no Hall Diamante. Apesar de várias tentativas de entrar em contato com ela depois de saber que a Raelynn havia machucado as costas, nós não nos falamos.

Equilibrando um saco cheio de mini-escones de abóbora e dois grandes copos de cidra quente, eu subi as escadas e segui até a o escritório dela. A porta estava entreaberta, e ela estava conversando com um de seus estudantes. Eu esperei do outro lado da entrada, até que a garota animada agradeceu para a professora pelo conselho e saiu do escritório com um sorriso no rosto.

– Hope, estou tão feliz que te encontrei. – eu a cumprimentei, sacudindo o saco com uma mão e levantando a bandeja de papelão com as nossas bebidas com a outra. – Por favor, me diga que você pode dar quinze minutos para um amigo.

Hope tampou a caneta em suas mãos tensas e a colocou em um porta-lápis na mesa.

– Mas é claro. Eu sei que tenho sido difícil de encontrar. Me desculpe.

Eu me sentei em uma cadeira na frente dela, então dividi o lanche.

– A vida em Braxton é difícil. Não se desculpe por algo que eu, sem dúvidas, compreendo. – por mais que eu soubesse que a Hope não poderia ter matado o Ian O'Malley, já que ela não havia nascido ainda, ou tinha apenas poucos anos de idade, havia uma incerteza no ar sobre o envolvimento dela no acidente com a Prudence e o Hiram.

– Entre o estilo sádico da Dra. Castle de mostrar o poder dela sobre os professores e a queda da minha mãe, as coisas não são o que eu esperava quando aceitei esse emprego. – Hope limpou seu queixo com um guardanapo quando açúcar caiu nele.

– O que aconteceu com a Raelynn? Tudo o que eu sei é que sua mãe machucou as costas. – se fazer de tolo era geralmente a melhor maneira de confirmar a verdade, mesmo que nesse caso eu realmente não soubesse muito.

– Ela estava ansiosa para fazer um passeio de hayride assombrada no festival, e não pôde esperar para me encontrar no outro dia. Aparentemente, enquanto ela subia na carroça de feno, ela tropeçou. – Hope explicou que a mãe dela havia caído pesadamente ao chão e precisou de ajuda para chegar até a área de descanso.

Por mais que a Raelynn não fosse delicada ou frágil, eu

supunha que ela poderia ter tido um pequeno acidente que resultou na Hope pedindo folga para cuidar da mãe. Por outro lado, ela poderia ter se machucado ao atacar o Hiram.

– Você estava lá quando isso aconteceu? – eu planejava confirmar a história dela com o Chip.

– Não, eu havia me atrasado para chegar até o Rancho Danby por causa de algumas tarefas. Quando cheguei lá, ela havia me enviado uma mensagem de texto dizendo que estava se recuperando em uma mesa de piquenique. – Hope descreveu a cena e mencionou que ela havia levado a mãe para casa e a colocado direto na cama. Foi então que ela acordou mais tarde depois da soneca e descobriu que sua mãe havia desaparecido.

Isso havia ocorrido dentro de uma hora do acidente do Hiram e do ataque ao Bartleby. O horário dos dois eventos potencialmente se alinhava, mas eu poderia confirmar com alguns dos supervisores do festival para determinar se eles haviam visto a Hope e Raelynn na área de piquenique. Eu não queria acreditar que mãe e filha estavam juntas para se vingarem do Hiram. Isso ainda não explicava por que o Ian O'Malley havia sido morto, a não ser que ele estivesse no lugar errado e na hora errada.

– A sua mãe gosta de cavalos? – eu precisava entender se a Raelynn tinha conhecimento suficiente para fazer com que os cavalos galopassem para longe.

– Sim, foi por isso que ela queria participar do passeio. Ela havia passado anos como voluntária em um instituto de terapia equina, nos arredores de Nova Orleans. A minha mãe cresceu cercada por cavalos, e várias vezes me disse que se sentia mais perto desses animais majestosos do que das pessoas em sua vida. – Hope comeu o último bolinho e me agradeceu por encontrá-la novamente.

Eu estava prestes a perguntar se a mãe dela havia encontrado o Hiram antes do acidente, quando a Raelynn apareceu no corredor, mancando e se apoiando contra a parede.

Raelynn fez uma careta, então se virou para a filha.

– Hope, minha menina. Eu fiquei sabendo sobre o acidente do Hiram Grey. Nós precisamos conversar assim que possível.

– Sra. Lawson, é um prazer vê-la novamente. Eu sinto muito que você tenha machucado as suas costas no outro dia. A Hope estava acabando de me contar o que aconteceu. – eu ajudei a Raelynn a se sentar na minha cadeira.

– Obrigada, Kellan. Eu agradeço. Meu corpo está dolorido, mas está sarando bem.

Eu queria ficar e escutar a conversa delas, mas não havia uma maneira direta. Apesar de o meu escritório ser do outro lado da parede, eu não poderia ouvir a conversa mesmo que pressionasse a minha orelha contra a abertura de ventilação. Talvez eu pudesse deixar o meu celular cair e gravar a conversa?

Hope jogou seu copo de cidra no lixeiro.

– Sim, mamãe. Eu não tenho mais nenhuma reunião com estudantes. Vamos para casa.

– Acredito que eu tenha te visto na Igreja St. Mary no outro dia. Você estava conversando com o Padre Elijah. Em um banco próximo das velas. Depois da missa. – eu falei rapidamente, como se não conseguisse controlar a minha boca.

Raelynn se sentou rigidamente contra o encosto da cadeira.

– Sim, você me viu. Eu tinha algo importante para conversar com ele.

– O Padre Elijah é um bom homem. Ele sabe como dar apoio aos seus paroquianos, fazê-los passar pelos tempos difíceis. Ele e eu conversamos depois que você foi embora. Eu estava sentado por perto. – eu respondi novamente, olhando precisamente para a Raelynn, de maneira a sugerir que eu havia escutado parte da conversa deles. Se ela pensasse que eu já sabia sobre o que ela havia contado para ele, ela poderia conversar mais livremente na minha frente agora.

Raelynn me examinou apreensivamente.

– Eu visitei a sua avó mais cedo. Ela é a prefeita, certo?

Hope inclinou a cabeça para o lado.

– Kellan, talvez nós pudéssemos conversar outra hora. Parece que minha mãe tem algo importante para discutir comigo.

– Bem, agora espere, Hope. O Kellan não respondeu a minha pergunta. – Raelynn se virou para me estudar e esperava pela minha resposta. – Eu poderia aproveitar essa pequena pausa para relaxar as minhas costas.

– Sim, senhora. Os cidadãos elegeram a Nana D neste verão. Eu confio que vocês duas tiveram uma conversa positiva? – eu me apoiei contra o batente da porta, curioso para saber aonde ela iria com esse novo assunto.

– Eu conheci a sua avó há mais de cinquenta anos. Ela e o seu avô me contrataram para trabalhar na fazenda deles durante o verão. Assim que eu a encontrei hoje, não consegui acreditar nos meus olhos. Uma explosão do passado. – Raelynn bateu a mão em seu joelho. – A Seraphina sempre foi boa comigo. Eu me senti mal por nunca a ter visitado em todas essas vezes que voltei para visitar Braxton.

Hope disse:

– Mamãe, você nunca fala sobre o tempo que você morou por aqui. Fico feliz de ver que você tem se lembrado de mais. Vamos terminar essa conversa em casa, por favor.

Eu não conseguia acreditar na minha sorte. A Nana D havia dito que ela reconhecia o nome *Trudeau*, mas não conseguia identificar o motivo. A Raelynn havia trabalhado na fazenda no passado, e elas haviam sido praticamente amigas, pelo que parecia.

– Que maravilho é se reencontrar novamente.

– A Seraphina me disse que você tem investigado sobre quem tentou matar o Hiram Grey. Isso é verdade?

– Sim, é verdade. Eu não acho que você tenha alguma teoria, ou tem? – será que ela estava prestes a confessar? Eu verdadeiramente não conseguia imaginá-la como a assassina, e não havia nenhum motivo válido, pelo que eu pude determinar. Talvez ela tivesse alguma informação que me ajudasse a encontrar o verdadeiro vilão.

– Possivelmente. Mas não foi por isso que eu vim aqui falar com a minha filha. – Raelynn engoliu, então me espiou de uma maneira preocupada, mas bem-vinda.

Será que eu deveria ir embora?

– Eu deveria deixá-las a sós.

– Eu preferiria que você ficasse, Kellan. Por mais que o meu motivo para ter vindo aqui agora não vá revelar quem quase matou o Hiram, você pode achar o que eu tenho para dizer útil. É um assunto particular de família, mas a Hope tem falado bem de você. Se você é como os seus avós, então eu tenho certeza de que posso confiar em você. – Raelynn apontou para a porta, comentando que eu deveria fechá-la para a nossa conversa.

Eu me apoiei contra a estante de livros na parede lateral, pronto para ouvir a conversa delas. Hope estava preocupada com a minha presença, então eu intencionalmente fiquei quieto a partir daquele momento.

– Depois de me graduar em Braxton, eu frequentei a escola de direito junto com o Hiram. Ele e eu estávamos trabalhando para o sistema judicial do Condado de Wharton e num escritório de advocacia local. Ele havia acabado de ter seu bebê com sua esposa, Prudence. A pobre mulher não estava bem, e ela não era capaz de cuidar do bebê recém-nascido. – Raelynn explicou a parte que faltava sobre o seu passado para nós, incluindo que ela havia sido inicialmente amiga da Prudence. Elas tinham tirado a foto em frente à biblioteca no dia que a Raelynn admitiu para si mesma que havia se apaixonado pelo Hiram. Ela estava preocupada que a Prudence descobrisse e foi forçada a posar por um fotógrafo da faculdade.

O Hiram havia se voltado para a Raelynn procurando conforto quando sua esposa começou a agir estranhamente. Depois que os pais da Prudence foram mortos, ela havia parado de se comunicar com qualquer um. Prudence e Raelynn haviam sido amigas no começo, mas então as coisas desmoronaram.

– Isso pode ser difícil para a minha filha aceitar. O Hiram e eu ficamos íntimos. Nós não podíamos contar para ninguém já que ele era casado, mas havia um amor e respeito mútuo um pelo outro. Eu pensei que ele iria deixar a Prudence para ficar comigo, mesmo apesar da sociedade ainda fazer cara feia para um homem branco e uma mulher negra em um relacionamento.

– Mamãe, você acabou com o casamento deles. – Hope julgou, com os olhos arregalados indignada com as ações de sua mãe.

– Criança, você não tem direito de sugerir tal coisa. Eu cometi um erro. Pensei que o Hiram me amava, e por mais que eu me sentisse mal pelo que o nosso relacionamento faria com a Prudence, eu era uma jovem apaixonada pela primeira vez. Fui impetuosa e admito os meus erros agora. – Raelynn explicou que o Hiram havia se aproveitado dela, convencendo-a a ajudá-lo com os documentos legais para declarar a Prudence mentalmente incompetente e colocá-la em um asilo para pessoas com problemas mentais. Raelynn também ajudou a supervisionar a herança legada dos Garibaldis a suas filhas Constance e Prudence. – O Hiram havia prometido se casar comigo se eu mentisse, para ajudá-lo a desviar o dinheiro das Garibaldis. Infelizmente, eu nunca soube o quão impiedoso ele era até o dia em que a Prudence desapareceu.

Assim que o Hiram contou para a Prudence que iria deixá-la e ela desapareceu dentro da biblioteca, Hiram foi se encontrar com a Belinda para planejar o futuro deles juntos. Depois daquela conversa, Hiram localizou a Raelynn para terminar o caso com ela. Ele havia conseguido tudo o que precisava dela e planejava deixá-la para que ele pudesse seguir em frente.

– O Hiram me disse que não poderia se casar comigo, que eu não era a mulher que ele amava. Ele estava me traindo também. Eu apenas não sabia disso naquela época.

– Por que você não contou para a polícia sobre o que ele estava fazendo com a Prudence? – Hope perguntou, sua voz desiludida e levemente impertinente. – Você o ajudou a sair impune depois de roubar o dinheiro de outra família.

Eu não pude evitar imaginar se havia mais naquela história.

Esperei pacientemente para a Raelynn terminar, depois de secar seus olhos com um lenço de papel.

– Tem outra coisa que eu preciso te contar, criança. – Raelynn ficou em pé e encarou a direção oposta. Passou-se um minuto inteiro antes de ela se virar, com desespero em seus olhos.

– Você pode me contar qualquer coisa, mamãe. – Hope pegou as mãos de sua mãe entre as suas e a levou até a cadeira. Ambas se sentaram, se abraçando em um momento que mudaria para sempre o relacionamento delas.

– O Hiram Grey é o seu pai biológico.

O oxigênio se dissipou da sala em um passo imparável. Como estar dentro do olho de um furacão, a sala se preparou silenciosamente para a inevitável devastação. Ambas estavam estranhamente calmas, apenas porque ninguém sabia como responder às notícias chocantes que a Raelynn havia contado. Enquanto ela tentava consolar sua filha, o corpo da Hope tremia ao ser forçado a aceitar a verdade. Tudo o que ela sempre acreditou saber sobre si mesma foi metodicamente questionado naqueles dez segundos enquanto a sala continuava tensa.

– Estou sem palavras. Baseada em toda a pesquisa que eu completei, eu deveria odiar esse homem.

Raelynn mordeu o lábio e segurou as próprias lágrimas.

– Deixe-me terminar, Hope. Eu estava preparada para contar ao Hiram que estava grávida com um filho dele, mas ele terminou comigo antes que eu pudesse fazer isso. Então, o incêndio começou durante o protesto contra a Guerra do Vietnã, e a Prudence desapareceu. Eu fui embora porque estava com medo do Hiram. Eu estava certa de que ele havia matado a Prudence, ou a colocado em uma instituição. Ele havia me usado e não era o tipo de homem que eu queria que um filho meu chamasse de pai.

Hope arquejou.

– Mas como você conheceu o papai, o pai... o homem que eu pensei ser meu pai?

– Eu esperei para ver o que acontecia com o Hiram, mas ele

nunca mais me procurou. Eu sabia que estava em perigo naquela época, então tive que ir embora do Condado de Wharton. Tomei um ônibus para Nova Orleans para começar de novo. – Raelynn conheceu seu futuro marido naquele ônibus, e dentro de um mês, eles haviam se casado.

– O papai sabia que eu não era filha dele?

Raelynn assentiu.

– Ele nos amava suficientemente para te criar como se você fosse filha biológica dele.

– E o Hiram Grey não tem ideia de que é o meu verdadeiro pai?

Raelynn afirmou:

– Eu nunca contei a ele. Eu voltei ao longo dos anos para conferir a situação, mas cada viagem me mostrou o quão grata eu estava por ter escapado. Aquele homem se casou com tantas mulheres inocentes e teve tantos filhos que mal sabe como amar a si mesmo, muito menos outro ser humano.

– Por que você está contando isso para a Hope agora, Sra. Lawson? – eu senti a necessidade de colocar outra voz na conversa, esperando entender toda a história.

Hope ergueu a cabeça, curiosa para saber o porquê.

– Por favor, nos conte.

– O seu pai adotivo está morto durante toda a sua vida. Eu estou ficando velha, e nós não temos outros filhos. A sua tia é a única família que você tem, e quando nós partirmos, você vai estar sozinha. Você já tem cinquenta anos, Hope, e nunca se casou ou teve seus próprios filhos. – Raelynn queria que sua filha tivesse uma família em quem confiar.

– O Hiram sabe sobre isso agora? – eu perguntei, curioso para saber se havia sido por isso que ele mudou o testamento.

– Hiram e eu conversamos sobre isso na semana passada, quando eu cheguei aqui. Eu confessei a verdade sobre a Hope. Ele e eu havíamos concordado em contar para ela depois que ele tivesse uma prova de que eu não estava mentindo. Mesmo em sua idade avançada, aquele homem ainda é um cafajeste venenoso. – Raelynn confirmou que ela havia dado ao Hiram alguns fios de cabelo da Hope. Ele havia arranjado para serem testados. – Nós teríamos conversado juntos com a Hope em breve, mas então ele sofreu o acidente.

Eu entendia agora por que o Hiram havia mudado o testamento. Será que ele havia contado para a Raelynn que havia deixado dinheiro para a Hope? A confissão terna dela parecia genuína, mas eu também me perguntava se isso não era uma armação para que eu não suspeitasse delas tentando matar o Hiram.

– Você nunca disse por que você revelou a verdade hoje.

– Eu não sabia que o Hiram havia sofrido um acidente até hoje de manhã. Eu fui ao hospital para visitá-lo, mas eles não me deixaram entrar por não ser da família. O Damien e a Belinda estavam sentados ao lado dele, pelo menos ele tem alguém que o ama. – Raelynn queria que a Hope soubesse da verdade, para que ela pudesse ter um momento com seu pai, se as coisas ficassem piores.

– Preciso ir ao hospital. Será que vão me deixar vê-lo?

– Não tenho certeza, criança. Ninguém sabe que ele é o seu pai. Nós devemos conversar com a Belinda ou o Damien. Eles podem deixar que nós o visitemos. Já faz cinquenta anos desde que eu interagi com a Belinda pela última vez, mas ela era uma mulher razoável quando a conheci.

Ainda incerto se eu acreditava na história inteira, me senti compelido a ajudar a Hope a entrar em contato com seu pai, no caso de algo acontecer com ele.

– Eu poderia conversar com um enfermeiro. O Brad é um amigo meu, e ele pode nos dar uns quinze minutos, se souber que você é filha do Hiram. Ele é confiável e não vai revelar o seu segredo.

Raelynn e Hope agradeceram a minha generosidade e concordaram em me deixar intervir. Comecei a me perguntar se isso não seria um plano para matar o Hiram Grey. Eu precisaria encontrar a April assim que possível. Ela poderia ter uma ideia melhor de como proceder. Ao contrário da crença popular, eu inequivocamente, não pensava que sabia de tudo. Depois de sair do escritório, eu segui direto para casa, para minha filha e o Ulan. Eles chegariam logo no Rancho Danby, e por causa de todas as coisas estranhas que estavam acontecendo, eu não os deixaria ficarem nenhum momento sozinhos. Nós iríamos aproveitar várias horas de um tempo em família nessa noite.

———

Assim que as crianças foram para cama, a Nana D e eu conversamos. Ela confirmou a história da Raelynn sobre elas trabalhando juntas na fazenda cinquenta anos atrás. Pelo menos eu me sentia melhor sobre confiar na Raelynn, sabendo que a Nana D gostava da mulher. Eu conversei com o Brad, que concordou em deixar ambas as mulheres visitarem o Hiram se a xerife e o chefe deles concordasse. Eu disse a ele que eu planejava contar para a April, e iria entrar em contato com ele no dia seguinte para confirmar os próximos passos. Liguei para a April e contei sobre a conversa com a Hope e a Raelynn, mas ela estava no meio da revisão de outro caso, então nós concordamos em conversar na manhã seguinte.

Enquanto eu estava deitado na cama, analisando tudo o que havia acontecido, as peças se encaixavam como um filme organizando os segredos escondidos de alguém. Eu revisei as diferentes conversas que tive com todos os suspeitos em potencial, e sabia que estava a um passo de solucionar o crime. Eu verifiquei que as crianças e o cachorro estavam dormindo tranquilos, desliguei a minha luz, e implorei aos deuses do sono para me entregarem uma teoria mais concreta antes do nascer-do-sol. No meio da noite, eles responderam as minhas preces. Eu me sentei ereto na cama, arquejei, e liguei para a Nana D.

Ela atendeu depois de quatro toques, e gritou:

– O que tem de errado? Quem está com problemas? Para onde eu preciso ir? Estou pegando fogo? O que está acontecendo? – a Nana D raramente ia para cama antes da meia-noite, mas dessa vez, ela soava meio zonza e irritada.

– Eu acho que sei quem matou o Ian O'Malley e a Prudence Grey. Só que ainda não tenho certeza de como provar isso. – eu não conseguia evitar ficar pulando na cama como uma criança ansiosa pela manhã de Natal.

– Isso é ótimo, meu neto brilhante. Ligue-me depois do amanhecer, quando você tiver as respostas. Pelo amor de todas as coisas sagradas, não bagunce o meu sono agora que eu sou a prefeita. – a Nana D apertou vários botões em seu celular, xingou como um caminhoneiro bem-educado, e desligou em fúria.

CAPÍTULO DEZESSETE

Mais tarde, na manhã seguinte, eu apareci no Escritório do Xerife do Condado de Wharton para discutir sobre a investigação. Eu estive tentando durante uma hora convencer a April sobre a identidade do assassino. Enquanto eu apontava para a foto da pessoa que eu havia ficado convencido de ser culpado, salientei:

– É em quem nós deveríamos nos focar. Tudo me leva de volta ao mesmo lugar. Essa pode ser a nossa única oportunidade de atrair o assassino para fora de seu esconderijo. Que outro plano você tem? – eu tentava fazer a April dar à minha ideia mais consideração antes de se recusar a dar uma chance para isso.

O Connor grunhiu, se inclinando na direção da April.

– Eu odeio admitir isso, chefe, mas o Kellan pode estar certo. Nós não estamos nada perto de solucionar o assassinato do Ian O'Malley de cinquenta anos atrás, do que estamos do assassinato da Prudence Garibaldi Grey de alguns dias. Vamos revisar todos os suspeitos mais uma vez para termos certeza.

– Ouça o Connor, se você não quer aceitar o que eu estou dizendo. Justo? – eu implorei para a April, que assentiu com meio consentimento. – Esqueça o que eu acabei de dizer e dê uma nova olhada nas pistas.

Nós começamos a revisar todas as evidências que eles tinham coletado de cinquenta anos atrás. O esqueleto do Ian havia revelado que sua cabeça havia sido esmagada, antes ou durante o incêndio na biblioteca. Ninguém sabia que ele havia voltado para a cidade. Ele havia sido encontrado com metade da chave para o porão Garibaldi. A Prudence havia sido trancada por perto em um momento. Finalmente, o homem havia estado no Vietnã nos seis meses anteriores, e não havia traços de nenhum suspeito potencial daquela parte da vida dele que o quisesse morto.

– Vamos começar com a esposa do Ian. A Minnie diz que não sabia que seu marido havia retornado, ainda assim, uma vez disse que ele havia ligado para ela. Mas então, ninguém se lembra de tê-la visto perto da biblioteca durante o protesto.

Connor adicionou:

– O Padre Elijah pensou que a Minnie era culpada e tentou protegê-la, mas ele também indicou que o Ian nunca havia entrado em contato com ele ou com a Minnie sobre sua chegada iminente. O padre confessou ser o verdadeiro pai do Damien, mas eu não entendo qual é a relação disso com a morte do Ian.

– O Lloyd pensou que o esqueleto do Ian pertencia à Prudence, e confessou tê-la trancado no porão da biblioteca onde havia construção sendo realizada naquele dia. – eu interferi, andando de um lado para o outro no Escritório do Xerife do Condado de Wharton. – A Madame Zenya, que é na verdade a irmã da Prudence, Constance, me contou que a Prudence não estava envolvida de nenhuma maneira com o Ian. Quem quer que tenha golpeado o Ian com a tora de madeira provavelmente fez isso apenas porque ele viu quem prendeu a Prudence. O Ian não deveria ter morrido naquele dia.

April bateu com suas mãos na mesa.

– Nós estamos apenas andando em círculos. E se o assassino anterior e o atual forem duas pessoas diferentes? Talvez a pessoa responsável pela morte do Ian morreu anos atrás e turvou essas águas. Você não tem certeza de que esses dois eventos estão relacionados...

Eu interrompi a April porque me sentia seguro de que eles tinham alguma coisa em comum.

– Não pode ser apenas uma coincidência. A Madame Zenya... Constance... seja lá como ela se refere a si mesma atualmente... e a Prudence, causaram um monte de problemas ao tentar encurralar o Hiram para admitir o que ele havia feito anos atrás.

– Vamos continuar presumindo que o mesmo assassino cometeu ambos os crimes. – Connor moderou.

Eu joguei várias opções.

– Poderia ter sido o Hiram. A Constance poderia estar mentindo para mim. O Bartleby ficou me seguindo durante um mês. Eu não posso descontar a Raelynn Lawson e o Lloyd Nickels. Até mesmo a irmã dele, Belinda, esteve por perto naquela época. Todos eles tinham ligações com a Prudence ou com o Ian, e em alguns casos, com ambos. – eu desenhei linhas no quadro branco para demonstrar como tudo estava relacionado. – É por isso que eu tenho certeza de que esse é o nosso assassino. – eu praticamente empurrei o meu dedo através da foto central.

April pulou em pé, me tirou do caminho, e pegou um segundo quadro branco de dentro de um armário.

– Vamos continuar com essa loucura por mais alguns minutos. E quanto à tentativa contra a vida do Hiram Grey e o assassinato da Prudence Garibaldi? Isso deve ter alguma relação com a mudança do testamento feita pelo Hiram.

– Não se esqueçam que a maioria das pessoas acha que foi a Madame Zenya quem foi esfaqueada com a forquilha. Nós ainda não liberamos a verdade para o público. – Connor nos relembrou.

– O mesmo grupo de pessoas poderia ser culpado por esse último round. Se a Constance ou a Prudence tivesse descoberto a identidade do assassino original, o segundo assassino poderia ter tentado tirá-la de jogo. Nós agora podemos colocar o Damien Grey, Xavier Grey, e a Hope Lawson. Todos eles poderiam ter ficado sabendo sobre as mudanças no testamento do Hiram e pensaram que iriam herdar a maioria da fortuna dele. – eu adicionei essas anotações ao quadro branco e joguei o canetão para a April. – Que evidências você pode compartilhar sobre esses suspeitos?

Connor respondeu:

– Eu conversei com o Xavier Grey. Ele chegou ontem para ver o pai. Estava definitivamente fora do país e não poderia ter causado o incidente na hayride assombrada. Ele poderia ter contratado alguém.

– Finnigan Masters, o advogado do Hiram, confirmou que ninguém mais teve acesso às mudanças no testamento do homem. Nós também encontramos as cópias que você viu o Finnigan entregando para o Hiram na Igreja St. Mary. Elas estavam na maleta dele dentro do carro. Não havia mais nenhuma impressão digital além da dele próprio e do advogado. – April riscou o nome do Xavier e colocou um ponto de interrogação acima do Damien. – Estou preocupada sobre a falta de um álibi dele. Se ele quase colocou fogo no Lloyd, ele é capaz de matar alguém. Eu ficaria chocada se ele cometesse o assassinato do pai, mas...

– A Imogene e eu conversamos sobre o pai dela. Eu também conversei com a Lara Bouvier. O Damien não é um homem agressivo. Nunca foi. – eu adicionei, bancando o advogado do diabo, assegurando a eles que eu entendia que as pessoas podiam mudar sob uma situação difícil ou estressante. – O marido da Imogene está fazendo uma parceria com o pai dela para abrir o novo negócio. O Damien não precisava mais do dinheiro.

– Ninguém se lembra de ter visto a Hope ou a Raelynn na área de descanso. É possível que a Raelynn tenha machucado as costas na hayride, mas nem o Chip, e nem o Lloyd documentaram o acidente acontecendo sob a supervisão deles. –

Connor folheou pelos arquivos do caso para confirmar os detalhes dos interrogatórios anteriores.

– A Madame Zenya estava se escondendo. A Minnie O'Malley não retornou as minhas ligações em quase trinta e seis horas. Nós sabemos que ela usou a forquilha em algum momento, e você nos contou sobre os cortes na mão dela naquele dia. As digitais testadas confirmaram isso também. – April sublinhou o nome de ambas as mulheres com caneta preta no quadro branco. – Essas são as nossas duas melhores opções, mas os motivos ainda não estão claros, apenas fracos.

– É por isso que você precisa aceitar que a minha proposta tem potencial. – eu sugeri uma abordagem dupla para capturarmos o assassino. Primeiro, nós compartilharíamos publicamente um relatório dizendo que os médicos iriam acordar o Hiram Grey de seu coma induzido no dia seguinte. E segundo, eu convidaria todos os potenciais suspeitos até a casa Garibaldi, usando uma variedade de motivos e desculpas. Então, um fantasma apareceria fingindo saber quem havia matado o Ian O'Malley. – Isso não é o ideal, mas poderia colocar pressão suficiente.

– Se o assassino pensar que o Hiram pode recobrar a consciência e se lembrar de quem o atacou, ele ou ela poderia atacar novamente. Nós precisamos aumentar a segurança ao redor do quarto do hospital. – Connor sugeriu.

April ergueu as sobrancelhas.

– Isso é um tiro no escuro. Nós devemos colocar uma guarda vinte e quatro horas no Hospital Geral de Wharton. Será que o assassino seria tão tolo para invadir e correr o risco de ser pego?

– E qual é o problema em fazermos isso, April? – Connor perguntou, batendo uma caneta contra a mesa. – Na pior das hipóteses, não ficamos sabendo de nada. Na melhor, nós encurralamos um assassino?

– Você indicou que a maior parte dessas pessoas está na lista de pessoas aprovadas para visitá-lo. O meu amigo Brad está considerando deixar a Raelynn e a Hope entrarem no quarto, já que a Hope é filha dele. – parte de mim ainda está inseguro sobre a identidade do assassino, mas eu tinha que seguir os meus instintos sobre quem tinha mais a ganhar.

– O nosso orçamento não é grande o suficiente para uma equipe de segurança pesada. Deixe-me pensar sobre este assunto. Você conversou com alguém mais sobre isso, Kellan? – April olhou para mim de maneira inquisitiva, esperando por uma resposta.

Eu me aproximei e coloquei uma mão contra o ombro dela. Mesmo com o Connor na sala, queria que ela soubesse que eu estava apenas tentando ajudar na situação, e que ela significava muito para mim.

– Eu dei à Lara Bouvier uma ideia de que nós talvez precisemos colocar alguma coisa no ar amanhã.

April fechou os olhos, então sussurrou para mim:

– Você é incurável. Já não sei mais como lidar com você.

Connor havia entendido a pista e se virou para o outro lado, envergonhado suficientemente por nós três.

– Será que esse momento doloroso vai acabar algum dia? Pelo amor de todas as coisas sagradas e inocentes, reservem um quarto e acertem isso para que o resto de nós não tenha que apostar qual de vocês vai matar o outro.

April se afastou de mim e se voltou para o Connor.

– Continue falando, detetive, e você vai ter que caminhar muito no mês que vem. Capiche?

Quando a April pegou o telefone do escritório e estava fora da minha linha de visão, eu mostrei a língua para o Connor e fiz uma pequena dança feliz. Eu tinha uma vitória temporária a caminho. Podia sentir isso.

– Se você quiser sobreviver ao nosso próximo treino, cara, se acalme. – Connor ficou dando voltas em seu anel da faculdade e sorriu maliciosamente para mim. – Você sabe que não faço ameaças vazias.

Se eu não soubesse que ele estava brincando, eu poderia ter recuado. Ao invés disso, respondi:

– Se você não consegue aguentar o calor, dê uma caminhada para se esfriar, cara.

Connor caminhou em minha direção com um sorriso malicioso e ameaçador no rosto.

– É isso. Você vai despencar como um navio afundando na academia amanhã.

April terminou sua ligação.

– Parem com isso, seus dois babacas teimosos. Vocês têm a minha aprovação para seguir em frente com esse plano. Mas... – April nos avisou, olhando para nós dois ao mesmo tempo. – O Connor vai lidar com a comunicação com a Lara, e Kellan... você vai ficar fora do caminho dele.

Eu abri a minha boca para objetar, mas pensei melhor. Mais uma vez, eu tinha vencido uma pequena batalha hoje, mesmo que os dois não pudessem admitir isso.

– Isso soa como um plano fantástico. De qualquer forma, tenho algo importante para fazer hoje. Vou avisar a vocês quando eu terminar meus convites para a minha pequena festa falsa de inauguração da casa.

Depois que nós concordamos nos detalhes, Connor foi embora para discutir sobre o horário e a mensagem com a Lara. April e eu remarcamos o nosso jantar pela enésima vez, para a noite do Halloween. Eu havia convenientemente esquecido de mencionar que também seria o meu aniversário. Comecei a entrar em contato com todos, incluindo o Nicky, que iria me ajudar a preparar a casa para a companhia. Já que a April tinha suas próprias tarefas para executar, eu segui até o farol.

Havia uma pequena pontada de culpa residual pelo fato de que eu havia negligenciado contar para a April sobre onde eu estava indo, mas era hora da Constance Garibaldi e eu termos outra conversa. Eu havia explicado anteriormente para a April que eu havia viajado pelos túneis sob a minha casa, incluindo a revelação de que eu havia escapado em algum lugar perto da ponte do Rio Finnulia. Não havia contado a ela sobre o farol ser o local específico. Eu sabia que se o esconderijo da Constance fosse revelado, ela poderia ficar em grave perigo e não confiar mais em mim. Tudo o que a April precisava saber era que eu havia encontrado a mulher, e que ela havia desaparecido novamente.

A Nana D concordou em cuidar da Emma e do Ulan durante a noite, especialmente depois que eu contei a ela que a April iria ligar em breve para aprovar o nosso plano de contar ao mundo que o Hiram iria acordar de seu coma. April tinha que conseguir a aprovação do hospital antes de notificar a Nana D, então eu havia abordado ela primeiro pelo celular, enquanto dirigia até o farol. Quando cheguei ao rio, estava escuro suficiente para que ninguém me pudesse ver embarcando na canoa novamente. Dez minutos depois, eu saí da canoa quando ela encostou nos bancos de areia da pequena ilha no meio do rio. Eu entrei escondido pela lateral do farol e bati na porta. Se a Constance estivesse lá dentro, ela iria me escutar. Segundos depois, a porta se abriu.

– Como você sabia que nós estaríamos aqui? – Bartleby me apressou para dentro. – É melhor que você esteja sozinho, Kellan.

– Estou. Preciso fazer uma pergunta urgente para vocês dois. – por mais que eu ainda não tivesse certeza de que a dupla era inocente dos dois assassinatos, eles poderiam ter me matado da última vez que estive no farol.

Constance estava sentada em uma poltrona reclinável, com uma vela e incenso acesos.

– Pode perguntar. Eu deveria estar fazendo leituras no Festival de Outono, mas o mundo acha que estou morta. É quase como se estivesse assistindo o meu próprio funeral em frente aos meus olhos.

– Você tem certeza de que ninguém conhece a verdadeira identidade da Madame Zenya? Você contou para alguém sobre ser a Constance Garibaldi?

Bartleby sacudiu a cabeça.

– Eu só sei há alguns meses. Esse é um segredo bem guardado.

Constance olhou para a direção oposta.

– Eu considerei contar ao Damien. Ele é meu sobrinho. Um homem deveria conhecer sua família biológica.

Eu mordi meu lábio.

– Você contou a ele?

– Não diretamente, mas há uma chance de que ele esteja ciente.

– Como? – eu peguei um pedaço de papel com instruções privativas que havia compilado para a Constance, urgindo que ela tivesse fé em mim e fizesse precisamente como eu pedia. Eu havia me convencido a confiar nela, já que ela poderia ser a única pessoa em condição de me ajudar a encurralar o verdadeiro assassino. O Bartleby parecia inocente, ainda assim, houve vários momentos em que eu percebi que ele estava escondendo fatos cruciais de mim. O tempo diria se as minhas suspeitas estavam corretas com relação ao que havia acontecido durante todos esses anos.

– O Damien me visitou como Madame Zenya dias atrás. Durante a minha leitura, eu informei que ele iria conhecer um membro da família há muito perdido. Ele me perguntou se era sua mãe biológica, e eu disse para ele voltar e vir me visitar em breve, que eu teria algo importante para revelar a ele. – Constance aceitou e leu o meu bilhete. – Dê-me algum tempo para pensar sobre isso. – depois de sair da área principal, ela fechou a porta atrás de si e entrou em um quarto. Será que ela iria me ajudar com meu complicado plano?

Eu examinei o Bartleby, preparado para contar algumas mentiras necessárias que fariam com que ele e a Constance participassem da minha charada.

– Eu espero que a Constance saiba que ela está potencialmente no caminho do assassino. Eu posso não saber quem tentou matar o Hiram e esfaqueou a Prudence com a forquilha, mas a verdade virá à tona logo. É melhor vocês dois tomarem cuidado. As suas vidas dependem disso.

– O que você espera que eu faça? Não posso forçar a mulher a mudar de ideia. – Bartleby sacudiu a cabeça e me levou até a porta.

– Vocês dois devem ir até a casa amanhã. Eu tenho uma ideia de como descobrir o que está acontecendo, mas você precisa convencer a Constance a aparecer lá exatamente às oito da noite. Venham pelas escadas do porão. Vou me assegurar de que o guarda de segurança não esteja lá. Apenas bata à porta bem forte, antes de eu deixar vocês entrarem. – eu dei mais alguns detalhes ao Bartleby para pressioná-lo a fazer o que fosse necessário para seguir o meu plano.

– Vou fazer o meu melhor, Kellan.

Eu o ouvi trancando a porta atrás de mim enquanto eu subia as escadas para fora do farol. Constance Garibaldi não era a assassina, mas eu suspeitava de que ela sabia quem era. Se ela não aparecesse na noite seguinte, eu contaria para a April que eu havia descoberto o esconderijo dela. Por hora, eu precisava confirmar que a reportagem especial da Lara iria ao ar, e preparar a minha casa para a festa.

Passei na casa da minha avó para buscar as crianças. A Nana D confirmou que a April havia acabado de ligar.

– Eu dei a ela a minha aprovação para fazer o anúncio nos jornais de amanhã durante a noite. Isso dá a eles vinte e quatro horas para aumentar a proteção ao Hiram, se o assassino tentar entrar no quarto dele.

Connor confirmou que tudo estava a caminho. Já era tarde demais para confrontar a Minnie O'Malley, mas eu tinha certeza de onde poderia encontrá-la. Passei as próximas horas com a Emma e o Ulan. Depois que eles foram para cama, eu fiz várias ligações para coordenar tudo o que eu precisava que estivesse no lugar para o dia seguinte. Com sorte, eu não me atrasaria nas minhas aulas. Por mais que isso não fosse a coisa mais considerável para se fazer com os estudantes, se isso me ajudasse a capturar um criminoso evasivo e astuto, valeria a pena.

<hr>

Depois que as crianças estavam seguramente na escola na manhã seguinte, e sendo educadas pelos melhores em Braxton, eu dirigi até a Igreja St. Mary. A Minnie estava, sem sombra de dúvidas, se escondendo na pequena câmara entre o púlpito e a reitoria. O Padre Elijah havia me dito que havia sido ali que ele havia escondido a Prudence na manhã do funeral do Ian O'Malley, quando ela havia aparecido inesperadamente. Eu não aceitava que a Minnie fosse a assassina, mas não havia explicação para porque ela havia usado a forquilha, e se recusava a retornar qualquer ligação do Escritório do Xerife do Condado de Wharton. Até mesmo a neta dela, Jane, e o seu companheiro, Lloyd, não sabiam onde ela estava se escondendo. Era cedo demais para que houvesse paroquianos na igreja. Quando entrei na nave, o Padre Elijah estava parado perto do altar, olhando em direção à cruz em uma prece silenciosa.

– Olá, Padre. Desculpe te incomodar em um horário tão cedo, mas tem algo que apenas você pode me ajudar. – eu parei antes de entrar no púlpito, esperando para ele se virar.

– Kellan, é bom te ver novamente. Como posso ajudá-lo? – os olhos vermelhos e irritados do Padre Elijah sugeriam que ele não havia dormido a noite inteira.

– Eu estava esperando que você pudesse convencer a Minnie a conversar comigo. Eu sei que ela está aqui.

– Mesmo se eu soubesse onde a Minnie está, é melhor você ficar fora da linha de fogo, meu filho. Tem um assassino implacável solto pela nossa cidade novamente. – o Padre terminou sua prece e se aproximou de mim. – Não posso proteger todos do meu rebanho, você sabe.

– Padre, eu tenho respeitado a você e a igreja pela maior parte da minha vida. Existem poucas coisas que iriam me fazer ser insolente ou difícil, mas assassinato é uma delas. – eu passei por ele, indo em direção ao corredor posterior para acessar a sala secreta. – Você não vai me impedir.

– O que você quer com a Minnie? Ela não fez nada de errado. – o Padre Elijah agarrou meu cotovelo enquanto passava por ele.

Eu me virei para confrontar o padre da nossa paróquia, grato pelo condado ter mantido as impressões digitais do arquivo da Minnie de quando ela trabalhava na biblioteca.

– Então não deveria ter medo de explicar por que as impressões digitais dela estão na forquilha que matou a Prudence. Como um homem de fé, eu esperaria que você quisesse determinar quem matou a sua amada Prue e convencer àqueles que têm qualquer evidência a vir para frente.

– Ela está com medo, Kellan. A Minnie não quer ir para a prisão por um assassinato que não cometeu.

– Se você diz que ela é inocente, então nós deveríamos começar aí com a nossa conversa. Tem uma coletiva de imprensa agendada para o começo da noite que a Minnie pode querer assistir.

O Padre Elijah cedeu com o meu último comentário. Se ele estava curioso sobre os detalhes da próxima reportagem, ou se sabia que eu estava apenas tentando ajudar, de qualquer forma ele me levou pelo corredor. Eu não temia pela minha vida, já que ambos eram muito mais velhos do que eu. Mesmo se um deles tivesse matado mais de uma pessoa, eu tinha uma sólida chance de me defender dentro da igreja. O Padre Elijah não havia fechado ou trancado a porta quando nós entramos para ver a Minnie.

Depois que entramos na sala, encontrei a Minnie descansando em uma cama improvisada. Eu me ajoelhei em frente a ela e peguei sua mão.

– Minnie, você não pode se esconder para sempre. Eu acho que é importante que você venha até a minha casa hoje à noite. Tem alguém que você vai ficar bem interessada em conhecer. Alguém que vai ser importante para a coletiva de imprensa que vai ao ar, logo após você chegar. Vai ser apenas você, o Padre Elijah, a Nana D, eu e essa outra pessoa. Tudo bem? – eu me sentia terrível por mentir, mas precisava que eles comparecessem ao evento para que tivéssemos sucesso.

Minnie inclinou hesitantemente a cabeça.

– Contanto que o Padre Elijah e a Seraphina estejam lá, eu também vou.

– Okay, mas estou fazendo isso apenas porque a Minnie quer, e você prometeu mantê-la segura. – o Padre Elijah confirmou, insistindo que ele não achava que seria ideal a Minnie sair da igreja.

Depois de comentar o horário exato para a chegada deles, assegurando de que eles fossem as primeiras pessoas no local, eu parti da St. Mary e fui lecionar minhas aulas. Eu estava atrasado para planejar as próximas aulas e avaliar as provas da semana anterior. Se tudo ocorresse de acordo com o plano naquela noite, eu passaria os próximos dias recuperando o tempo perdido.

———

Às sete da noite, todos haviam sido convidados e concordaram em participar da minha festa falsa. Os meus pais haviam buscado o Ulan e a Emma, e os levaram até a Cabana Real-Chic, para que eles não ficassem perto de nenhum potencial perigo que eu estava prestes a perseguir. Eles pensavam que o meu trabalho nesta semana tinha sido muito puxado e que eu precisava de uma noite sozinho.

Nicky havia implorado para sua equipe ajudar a mover alguns móveis velhos para a nova casa, e esfregaram meticulosamente o lugar, para que ela ficasse pronta para uma pequena festa improvisada. Nana D e a Eleanor chegaram logo após e prepararam a mesa da cozinha para uma sessão espírita. Se todos comparecessem, eu teria doze convidados adicionais, sem incluir a April e o Connor, que estariam se escondendo em algum lugar: Damien, Belinda, Padre Elijah, Minnie, Lloyd, Raelynn, Hope, Xavier, Lara, Finnigan, Bartleby e a Madame Zenya.

Eu convenci Lara e Finnigan a virem sob os auspícios de ser minha festa de inauguração. Ter o advogado do Hiram e a repórter local deixariam as coisas mais autênticas. Raelynn e

Hope estavam animadas para ver a reforma que eu havia completado e concordaram em trazer a sobremesa. A Nana D havia convencido o Lloyd a se juntar a nós, sugerindo que sair durante a noite iria tirar a mente dele do desaparecimento da Minnie. Depois de passar no hospital para conferir o Hiram, eu havia encontrado o Damien e a Belinda. Eles ficaram tímidos no começo, mas quando sugeri que eles precisavam de algumas horas em um lugar diferente, eles concordaram em comparecer à minha festa. Quando o Xavier, o irmão mais novo do Damien, apareceu no hospital, eu o convidei alegremente sabendo que ele poderia também ser importante para o objetivo do evento.

A Eleanor entrou na cozinha.

— Estou parecida com uma médium psíquica de verdade? — vestida com um vestido de renda esvoaçante que ela havia alugado na loja de fantasias da Dot, minha irmã encarnou os elementos místicos de seu ídolo. Ela havia ficado animada em saber que a verdadeira Madame Zenya estava viva, e queria descobrir o assassino da irmã dela.

Eu sorri em total apreciação por sua aparência. As pulseiras de ouro, cristais e brincos de argola eram sutis o suficiente para que ela pudesse ser uma médium famosa ou simplesmente uma pessoa excêntrica.

— Está perfeita. Quando eu contar a todos que nós vamos ter uma sessão espírita, isso vai deixá-los assustados ou animados.

— O Padre Elijah não vai tolerar ser enganado. Ele já deixou claro, em mais de uma ocasião, que não concorda com nenhuma escuridão espiritual sacrílega. — Nana D balançou o dedo para mim, então sorriu para a Eleanor. — Você está de tirar o fôlego, Ellie querida. — a Nana D raramente chamava a Eleanor pelo seu apelido de criança, mas isso sempre fazia a minha irmã chorar lágrimas de alegria.

— Eu sei, Nana D. Eu me sinto terrível por todas as mentiras e enganações, mas assim que nós tivermos todos sob o meu teto... sob este teto... onde a Prudence Grey morou um dia, eu acredito que consigo forçar o assassino a confessar. — o meu plano, por mais que fosse simples, dependia de uma série de situações ocorrendo apropriadamente.

Assim que eu tivesse todos reunidos, eu pediria desculpas pela confusão dos convites de última hora. Antes que alguém tentasse ir embora, eu ligaria a televisão e mostraria a reportagem da Lara, que estava prevista para ir ao ar às sete e quarenta e cinco da noite, quando o sol terminasse de se pôr. Nós precisávamos criar o clima alarmante e assustador perfeito. Depois que isso causasse uma comoção suficiente, Eleanor sugeriria uma sessão espírita, e a Nana D iria levar todo mundo até a mesa. Eu anunciaria o desejo de me comunicar com a antiga dona da casa – e essa seria a deixa para que o Connor desligasse a energia elétrica na cozinha, assegurando que isso ocorresse apenas temporariamente.

A Eleanor iria acender velas, e então, já seriam oito horas. A Madame Zenya e o Bartleby iriam bater na porta do porão. Eu os deixo entrar, e as atividades não convencionais da noite iriam começar. Qualquer coisa poderia dar errada hoje à noite, principalmente se certos convidados não aparecessem ou fossem embora mais cedo, se recusando a participar da sessão espírita. Eu improvisaria se fosse necessário, mas tudo dependia de as pessoas certas testemunharem a Madame Zenya, visto que todos pensavam que ela havia morrido alguns dias atrás.

Eu conferi com o Connor, que estava escondido no porão, na sala de manutenção.

– Nenhum sinal do Bartleby ou da Madame Zenya. Vou te mandar uma mensagem se eles aparecerem mais cedo.

– Obrigado por me apoiar, cara. Se tudo der errado, ninguém vai suspeitar que a polícia estava envolvida. Vai ser só o Kellan fazendo uma coisa estúpida, certo?

Connor me deu um soco de brincadeira.

– Vá ver a April. Ela quer saber se você está bem antes disso explodir.

– Não vai. – eu subi as escadas correndo e segui pelo corredor até meu quarto.

April estava deitada no chão, usando fones de ouvido para escutar toda a ação na cozinha e sala de estar.

– Não consigo acreditar que estou deixando você fazer algo assim.

– Isso deve significar que você confia mais em mim, hein? – eu me estiquei ao lado dela e acariciei sua mão. – Mas falando sério, se isso falhar, ninguém vai suspeitar de nada além de eu ser um pouco maluco.

– Até a Madame Zenya aparecer e você executar esse plano tolo. – ela olhou para mim com olhos simpáticos, mas frustrados. – Vou para lá com a Velha Betsy se alguma coisa der errado, okay?

Eu beijei os lábios dela, saboreando um aroma de rosas fantástico.

– Eu tenho certeza de que sei a identidade do assassino, mas não quero complicar a sua investigação se estiver errado. Confie em mim apenas uma vez, está bem?

– Sim, mas você vai ter que me recompensar. – April se rendeu com uma piscadela.

Pelo que havia ocorrido nos últimos dez dias, havia apenas uma pequena chance de que o meu palpite sobre a identidade do assassino estivesse incorreto. Enquanto eu andava confiante pelo corredor, uma corrente de ar frio passou por mim, apesar de todas as janelas e portas estarem fechadas. Meu corpo parecia carregado por um peso que eu não conseguia explicar. Eu inspirei o ar seco e tranquilamente expirei, para que eu pudesse me acalmar. Uma nuvem de vapor se dissipou em frente aos meus lábios enquanto a condensação se acumulava no meu queixo. Uma sombra, não desanimada pela minha presença, rastejou pela parede atrás de mim. Eu sabia que não estava sozinho, mas não conseguia ver mais ninguém além do meu reflexo no espelho do canto.

A campainha tocou, colocando a Eleanor e a Nana D em ação, e me trazendo de volta à realidade. O que foi aquela sensação estranha? Eu não tinha tempo para analisar isso, já que os primeiros convidados da noite haviam chegado. Se o meu plano estivesse em andamento, a Minnie e o Padre Elijah já estavam aqui. Assim que eu toquei a maçaneta, o primeiro raio acertou a calçada do lado de fora da casa Garibaldi, iluminando o céu escuro. Uma tempestade em uma noite assustadora de outono iria acompanhar o nosso experimento. Vamos começar com a diversão.

CAPÍTULO DEZOITO

A Nana D imediatamente se aproximou da Minnie enquanto eu servia uma taça de vinho para o Padre Elijah. Durante um breve tour pelas salas de jantar e de estar, ele mencionou ter visitado o lugar várias vezes no passado. Eu refleti sobre o quão próximo ele havia sido da Prudence, e empatizei em como deve ter sido difícil para ele explorar a casa dela. A Minnie aceitou uma pequena taça também, segurando-a firme enquanto sua mão tremia com cada relâmpago da chuva torrencial. Alguém na atmosfera estava irritado nesta noite.

– Quem você quer que nós conheçamos? Eu espero que você não tenha inventado isso para que a Xerife Montague interrogue a Minnie. A minha cunhada acabou de enterrar o Ian e precisa de alguns dias para se recuperar. – o Padre Elijah gentilmente me impediu de entrar na cozinha, ansioso para descobrir o que eu estava planejando. – Tem algo de não natural sobre esta casa hoje à noite. Por acaso alguém a abençoou depois que você a comprou?

– Não, Padre. Eu estou sendo sincero quando digo que a xerife não é a pessoa que a Minnie vai encontrar nesta noite. No entanto, eu enganei a vocês, e espero que você me perdoe. – eu informei ao Padre Elijah que a Nana D e eu estávamos planejando uma pequena festa de inauguração da casa, e um dos convidados seria a pessoa que eu havia mencionado. – Eu pensei que se eu lhe contasse que era uma festa, você não permitiria que ela comparecesse.

O Padre Elijah grunhiu.

– Até mesmo uma pequena mentira quebra os Dez Mandamentos, Kellan. – ele se inclinou pelo canto da parede para observar a Nana D confortando a Minnie, que estava hipnotizada com a chuva batendo contra as janelas. – Ela precisa ficar rodeada por outras pessoas para recuperar seu senso de conforto e segurança, mas a polícia quer conversar com ela. Não posso mantê-la longe deles por muito mais tempo.

– Eu concordo, Padre. É por isso que é importante que ela esteja aqui. Eu não convidei nenhum policial, apenas amigos e conhecidos que encontrei. Um grupo pequeno, nada para se temer. – eu estava aumentando as mentiras hoje, mas Deus iria me perdoar. Eu tinha apenas as melhores intenções para descobrir quem havia quebrado um mandamento ainda maior.

– Vou retirá-la daqui assim que necessário, se a situação se tornar desconfortável. Eu espero que ninguém fale sobre o acidente do Hiram. As únicas pessoas que sabem de algo sobre as impressões digitais da Minnie na forquilha são você e o Lloyd. – Padre Elijah cruzou os braços em frente ao peito e tremeu.

– O Lloyd contou para a filha dele, Calliope. Ela estava preocupada com ele. Ele prometeu que ninguém mais sabe. A Nana D confirmou isso com ele quando o convidou para vir aqui hoje à noite. – eu queria que o Padre Elijah ficasse por ali, e estava disposto a contar mais para ele do que para qualquer outra pessoa. Eu sabia que a Minnie tinha informações cruciais para revelar, e poderia ser necessária a ajuda dele para fazer a Minnie falar.

Quando nós nos reunimos com a Nana D e a Minnie na cozinha, o Padre Elijah gentilmente bateu no ombro da Minnie, tirando-a de seu torpor. Enquanto o clima ficava cada vez mais inclemente e aterrorizante, outros convidados chegaram. Eleanor abriu a porta para deixar entrarem a Belinda, Damien e o Xavier, que estavam na varanda sacudindo os guarda-chuvas e secando seus rostos.

– Parece que nós vamos precisar de uma arca para sobreviver a esta noite.

– Kellan, você já conhece o meu irmão, Xavier. – Damien rapidamente nos reapresentou. Além da cor de pele e da altura similar, eles não tinham mais nenhum traço físico em comum. Como que a falta de um queixo protuberante no Damien passou despercebida? Até mesmo se eles fossem apenas meio-irmãos, já que a Prudence é a mãe do Damien e a terceira esposa do Hiram é a mãe do Xavier, eles ainda teriam uma semelhança.

– É bom te ver. – eu cumprimentei o Xavier, então apertei a mão úmida do Damien. Ocorreu a mim, enquanto ele olhava pela sala de estar e corredor, que ele havia morado aqui durante algumas semanas com a Lara, logo após se casarem. – Espero que não haja ressentimento pela minha compra desta casa.

Damien encolheu os ombros, um gesto que eu havia visto seu pai biológico fazendo anteriormente.

– Não, meu pai faz o que ele quer. Eu sei há anos que ele não me deixaria nada além da herança normal dos Greys. – as luzes piscaram várias vezes perigosamente. Será que o Connor estava testando?

Eu queria relembrar ao Damien de que esta casa pertenceu à mãe biológica dele, mas era melhor deixar isso para depois. Eu me voltei para a mulher que havia criado ele.

– Belinda, bem-vinda a minha nova casa.

Belinda sorriu enquanto tirava seu casaco ensopado e o entregava para a Eleanor.

– Você fez uma adorável reforma, Kellan. Fico feliz em ver que você manteve o layout original. O Hiram nunca gostou muito deste lugar.

– Como o Hiram está? – eu respirei o ar doce, mas amadeirado, do ar no hall de entrada.

Eleanor abriu a porta para outro grupo de convidados, Lara

Bouvier e o Finnigan Masters. O Finnigan havia colocado o casaco dele ao redor dos ombros delicados dela e a abraçava para mantê-la aquecida.

– Você certamente sabe como escolher as melhores noites para uma festa, Kellan.

Damien riu da fantasia da Eleanor.

– Meu pai está bem. Eu o deixei há algumas horas depois de conversar com a médica dele. Ela sugeriu a possibilidade de trazer o meu pai de volta do coma nas próximas vinte e quatro horas.

Os olhos da Lara brilharam.

– Fiquei sabendo desse boato. – ela começou, antes de se virar para mim e beijar minhas duas bochechas. – Obrigada pelo convite, querido. Você fez coisas maravilhosas com esta velha ruína assombrada.

Damien deu um olhar de aviso para sua ex-esposa. Lara havia me contado que o divórcio deles há mais de duas décadas, havia sido uma decisão mútua, mas eles haviam mantido uma amizade, pelo menos.

– Aquele sino do vento na varanda estava presente quando eu morava aqui. Eu pensei que ele havia sido destruído ou roubado.

Agora, eu presumia que a Prudence havia pendurado ele recentemente durante um de seus momentos mais lúcidos. A Eleanor levou todo mundo para a cozinha e serviu as bebidas. Quando o Lloyd chegou, ele cumprimentou sua irmã, Belinda, e então correu para a Minnie. Ele a puxou para o lado e a abraçou cheio de lágrimas, sussurrando algo inaudível, até o que o Padre Elijah se aproximou deles. Eu queria interromper, mas a campainha tocou novamente. Eram os meus últimos convidados a usar a entrada frontal, se o meu plano estivesse funcionando.

Eu acompanhei a Raelynn e a Hope pelo corredor, explicando o básico da reforma, então as apresentei para todo o resto. Hope olhava com suspeita para o Damien e o Xavier, provavelmente percebendo que eles eram os irmãos dela, e desejando poder conversar com eles. Já que ninguém mais sabia que o Damien tecnicamente não era filho do Hiram, a Hope ainda presumia que eles eram relacionados. Raelynn sabia da verdade, mas respeitava suficientemente o Padre Elijah para não contar a ninguém mais, além do Hiram, sobre o verdadeiro parentesco do Damien.

O relógio bateu ameaçadoramente, confirmando os minutos restantes antes do anúncio da Lara. Eu havia avisado a ela anteriormente que nós iríamos colocar na televisão. Em um momento de nostalgia e uma animação irônica, parecia que um livro da Agatha Christie estava se desenrolando na minha casa assombrada. Os olhares sinistros e assustados de um dos meus convidados eram alarmantes, mas isso apenas me deixava mais seguro sobre meus instintos.

– Se todo mundo puder se reunir por um momento, tenho algo para dizer. – eu comentei, sinalizando para cada convidado pegar uma taça de uma bandeja no balcão. Assim que os meus convidados tinham suas taças de champanhe, eu falei a eles. – Eu aprecio que todos tenham separado alguns momentos de seu precioso tempo nesta noite para brindar a minha nova casa. Vou fazer algumas festas de inauguração. Esta reunião inclui todos os que tinham alguma ligação com os donos originais da casa, Hiram e Prudence Grey.

Alguns arquejaram, e rostos chocados ficaram com raiva. Lloyd objetou, mas a Nana D o fez se calar.

– O que o meu neto quer dizer... é que enquanto nós congratulamos o Kellan pela reforma, vamos também brindar a recuperação do Hiram e a desaparecida Prudence Grey. Nós talvez nunca saibamos o que aconteceu com a pobre mulher, mas ela é tão parte desta casa quanto qualquer um que já foi dono dela. – o sino do vento balançava audivelmente.

Os olhos do Damien se arregalaram e escureceram. Pensamentos sobre sua mãe provavelmente enchiam sua cabeça hoje à noite.

Como parte da encenação da noite, Eleanor interrompeu.

– Vamos também brindar à Madame Zenya que pereceu no incidente da hayride assombrada, que também colocou o Hiram no hospital. À memória e esplendor dela. – quando a taça dela tocou na minha, pedaços de vidro se soltaram e caíram ao chão.

Eu me encolhi, e então liguei a televisão. A reportagem da Lara informava para uma multidão de pessoas que os médicos planejavam acordar o Hiram de seu coma na manhã seguinte. Lara citou que o inchaço havia diminuído em seu cérebro e sobre como ele estava potencialmente bem o suficiente para falar com sua família e com a polícia sobre o que havia acontecido com ele. Enquanto a Eleanor trocava as taças, eu observei cuidadosamente as expressões de todos para determinar quem exibia uma preocupação ou medo adicional. April também assistia através de uma pequena câmera que o Connor havia instalado na luminária do teto. Ela tinha uma visão clara de toda a sala em diversos ângulos.

Damien, com seu rosto vermelho vivo, falou curtamente com a Lara.

– Por que você não me contou que estava colocando isso em uma reportagem? Nós nem mesmo contamos para o resto da família.

O Xavier argumentou também, mas desistiu quando a Lara explicou que ela estava no lugar certo e na hora certa.

– Essas são boas notícias, não é mesmo?

Além do som dos pingos persistentes batendo contra as janelas e o exterior da casa, a sala estava em silêncio. A reação de uma pessoa parecia suspeita, mas não havia sido percebida pelos outros. Será que o plano estava se cristalizando em frente aos meus olhos nervosos, mas esperançosos?

Enquanto a Nana D enchia novamente as taças de todos, a Eleanor orientou os convidados a se sentarem ao redor da mesa.

– Eu pensei que nós poderíamos fazer um experimento hoje à noite. Talvez nós possamos nos conectar com a Prudence Grey, que pode revelar onde ela desapareceu. A Madame Zenya deveria performar uma leitura na casa para ajudar o meu irmão a determinar se a Prudence estava ou não assombrando a casa. Mas, agora ela se foi. – Eleanor explicou como ela esteve seguindo os conselhos e guias da Madame Zenya durante anos, e queria honrar seu ídolo.

– Eu devo objetar. – o Padre Elijah reclamou, puxando sua cunhada para mais perto. Será que ele iria embora com a Minnie, como havia me avisado anteriormente? A Minnie se escondeu ao lado dele com vergonha ou medo.

Nana D o informou com conhecimento.

– Talvez uma sessão espírita não seja um método aprovado pela igreja, mas isso iria ajudar o Kellan a se sentir melhor sobre as coisas acontecendo nesta casa.

Eu contei a todos as histórias sobre o aparecimento inexplicável do sino do vento, as aparições intermitentes do fantasma, os barulhos assustadores e o porão trancado. Alguns fingiram interesse, outros julgaram isso como pura tolice.

Já eram quase oito horas. Eu precisava que o Bartleby e a Constance, vestida como Madame Zenya, aparecessem. Eu também tinha que dar uma pista para o Connor desligar as luzes.

– É importante para mim. Eu gostaria de me comunicar com a Prudence. Talvez ela se comunique conosco, já que vários amigos e membros de sua família estão presentes hoje à noite.

Os olhos do Damien brilharam.

– Vamos fazer isso. – ele provavelmente era um descrente, mas sempre quis encontrar sua mãe. Sem ninguém protestando veementemente, a Nana D acalmou todo mundo enquanto a Eleanor acendia uma dúzia de velas, uma para cada convidado primário na mesa. Connor desligou a energia, e a sala ficou escura enquanto vários convidados ficaram sem ar e gritaram. O sino do vento na varanda frontal balançava em uma fúria descontrolada. Se eu não soubesse do contrário, eu teria suspeitado que uma presença misteriosa houvesse entrado na sala.

– Está tudo bem. Tudo isso é parte do método da Eleanor

para se conectar com a casa. – eu tive que controlar minha risada por causa de quantos convidados estariam dispostos a acreditar que nós poderíamos entrar em contato com a Prudence. Eu havia esperado que vários fossem embora, mas ninguém o fez. Em algum lugar lá fora, um coiote uivou para a chuva tórrida. Alguém derrubou a taça de champanhe e tentou limpar a sujeira. – Não se preocupe com isso agora.

Eleanor pediu que todos juntassem as mãos, então chamou os espíritos ao entoar cânticos e cantarolar.

– Nós estamos abertos a quem quiser nos visitar nesta noite. Nós viemos em paz, Prudence.

Naquele momento, o sino do vento na varanda lançou outro crescente de música lírica. Uma dúzia de cabeças girou para a porta da frente em discórdia. Algo espiritual além do meu controle estava acontecendo. Isso foi um presságio da aprovação da falecida Prudence Grey em minha abordagem para encontrar seu assassino? Então, uma série de batidas na porta ecoando pelo corredor assustou a todos ainda mais. A batida original havia vindo do porão, me avisando que o Bartleby e a Madame Zenya estavam prestes a entrar na sala.

Eu me levantei da mesa, juntando a mão da Belinda com a de seu irmão, Lloyd, já que eles estavam sentados um de cada lado de mim.

– Quem está aí? – eu perguntei nervosamente, indo em direção à porta do porão e sentido o estranhamento do momento, mesmo que tenha sido eu quem havia planejado toda essa coisa macabra. Quando eu virei a maçaneta e abri a porta, Bartleby e Constance, vestida como Madame Zenya, estavam no topo das escadas.

– Mas você deveria estar morta! – várias vozes gritaram, mas eu não havia reconhecido a voz de quem havia falado com toda aquela comoção. Será que o nosso culpado estava começando a se entregar?

Eu ergui uma vela e os levei até a mesa, certo de que eu

quase poderia sentir o cheiro da tensão acumulado no ar ao nosso redor.

— Nossos convidados finais chegaram. Apresentem-se, por favor.

A Constance falou, implementando o plano que eu havia documentado anteriormente.

— Sou a Madame Zenya. Eu fui convocada para confrontar a pessoa que tentou me matar na hayride assombrada. — ela olhou pensativamente para a Minnie, seus olhos penetrando através da perda da realidade da mulher.

Bartleby grunhiu enquanto mexia fervorosamente na sua grande barriga. Ele não tinha conhecimento do conteúdo do bilhete que eu havia entregado para a Constance, a não ser que ela o tivesse deixado ler. Eu tinha pouca fé de que ela tivesse feito isso.

— Eu não entendo. Como a Madame Zenya está viva e está aqui hoje? – Lara perguntou vigorosamente.

Minnie gritou em uma voz petrificada e vazia.

— Eu nunca quis te machucar. Foi um acidente.

— Não diga mais nada, Minnie. – o Padre Elijah falou para que ela ficasse quieta, ficando em pé e seguindo para o lado dela. – Isso é um jogo satânico ou uma armadilha perversa. – um pesado galho de árvore bateu contra o lado da casa.

O olhar da Minnie implorava ao Elijah.

— Eu apenas o ameacei. Você tem que acreditar em mim. Ela vai dizer a todos que eu sou a culpada apenas para se vingar de nós. O Hiram vai acordar amanhã, e ele sabe que eu estava lá.

— Conte-nos o que aconteceu, Minnie. Já é hora de todos saberem da verdade. – eu comandei, observando todo mundo na sala. A pessoa que eu suspeitava ser o assassino estava mostrando sinais de estar a ponto de quebrar.

— Eu ameacei o Hiram. Ela entrou no caminho. – Minnie tremia e soluçava incontrolavelmente.

O Padre Elijah colocou seu braço ao redor dos ombros da Minnie em uma maneira amável, mas controladora.

– Parece que nós não podemos mais esconder a verdade, Min.

Minnie fungou.

– Depois do funeral do Ian, eu queria ficar sozinha. Havia sido um dia difícil.

O Lloyd tentou confortar a Minnie, mas o Padre Elijah não deixava que ele chegasse perto dela. Finnigan e Lara olharam um para o outro em total descrença. Hope e Raelynn estavam estranhamente quietas. Damien e Xavier sacudiam a cabeça e faziam caretas. Belinda agarrava a mesa com os nós dos dedos brancos, incerta sobre tudo o que estava se desenrolando ao nosso redor na sala.

O Padre Elijah respondeu:

– Contra o meu melhor julgamento, eu concordei e retornei para a igreja para passar o restante da tarde. Eu deixei a Minnie na casa dela para se recuperar.

– Eu caminhei até a fazenda da Seraphina. Pensei que visitar os cavalos nesse clima aconchegante de outono no Festival de Halloween poderia me tirar do meu estupor. – Minnie engoliu em seco e segurou o pescoço.

– Você está indo bem, Min. Fique calma e conte ao Kellan o que aconteceu. Ele vai acreditar em você. – o Padre Elijah apertou o ombro dela. As velas tremeluziram, trazendo uma brisa úmida e estranha para a sala.

– Eu não estava prestando atenção aos meus arredores. Acabei chegando à entrada do passeio da hayride assombrada, e depois de pouco tempo, eu vi o Hiram Grey conversando com outra pessoa. Era a Madame Zenya, e ele a estava chacoalhando vigorosamente. – Minnie cobriu seus lábios e olhou para o chão, envergonhada de algo.

Eu ouvi a história dela, em dúvida sobre como terminaria. Será que eu tinha entendido tudo errado? Será que ela havia sido responsável por tentar matar o Hiram Grey? Eu tinha quase certeza de que ela era inocente.

A voz do Padre Elijah era solidária, mas tímida, como se ele estivesse arrependido de contar a história.

– A Minnie foi tola ao pegar e apontar a forquilha para o Hiram, gritando para ele parar de machucar a mulher.

– O que aconteceu? O Hiram recuou? – Belinda gritou quando o Connor ligou as luzes.

– A Madame Zenya conseguiu se soltar e pular na carroça da hayride assombrada. O Hiram pulou na minha direção, ameaçando me trancar na cadeia por tentar assassiná-lo. Eu apenas queria que ele parasse de machucá-la. Nunca quis matar o homem. – lágrimas corriam pelo rosto da Minnie em um fluxo contínuo.

– Você matou a Madame Zenya e machucou o Hiram. Todo mundo ouviu isso. Eu a quero na cadeia. – Belinda gritou, caindo contra os braços do filho.

Damien apoiou sua mãe.

– Vamos deixá-los terminarem de contar o que aconteceu, mãe.

Eu examinei o Padre Elijah.

– Se a Minnie o esfaqueou, ela estava apenas se protegendo.

O Padre Elijah sacudiu a cabeça.

– Não, Kellan. Não é o que você está pensando.

A Minnie interveio com uma voz forte.

– Uma figura encapuzada, e vestindo luvas, correu na nossa direção vinda do outro canto. Eu deixei a forquilha cair e corri pela minha vida. Tudo o que escutei foi o Hiram gritando algo para o assaltante. Quando me virei para ver o que havia acontecido, a pessoa vestida com a capa agarrou a forquilha e forçou o Hiram a entrar na carroça junto com a Madame Zenya.

O Padre Elijah clamou:

– A Minnie observou alguém lançar a arma na direção deles, mas não pôde fazer nada para impedir o desastre. Ela correu todo o caminho de volta para cá e me implorou por ajuda.

– Você viu quem foi? Alguma coisa que poderia ajudar a identificar a pessoa?

Minnie sacudiu a cabeça e se virou para longe de todos.

– Não. A última coisa que escutei foi um grito, então os cavalos relincharam alto e saíram correndo da área cercada.

O Padre Elijah indicou que ele havia aconselhado a cunhada a entrar em contato com a polícia, mas ela não quis.

– A Min estava com medo de que a pessoa que ela havia testemunhado tentasse matá-la. Eu limpei as feridas dela, mas as mãos dela estavam muito arranhadas, e ela havia caído no meio do feno enquanto tentava fugir.

– É culpa minha que a Madame Zenya tenha morrido. Mas eu não a matei. – Minnie caiu sobre a mesa

Constance grunhiu para a sala em uma voz de comando.

– Silêncio. Vocês são todos tolos. É hora de eu revelar a minha verdadeira identidade. – quando ela ficou mais sob a luz, tirou o seu chapéu.

A mulher havia feito bem a sua parte, com instruções mínimas minhas. Poucas pessoas sabiam da existência da Constance, exceto pelo Bartleby, o Hiram e a Raelynn. Se alguém mais tivesse sabido sobre ela, ou visto fotos, isso teria ocorrido quando ela era criança. Constance e Prudence tinham a aparência similar, e eu havia pensado que se a Constance fingisse ser a Prudence, ela poderia confundir o assassino suficientemente para que ele revelasse sua culpa. O único problema era que a Prudence tinha os olhos de duas cores diferentes. Será que alguém iria perceber o nosso disfarce?

– Meu nome é Prudence Garibaldi. – Constance anunciou, andando ao redor da sala para que todos a vissem. – Os rumores da minha morte foram significativamente aumentados.

O Damien murmurou para si mesmo, então se aproximou da Lara.

– Não pode ser.

Lara e Finnigan impediram que o Damien caísse ao chão.

– Fique firme, Grey.

Minnie cobriu o seu rosto com as mãos, então se afastou do Padre Elijah, que estava em choque, e se voltou para o Lloyd para conforto.

– Isso tudo é demais. Eu não entendo.

– Você escapou. Como? – Lloyd gritou com raiva, abraçando a Minnie com todo seu corpo.

Belinda se assustou, apertando o peito e se engasgando.

– Não pode ser. Como você ainda está viva? A Garibaldi continua sobrevivendo, não importa quantas vezes eu... – ela parou abruptamente e se virou para seu filho, Damien, com uma expressão distorcida e uma lágrima caindo do olho. – Que tipo de truque é esse?

– O que você acabou de dizer, mãe? – Damien esticou os braços em direção à Belinda e agarrou os ombros dela. Então, como se a verdade o tivesse golpeado com a força de um furacão, ele se virou para a Constance, que fingia ser a Prudence. – Espere! Você é realmente a Prudence? Você é minha mãe biológica.

– Não. – Belinda gritou, puxando o Damien de volta. – Ela não pode ser. Prudence está morta. A Madame Zenya me contou que falou com ela no Grande Além.

Constance deu um passo na direção da Belinda.

– Você estava na biblioteca quando o Ian morreu, não estava?

Belinda sacudiu a cabeça, encostando-se a uma parede.

– Eu não estava. Não sei sobre o que você está falando. Você é uma mulher tola que só está tentando machucar o meu filho.

A minha teoria estava correta. Belinda havia matado o Ian, mas eu não tinha certeza do porquê. Ela também havia atacado o Hiram e a Madame Zenya na hayride assombrada, só que não havia percebido que era a Prudence disfarçada. Eu ouvi uma porta se abrir no corredor. A April estava se aproximando.

– Belinda, sobre o que você está falando? – Lloyd interveio. O rosto dele estava vermelho, cheio de preocupação e confusão sobre o que estava acontecendo na sala. Ele não tinha certeza do porquê sua irmã havia agido de maneira peculiar e confessado um crime.

– Na sua declaração para a xerife, Lloyd, você contou a todos que não conseguiu encontrar o Hiram e a sua irmã depois que o fogo começou cinquenta anos atrás. Você havia ido até o salão de concertos, onde havia planejado inicialmente para eles se encontrarem para conversar, mas eles já haviam terminado e se separado. O Hiram havia ido terminar as coisas com a Raelynn. Belinda visitou a biblioteca para revelar o que ela e o Hiram haviam discutido, mas ela deve ter testemunhado você trancando a Prudence no porão. Foi ela quem começou o incêndio naquele dia.

– Eu... eu... não tenho ideia do que você está falando, Kellan. Como você se atreve a me acusar de algo tão dissimulado e sujo? – Belinda sacudia o punho com raiva na minha direção, procurando pela saída mais próxima. – Eu pensei que nós estávamos começando a confiar um no outro.

Eu ignorei a súplica dela pelo momento.

– Lloyd, você contou para alguém sobre ter trancado a Prudence no porão da biblioteca? – eu sabia que a minha teoria estava se tornando um fato. Como eu poderia prová-la?

– Não contei. O que isso tem a ver com todo o resto? – ele se moveu para mais perto da Belinda, protegendo sua irmã contra as minhas acusações, uma mão no ombro dela e a outra me mantendo afastado.

– Por favor, confirme que você recusou receber qualquer visita assim que eles te colocaram na prisão.

Enquanto ele assentia hesitantemente, os olhos da Belinda se arregalaram. Ela percebeu o erro vital que havia mostrado a verdade. Ela estava encurralada, forçada a criar uma desculpa ou escapar sem ser pega.

– Lloyd, você confessou para a Xerife Montague o que você fez cinquenta anos atrás, mas ninguém mais teve a oportunidade de descobrir isso até que ela liberou essa informação dias depois. – eu andei de um lado ao outro da sala, balançando a minha cabeça para esclarecer a ordem dos eventos anteriores. – Na manhã após a sua confissão, Belinda e eu nos encontramos na escola para discutirmos sobre a punição do meu primo. Ela havia comentado em como não conseguia acreditar que você havia trancado a Prudence no porão da biblioteca. Mas eu nunca disse a ela sobre isso. E nem você.

Nana D bufou.

– O que significa que, a não ser que a Belinda estivesse presente no dia que o Lloyd trancou a Prudence, ela não poderia saber o que ele havia feito, e nem teria sido capaz de contar ao Kellan o que ele havia confessado.

Lloyd ficou ainda mais vermelho.

– Eu nunca contei a ela o que eu fiz. Nem mesmo antes de confessar.

– Bingo! A Belinda deve ter seguido você até lá embaixo naquele dia, esperando para ver o que você iria fazer com a Prudence. Ela acendeu o fogo que queimou a antiga ala da biblioteca.

Lara interrompeu.

– É por isso que a Belinda estava lutando contra os planos recentes para renovar a biblioteca. Ela sabia que o Ian estava enterrado debaixo do prédio e temia que nós pudéssemos descobrir o seu segredo.

Eu sorri.

– Obrigado pela lembrança. Eu suspeitei dos motivos dela o tempo todo, apenas não havia ligado isso ao assassinato até recentemente. Ela disse que o Hiram havia oferecido dinheiro para ela alugar uma casa em outro lugar, mas na Igreja St. Mary, ele jurou que não haveria mais dinheiro ou consideração pelo bem-estar dela.

Constance respondeu:

– Dinheiro que o Hiram roubou da minha família. Os dois tentaram eliminar de vez os Garibaldis da existência.

Belinda se jogou na direção da Constance, empurrando seu irmão para fora do caminho, e arranhou os braços dela com uma tenacidade maliciosa.

– Eu teria matado você se o Ian O'Malley não tivesse aparecido para surpreender a esposa.

Minnie arquejou.

– O que você fez com o meu Ian?

Depois que eu segurei a Belinda, restringindo-a para que ela não machucasse ainda mais a Constance, ela se remexeu e grunhiu.

– Ele estava lá com uma cesta de piquenique para você, Minnie. Eu o peguei tentando entrar na sala onde o meu irmão havia trancado a Prudence. Ian me contou sobre o seu retorno inesperado e que ele havia acabado de ligar para você, para revelar uma maravilhosa surpresa.

– Eu sabia que não havia sido apenas um sonho. – Minnie falou suavemente, então se voltou ao Padre Elijah procurando por conforto.

– O Ian havia percebido que eu havia começado o incêndio. Nós lutamos, e eu bati nele com um pedaço de madeira. Eu tinha que impedi-lo de salvar a Prudence. De alguma maneira, ele resgatou aquela mulher terrível, se ela ainda está viva e parada na nossa frente. – Belinda olhou com raiva para a Constance, ainda sob a impressão de que ela era a Prudence. – Como você continua escapando da morte? Você sempre tirou tudo de mim.

Belinda explicou que ela sempre havia amado o Hiram, mas quando a Prudence e o dinheiro dos Garibaldis atraíram o Hiram para longe dela, ela ficou furiosa. Ela continuou por perto, esperançosa de que o Hiram ia voltar para ela. Então, o momento dela chegou. Prudence estava louca e perdendo o toque com a realidade. O Hiram queria se divorciar dela. Quando descobriu que o Lloyd havia trancado a Prudence na biblioteca, Belinda decidiu que a única maneira de assegurar que a Prudence não seria um problema era se ela morresse. Belinda havia descoberto que não podia ter filhos. A morte da Prudence apresentou uma oportunidade para ela criar o bebê. O medo e o ciúme fizeram com que ela matasse a Prudence, só que o Ian entrou no caminho.

– Eu sempre pensei que a Prudence havia morrido no incêndio e que ninguém havia descoberto o corpo dela.

A Constance relevou dolorosamente que ela não era

Prudence, lamentando o assassinato da irmã dela vários dias antes.

– Nós íamos punir o Hiram pelos seus pecados passados e pegar o nosso dinheiro de volta. Agora, minha irmã mais nova está morta por sua causa, Belinda. Você é uma mulher diabólica.

Damien bateu o pé contra o chão, para impedir de desmaiar.

– Ela matou a minha mãe biológica. Eu nunca consegui conhecer a mulher que me deixou. – ninguém sabia o que fazer pelo homem naquele momento.

Lloyd pigarreou.

– Minnie, eu sinto muito por tudo. Por favor, me perdoe.

Minnie esticou a mão para ele, e o Padre Elijah deixou sua cunhada caminhar em direção ao Lloyd. Ele tinha algo mais importante para cuidar.

– Damien, nós temos muito para conversar. Constance é a sua tia, meu filho. Jane é sua prima. Você tem outra família que está aqui por você.

Bartleby e Constance se abraçaram, exaustos pelos meses de dor emocional e segredos.

– Finalmente acabou. Você pode sair do seu esconderijo, meu amor. – ele disse, então fez uma carranca para a Belinda e assentiu para mim.

Belinda aceitou que nós havíamos enganado ela. A April e o Connor entraram na sala, separando os convidados. Enquanto a April questionava a Belinda, eu pensei em tudo o que havia acontecido nas últimas duas semanas. Belinda havia me contado sobre um pesadelo onde pensou que a Prudence estava viva, e parada ao lado da cama dela. A Prudence havia realmente entrado escondida na casa da Belinda.

Então, quando a Belinda foi até o Festival de Outono para pedir para a Madame Zenya sobre como se livrar de um fantasma, Belinda deve ter percebido que havia algo de estranho acontecendo. Prudence também havia se vestido como a Madame Zenya na Igreja St. Mary, deixando cair seu celular na comoção. Belinda o pegou e orquestrou um plano para o Hiram e a Madame Zenya se encontrarem na hayride assombrada. Ela disfarçou a voz quando ligou para o Chip, para mantê-lo longe da carruagem. Ela precisava se assegurar que ninguém mais estivesse por perto quando confrontou a dupla. Inesperadamente, a Minnie apareceu e ergueu a forquilha com suas mãos nuas, fazendo com que a Belinda descobrisse uma oportunidade de solucionar todos os seus problemas com uma só cajadada.

Belinda confessou ter atacado o Hiram e a Madame Zenya por vários motivos. O Hiram havia ficado sabendo pela Raelynn que a Hope era sua filha, e que o Damien era filho do Padre Elijah. Elijah e a Raelynn haviam confidenciado um ao outro, e era por isso que ela estava conversando com ele na igreja recentemente. Assim que o Hiram ficou sabendo das notícias, ele insultou a Belinda dizendo que iria deixar o dinheiro dos Greys para a Hope. Ela era a sua filha biológica mais velha, e o Damien nem mesmo era seu filho. O Hiram também sabia que o Damien havia colocado o querosene na carruagem, pretendendo ferir o Lloyd por ter trancado sua mãe biológica na biblioteca. O Hiram queria ensinar uma lição para o Damien, mas a Belinda agiu primeiramente.

Belinda sabia que tinha que matar o Hiram antes que alguém mais descobrisse as notícias sobre seus filhos biológicos, sem perceber que ele já havia alterado o testamento. Ela também havia descoberto que a Prudence deveria estar viva, já que não havia outro motivo para a Madame Zenya saber a verdade sobre o passado. A única outra explicação seria de que a Madame Zenya realmente podia se comunicar com os mortos, mas a Belinda não poderia arriscar. Ela nunca soube que a Constance Garibaldi estava viva.

Belinda havia pretendido fazer com que a morte do Hiram parecesse um acidente. Na luta que se seguiu, ela errou a mira e fez com que a carruagem saltasse para frente. Os cavalos se assustaram e se libertaram. Ela conseguiu acertar a Madame Zenya com a forquilha, então pulou para fora da carruagem quando os cavalos se apavoraram e saíram galopando. Ela nunca teve a chance de matar o Hiram. Ela seguiu a carruagem até o velho silo, mas meu pai e eu encontramos a carruagem primeiro, forçando-a a abandonar seu plano. Belinda tem esperado pela melhor oportunidade de terminar de matar o Hiram antes que os médicos o acordem do coma. Ela queria assegurar que o Damien herdasse o dinheiro e que ninguém pudesse revelar a verdade sobre as suas ações de cinquenta anos atrás.

— Esta casa amaldiçoada foi o meu declínio. — Belinda choramingou.

O Bartleby grunhiu.

— A Belinda deve ter me seguido até aqui depois de planejar o acidente na hayride. Ela me atacou quando eu estava no porão, só que eu não percebi que havia sido ela.

— Você deveria ter ficado de fora dessa situação, Grosvalet. Você estava chegando perto demais. Eu não teria que parar você. Eu ainda estava lá embaixo quando o Kellan te encontrou no chão. Se ele não tivesse corrido escadas acima para buscar o celular, eu não teria tido tempo de sair escondida. Quase não tive tempo de fechar a porta para atrasar a ajuda médica para você. Eu o observei pela janela e quando aquele policial apareceu, fui embora. — Belinda sibilou, lutando com o Connor enquanto ele a levava para fora da propriedade.

Xavier foi embora para conferir o Hiram no hospital. O Damien implorou ao Finnigan para ajudar a manter sua mãe fora da prisão. Finnigan se recusou a se envolver, citando que seria um conflito de interesses já que ele era advogado do Hiram. Quando o Finnigan não cedeu, Damien se voltou para a Lara e pediu que sua ex-esposa encontrasse um advogado para sua mãe. Ela concordou, dando um olhar triste para o Damien, e declarou:

— Você vai me deixar fazer uma reportagem exclusiva sobre toda essa escapada para o meu segmento no jornal de amanhã.

O Damien concordou, então se voltou para seu pai biológico, Elijah O'Malley, e sua tia, Constance Garibaldi.

– Eu preciso ajudar a minha mãe, mas nós vamos conversar sobre o quê tudo isso significa. – Damien se aproximou do Padre Elijah e prometeu visitá-lo no dia seguinte para conversar sobre a descoberta de eles serem pai e filho. Damien correu para o escritório do xerife com sua mãe, depois que o Padre Elijah concordou com o encontro. O padre sacudiu sua cabeça em desaprovação para mim, e levou a Minnie em direção à porta.

– Que noite terrível!

Nana D se juntou a eles enquanto iam embora.

– Não fique chateado com o meu neto brilhante. Ele é o herói que solucionou o mistério da morte do seu irmão.

A Eleanor foi a primeira a perceber que a Hope e a Raelynn haviam saído escondidas da casa durante toda a confusão. Depois de me contar que ela havia visto as duas dirigindo para longe, Eleanor correu para a lanchonete para aliviar o Manny dos clientes da noite. Já que a Raelynn e a Hope eram inocentes de qualquer envolvimento no assassinato, ou tentativa de assassinato, eu as deixei ir. Eu poderia garantir uma visita através do Brad no quarto do hospital do Hiram no dia seguinte. A Hope precisava conhecer o pai, presumindo que ele tivesse sido acordado do coma com todas suas memórias e outras funções necessárias intactas. Será que ele se lembraria do que a Belinda havia feito?

Enquanto a chuva se acalmava, Bartleby e Constance eram os dois últimos convidados restantes na minha casa.

– Eu não consigo começar a entender pelo que vocês dois passaram nas últimas semanas.

Constance sorriu.

– Não tem sido fácil. Nós temos que agradecer a você por libertar a todos. Eu vou sentir falta da minha irmã, mas ter tido algumas semanas junto a ela, antes da Belinda tirá-la de mim novamente, foi uma benção.

– E você também tem a mim. – Bartleby puxou-a para perto para confortá-la.

– Sim. – Constance respondeu, se encostando contra ele e

inspirando profundamente. – Nós temos um final de semana atarefado pela frente. O Halloween já está chegando, e tenho toneladas de coisas para fazer antes de nós celebrarmos. Eu preciso encontrar meu sobrinho, Damien, e quero reconectar-me com a Prudence.

– Huh. – eu disse confuso, sacudindo a minha cabeça e sentindo um frio me cercar.

– Agora que a Prudence realmente se foi, vai ser mais fácil para eu entrar em contato com o espírito dela. – Constance pegou a mão do Bartleby e passeou pela casa que havia adorado quando criança. – Eu já falei com ela uma vez, Kellan... nos últimos minutos enquanto você conversava com a xerife.

– O que ela disse?

– A Prudence quer que você fique com a casa e o sino do vento. Não importa que o Hiram a tenha roubado de nós, ela se foi, e eu tenho minha vida fora de Braxton. Então... a casa é sua, permanentemente. Não vou contestar a venda.

Eu agradeci graciosamente a Constance e observei a ela e o Bartleby irem embora. Já era metade da noite e hora de voltar para o chalé. Para minha sorte, as crianças estavam com os meus pais e eu poderia ter uma noite inteira de sono antes de o meu aniversário chegar. Então, eu percebi que já era depois da meia-noite, o que significava que já era meu aniversário.

Desliguei as luzes da cozinha e caminhei pelo corredor, sacudindo minha cabeça com as notícias inesperadas e a loucura que havia acontecido pela noite. Enquanto eu passava pela porta fechada do porão, ouvi uma batida suave. Eu não senti a necessidade de conferir quem estava do outro lado. Quando entrei na varanda, o sino do vento balançou pelo que pareceu uma eternidade. Dessa vez, era um som agradável e reconfortante. Eu sabia que a Prudence estava simplesmente dizendo boa noite.

CAPÍTULO DEZENOVE

UM SOM PERTURBADOR, ASSUSTADOR, PENETROU PELA FRESTA FINA entre a parte inferior da porta do meu quarto e seu peitoril de madeira. Eu fiquei deitado na minha cama, ainda meio sonolento, tentando decidir se isso era um sonho ou uma infeliz realidade que estava prestes a começar tudo de novo. Então, o ranger das dobradiças veio pelo quarto assim como a fumaça ao redor de uma fogueira. Apenas duas coisas acalmaram a minha mente. A primeira, o cheiro do café recém-passado flutuava por perto. E a segunda, o Baxter saltou pelo ar, caindo sobre duas patas e tropeçando em meu rosto. Era hora de eu sair da cama e aceitar a chegada do meu aniversário.

– Mas que diabos é isto? – eu gritei para ninguém além de um cachorro que inclinou sua cabeça e pulou. Quem estava fazendo café no chalé? Que ano era esse? Por que eu? Nós não iríamos nos mudar para a nova casa até o dia seguinte, e tudo já estava quase empacotado. Toda essa situação estava me confundindo.

Emma entrou correndo no quarto, vestida com sua fantasia adorável, cantando uma música de Halloween sobre abóboras de papelão ganhando vida.

– A Nana D comprou uma fantasia para o Baxter. Posso colocar nele?

Com um olho levemente aberto, eu bocejei e encontrei os meus óculos. O Baxter já havia se escondido debaixo das cobertas e começado a choramingar.

– Eu não acho que ele quer vestir uma, querida. Que horas são?

– A Tia Eleanor disse que é hora de você acordar porque é seu aniversário e o resto do mundo já está acordado há horas. – Emma inclinou a cabeça para o lado, sua língua parcialmente para fora da boca enquanto ela se jogava em cima de mim. – Eu estou te esperando há horas, papai.

– Isso é legal, querida. Já que é o meu aniversário, o que acha de eu dormir por mais uma hora?

– Não nesta vida. – uma voz sarcástica gritou na porta, parecida com a do Ulan, mas mais abafada. – Se eu tive que acordar nessa hora ridícula, você tem que se levantar. – quando ele entrou no meu quarto, tinha o cabelo mais bagunçado que eu já tinha visto. Eu retirei esse pensamento assim que vi o meu próprio reflexo no espelho.

– Quão ruim é isso? – eu joguei a Emma por cima do meu ombro com um braço, agarrei um filhote reclamão com a outra, e segui para o corredor. – A família inteira está lá fora, ou eu tenho um caminho de saída livre? – meus olhos estavam focados no chão enquanto saía do quarto, rindo com a calça de flanela velha que eu havia dormido. Depois que a sessão espírita e a confrontação haviam acabado, eu cheguei em casa às quatro horas da manhã. Ao julgar pelos raios persistentes do sol, mal eram oito horas da manhã agora.

– Você está encurralado. A Tia Violet e o Tio Wesley estão orientando a Eleanor sobre como colocar a mudança no caminhão. A Nana D está preparando um café-da-manhã de aniversário para você, e... bem, eu não sei se você quer que eu conte o resto. – Ulan revirou os olhos e seguiu em direção à cozinha. – Eu valorizo demais a minha vida, primo.

Eu fiz uma pausa no corredor e coloquei a Emma rindo no chão. O Baxter pulou para fora do meu outro braço e a perseguiu em direção à sala de estar.

– É meu aniversário, e é para isso que eu acordo?

– Sim, e eu estou pronto para trazer as minhas coisas da casa principal para cá. – meu irmão Gabriel gritou, me olhando de cima a baixo enquanto passava por mim no corredor. – Se apresse e caia fora. Eu quero me mudar.

– Quando você voltou? – eu estufei o meu peito e gaguejei, incapaz de me recuperar do meu torpor.

– Na noite passada. Foi quando a mãe preparou tudo. – Gabriel me olhou novamente e riu. – Cara, você já teve dias melhores. Eu acho que é isso o que acontece quando se fica velho.

– Eu tenho trinta e três anos, não sou antigo como a Nana D. – eu murmurei, aparentemente um pouco alto demais.

– Esse é o agradecimento que eu recebo, meu neto brilhante? – Nana D parou na minha frente com uma espátula e um prato de panquecas que tinham um cheiro maravilhoso. – Eu vou ter que dar um tapa no seu traseiro bobo por esse comentário rude.

– Essas são as minhas preferidas? – eu estiquei a mão para pegar uma, mas ela bateu em mim com o utensílio da cozinha, uma vez na minha mão e uma na minha parte traseira, quando me virei. -Ai! Eu só estava brincando. O que está acontecendo por aqui? – eu observei um monte de pessoas andando pelo chalé com pressa, algumas com caixas e outras com vassouras e um aspirador de pó. Parecia que a Mary Poppins e sua equipe feliz de ajudantes do Halloween haviam caído por ali.

A Nana D resmungou.

– A versão longa ou curta?

Eu revirei meus olhos novamente.

– Nós decidimos que você merecia uma folga. Ao invés de te comprar presentes, nós todos estamos te ajudando a se mudar para sua nova casa hoje, então você vai poder dormir lá pela primeira noite no seu aniversário. – a Nana D caminhou de volta para a cozinha e colocou o prato sobre a mesa. – Nós devemos estar chapados para sermos assim tão legais.

– Você disse *sem* presentes? – essa foi a primeira resposta a surgir na minha mente, e pela chama de terror que eu senti, era a coisa errada a se dizer. – Quero dizer, isso é super, maravilhoso, incrível e impressionante.

– Exatamente. – Gabriel respondeu. – Quanto antes você se mudar, mais cedo eu posso vir morar aqui. Você já encontrou a sua outra surpresa? Bem, são duas, se for pra dizer a verdade. Oh, isso não vai ser bonito.

Eu sacudi minha cabeça. No que eu estava me metendo? Talvez, ao invés disso, eu pudesse me juntar a Belinda na prisão.

Ulan me entregou uma caixa de presente embalada.

– Nós compramos um presente para você. É a sua fantasia de Halloween para mais tarde, quando você levar a Emma para pedir doces ou travessuras enquanto nós levamos todas as suas coisas para a nova casa.

Eu perguntei sobre a minha segunda surpresa, mas eles insistiram que eu abrisse a caixa primeiro. Então, eu fiz isso, e o meu estômago se revirou. Na caixa havia um par de calças laranja com ribana, do tipo que eu ficava incomodando o Ulan por usar, e um colete de malha verde-neon.

– Eu não entendo. Por que estou sendo punido no meu aniversário?

Emma me abraçou.

– Você vai ficar adorável quando nós sairmos mais tarde, papai.

– Olhe a parte de trás da calça, Kellan. – minha mãe insistiu, um sorriso diabólico ocupando o seu rosto.

Eu tirei as temíveis calças da caixa e as virei, encontrando trinta e três velas costuradas na parte traseira. Meu rosto ficou imediatamente vermelho, como se eu estivesse experimentando uma daquelas ondas de calor da menopausa, e eu não era uma mulher. Se for com isso que a minha mãe estava lidando ultimamente, não é de se imaginar que ela estava reclamando tão fervorosamente.

– Eu não vou vestir isso. Não nesta vida. Por que vocês todos me odeiam? Eu te disse, quando eu tinha treze anos, que não queria mais esse tipo de fantasia, e agora que eu tenho...

Meu pai apareceu por trás da minha mãe, envolvendo o braço ao redor dos ombros dela.

– Você pode estar ficando mais velho, mas ainda não pode vencer da sua mãe, filho. A Nana D a ajudou a costurar as velas, e eu fui até a loja comprar o tecido. A família inteira se reuniu para lhe dar esse presente.

– Eu vou parecer com uma abóbora gigante prestes a explodir. Não é um look bom.

Emma segurou a fantasia do cachorro que havia mencionado antes.

– E o Baxter vai combinar com você também.

Eu fechei meus olhos, pensando se a outra surpresa também era tão horrível. Então, eu ouvi uma voz.

– Hey, Kel-baby. Feliz aniversário, senhor. – meu irmão Hampton sorria afetadamente para mim na porta da frente. – Até eu fui forçado a ajudar nesta manhã. A Natasha e as crianças estão se arrumando. Agora que eu vejo a sua fantasia, nós deveríamos ir todos juntos pedir doces ou travessuras mais tarde.

Algumas frases impróprias vieram à minha mente, mas para minha sorte, eu tinha senso suficiente, e uma rápida xícara de café, para não as gritar disparadamente.

– Eu não poderia ter preparado um melhor aniversário. Obrigado. – na verdade, eu genuinamente queria dizer todos esses sentimentos por trás das palavras.

Várias horas depois, cada último pertence meu havia sido realocado na nova casa. Para minha sorte, a minha avó e o Nicky haviam se preparado e pegaram o certificado de ocupação que era necessário antes de se mudar para o local. A Nana D organizou a cozinha, o que significava que eu não iria encontrar nada. Os meus pais organizaram os móveis da sala de estar, discutindo sobre como conseguir o melhor feng shui. O Gabriel organizou as minhas roupas e pertences pessoais e arrumou a minha cama; como ele fez parecer como uma capa de revista em tão pouco tempo? Será que havia alguma coisa que ele não pudesse fazer? A Eleanor havia ajudado o Ulan e a Emma, que estava dançando e cantando sobre montar uma barraca no jardim dos fundos na noite seguinte, a organizar os quartos deles.

No meio da tarde, nós havíamos completado a maior parte do que era necessário. Eu poderia terminar o resto no dia seguinte. Enquanto relaxava, o nome da nova casa veio à minha mente repentinamente: *Garzenwick*. De alguma maneira, a combinação dos nomes da Madame Zenya, Garibaldi e Ayrwick era a melhor maneira de honrar seus moradores. Ou seria isso ou eu teria que criar uma votação para deixar os meus amigos e seguidores do meu blog escolherem um nome.

O Halloween havia chegado, e eu tinha um jantar com a April para o meu aniversário. A Maggie ligou para me desejar parabéns, então mencionou que havia ganhado o concurso de escultura das abóboras. O drama impulsionou suas irmãs a indicá-la como a vítima que seria mergulhada no gigantesco tanque de água no Festival de Outono. O Connor foi a primeira pessoa que jogou a bola e acertou o alvo, e ele já estava se arrependendo disso, pelo menos de acordo com a descontente Maggie. O Ulan saiu com o Augie para participar de um evento na escola, que tinha o objetivo de impedir que os adolescentes causassem problemas pela rua. Enquanto o Condado de Wharton era, na maior parte, um lugar livre de crimes, se ignorarmos um ou dois, ou dez, assassinatos ocasionais, o Halloween era o feriado para pessoas que gostavam de pregar pegadinhas. Algumas vezes, os patifes não conseguiam se segurar, então a escola era o mais proativa possível.

Belinda Grey havia proposto e organizado o evento, mas infelizmente, ela não seria capaz de vê-lo se tornando realidade. O Connor havia me ligado para desejar um feliz aniversário e confirmou que a mulher havia sido formalmente presa por ambos os assassinatos e a tentativa de homicídio contra o Hiram. Ele explicou que a Belinda estava sombria e reflexiva durante o tempo todo enquanto eles a prendiam na noite anterior. Belinda até mesmo sugeriu que se eu não tivesse comprado a casa Garibaldi-Grey, ela poderia ter saído impune do assassinato.

Na teoria, essa era uma suposição correta. Se não houvesse a casa, eu não teria que ter lidado com um hipotético fantasma e não teria sabido sobre o desaparecimento da Prudence Grey. Eu ainda teria ido à demolição da Biblioteca Memorial, mas não teria feito uma busca tão dedicada pela verdade sobre o que havia acontecido cinquenta anos antes. O Connor indicou que o irmão da Belinda, Lloyd, se sentou com ela enquanto ela confessava tudo, e prometeu fazer o seu melhor para ajudá-la durante o julgamento. Ele caminhava em uma linha tênue, sabendo que a Belinda havia matado o Ian, o marido da Minnie, e deve ter ficado completamente dividido entre apoiar sua irmã e sua namorada.

Connor também me contou sobre como a chave para o meu porão havia se dividido em duas. Prudence a carregava consigo o tempo todo, já que ela não queria que ninguém soubesse sobre os túneis abaixo da casa. Isso havia sido um segredo de família, mas quando o Lloyd a trancou na biblioteca, ela a havia deixado cair no chão. O Ian O'Malley havia encontrado a chave e a usado para se defender contra a Belinda quando ela o atacou inicialmente. Durante a luta, Belinda bateu com o orbe sólido que mantinha a chave unida contra a cabeça do Ian, e foi então que a chave se separou. Belinda encontrou apenas metade da chave depois de ter nocauteado o Ian, então foi embora com ela. Sabendo que ela pertencia à Prudence, ela a limpou e devolveu para a casa Garibaldi.

A Belinda também havia forjado a carta da Prudence sobre estar saindo da cidade, assegurando que as pessoas em Braxton tivessem dúvida se ela havia morrido no incêndio da biblioteca. Nem mesmo o Hiram havia sabido que a Belinda havia escrito a mensagem. Quando o Hiram se mudou de lá, os funcionários dele encontraram a chave entre os pertences da Prudence e a jogaram em uma caixa. Ela acabou no escritório do Hiram, como parte de sua coleção, mas ele nunca soube a quem pertenceu. Depois de escapar da sala na biblioteca, Prudence empurrou o corpo do Ian para dentro de um buraco, e a outra metade da chave caiu no buraco junto com o Ian e havia sido enterrada com os restos dele.

Como um filho bom e leal, algo que eu estava dizendo com muita frequência ultimamente, eu coloquei a fantasia e alegremente acompanhei a Emma pela nova vizinhança para coletar doces. Quando nós chegamos na última casa, eu percebi que era o lugar que a Hope havia alugado enquanto lecionava em Braxton.

Ela abriu a porta animadamente.

– Feliz Halloween, Kellan. Essa é a sua filha? – então, ela riu da minha fantasia: uma abóbora gigantesca com a minha idade tatuada *você-sabe-onde*.

Emma apontou para a minha parte traseira e riu.

– É o aniversário dele também.

Um gato preto se enrolou nos pés da Hope, ronronando e miando para minha filha.

– Esse é o nosso gato, Dustball. Ele está sempre se escondendo no meio das coisas, saindo cheio de poeira.

– Isso é porque você está sempre ocupada demais para levantar um dedo e limpar a sua casa, Hope, minha criança. – Raelynn respondeu e se apresentou para a Emma. Raelynn se ofereceu a levar a Emma para dentro, para beber um copo de cidra, permitindo que eu e a Hope tivéssemos alguns minutos para conversarmos sozinhos.

– Vou encontrar o meu pai hoje. – Hope respondeu, uma lágrima correndo por sua bochecha. Ela explicou que o Damien havia entrado em contato, mais cedo naquela manhã, para confirmar que eles iriam trazer o Hiram do coma nesta tarde. – Eu espero que ele queira me conhecer e encontrar a minha mãe novamente.

– Se ele te colocou no testamento, acho que isso é uma aposta simples. Você vai continuar em Braxton depois desse semestre?

Hope e eu conversamos por alguns minutos. Ela expressou a sua alegria e preocupação sobre se tornar parte de uma família grande e explosiva como os Greys. Por mais que o Damien tecnicamente não fosse o filho do Hiram, ela ainda queria estabelecer um relacionamento com ele, já que o Damien sempre estaria na vida do Hiram. Ela e o Damien também haviam conversado sobre a descoberta dele de que o Padre Elijah era seu pai biológico.

– Eu sei o que é ter um pai que surpreendentemente se torna o seu padrasto. – Hope respondeu melancolicamente, comentando que a sua mãe queria se mudar de volta para Braxton também. – Se eu conseguir um emprego permanente na faculdade, acho que nós vamos tentar a mudança.

– Hope, não quero me intrometer, mas você mencionou uma vez que o seu pai, acho que o seu padrasto, havia falecido em um acidente enquanto a sua mãe ainda estava grávida. O que aconteceu com ele? – isso havia ocorrido cinquenta anos atrás, e ela nunca havia conhecido o homem, então eu me sentia confortável em perguntar.

– Minha mãe o conheceu em um ônibus para Nova Orleans quando se mudou de Braxton. Ele era um marinheiro e havia tirado alguns meses de folga entre trabalhos. No dia antes de eu nascer, ele havia conseguido um novo emprego e havia ido até as docas para assinar os papéis. – Hope explicou que ele havia recebido uma ligação da mãe dela sobre estar entrando em trabalho de parto mais cedo, e tentou chegar até o hospital. Na pressa, ele escorregou em alguma coisa nas docas e bateu com a cabeça contra um pilar de pedra, que era usado para amarrar pequenas embarcações, para que elas não flutuassem para longe. – Ele morreu na ambulância poucos minutos antes de eu nascer.

– E é por isso que eu a chamei de Hope. – Raelynn sussurrou com lágrimas em seus olhos. – Foi por isso também que eu continuei a voltar para Wharton, para ver se o Hiram havia mudado. O meu marido era um homem tão maravilhoso que havia concordado em criar a minha filha como sua. Quando eu o perdi, sabia que tinha que proteger a Hope da verdade. Havia pessoas demais se machucando ao meu redor.

Hope e Raelynn se abraçaram, compartilhando um momento caloroso.

– Estou feliz que você esteja falando sobre o passado.

– Eu não queria morrer sem que você soubesse. A sua tia era a irmã do seu padrasto, então vocês duas não tem o mesmo sangue. Assim que o meu Alzheimer começou a mostrar os primeiros sinais, você precisava saber sobre os Greys. Tome o seu tempo para conhecê-los, criança.

Emma agradeceu a Raelynn pela cidra e pelos doces, então nós voltamos para a nossa nova casa. O motorista da Nana D a levou para buscar a Emma e o Ulan, já que eles iriam passar a noite no Rancho Danby enquanto a April e eu embarcávamos no nosso primeiro encontro oficial.

– Eu acabei de encontrar a Minnie e o Padre Elijah. – a Nana D me parou depois que eu afivelei o cinto de segurança na Emma. – O Padre Elijah vai se encontrar com seu filho, Damien, amanhã.

– Isso são boas notícias. Eu espero que ele não esteja tão chateado comigo pelo que aconteceu na noite passada. – eu havia me sentido mal, mas não tinha certeza em quem poderia confiar até que todos os detalhes desse drama louco tivessem vindo para a superfície.

– Ele entende, meu neto brilhante. De fato, eu acho que o único problema que ele tem com você agora é que você o fez se sentar em uma sessão espírita e ficar um pouco mais próximo do diabo novamente. – a Nana D riu ruidosamente e me empurrou para a calçada. – Eu tenho que visitar a Jane O'Malley e colocar algum senso naquela garota.

– O que ela fez?

– Aparentemente, Jane estava gostando do Hiram. Ela estava saindo secretamente com ele nos últimos meses. Ele tem mais do que dobro da idade dela. E é um filho-da-...

Para nossa sorte, o celular da Nana D tocou enquanto ela se sentava no banco da frente ao lado do motorista, impedindo que ela terminasse sua frase. Enquanto ela conversava, eu processei o que ela me disse. Como alguém tão inteligente e carinhosa como a Jane se apaixonava por alguém como o Hiram Grey? Com sorte, ela iria perceber quão terrível o homem era, especialmente se ele fosse para a prisão pelos crimes que cometeu anos atrás contra os Garibaldis. Eu também não conseguia afastar a sensação de que algo mais permanente iria acontecer com o homem.

Enquanto eu esperava pela Nana D terminar sua conversa telefônica, um homem vestido com terno e gravata entrou na calçada.

– Você é o Kellan Michael Ayrwick?

– Sim.

– Considere-se servido. – ele disse abruptamente, então se afastou depois de aceitar a minha assinatura.

Eu abri ansiosamente o envelope e li o conteúdo. Assim que terminei, a Nana D me interrompeu.

– Yuu-huu, meu neto brilhante. Para onde você foi?

– Desculpe, eu estava... só não consigo acreditar, isso é tudo. – eu bati na minha testa em descrença.

– Você nunca vai acreditar quem era ao telefone. – Nana D contou alegremente. – Não se incomode de adivinhar. Eu já estou atrasada. A sua Tia Deirdre e o novo marido queriam que eu fosse a primeira a saber...

No meu choque, eu escutei apenas parcialmente o que a minha avó estava me dizendo.

– Fale novamente.

– Xiu. Não me ignore. Eu disse que a sua tia estava no consultório médico com a irmã do Timothy para um check-up. A Jennifer entrou em trabalho de parto e está no hospital para ter o bebê.

– Oh, essas são ótimas notícias. Estou animado pelo Arthur e pela Jennifer. – eu mal podia esperar para descobrir se a mãe dele, a Fern, sabia que estava prestes a se tornar avó. O tricotar da Eustacia seria útil agora que o clima frio havia nos pegado.

– Isso não é tudo. A Deirdre desmaiou, e depois que o médico fez alguns exames, ela descobriu que também está grávida. Eu vou ser avó novamente. – a Nana D disse para o motorista cair na estrada, esquecendo-se de perguntar sobre quais eram as minhas novidades. Eu teria que contar a ela no futuro, mas definitivamente não hoje.

Eu estava animado pelo bebê e pela gravidez, mas enquanto uma vida nova estava se iniciando para outra pessoa, eu iria dizer adeus para algo na minha. A Francesca havia me entregado formalmente os papeis para o divórcio. Ela havia conseguido ter sua certidão de óbito revogada e estava oficialmente considerada viva novamente. Na sua primeira oportunidade, ela pediu pelo divórcio. Enquanto a decisão era que nós concordaríamos com o melhor para seguirmos em frente, isso ainda caiu sobre mim como uma pilha de tijolos. Depois de quase dez anos de casamento, mesmo que eu houvesse pensado que ela estava morta durante alguns deles, nós seríamos apenas ex-marido e ex-mulher um para o outro agora.

Depois de processar as notícias, eu tinha que me encontrar com a April para o nosso primeiro encontro oficial. Por causa da informação que eu havia acabado de receber, e bem no meu aniversário, seria uma conversa bem interessante. Depois de sair do chuveiro e pingar água por todo o chão, eu maldisse a hora do meu irmão me mandar mensagem.

Hampton: *Não posso acreditar que estou fazendo isso, mas preciso da sua ajuda. Estou olhando alguns dos relatórios do meu sogro sobre o novo poço de petróleo que ele furou. Tem uma tonelada de dinheiro faltando, e ao lado de todas as transferências e assinaturas, eles listaram o meu nome como o dono e a parte responsável. Você está aí?*

Hampton: *Não me ignore. Parece que eu roubei o dinheiro. Não tenho nada a ver com isso. Você não pode contar a ninguém, mas eu preciso da sua ajuda para determinar o que está acontecendo. Por mais que me mate te pedir isso, você pode investigar esse mistério? Ligue-me urgentemente, irmão. Isso não é engraçado. Vou parar de te chamar de Kel-baby.*

Apesar de ele ser da família, e de eu amar o meu irmão chato, eu o deixei esperar mais um pouco pela resposta. Por todos os anos no qual ele me torturou, ele merecia esperar em uma cama de pregos. Eu tinha um encontro importante para perseguir, e nada iria me impedir de comparecer. Depois de estacionar, eu entrei pelo lobby do Simply Stoddard. A recepcionista me levou até a melhor mesa deles, com uma bela vista para o farol do Rio Finnulia. A April entrou no local segundos depois, vestida com um pequeno e fenomenal vestido preto, e seguiu para a nossa mesa. Eu beijei a bochecha dela, puxei a cadeira para ela, e sorri vorazmente.

Antes que eu pudesse elogiá-la, ela me jogou uma pequena caixa.

– Não é muito, mas eu queria te dar algo pelo seu aniversário. – os olhos dela brilhavam enquanto ela timidamente colocava sua mão sobre a minha.

– O que é isso? – eu estava prestes a abrir o presente quando um pensamento mais persistente surgiu na minha cabeça. – A propósito, quando você vai responder a minha pergunta sobre algum ex-marido aparecendo por aqui?

April bufou.

– Você tem o tempo perfeito. Eu não queria dizer nada hoje à noite, mas a minha viagem para Buffalo me deixou com uma linha solta para cortar do carretel da minha vida antiga.

A última vez que nós tivemos essa conversa, a April estava relutante para discutir sobre seu passado. Eu sabia apenas sobre o noivo que havia sido morto por vingança.

– Existe alguém mais de quem eu precise saber?

– Sim. Quando eu tinha dezoito anos, eu me casei tolamente com um cara que me prometeu coisas que não podia fazer. Depois que retornei para Buffalo no mês passado para o funeral do meu pai, meu ex-marido apareceu para expressar suas condolências. Só que, tecnicamente, ele não é meu ex-marido porque...

April não pode terminar sua explicação quando a Constance Garibaldi veio na nossa direção e colocou suas duas mãos tremulas sobre a mesa. Pela primeira vez em público, ela não estava vestida com seu chapéu monstruoso.

– Kellan, fico tão feliz de ter te encontrado aqui. Eu acabei de ter uma premonição, e você precisa saber sobre isso. – a boca da Constance estava entreaberta, e a mesa tremia por causa da intensidade de seu aperto nervoso.

Com raiva por causa da interrupção, April se voltou para a Constance.

– O que está acontecendo?

– Vai haver uma tempestade de neve desastrosa e que vai mudar vidas e assolar o Condado de Wharton neste inverno. Eu não sei exatamente quando, mas o curso do seu futuro vai mudar para sempre. Vai ser incrivelmente horrendo. Vai haver mais mortes. – ela gritou com um tom agudo e alto e caiu no chão se convulsionando.

– Você está bem? – eu imediatamente pulei para segurá-la, então percebi que uma aranha preta e peluda saía da bolsa dela. Parecia como aquela que havia abandonado sua teia na minha varanda frontal.

Constance agarrou o meu ombro com uma mão e colocou a outra contra seu pescoço.

– Eu vou ficar bem, mas a sua família não. Eu vi algo, Kellan. Algo sobre o passado e o futuro colidindo para as famílias Danby e Ayrwick. Vai ser trágico, e não há nada que você possa fazer para impedir isso.

Caro leitor,

Esperamos que você tenha gostado de ler *Casa Mal-Assombrada*.
Reserve um momento para deixar uma crítica, mesmo que curta.
A sua opinião é importante para nós.

Atenciosamente,

James J. Cudney e Next Chapter Team

Uma tempestade de neve diferente de todas as outras castiga o Condado de Wharton. Todos estão tão ocupados se preparando para fechar as quatro cidades que ninguém percebe a Nana D desaparecer até que já é tarde demais. A Madame Zenya previu que a tempestade feroz iria mudar o curso da vida do Kellan, mas a famosa psíquica não poderia tê-lo preparado para tantos danos. Assim que um cadáver é encontrado debaixo de um monte de neve, Kellan tem que se voltar para a April para encarar o seu pior medo. Que tragédia caiu sobre a sua amada avó? Enquanto isso, o irmão do Kellan, Hampton, aprende lições de vida essenciais da maneira mais dura, depois que seu sogro o acusa de desvio de dinheiro. Enquanto tenta provar a sua inocência, Hampton cava para si mesmo um buraco ainda mais fundo que pode levá-lo a prisão. A April quer salvá-lo, mas ela recebe o choque de sua vida quando o passado avança com uma vingança incessante. Entre ajudar o Kellan a encontrar a Nana D e solucionar o assassinato de um proeminente cidadão de Braxton, o mundo da April explode em um turbilhão maior do que ela é capaz de lidar. Pena que nenhum deles sabe o que fazer com a última premonição da Madame Zenya – as mortes suspeitas acontecendo pela cidade não estão nem um pouco perto de acabar.

Se você não leu os primeiros quatro livros da série...

Bola Curva (Livro 1)

Quando Kellan Ayrwick, um pai solteiro com trinta e dois anos, é forçado a retornar para casa para a aposentadoria de seu pai da Faculdade Braxton, ele encontra o corpo de uma professora na escadaria do Hall Diamante. Infelizmente, Kellan tem uma ligação com a vítima, assim como vários membros da sua família. Será que um deles poderia ser culpado de assassinato? Então, ele encontra um segundo corpo depois de descobrir doações misteriosas para o programa de esportes da faculdade, um blog maldoso denunciando seu pai, e um criminoso tentando mudar as notas dos estudantes para que a estrela do time de beisebol não seja expulso. Alguém está jogando jogos pelo campus, mas nenhum dos fatos faz sentido. Com a ajuda de sua avó, excêntrica e causadora de problemas, analisando as pistas, Kellan tenta ficar de fora do caminho da xerife. O destino tem outros planos. Kellan chega perto de descobrir a identidade do assassino no momento em que alguém que ele ama está em grave perigo de se tornar a vítima número três. E se isso não for o suficiente para causar estragos em sua família, tudo para quando seu próprio passado volta como um furacão para mudar sua vida para sempre. Nesse livro de estreia na Série Mistérios do Campus Braxton, os leitores descobrem uma vila aconchegante e protegida na Pensilvânia, cheia de moradores peculiares, sarcásticos e intrometidos. Entre seu trabalho diário na Faculdade Braxton e a charmosa família Ayrwick, Kellan usam seus talentos investigativos em uma oportunidade para alcançar um sonho a muito procurado. Quando esse primeiro livro terminar, o drama está pronto para a próxima aventura no futuro do Kellan... e é uma que você não vai querer perder.

Coração Partido (Livro 2)

Quando um ingresso extra fica disponível para assistir o ensaio de figurinos da produção de Braxton de Rei Lear, Kellan se junta à Nana D e as amigos dela, as cunhadas Eustacia e Gwedolyn Paddington, para mostrar suporte ao restante da família Paddington. Quando uma delas parece ter sofrido de um ataque do coração no meio do segundo ato, a Nana D ficava com suspeitas e pede para que o Kellan investigue quem matou sua amiga. Em meio aos membros da família em dívidas e um encontro secreto entre um par improvável, Kellan fica sabendo que os Paddingtons podem não ser tão certinhos como todos pensam. Mas será que um deles seria capaz de cometer um assassinato para ficar com a herança? Kellan está de volta em sua segunda aventura desde que retornou para a Pensilvânia. Com sua vida pessoal no meio de uma reviravolta e a sua nova chefe, Myriam, tornando a sua vida mais difícil, será que ele será capaz de encontrar o assassino ou ele vai ser pego pelo seu próprio medo de palco?

O Poder nas Flores (Livro 3)

A Faculdade Braxton está organizando um Baile à Fantasia Heróis e Vilões para arrecadar dinheiro para as renovações da antiquada Biblioteca Memorial. Enquanto participava, Kellan encontra uma amiga próxima da família parada perto de um corpo vestido com a fantasia do Dr. Evil. Será que uma das irmãs da Maggie matou um convidado irritante da Pousada Roarke & Daughters, ou a vítima tinha alguma conexão mais íntima com outra pessoa no campus? Enquanto o Kellan ajuda a presidente da faculdade, Ursula, a esconder um segredo escandaloso do seu passado e a descobrir a identidade de seu perseguidor, ele, inesperadamente, encontra um membro desaparecido da sua própria família, que reapareceu depois de um longo tempo. Quando todos os eventos peculiares levam de volta aos Stoddards, uma nova família se mudou recentemente para o Condado de Wharton, a descoberta explosiva apenas oferece mais confusão. Entre uma exposição de flores especial, que fez uma parada inesperada no campus, e estranhos cartões-postais chegando toda semana de vários lugares pelo mundo, Kellan não consegue decidir qual mistério em sua vida deve ter prioridade. Infelizmente, o maior deles ainda vai chegar à sua porta. Quando isso acontecer, Kellan não vai saber o que o acertou.

Crise de Identidade (Livro 4)

Um ladrão inteligente com um cartão de visitas sinistro invadiu o campus Braxton. Uma onda de roubos de joias continua a confundir a xerife, já que eles são destacadamente similares com um caso não-solucionado de oito anos atrás, pouco antes do Gabriel ter desaparecido em uma noite de tempestades. Quando um rubi desaparecido é descoberto perto de um corpo que foi eletrocutado, durante o projeto de redesign do vagão do teleférico, Kellan precisa descobrir o verdadeiro assassino para proteger seu irmão. Entre práticas de trote de uma irmandade e das ligações da vítima com vários cidadãos proeminentes do Condado de Wharton, um motivo malicioso se torna mais óbvio e difícil de se provar. Se o último assassinato não fosse o suficiente para mantê-lo ocupado, Kellan faz uma parceria com a April para acabar com a guerra de famílias mafiosas, os Castiglianos e os Vargas. O que realmente aconteceu com a Francesca quando todos aqueles cartões-postais começaram a aparecer em Braxton? O mundo da máfia era mais calculista do que Kellan havia percebido, e se ele quiser seguir em frente, deve fazer alguns sacrifícios cruéis. O dia da Eleição terminou, e a nova prefeita toma posse. A Nana D celebra seu aniversário de setenta e cinco anos com uma aventura. Um casamento duplo acontece no Lago Crilly no dia da Independência. E Kellan recebe mais algumas surpresas enquanto o calor do verão assola o Condado de Wharton.

James é meu nome de nascença, mas a maioria das pessoas me chama de Jay. Eu moro em Nova Iorque, cresci em Long Island, e me formei na Faculdade Moravian. Passei quinze anos construindo uma carreira tecnológica nas indústrias de varejo, esportes, mídia e entretenimento. Eu gostava do meu emprego, mas a paixão pelos livros e histórias havia sido deixada de lado por muito tempo. Eu sou um leitor voraz dos meus gêneros preferidos (thriller, suspense, contemporâneo, mistério e ficção histórica), já que os livros me transportam para um mundo diferente, onde posso imergir em tantas culturas e locais fantásticos. Sou um ávido genealogista que espera visitar todas as vilas da Alemanha, Escócia, Irlanda e Inglaterra de onde os meus ancestrais emigraram nos séculos XVIII e XIX.

A escrita tem sido parte da minha vida assim como meu coração, mente, e meu corpo. Eu decidi perseguir a minha paixão ao despertar a criatividade dentro da minha cabeça e fazer rascunhos e esboços para vários livros. Rapidamente percebi que estava de volta em meu elemento, ficando mais feliz e animado com a vida a cada dia. Meu objetivo é me conectar com leitores que querem fazer parte de grandes histórias e que apreciam interagir com os autores. Para ter uma melhor ideia de quem eu sou, confira o meu website de autor, ou blog. Eles estão cheios de humor e excentricidade, compartilhando conexões com todos que eu sigo – tudo na esperança de construir uma rede de amigos ao redor do mundo.

Quando completei o primeiro livro, *Watching Glass Shatter*, eu sabia que havia encontrado a minha paixão novamente, repentinamente sonhando com os personagens, enredos e cenários durante o dia inteiro. Escolhi o meu segundo livro, *Father Figure*, através de uma pesquisa em meu blog, onde eu deixei que todos votassem no seu enredo e personagem favorito. Foi com o meu terceiro livro, *Bola Curva*, o primeiro da Série Mistérios do Campus Braxton, que eu imergi no mundo do campus de uma faculdade cheia de atividades, mal conseguindo parar de pensar sobre novas cenas de assassinatos ou relacionamentos entre os personagens para poder terminar de escrever a história atual. Não posso acreditar que já estou escrevendo o sexto livro nessa série. Venha se juntar a diversão...

NOTAS

CAPÍTULO 1

1. N. de. T: Hayride é um passeio em carroças abertas cheias de feno que acontecem em festivais nos Estados Unidos.

CAPÍTULO 4

1. N. d. T: do inglês original *I got a bone to pick up with you*, é uma expressão que significa brigar, discutir ou disputar com alguém, geralmente sobre um ponto específico.

CAPÍTULO 8

1. N.T. The Hardy Boys é uma série de livros de mistério para adolescentes.

CAPÍTULO 12

1. N. de. T. Do inglês original *Underground Railroad* foi uma série de túneis subterrâneos construídos para ajudar os escravos a escaparem para estados livres em meados do século XIX.

Casa Mal-Assombrada
ISBN: 978-4-86751-087-2

Publicado por
Next Chapter
1-60-20 Minami-Otsuka
170-0005 Toshima-Ku, Tokyo
+818035793528

23 setembro 2021

www.ingramcontent.com/pod-product-compliance
Lightning Source LLC
LaVergne TN
LVHW091401190726
843491LV00006B/1204